BIANCA

AF274862

KIM LAWRENCE
ORGULLO
ESCONDIDO

Editado por Harlequin Ibérica.
Una división de HarperCollins Ibérica, S.A.
Avenida de Burgos, 8B - Planta 18
28036 Madrid
www.harlequiniberica.com

© 2025 Harlequin Ibérica, una división de HarperCollins Ibérica, S.A.
N.º 498 - 23.5.25

© 2012 Kim Lawrence
Orgullo escondido
Título original: Gianni's Pride

© 2012 Lynn Raye Harris
Cuarenta noches con el jeque
Título original: Marriage Behind the Façade

© 2012 Helen Brooks
Bodas en Italia
Título original: In the Italian's Sights
Publicadas originalmente por Harlequin Enterprises, Ltd.
Estos títulos fueron publicados originalmente en español en 2012

I.S.B.N.: 978-84-1074-473-8
Depósito legal: M-3614-2025
Impreso en España por: BLACK PRINT
Fecha impresión para Argentina: 19.11.25
Distribuidor exclusivo para España: LOGISTA
Distribuidores para Argentina: Interior, DGP, S.A. Alvarado 2118.
Cap. Fed./Buenos Aires y Gran Buenos Aires, VACCARO HNOS.

MIXTO
Papel
FSC FSC® C159065

Capítulo 1

ERAN las once de la noche, dos horas más tarde de lo previsto como hora de llegada, cuando por fin Gianni paró el destartalado vehículo. No sin pesar, había decidido que, dadas las circunstancias el precioso y aerodinámico deportivo no era lo más adecuado para viajar con un niño. Los niños de cuatro años nunca iban ligeros de equipaje y, además, mostraban muy poco respeto por las tapicerías de cuero en color crema.

Si Sam cumplía su promesa, estaría cuidando del pequeño durante unos pocos días. Aquello no podría haber surgido en peor momento.

Se consideraba un honor ser propuesto como conferenciante en el prestigioso festival internacional de literatura, y tras retirarse en el último momento, Gianni dudaba que, por mucho éxito que tuviera su empresa de publicidad, volviera a repetirse tan buena fortuna.

Echó una ojeada al asiento trasero. Su hijo llevaba cinco minutos seguidos durmiendo. Cinco minutos de un celestial silencio, aparte del preocupante estruendo del viejo motor. No se oían llantos, gritos, aullidos, patéticos gimoteos y, sobre todo, ¡nada de vomitonas! Una pequeña sonrisa curvó los labios de Gianni al recordar cómo Clare, la niñera de Liam, había expresado sus dudas sobre su capacidad para realizar ese viaje sin ella.

—Es tarde y está cansado. Dormirá la mayor parte del

trayecto. Aunque reconozco que eres indispensable, Clare, creo que podré con ello. Disfruta de tus vacaciones.

Sin dejar de hacer bromas, había aceptado las pulseras anti-mareo, escuchando pacientemente las largas explicaciones sobre cómo colocarlas sobre los puntos de presión de las muñecas de Liam para mitigar las náuseas. Después había dejado de escuchar, mientras pensaba en que no podía ser muy difícil sujetar a un niño de cuatro años al asiento trasero de un coche y conducir durante unos ciento sesenta kilómetros.

Sacudió la cabeza y se alegró de no haber expresado esos pensamientos en voz alta, so pena de sentirse aún más ridículo de lo que ya se sentía. También deseó no haberse dejado las pulseras para el mareo en la mesita de la entrada, ni haber cedido al deseo del niño de cenar hamburguesa con patatas fritas. Todo había ido cuesta abajo a partir de ahí.

–Acertaste, Gianni: esto es pan comido –murmuró mientras soltaba el cinturón de la sillita de su hijo e intentaba no respirar. Las toallitas húmedas que le había proporcionado una amable mujer en los servicios de la gasolinera no habían conseguido eliminar del todo el olor. Tomó al pequeño en sus brazos y cerró la puerta del coche con un golpe de rodilla–. Tranquilo, chaval, a dormir –susurró cuando el ruido arrancó una protesta de su hijo.

La casa de tejado de paja, propia de una postal, no era más que una borrosa mancha blanca contra los árboles y estaba a oscuras. Al parecer, Lucy, que solía levantarse a unas horas indecentes para alimentar al ganado y otros animales abandonados que había recogido durante los dos últimos años, ya se había ido a dormir. No encontrándole ningún sentido a despertarla, y sin ganas de escuchar la habitual retahíla sobre sus pocas dotes como padre, hizo el menor ruido posible mientras avanzaba por el camino de grava. Sujetando a Liam con un brazo, buscó a tientas la llave sobre el quicio de la puerta.

La luna asomó por detrás de una nube mientras la puerta pintada de rojo se abría dejando ver lo suficiente para que Gianni subiera hasta el piso superior sin tener que encender la luz. Acostó a Liam en la cama de la pequeña habitación abuhardillada y regresó al coche para recuperar la bolsa de viaje que Clare había preparado, volviendo de inmediato.

Liam no se había movido. Sin apenas respirar, su padre lo desnudó con cuidado. Afortunadamente, el niño estaba fuera de juego y ni siquiera se movió cuando le puso un pijama limpio. Gianni acarició un pegajoso mechón de oscuros cabellos mientras miraba con dulzura la angelical expresión de su hijo, sintiendo la familiar oleada de orgullo y feroz instinto protector.

Nunca dejaría de maravillarle haber contribuido en algo a tanta perfección. No había sido planeada, pero la paternidad era lo mejor que había hecho en su vida y, desde el instante mismo de su nacimiento, Liam se había convertido en el centro de su universo.

Con cuidado retiró la pesada colcha, aquella noche no hacía frío, y abrió un poco la ventana. Tras una última ojeada al niño, bostezó y se dirigió a su cama en la habitación contigua. A medio camino se detuvo. Por si Lucy se levantara antes que él, sería buena idea proporcionarle una explicación para ese vehículo desconocido aparcado ante su casa. Lucy, en otro tiempo la mujer más confiada del mundo, había adquirido buenos motivos para sospechar de los extraños. Una nota, decidió, bastaría.

Los perros que dormían en la cocina se levantaron para saludarlo alegremente y se frotaron contra sus piernas mientras dejaba un mensaje pegado a la caja de cereales sobre la mesa de la cocina. Obsesiva del orden, Lucy parecía haberse relajado un poco a juzgar por el desorden reinante en la habitualmente impecable cocina. Tras darles unas palmaditas a los perros, echó un último vistazo a su hijo y se dirigió a la cama.

Diez segundos después de que su cabeza aterrizara sobre la almohada, Gianni estaba durmiendo y no despertó hasta sentir la luz del sol que se filtraba por la ventana.

«¿Dónde estoy?».

La sensación de desorientación solo duró unos segundos, pero fue sustituida por otra mucho más duradera.

Era la primera vez que le sucedía.

Tenía treinta y dos años y, aunque había momentos de su vida que preferiría olvidar, jamás se había despertado con una extraña en su cama.

Desde luego le era totalmente extraña. Habría sido imposible olvidar ese pelo, decidió, mientras analizaba la espesa mata de rizos color rojizo con mechas de cobre.

Se apoyó sobre un codo y estudió la fina espalda de la mujer que dormía con la cabeza apoyada sobre un brazo mientras sujetaba la colcha con el otro. La mirada lo llevó desde las cuidadas uñas hasta el hombro. Tenía piel de pelirroja, pálida y cremosa, ligeramente espolvoreada de pecas a lo largo del hombro y la nuca.

Por lo poco que alcanzaba a ver, la mujer estaba desnuda. Si alguien entraba en la habitación daría por hecho que... ¿Se trataba de alguna clase de encerrona?

El ceño fruncido se relajó al rechazar la idea. «Te estás volviendo paranoico, Gianni».

Entornó los ojos en un esfuerzo por arrancar el adormilado cerebro. «Piensa, céntrate». No podía tratarse de una encerrona pues nadie sabía dónde estaba. Gianni había buscado a muchas personas que deseaban desaparecer y sabía bien que un secreto dejaba de serlo en el momento en que lo compartías.

Y eso le dejaba...

La nada absoluta. ¿Quién era la mujer desnuda de piel sedosa? Su oscura mirada acarició la suave curva de su hombro. «Qué sedosa... ¡Gianni, céntrate!». Más importante que su identidad era saber por qué estaba en su casa y en su cama.

Salvo que no era su cama. Ni tampoco era su casa.

Los oscuros ojos almendrados se abrieron desmesuradamente a medida que una explicación se abrió paso en su cerebro. ¿Sería posible que la chica ya estuviera en la cama cuando él se había acostado, demasiado cansado para darse cuenta de su presencia?

«No solo posible, idiota, ¡probable!».

Despertar y encontrarse con un extraño en su cama no iba a ser la mejor manera de presentarse ante la invitada de su tía.

Con mucho cuidado levantó la colcha sin quitarle ojo a la joven. Su intención era salir de esa cama antes de que ella despertara. Su mirada la abandonó brevemente mientras recorría la habitación. ¿Dónde había dejado la ropa?

Medio desnudo en la cama con una mujer. Gianni se imaginaba las portadas de los tabloides. ¡Y encima no podría decir que se equivocaran!

Al fin vio su ropa, pero demasiado tarde, ya que en ese mismo instante, la figura durmiente bostezó y se estiró perezosamente con un movimiento felino que hizo que la sábana se deslizara hasta su cintura.

Gianni dio un respingo y se quedó paralizado, fatalmente distraído por las suaves y femeninas curvas, deteniéndose en el hoyuelo que asomaba sobre el delicioso trasero que se apuntaba bajo las sábanas. De repente ella murmuró algo y se dio la vuelta, subiéndose la colcha hasta la barbilla y acurrucándose de nuevo.

Gianni respiró hondo y se preparó para lo peor.

«¡Esperemos que tenga sentido del humor!».

Al final resultó que la joven no gritó. Tras pestañear como un gatito adormilado, sonrió cálidamente, aunque quizás fuera corta de vista. En cualquier caso, la lujuria se abrió paso por los canales de la lógica de Gianni que se quedó sin aliento.

Era hermosísima.

Como de costumbre, Miranda despertó sesenta segundos antes de que sonara el despertador. Aquella mañana debía madrugar. Sus quehaceres en la casa incluían más que alimentar a las numerosas mascotas y su sentido del deber le hacía completar todas las tareas que su jefa le había detallado en una de las listas. Había muchas listas.

Aún no había conseguido aprenderse el nombre de todos los componentes del zoológico. Estaba el viejo caballo, el poni de Shetland y el burro, los patos y las gallinas. Su jefa le había escrito los nombres en la lista con su bonita y pulcra escritura. También le había escrito un horario de limpieza. A Miranda, a la que no le alteraba un poco de desorden, le parecía excesivo, pero la pagaban, y muy bien, por lo que su padre calificaba de vacaciones. Eso había sido antes de admitir que no pensaba regresar al inicio del nuevo curso. Y así, según su padre, las vacaciones pagadas se habían convertido en un empleo denigrante para alguien con sus habilidades y cualificaciones.

Miranda suspiró. Estaba escapando, no huyendo. El matiz era importante.

Cierto que en su momento se había sentido como si

el cielo se hubiera desplomado sobre su cabeza, y todavía no podía decir en voz alta que la decisión hubiera sido buena, pero de no haberle robado su hermana, Tam, el hombre junto al que hubiera querido envejecer, la situación se habría prolongado indefinidamente esperando patéticamente a que Oliver se diera cuenta de que era algo más que una eficiente maestra de economía doméstica.

Eficiente no, excepcional, se corrigió Miranda en la línea de su nueva filosofía: «Si lo tienes, presume de ello». Si hubiera presumido de su más que aceptable físico con las ropas de diseño que solía vestir Tam, quizás Oliver habría visto algo más en ella que sus magdalenas de frambuesa.

Aparte del dolor de corazón, Miranda se sentía bastante bien. Normalmente tenía problemas para dormir en una cama extraña, pero la noche anterior se había apagado como una vela y, aparte de unos extraños sueños, había dormido toda la noche.

Con los ojos aún cerrados, se dio la vuelta hacia la ventana que se abría en la pared torcida donde las vigas de roble, ennegrecidas por los años, destacaban sobre la pintura azul. Había mucho colorido en la cabaña. Y había sido precisamente la mezcla del paisaje que se veía por la ventana y esas vigas lo que había animado a Miranda a elegir ese dormitorio cuando Lucy Fitzgerald le había invitado a elegir el que quisiera. Bueno, eso y la enorme cama con el cabecero de madera labrada.

–Pura lujuria –murmuró mientras se acurrucaba.

Extendió ambas manos. La derecha acarició el cabecero de la cama, y la izquierda algo caliente y duro... aún medio dormida, lentamente giró la cabeza.

La sacudida de pánico inicial duró una décima de segundo antes de relajarse y sonreír. Obviamente se trataba de un sueño, pues no podía existir un hombre con ese rostro.

Era pura perfección, decidió mientras estudiaba las angelicales facciones, fascinada por los afilados ángulos y fuertes curvas que convertían ese rostro en mucho más que una belleza simétrica. Una poderosa nariz aquilina, afilados y altos pómulos, frente amplia e inteligente. Sintió un tirón casi físico al contemplar los aterciopelados ojos oscuros enmarcados por largas pestañas y hundidos bajo las cejas de ébano.

Suspiró y avanzó con la mirada hacia una boca de fantasía con los labios esculpidos, severa y al mismo tiempo sensual. La pequeña cicatriz que partía de la comisura derecha de esa deliciosa boca, destacaba blanca sobre el uniforme tono tostado de su piel.

–Buenos días.

Miranda parpadeó de nuevo y se sonrojó violentamente. Al igual que el rostro, la voz era de ensueño. Grave, gutural y con un ligero y adorable acento. Ese hombre de anchos y atléticos hombros, con la sombra de una barba en su mandíbula cuadrada, era la clase de hombre del que estaban hechos los sueños de las mujeres. Sin embargo, parecía tremendamente real para ser un sueño y, además, ¿no estaba despierta?

Miranda sopló un rizado mechón que le hacía cosquillas en la nariz y aspiró el aroma almizclado de alguna clase de colonia masculina... y muy cara, decidió. Era un hombre de ensueño caro. Rudo y sexy. Aunque a ella, para soñar, le gustaban más sensibles.

Por su mente pasó la sonriente imagen de Oliver, a años luz de ser rudo y sexy. Suspiró al recordar cómo había conocido a ese hombre, trabajado con él a diario, aceptado que no sentía nada por ella... aunque sí mucho por su hermana, gemela idéntica.

Se enorgullecía de haber sabido llevar la situación,

ocultando su dolor tan bien que Tam no se había dado cuenta de que tenía el corazón destrozado. Incluso cuando, el día anterior a la boda, su hermana le había confesado estar embarazada, había conseguido contestar con las palabras adecuadas, aunque no se acordara de ellas. Sin embargo, todo tenía sus límites y Miranda no podía seguir trabajando en el mismo colegio que su cuñado.

Tam y ella no habían compartido nunca los estrechos lazos que se atribuían a los gemelos idénticos, pero hasta su hermana acabaría por darse cuenta.

Dirigió su imaginación con tendencias masoquistas hacia las islas griegas donde Tam celebraba su luna de miel y volvió a concentrarse en el hombre tumbado en su cama. Exudaba sexualidad por todos los poros... ¿El hombre tumbado en su cama?

La exclamación fue ahogada por el despertador que dejó de sonar al aterrizar sobre la cabeza del extraño mientras saltaba de la cama envuelta en las sábanas.

Con los ojos como platos, aferrándose a la colcha, miró fijamente al hombre. La adrenalina le urgía a salir huyendo, pero para alcanzar la puerta tendría que pasar por delante de la cama. Hiperventilando violentamente, miró hacia la puerta abierta que comunicaba su dormitorio con el siguiente, pero los pies permanecieron clavados al suelo.

Según decían, un ataque era la mejor defensa. «Compórtate como una víctima y te convertirás en una víctima», había leído en alguna parte.

–¡No se atreva a moverse o...! –¿o qué, Miranda? La barbilla alzada y el gesto desafiante pretendían ocultar su miedo mientras intentaba ganar tiempo–. O... o... o... ¡lo lamentará!

Era imposible que ese tipo no hubiera percibido el temblor en su voz. Sin embargo, no había intentado siquiera moverse y eso era bueno. Miranda contempló su cuerpo. Incluso tumbado era evidente que la superaba físicamente.

Parecía el típico chiflado de gimnasio, capaz de correr una maratón sin sudar. Si quisiera, podría aplastarla como a una mosca. Pero esa era la menor de sus preocupaciones en ese momento. Se negó a especular sobre las posibles intenciones de ese hombre e intentó respirar con calma mientras alargaba una mano hacia el teléfono. Recordaba haberlo dejado sobre la cómoda la noche anterior... ¿no?

Capítulo 2

TAPÁNDOSE con una mano el ojo magullado por el despertador que le había lanzado la chica antes de saltar de la cama, Gianni la miró con el otro y alzó la mano libre en un gesto de rendición. No había que ser un genio para imaginarse en qué estaría pensando.

–Tranquilízate. Esto es un malentendido, una equivocación –intentó calmarla estableciendo contacto visual y experimentando un sobresalto al percibir el extraordinario color de sus grandes ojos enmarcados por larguísimas pestañas.

–Equivocadamente entró en el dormitorio, equivocadamente se desnudó y, equivocadamente, se metió en mi cama... Son muchas equivocaciones.

Esa ligera ronquera en su voz, ¿sería normal o producto del miedo? En cualquier caso, a Gianni le resultaba muy atractiva y se descubrió impaciente por oírla hablar de nuevo.

–Tal y como lo dices, suena muy mal –admitió él–, pero te aseguro que soy inofensivo.

«¡No hiperventiles, Miranda!». Luchando por mantener su pose envalentonada, consiguió sonreír. No podía haber nada menos inofensivo que ese hombre tumbado sobre la cama y que únicamente llevaba puestos los calzoncillos.

Era pura sexualidad. Un depredador. Un depredador

que se había metido en su cama. ¿La había tocado?, se preguntó incapaz de reprimir un escalofrío.

–¡Creo que voy a vomitar! –exclamó mientras el color abandonaba su rostro.

Incluso esa frase resultaba seductora cuando la pronunciaba ella.

¿Qué había dicho Lucy antes de irse? «Espero que no te aburras. Me temo que aquí nunca sucede nada interesante». Para ella, ¿sería aquella una «aburrida», mañana de viernes?

–¿Le dice eso a todas las mujeres a las que intenta atacar? –Miranda respiró hondo y miró al intruso con gesto de repulsión.

Sus dedos acariciaron el teléfono que se deslizó hasta el suelo. «¡Maldita sea!», intentó controlar el ataque de pánico. «No me convertiré en una estadística más. Sobreviviré».

–Ahora voy a salir de aquí –«en cuanto recupere el control de mis piernas».

–No seré yo quien te lo impida.

A Gianni siempre lo habían temido por su dominio de las palabras. Rara vez se había encontrado en una situación en la que no tuviera la respuesta perfecta, claro que era la primera vez que se le consideraba un violador en potencia.

–Ya te lo he dicho, ha sido un malentendido, una equivocación.

–Sí, su equivocación –¿cómo se explicaba que la voz le funcionara, pero las piernas no? Le habría sido mucho más útil al revés–. ¡Gusano asqueroso! –«¿Por qué estoy diciendo las palabras menos indicadas para calmar a un lunático?»–. Practico defensa personal.

Gianni percibía el temblor en el cuerpo de la pelirroja. Aunque aterrorizada, tenía agallas y sus ojos nunca dejaron de mirar los suyos. De repente sintió una gran admiración por ella.

Decidió sentarse en la cama, provocando que la pelirroja diera un paso atrás.

A él no le gustaba asustar a las mujeres y sonrió en un intento de parecer inofensivo e inocuo, nada fácil cuando pasabas del metro noventa y te encontrabas prácticamente desnudo. Estudió a la joven que se ocultaba tras la colcha e intentó pensar en el mejor modo de suavizar la situación.

Era pequeña y delgada, y seguramente más joven que Lucy, aunque nunca se sabía. Tenía el tipo de rostro que siempre parecía joven, de forma ovalada, y en el que destacaba un par de enormes ojos verdes por encima de una diminuta y respingona nariz. No le ayudaba nada fijarse en los sensuales labios, de lo más apetecibles cuando no describían una mueca de desagrado hacia él, pero no podía evitarlo.

–No hay motivo para ponerse histérica.

Ese tipo tenía la osadía de impregnar su voz de un tono de impaciencia. Miranda soltó una carcajada gutural. Si había una ocasión para ponerse histérica, era esa precisamente.

–No estoy histérica –¡estaba mucho más que histérica!

–Pues no es eso lo que parece.

–¿Y qué demonios parece? –espetó ella con expresión tan aterrada que Gianni temió que fuera a lanzarse por la ventana si hacía algún movimiento hacia ella. Accidente o no, el hermoso cuello se partiría y la culpa sería suya.

–Escucha, al otro lado de la puerta hay un cuarto de baño con un estupendo cerrojo. ¿Por qué no entras, te encierras y lo hablamos tranquilamente?

No era la clase de sugerencia que una esperaría de un

posible violador, pero Miranda no bajó la guardia, aunque sus niveles de ansiedad se redujeron ligeramente.

–¿Cómo sabe que el cuarto de baño tiene cerrojo?

Su mente trabajaba frenéticamente. ¿Formaba aquello parte de un siniestro plan? ¿Estaba ese tipo jugando con ella? ¿Había roto la cerradura mientras ella dormía? ¿Y los perros?

–¿Le ha hecho daño a los perros? Porque si lo ha hecho... son animales rescatados y...

–Ya lo sé. Han sufrido lo suyo –la tía Lucy solía recoger a los ejemplares más torturados y desesperados que podía encontrar–. Los perros están bien –la tranquilizó–. Llama a Lucy. Ella me respaldará –pero decidió llamarla él mismo–. ¡Luce!

–¿Conoce a Lucy? –preguntó Miranda, sorprendida.

–¡Lucy! –vociferó Gianni de nuevo antes de bajar el tono de voz–. No tenía ni idea de que tuviera visita –frunció el ceño irritado. ¿Dónde estaba Lucy?–. ¡Luce!

–No está... –Miranda se interrumpió recriminándose, «¡Genial, Mirrie, si aún no sabía que estabas sola, ahora no le cabe la menor duda!».

–¿Se ha ido? –las oscuras cejas formaron una línea recta sobre la nariz aquilina.

Irritado, Gianni siseó. «¿Cuándo fue la última vez que Lucy salió de su casa?».

–Pero regresará en cualquier momento –insistió ella con voz temblorosa.

Él la miró fijamente a los ojos y se encogió de hombros.

El movimiento hizo que Miranda fuera consciente de los músculos bajo la sedosa piel bronceada. Tenía la clase de cuerpo que hacía que un artista sintiera ganas de ir en busca de sus pinceles. La clase de cuerpo que provocaba una reacción física.

–Siento haberte asustado. Yo también me sorprendí al ver que compartía la cama.

–No estoy asustada –mintió ella mientras tragaba con dificultad, incapaz de apartar los ojos de vello que salpicaba los magníficos pectorales–. ¿Cómo ha entrado?

–Abrí la puerta con la llave. Lucy guarda una copia sobre el dintel... Sí, ya sé que es una locura después de tomarse la molestia de instalar un sistema de seguridad de última generación, pero ella tiene la teoría de que nadie buscará en el lugar más evidente. Sé que el cuarto de baño tiene cerrojo, y sé dónde se guarda la llave porque he estado aquí antes.

–¿Antes? ¿Es su novio?

–Soy un pariente –Gianni soltó una carcajada profunda, gutural y atractiva.

Fue el turno de Miranda de soltar una carcajada. Podría haberse tragado la historia del novio, aunque eso no explicaría por qué se había metido en su cama y no en la de Lucy...

No le costaba mucho imaginarse a ese hombre de piel tostada y mirada atrevida como pareja de Lucy Fitzgerald. Por separado, cada uno haría que las conversaciones se interrumpieran al entrar en una habitación, pero juntos provocarían un terremoto. ¿Pariente? De eso nada. Lucy tenía un marcado acento británico, piel clara, ojos azules y cabellos rubio ceniza. Ese hombre, con sus ojos negros, cabellos color ébano y cuerpo bronceado, tenía algo elemental y primitivo en él... peligroso.

–¿Un pariente?

–Llegué muy tarde –él asintió–, y no quería molestar a nadie de modo que... normalmente utilizo esta habitación cuando me alojo aquí.

Parecía sincero, y su historia también. Claro que, hasta que su gemela le había contado la verdad sobre

Papá Noel, había seguido creyendo en él dos años más de lo normal.

–Si usted lo dice –concluyó en un intento de mostrar cierto escepticismo.

–Eres muy difícil de convencer, ¿lo sabías? ¿No has visto las fotos del salón?

Miranda se mantuvo en silencio. Había repasado la extensa colección de fotos enmarcadas y empezó a considerar la posibilidad de que el parentesco existiera.

–¿Las has visto o no?

–¿Entonces qué es? –ella asintió–. ¿Su hermano?

–No, soy su sobrino.

–¿Sobrino? –exclamó ella–. Está claro que no conoce a Lucy.

–¿Y en qué te basas para decir eso?

–Bueno, para empezar, ella es más joven que usted y es inglesa, mientras que usted... no sé lo que es, pero creo que se enteró de que se marchaba y decidió entrar para ver si había algo de valor, me vio durmiendo y...

–¿No pude resistir la tentación?

Miranda se sintió sonrojar violentamente.

–No me gusta presumir, pero no sería la primera vez que una mujer comparte la cama voluntariamente conmigo –admitió Gianni–. En cuanto a Lucy, tiene dos años menos que yo y es mi tía y, al igual que ella, soy medio irlandés. Mi otra mitad es italiana, mientras que la suya es inglesa. El abuelo Fitzgerald tuvo tres esposas y diez hijos. Mi padre era el mayor y Lucy, que nació treinta años después, era la pequeña.

Gianni hizo una pausa.

–Fíjate en las fotos –sugirió–. Estoy en al menos dos. No es que haya salido muy bien, pero... –sin dejar de mirarla a los ojos, puso los pies en el suelo y añadió con dulzura–. Si hubiera querido mentir, se me habría ocurrido una historia mucho más convincente, *cara*.

Miranda mantuvo la pose defensiva. Ese hombre no había dejado de parecerle peligroso, pero en algo tenía razón: la historia era tan simple que debía ser cierta.

–¿Te importaría lanzarme la camisa y los pantalones? Están sobre la silla –Gianni sonrió y Miranda tuvo que hacer un esfuerzo por no corresponderle–. Me siento muy expuesto.

¡Menuda mentira!

Miranda seguía con los ojos el movimiento de la mano del intruso que se deslizaba desde el pecho hasta el estómago. No se imaginaba a nadie más despreocupado por estar medio desnudo ante una extraña. Ella, sin embargo, era dolorosamente consciente de su propia desnudez y, peor aún, de la de ese hombre.

Aunque no le convencía del todo la historia, ya no pensaba que constituyera una amenaza física y le lanzó la ropa de una patada.

–Por cierto, me llamo Gianni Fitzgerald –se presentó.

Miranda ignoró tanto la invitación silenciosa para presentarse como la mano extendida. Lo que no pudo ignorar fueron los músculos que se marcaban con cualquier movimiento.

–Y ahora cuéntame dónde está Lucy y cuándo regresará –Gianni se encogió de hombros y arqueó una ceja–. ¿O acaso se trata de información confidencial?

–Está en España –contestó ella con la mirada fija en un punto por encima del hombro. Al menos estaba poniéndose algo de ropa. Sin embargo, ella se sentía igual de vulnerable.

Gianni se puso los pantalones manteniendo, aparentemente sin esfuerzo, el equilibrio sobre una pierna. Una pierna larga, musculosa y cubierta de vello... aunque ella no miraba. No. Con gran tendencia a la torpeza, siempre había envidiado a las personas que mostraban una buena coordinación.

–¿A qué ha ido a España?

Si su jefa hubiera querido que Gianni lo supiera, se lo habría contado ella misma. Respetando el derecho a la intimidad de Lucy Fitzgerald, Miranda contestó evasivamente.

–Puede que regrese en un mes –en realidad no habían hablado de ninguna fecha.

Gianni se alisó los cabellos en un gesto de frustración. El bronceado torso se elevó al respirar profundamente. No había contado con la ausencia de Lucy. Su intención había sido quedarse allí para proporcionarle a Sam el espacio que aseguraba necesitar.

–Pues tenemos un problema.

–¿Tenemos? –Miranda sacudió la cabeza. Ella ya tenía bastantes problemas sin necesidad de ser incluida en los de un completo extraño.

Capítulo 3

PAPI, tengo sed...
¿Papi? Miranda se volvió hacia la vocecilla infantil.

Boquiabierta, contempló con los ojos muy abiertos al pequeñín que estaba en la puerta. Debía tener tres o cuatro años, llevaba un pijama estampado con personajes de dibujos animados y se aferraba a un peluche que, en sus tiempos, debió haber sido un conejo.

–¿Es suyo? –ella miró acusadoramente al hombre que decía llamarse Gianni Fitzgerald.

Gianni asintió.

Miranda devolvió su atención al niño que se frotaba los ojos con el puñito. Hizo un amago de pucheros y se dirigió con paso decidido hacia su padre.

–Tengo sed...

–Por favor... –le recordó Gianni.

¿Tan profundamente había dormido y cuántas personas más había en la casa?

–¡Tú no eres la tía Lucy! –exclamó el pequeño mirándola con gesto acusador desde unos ojos de un color azul idéntico al de Lucy Fitzgerald. Los cabellos eran igual de oscuros que los de su padre, las mejillas sonrosadas y la tez bronceada por el sol.

Al parecer Gianni Fitzgerald sí era quien afirmaba ser, aparte de algunas cosas más que no había dicho ser, como estar casado o tener un hijo.

Cierto que no era lo primero que uno contaba cuando

se despertaba en una cama con un extraño. Sin embargo, por el bien de las mujeres que pudieran estar interesadas en él, y debía haber unas cuantas, un hombre así debería llevar anillo de casado.

A pesar de que ya podía relajarse, en efecto todo había sido una equivocación, Miranda sujetó la colcha con más fuerza alrededor del cuerpo. No necesitaba proteger su virtud de algún lunático peligroso, pero podría morirse de pura vergüenza.

–No, no lo soy. Me llamo Miranda, Mirrie –sonrió al niño–. ¿Y tú eres...?

–Con cuidado, campeón –le advirtió Gianni mientras lo ayudaba a subirse a la cama–. Este es Liam. ¿Miranda...? –Gianni la observó atentamente.

Miranda giró la cabeza, consciente de haberse sonrojado. Nunca había conocido a un hombre que pudiera transformar el gesto más inocente en algo... íntimo.

–Hola, Liam –la mirada verde de Miranda se endureció al dirigirse a su padre–. No me dijo que no estaba solo.

–¿Es tu manera de decir, «lo siento, Gianni, ahora veo que decías la verdad»?

–¡No pienso disculparme! –espetó ella.

–Bueno, pero sí diste por hecho unas cuantas cosas muy desagradables y yo te he proporcionado una historia que te dará mucho juego como tema de conversación.

Miranda intentó no sonreír ante la expresión martirizada del hombre. Lo único que hacía tolerable, o casi, su arrogancia era su aparentemente irresistible sentido del humor.

–Creo –contestó ella con aspecto digno–, que tengo una buena excusa, como despertarme y encontrarle en mi cama...

–Yo también me sorprendí, pero te concedí el beneficio de la duda. Inocente hasta demostrar su culpabilidad. Ese es mi lema.

–Pues conmigo no hay duda –anunció ella en tono malhumorado–. ¿No se le ocurrió identificarse desde el principio y mencionar que había traído a su hijo consigo?

–Tampoco es que me dieras muchas oportunidades.

–Tengo mucha, mucha sed –se quejó el niño que intentaba subir y bajar de la cama–. Y quiero irme a casa. Quiero a Clare. Ella siempre me deja un vaso de agua junto a la cama.

¿Quién era Clare?, se preguntó Miranda. ¿Y dónde estaba la madre de ese niño?

–Clare no está aquí –no había sido la decisión más acertada de su vida–. Estamos solos tú y yo –«sencillísimo, Gianni». Las palabras lo atormentarían el resto de su vida.

–Ella está aquí.

El niño agitó una mano hacia Miranda que, sin pensar, dio un paso al frente, alarmada.

–Se va a caer –advirtió a Gianni mientras contenía la respiración al ver cómo el pequeño se balanceaba peligrosamente sin que su padre reaccionara–. ¿No debería...? –miró a Gianni a los ojos y se interrumpió al encontrarse con una mirada claramente hostil.

Gianni encajó la mandíbula ante una actitud que no le era nueva y que siempre lo ponía a la defensiva. Sabía por experiencia que ser mujer no convertía a una persona en una experta cuidadora de niños, ni tener el cromosoma Y en alguien negado para ello.

–No va a caerse –contestó con confianza mientras su hijo aterrizaba contra el suelo.

Miranda soltó un grito y se apresuró a auxiliar al pequeño, pero su padre, que había reaccionado con más rapidez y mayor agilidad, ya estaba arrodillado junto al niño.

A lo mejor no sabía gran cosa sobre viajar con un niño que se mareaba fácilmente, reflexionó él, pero al menos sí sabía cómo hablar con voz pausada a su hijo.

–¿Estás bien? ¿Te has hecho daño?

Liam solía reírse ante los golpes, salvo cuando percibía la ansiedad en un adulto, en cuyo caso podía llegar hasta la histeria.

La mirada azul que se fijó en su padre estaba llena de lágrimas. Gianni sonrió tranquilizadoramente y repasó el cuerpo de su hijo para comprobar si estaba herido.

–Estoy bien –el niño parpadeó varias veces y se mordió el tembloroso labio–. Los Fitzgerald somos duros.

–Buen chico –Gianni le dio unas palmaditas en el hombro y levantó el pulgar.

Miranda, que había observado la escena con desaprobación, tuvo que contener la emoción cuando el niño devolvió el gesto del pulgar y sonrió orgulloso mientras se ponía en pie.

El niño era encantador y resultaba evidente que deseaba complacer a su padre, un ejemplar clásico del club de «los chicos no lloran».

«Si alguna vez tengo un hijo», pensó «le enseñaré que los chicos pueden tener sentimientos. Tiene derecho a llorar».

–Aún no me has dicho que me lo advertiste –Gianni se volvió hacia ella con gesto burlón.

–Tampoco he dicho que los chicos grandes no lloran –espetó Miranda, incapaz de deshacerse de la ilógica sensación de que esos ojos burlones podían leer su mente.

–¿Insinúas que no estoy en sintonía con mi lado femenino, Miranda?

–No... –ella se sobresaltó al oír su nombre en labios de ese hombre. Hacía que sonara... ¿diferente? Ese hombre desprendía más testosterona que un equipo de rugby.

–Soy medio italiano y medio irlandés, y ninguno de los dos son conocidos por inhibirse a la hora de expresar sus sentimientos.

«No me cabe la menor duda», pensó Miranda con los ojos fijos en los sensuales labios.

–Y a menudo lo hacemos en voz alta –reconoció él sonriendo abiertamente.

Miranda apartó la cabeza para evitar la atrayente mirada de Gianni. Ignorando el agarrotamiento de los músculos del estómago, dirigió su atención al pequeño.

–¿Seguro que está bien?

–No –fue el niño el que contestó–. Vomité en el coche... mucho –anunció mientras miraba a Miranda con gesto de cachorrito apaleado–. El coche olía fatal. Papá se enfadó.

–¿En serio? Y seguro que eso te ayudó un montón –el comentario fue directo a su destinatario.

–Ya sabes cómo son los hombres con los coches –Gianni estaba más que resignado a ser el malo de la película. «¿Para qué luchar?», pensó encogiéndose de hombros.

Miranda soltó un bufido mientras se dirigía a la ventana por la que se veía un vehículo de cuatro ruedas y aspecto poco recomendable.

Se sabía muchas cosas de un hombre por el coche que conducía, tal y como su madre había enseñado a sus hijas. Oliver había conducido un utilitario. Sólido, seguro y fiable.

–¡Madre mía! –exclamó–. No me sorprende que se mareara en esa cosa. ¿Cómo se le ocurrió viajar con un niño que se marea en algo apenas superior a un coche de caballos?

–Ya sabes lo que dicen, Miranda, los mendigos no

pueden elegir –él se encogió perezosamente de hombros–. Y es evidente que no soy tan experto como tú en el cuidado infantil –encajó la mandíbula y enarcó una ceja–. ¿Cuántos hijos tienes?

–Ese no es el coche de papá. Papá tiene un coche enorme –presumió el pequeño mientras empezaba a correr por la habitación imitando el rugido del motor de un coche.

–No tengo hijos, y no he pretendido hacerme pasar por una experta –contestó Miranda.

–Solo eres una mujer.

–¿Tiene algo en contra de las mujeres?

–Jamás se me ha acusado de que no me gustaran las mujeres.

«Apuesto a que ellas no pueden vivir sin ti», pensó Miranda mientras apartaba la vista de la sensual boca, consciente del dolor que sentía en el abdomen. Ese hombre era lascivamente atractivo. De inmediato sintió simpatía por la madre de Liam antes de regresar a la boca y pensar que esa mujer no necesitaba simpatía. Tenía esa boca para ella.

Escandalizada por sus propios pensamientos, parpadeó antes de bajar la mirada, aferrarse a la colcha y resistirse al impulso de acariciar sus propios labios.

–Estoy segura de que su esposa estará locamente feliz por ello.

–No estoy casado.

–¡Oh! Pensé... –el que no estuviera casado no significaba que no tuviera pareja.

–Y no, no estamos juntos.

–¡Oh! –hubo una incómoda pausa–. Lo siento.

–No lo sientas –él la miró con expresión gélida–. Liam no sufre porque sus padres no sean pareja –con el tiempo, pocos amigos del niño formarían parte de una familia convencional.

Pero, ¿cuántos de esos amigos tenían una madre que se hubiera declarado incapaz de ajustar su estilo de vida a las necesidades de un hijo?

Como de costumbre, Gianni desechó la idea. Esa era una pregunta para el futuro.

Del mismo modo que se había ocupado del bombazo de Sam al anunciarle su embarazo. Del mismo modo que se había ocupado de sus amables, aunque divertidas, respuestas cuando le había preguntado si iba a abandonar su profesión como corresponsal de guerra.

La única experiencia con madres había sido con la suya propia. Ella siempre había antepuesto la familia a todas las cosas y, aunque no esperaba que la madre de su hijo regresara a los años 1950 para convertirse en la perfecta ama de casa, y no tenía ningún problema en que siguiera con su carrera siempre que no fuera secuestrada por una banda de rebeldes, no se le había ocurrido que no fuera su principal cuidadora.

Del mismo modo que no se le había ocurrido que no se casaría con la madre de su hijo.

–Liam es... –Gianni se interrumpió frunciendo el ceño.

No estaba acostumbrado a hablar de su vida con extraños, ni a defender sus acciones, pero en esos momentos daba la sensación de ser alguien que reclamaba aprobación.

–No me gusta discutir antes de tomarme el primer café del día –él bajó la mirada–. Sobre todo con una mujer desnuda.

La frase hizo que Miranda se llevara una mano a la boca. Craso error, pues la colcha estuvo a punto de deslizarse por un lado.

–Os proporciona una injusta ventaja –Gianni sonrió ante los esfuerzos de Miranda.

¡Injusta! Miranda se quedó sin habla ante la desfachatez de ese hombre. Jamás en su vida se había sentido en menor desventaja que en esos momentos y lo miró furiosa.

–Bueno, pues dado que me gusta jugar en igualdad de condiciones, podemos continuar esta conversación cuando me haya puesto algo de ropa encima.

La risa de Gianni fue cálida, profunda, gutural y totalmente inesperada. Consciente de la ligera respuesta de la parte inferior del estómago, Miranda luchó contra el impulso de sonreír. Ese hombre era un experto en sonreír y recibir sonrisas a cambio.

–Me parece justo –asintió Gianni–. Vamos, campeón, creo que te vendrá bien un poco de agua y jabón –tomó a su hijo en brazos e hizo una mueca ante el olor acre que desprendía–. Dejé el equipaje en la cocina. ¿Qué tal si usamos el baño de abajo y tú el de arriba... el que tiene el enorme cerrojo?

Miranda alzó desafiante la barbilla ante el comentario jocoso.

–Y créame, señor Fitzgerald, pienso utilizarlo.

Gianni la miró con ojos burlones. Ese hombre era un auténtico chico malo. Ella nunca se había sentido atraída hacia los chicos malos, y eso la colocaba en el grupo minoritario.

–Mi madre me advirtió sobre las mujeres de lengua afilada –sin embargo, pensó él, no le había hablado de las mujeres cuyas lenguas estuvieran hechas para el pecado.

Su mirada se detuvo un instante sobre ella antes de darse media vuelta con una sonrisa. Ni siquiera se volvió cuando ella contestó.

–Y mi madre me dijo que los hombres que tenían miedo de las mujeres inteligentes solían tener problemas de autoestima.

La mirada de Gianni le había provocado una descarga en el sistema nervioso. Respirando con dificultad mientras intentaba ignorar el gutural sonido de la risa de ese hombre, se esforzó por librarse de la extraña sensación de anticipación y excitación que tenía en la boca del estómago mientras se quitaba la colcha y caminaba hacia el cuarto de baño.

Capítulo 4

MIRANDA echó el cerrojo con decisión sin importarle, más bien deseando, que él lo oyera. Por mucho que fuera el padre de un encantador pequeñín, tenía el aspecto de ser un hombre al que no le asustaba sobrepasar los límites. La paternidad no le convertía en inofensivo, aunque no creía ni por un segundo que intentara abrir la puerta del baño.

Dejó caer la colcha al suelo y abrió la ducha. Pero, en lugar de meterse en el amplio cubículo se apoyó contra la puerta y cerró los ojos mientras esperaba a que su corazón recuperara algo parecido al ritmo normal.

El encuentro la había dejado en un gran estado de excitación. Sabía que era efecto de la adrenalina, pero sentía un torbellino en la cabeza mientras luchaba por atemperar la extraña combinación de entusiasmo y antipatía.

Al fin soltó un suspiro y entró en la ducha. Con el rostro alzado bajo el chorro de agua, se frotó el cuerpo con gel. Sin embargo, la voz de Gianni seguía impregnando su mente, junto con la irónica sonrisa, mezcla de insolencia y travesura.

Minutos después salió de la ducha, satisfecha por haber aclarado de su mente, en sentido figurado, a Gianni Fitzgerald. Tan solo le quedaba hacerlo de manera práctica.

Se secó los cabellos con la toalla y se vistió con lo primero que sacó de la maleta. Estaba corta de sujetadores, pero no era gran problema. No estaba precisamente superdotada en ese terreno y la camisa que se abotonó apresuradamente no era demasiado ajustada.

Estaba peinándose cuando oyó un estruendo procedente del piso inferior. La cocina, en su opinión la estancia más impresionante de la casa, estaba justo debajo del cuarto de baño.

Frunció el ceño y contempló su imagen en el espejo. «¿Qué estará haciendo ahora?», se preguntó mientras sonaba otro estruendo.

Situada en la parte trasera de la casa, la cocina se abría a un patio en el que había varios edificios anexos. Había pasado una agradable hora explorando ese lugar la noche anterior, descubriendo que las instalaciones de aspecto rústico escondían los más modernos electrodomésticos. Era evidente que el dinero no era problema para Lucy Fitzgerald, aunque no había conseguido averiguar cómo se ganaba la vida.

–No sé cocinar –había admitido la hermosa rubia.

Secretamente escandalizada por la revelación, ya que lo consideraba un imperdonable desperdicio de cocina, Miranda admitió sí saber cocinar.

–El congelador está lleno de comida preparada, pero si quieres cocinar con lo que hay por aquí, adelante –había asentido su jefa mientras abría una bien provista despensa–. Un amigo compró varias cosas. Iba a aprender lo básico, pero al final nunca... Bueno, sírvete tú misma. Hay una tienda y una frutería en el pueblo, y un frutero a domicilio, bastante mono si me preguntas, si no estás comprometida...

Ella había admitido que no, pero no entró en más detalles y Lucy respetó su silencio.

Miranda bajó a la cocina en el preciso instante en que Gianni vaciaba un recogedor lleno de trocitos de porcelana en un cubo de basura junto a la puerta. Liam estaba sentado en una silla balanceando las piernas y dándole palmaditas en la cabeza a uno de los perros.

Los cabellos del pequeño estaban húmedos y el angelical rostro resplandecía brillante y limpio. Tenía aspecto sano y delicioso. Su padre, que también tenía los cabellos húmedos, no tenía aspecto sano, pero desde luego sí delicioso.

Salvajemente delicioso, decidió ella, aprovechando la oportunidad de analizarlo antes de que la descubriera. Cada vez que lo miraba, sentía un cosquilleo en la piel, ¡y eso que no le gustaba su actitud machista! Sería pura curiosidad científica.

Tragó con dificultad para aliviar la sequedad de su garganta. Era probable que Gianni Fitzgerald produjera el mismo efecto en cualquier mujer con sangre en las venas. ¿Sería por su origen latino? Había dicho que era medio italiano, aunque tampoco podía negar sus orígenes celtas.

Vestía de manera informal con una camiseta holgada, que no conseguía disimular el musculoso torso, y unos vaqueros desteñidos que se ajustaban a los largos y atléticos muslos. Pero la sexualidad que desprendía no tenía nada que ver con la ropa sino con él.

Como si hubiera sentido su mirada, Gianni se volvió y la sorprendió mirándole el trasero. Miranda alzó la barbilla en un gesto desafiante que provocó en él una sonrisa torcida.

Sus miradas se fundieron y ella vio algo parecido al fuego en el fondo de los negros ojos.

No pudo definirlo, pero a su cuerpo no le importó el nombre. Reaccionó indiscriminadamente lanzando una oleada de fuego por todo su organismo.

No había protección posible frente a ese hombre. Tiró del cuello de la camisa y, sin querer, soltó los dos primeros botones.

Los ojos de Gianni fueron directamente a la pálida piel que había quedado al descubierto y que difícilmente podría haber sido catalogada de provocativa. Sin embargo, su cuerpo reaccionó con una desproporcionada oleada de deseo que se concentró en la entrepierna.

Tragó con dificultad, irritado por su falta de autocontrol, y ladeó la cabeza en exagerada aprobación recurriendo al humor para ocultar su reacción.

—Me cuesta reconocerte con ropa, *cara* —observó mientras se deleitaba con el tono púrpura que asomaba a las mejillas de la joven.

Cuando un hombre despertaba junto a una hermosa mujer, sucedía lo inevitable. No era ningún misterio, simple deseo físico, nada que no pudiera subsanar una ducha fría... otra.

Antes de que Miranda pudiera responder, Gianni desvió su atención hacia el niño.

—Quédate donde estás hasta que inspeccione el suelo, Liam —el resto de la frase fue pronunciado en italiano y Miranda contempló impresionada cómo el pequeño respondía en perfecto italiano a su padre.

Una inesperada emoción se instaló en su garganta mientras observaba relajarse el rostro de Gianni que se agachó junto a la silla del pequeño, lo tomó por la cintura y lo dejó en el suelo empujándolo hacia la puerta.

—¡Tengo hambre!

Gianni, que solía marcharse de casa antes de que el niño desayunara, dudó antes de buscar la lata en la que, según creía recordar, la golosa de tía Lucy guardaba las galletas. Estaba vacía.

—*Dio* —los largos dedos tamborilearon sobre la encimera de granito mientras experimentaba una inhabitual punzada de indecisión y duda. Para un hombre capaz de conservar la sangre fría mientras a su alrededor todo se desmoronaba, la sensación era muy incómoda.

Empezaba a comprender la expresión de horror en el rostro de Clare al conocer sus planes de pasar un tiempo a solas con Liam. La niñera seguramente se había preguntado si el niño regresaría de una pieza.

Lo que tenía que hacer era demostrarle que se equivocaba, no perder el tiempo compadeciéndose. Por una vez podía disfrutar de su hijo, algo que no sucedía a menudo.

–¿Dónde están las galletas... o el pan?

Miranda lo observó registrar la cocina con el aspecto de alguien que esperaba que lo que buscaba se materializara sin más de la nada.

La visión de ese hombre tan perdido, hizo que sintiera menos rechazo hacia él. Parecía acostumbrado a dar órdenes y esperar que todos saltaran a su alrededor.

Miranda no saltó, pero sí abrió la nevera y sacó un cartón de leche. No podía consentir que el pequeño pasara hambre porque su padre fuera un tipo mandón y controlador, aunque con un buen trasero y una inquietante mirada que le hacía ponerse a la defensiva.

Encontró el tazón de plástico que buscaba y se lo entregó a Gianni sin decir una palabra.

–Quizás esto le permitirá aguantar hasta el desayuno.

Gianni se preparó para una charla sobre nutrición infantil. Por su experiencia sabía que rara era la mujer que se resistía a demostrar sus conocimientos en ese campo, pero al no producirse dicha charla, asintió en un silencioso gesto apreciativo.

Vigiló a Liam mientras se tomaba el vaso de leche y se limpiaba después y luego le dio permiso para salir al patio.

Gianni se colocó junto a la puerta para no perder de vista al niño y cruzó los brazos sobre el pecho mientras observaba a la empleada de Lucy atareada en preparar el desayuno.

–¿Puedo ayudarte en algo?

–No –contestó tajantemente Miranda. A menudo la habían acusado de comportarse como una diva en la cocina y decidió suavizar su rechazo–. Gracias, pero no hace falta ayuda. Me gusta cocinar –lo menos que podía hacer era darles de comer antes de que se fueran.

–Desde luego parece que sabes lo que haces –el lenguaje corporal de Miranda era relajado. Las mujeres que solía frecuentar no cocinaban. Demonios, ni siquiera comían, aunque sí les gustaba sentarse a la mesa en un restaurante y empujar la comida por el plato con el tenedor. Empezaba a sentirse más atraído por esa pelirroja de lo que lo había estado por ninguna mujer en mucho tiempo. «Admítelo y sigue tu camino porque no va a suceder», se dijo a sí mismo. Estudió su rostro con la esperanza de ver algo que sugiriese que se había equivocado con ella, que esa mujer solo buscaba sexo en un hombre.

Pero no lo encontró. Deseable o no, la empleada de Lucy era la clase de mujer a la que solía evitar. Era padre soltero, trabajaba muchas horas en un puesto muy exigente y creía estar conciliando ambos papeles bastante bien, pero el romance no estaba en su agenda.

–Así es –admitió ella sin sentir la necesidad de mostrar falsa modestia–. Pero solo estoy preparando unos huevos revueltos –señaló–. No un plato digno de una estrella Michelín.

–Eso depende de cómo se mire. La última mujer que cocinó para mí, metió en el microondas un plato preparado con su bandeja de aluminio... e incendió el horno.

–¿En serio? –ella soltó una carcajada.

Gianni asintió.

–Estoy preparando el desayuno –murmuró Miranda–. No estoy cocinando para usted.

¿Y para quién estaba cocinando? Se preguntó ella misma. Conocía su nombre y el parentesco que le unía a su jefa. Pero, ¿quién era aparte de un hombre propenso a cambios de humor y con más encanto del que resultaba aconsejable? Presentaba tantas contradicciones que no resultaba fácil de etiquetar. Conducía un coche decrépito y vestía ropa informal, aunque la etiqueta denotaba su elevado precio. Aunque hubiese llevado ropa barata estaría estupendo, reflexionó mientras recorría su figura de arriba abajo, parándose en el reloj que brillaba en la bronceada muñeca.

–Sí, la hora está bien.

–¿Cómo? ¡Oh! –ella lo miró a los ojos–. Solo estaba repasando...

–Ya me había dado cuenta –él la miró con un brillo divertido en los ojos.

–¡A usted no! La hora –rechinó los dientes y sintió el rubor teñirle las mejillas. Abjuró en silencio por tener la piel tan blanca acompañada de una doble dosis de pecas y rubor.

El sonrojo no hizo más que aumentar cuando él contempló ostensiblemente el enorme reloj de pared que tenía la joven justo encima de la cabeza.

–Es un bonito reloj...

Y también debía ser bueno. No parecía la clase de hombre que se conformara con imitaciones. Debía valer tanto como su sueldo de un mes, quizás más.

–¿Te dedicas a esto profesionalmente? –preguntó Gianni evasivamente.

–¿Qué? –ella sacudió la cabeza. ¿Intentaba cambiar de tema?

–Todo eso de llegar al corazón de un hombre a través del estómago –Gianni señaló hacia los utensilios de cocina aunque, por él podría estar hirviendo agua. La sexy pelirroja no tendría ningún problema para llegar, si no al corazón de un hombre, sí a su líbido.

–Relájese, señor Fitzgerald –ella alzó la barbilla–. No estoy interesada en su corazón.

–No es mi corazón lo que se siente más afectado por ti, *cara*.

Miranda apretó los labios irritada por ser el objeto de sus bromas. Pero al mirarlo a los ojos, unos ojos de expresión tórrida, su enfado se extinguió de golpe.

No había sido ninguna broma.

–Me siento halagada.

El corazón galopaba en su pecho. Ningún hombre la había mirado jamás con tal deseo.

–Estudié economía del hogar.

Miranda y su hermana habían estudiado juntas, aunque Tam se había decantado por el diseño de moda. Dos semanas antes del inicio de curso, un encuentro fortuito había cambiado el curso de su vida.

Miranda recordó aquel día en el andén de la estación, su hermana, su madre y ella aguardando la llegada del tren que les llevaría a casa tras una tarde de compras.

Durante el trayecto habían bromeado sobre el hombre que había entregado su tarjeta a Tam, apenas advirtiendo la presencia de Miranda, mientras explicaba que era agente de reparto en una productora.

Una vez en casa, Tam había recuperado la tarjeta del cubo de basura donde la había arrojado su madre y, sin contar con sus padres, había llamado. Aquello había resultado ser cierto y tres semanas más tarde, había pasado con éxito la prueba para una serie de televisión en Estados Unidos. La serie no había llegado a estrenarse en Gran Bretaña por lo que su hermana, siendo un rostro conocido en los Estados Unidos de América, podía pasearse por la calle tranquilamente sin que nadie le pidiera un autógrafo.

–¿Trabajas en algún catering?

–No. Doy... daba clases en la escuela local a la que fui de pequeña.

«No le des demasiados detalles, Miranda».

«Te desea».

Cerró los ojos ante la excitación que la inundó desde la cabeza hasta los dedos de los pies.

–Sé que no es muy interesante –el tono de voz era vagamente de disculpa.

–¿No lo es?

Miranda parpadeó de nuevo, atrapada por la pregunta directa y bajó la vista.

–¿No es interesante, comparado con qué?

Ella se sintió alarmada ante el razonamiento que subyacía bajo la sencilla pregunta y levantó bruscamente la cabeza, recurriendo a lo primero que se le ocurrió.

–¿Le gustan a Liam los huevos revueltos?

Gianni le observó batir un cuenco con huevos. Era evidente que había dado en el clavo.

–¿Le gustan?

Gianni la miró inexpresivo.

–¿Le gustan los huevos?

–No lo sé –miró a su hijo que regresaba a la cocina.

Miranda no dijo una palabra, no hacía falta, pues la mirada fue lo bastante elocuente y le dejó bien claro lo que pensaba de los padres que no tenían ni idea de lo que comían sus hijos. Después se agachó y le hizo la pregunta directamente al niño.

Tras mirar inquisitivamente a su padre, el pequeño respondió exactamente lo mismo.

–¿Qué te parece si los pruebas con un poco de beicon? –propuso ella mientras cortaba dos lonchas–. ¿Y también unos tomates?

–¿No se lo va a cortar?

Gianni estaba a punto de hacerlo cuando su hijo se echó parte de la comida encima.

–Ya se las apaña él –sacudió la cabeza.

–Espero que haya traído ropa de repuesto –Miranda observó al niño que manejaba el cuchillo y el tenedor mejor que su padre aceptaba consejos.

La sonrisa burlona de la joven hizo que Gianni sintiera... en realidad lo que sentía, aún sin la sonrisa, eran ganas de besar esos seductores labios. Pinchó un trozo de beicon con el tenedor y frunció el ceño. No era la primera vez que se encontraba atraído por una mujer poco adecuada para él. En su situación, no resultaba adecuada ninguna mujer que buscara en él más de lo que estaba dispuesto, o podía, ofrecer. Sin embargo, era la primera vez que su cuerpo respondía con una urgencia tan inmediata como lo hacía ante esa pelirroja.

Dio, con tanto trabajo apenas veía a su hijo... Sacudió la cabeza. No necesitaba añadir complicaciones emocionales a su situación.

Y ella sin duda lo sería.

No hacía falta ser adivino para saber que esa pelirroja era de las que acaparaba la atención.

—¿Qué? —preguntó Miranda mientras agitaba un tenedor hacia el hombre que la miraba fijamente—. ¿Nadie le ha dicho que es de mala educación mirar así? —apretó los labios irritada a partes iguales por la mala educación y por el modo en que le afectaba.

—Nunca había visto a alguien de tu tamaño comer tanto —admitió él.

—Tengo un metabolismo rápido —contestó ella sintiéndose como una atracción de feria.

Por eso resultó todo un alivio cuando Liam tiró el vaso de zumo de naranja y los negros y turbadores ojos por fin abandonaron su rostro.

Cuando Liam terminó de desayunar, su padre lo envió de nuevo a jugar al patio y se sirvió otra taza de café.

Miranda recogió los platos y los metió en el lavavajillas. Consciente de la silenciosa presencia de Gianni Fitzgerald, abrió la nevera y guardó la jarra de leche. La mañana era cálida y, si acertaban los pronósticos del tiempo, les aguardaba un caluroso día.

Intentó controlar la ansiedad que amenazaba con impregnar su voz mientras se dirigía al hombre que la miraba desde la puerta.

–¿Quiere que prepare unos bocadillos para el viaje?

–¿Viaje? –repitió él mientras observaba a Liam perseguir gallinas por el patio.

–Bueno, supongo que querrá regresar a... –se encogió de hombros.

–Pues supones mal –contestó Gianni mientras fijaba una mirada fría y calculadora sobre ella. Bajo la tórrida superficie y el carismático encanto, ese hombre era frío hasta la médula. Una frialdad que solo lo abandonaba cuando miraba a su hijo.

Miranda sintió un escalofrío recorrerle la columna mientras la mirada negra seguía fija en ella y tuvo que recurrir a un esfuerzo consciente para romper el contacto.

–Llámame Gianni... las mujeres que comparten mi cama suelen hacerlo.

–Te invitaron... –Miranda desvió incómoda la mirada mientras sentía el color aflorar de nuevo a sus mejillas–. Doy por hecho que ellas te invitaron a su cama.

–Pareces muy interesada en mi vida sexual.

–Solo estaba pensando en el modelo de conducta tan bueno que eres para tu hijo –Miranda entornó los ojos con desagrado.

En un instante el reflejo burlón de los ojos de Gianni se convirtió en clara hostilidad. Ese hombre con sus violentos cambios de humor podría llegar a ser despiadado.

–Supongo que es lógico dado que eres padre de fin de semana –añadió sin poderlo evitar a pesar de ser consciente de que no era la clase de persona a la que una querría enfrentarse.

–No soy padre de fin de semana –la mandíbula cuadrada se encajó un poco más. Solo un padre que desconocía si a su hijo le gustaban los huevos revueltos–. Soy padre a jornada completa.

–¿Y qué pasa con su madre? –de inmediato comprendió lo insensible que había sido–. ¿Liam tiene madre? Quiero decir... ¿viva?

–Sam está bastante viva, pero no... Mantiene algún contacto con Liam, pero soy yo quien tiene la custodia.

¿Algún contacto?

–¡Pobrecilla! –el cinismo de Gianni hizo que Miranda se estremeciera. ¿Cómo podía ser alguien tan inhumano como para arrebatarle el niño a una madre?

Los ojos negros de Gianni emitieron fuego mientras los músculos alrededor de la boca temblaban ante la acusación.

–Liam no necesita tu compasión –espetó–. Y Sam tampoco. No hubo coacción. No obtuve la custodia bajo intimidación. La madre de Liam no nos quería... –Gianni se interrumpió.

«Mejor tarde que nunca, Gianni».

Dio, ¿qué estaba haciendo? Miranda no era la primera persona en presuponer aquello, pero sí era la primera vez que había sentido la necesidad de justificarse.

–Lo siento –contestó ella rompiendo el incómodo silencio.

–¿El qué sientes? –rugió él–. ¿Ser una entrometida?

Miranda supo instintivamente que ese hombre no iba a perdonarle haber visto más allá de la fachada machista que presentaba ante el mundo. Sintió haber hablado. Gianni era la última persona por la que se imaginaría sentir empatía, pero la sentía. Le había resultado más cómodo verlo como una tórrida y sexy figura bidimensional. Cuando se hubiera ido, su lujuria igualmente bidimensional también se habría ido.

No había por qué preocuparse. Pronto se marcharía y ella regresaría a su tarea de alimentar a las cabras y...

¿qué? ¿Compadecerse? ¿No era eso lo que había pretendido? Sin embargo, en su cabeza surgió un sentimiento de culpabilidad y, parpadeando, bajó la mirada. No había pensado en Tam ni en Oliver durante toda la mañana.

—No es asunto mío.

—Cierto —contestó él con una frialdad que dolía.

—¿A qué hora tienes pensado marcharte? —por lo que a ella respectaba ya era tarde.

—Ya te he dicho que no pienso hacer tal cosa.

—¡Pero obviamente no puedes quedarte aquí! —ella se sintió estupefacta.

—¿No? —Gianni enarcó las cejas.

—No resultaría... apropiado.

—Qué deliciosamente victoriano por tu parte.

Miranda se negó a caer en la provocación.

—Yo siempre he tenido cierto talento por lo inapropiado —los ojos negros siguieron el contorno de los labios mientras se le ocurrían unas cuantas acciones inapropiadas.

Durante un instante casi fue capaz de saborear la dulzura y el fuego de su boca mientras hundía la lengua... Apartó las imágenes que se formaban en su cabeza, pero no antes de que un torrente de testosterona se hubiera instalado en la entrepierna.

Dio, ¿qué le estaba pasando? Desde la adolescencia no había vuelto a sentirse así.

—Bien por ti —contestó ella con frialdad—. Pero el caso es que tienes que marcharte.

—¿Por qué?

«¿Acaso se mostraba deliberadamente obtuso?», se preguntó ella mientras observaba a Gianni abrir la puerta del patio y salir por ella.

—¡Liam, no abras la verja! —gritó a su hijo que intentaba acceder al prado donde había un estanque con patos.

—No hay sitio suficiente.

–¿Sitio suficiente? –Gianni se volvió y miró a Miranda con una mezcla de recelo y diversión–. La última vez que los conté había cinco dormitorios.

Diez dormitorios no bastarían para que ella se sintiera cómoda compartiendo la casa con ese hombre. Los ojos de Miranda se detuvieron en la dorada garganta, toda su piel era dorada, mientras fracasaba en su intento de desterrar las imágenes de su mente.

–Pues es una pena que no eligieras uno de ellos anoche –murmuró casi sin aliento mientras cerraba la nevera de un portazo y añadía con voz chillona–. Quiero decir... –se interrumpió. Quizás no era tan buena idea decir lo que pensaba. Ni siquiera estaba segura de pensarlo en serio–. Viniste a ver a tu... –era incapaz de nombrar el parentesco entre la joven y hermosísima Lucy y ese hombre de aspecto latino– a Lucy, y como no está aquí, no hay necesidad de que te quedes.

–En realidad de lo que no hay necesidad es de que te quedes tú –contraatacó él devolviendo su atención a Miranda tras echarle una ojeada al niño. El viento revolvió los brillantes cabellos negros y se los echó atrás con impaciencia–. Pero no te preocupes, yo lo arreglaré con Lucy.

–¿Arreglarlo? –Miranda sacudió la cabeza perpleja.

No lo comprendió hasta que vio a Gianni hundir la mano en el bolsillo.

–¿Te pagó por adelantado? –sacó la mano del bolsillo, vacía, entornando los ojos mientras intentaba recordar cuándo había visto por última vez la billetera.

–No quiero tu dinero y no voy a ir a ninguna parte –Miranda alzó la barbilla con una mezcla de irritación y desdén–. Me han pagado por hacer un trabajo y voy a hacerlo.

–Yo puedo cuidar de la propiedad de Lucy.

Al considerarlo, Gianni no pudo dejar de ver ventajas al hecho de que Lucy no estuviera. Para empezar, no tendría que explicarle la situación. Lucy nunca había ocultado su desaprobación hacia Sam, declarándose incapaz de comprender cómo podía una mujer rechazar a su hijo, una mujer que seguía arriesgando su vida en un trabajo que adoraba.

Gianni había intentado defender a Sam, señalando que Liam seguía manteniendo el contacto con ella, pero dejándole a él las tareas de la crianza. Pero a Lucy no le convencía.

–No estoy aquí de vacaciones. He venido a trabajar y no puedo marcharme.

–¿Te refieres a pasar el plumero por la casa y dar de comer a los animales?

La despectiva, aunque ajustada, descripción de su trabajo hizo que ella frunciera el ceño.

–Creo que podré ocuparme de eso.

Miranda se descubrió deseando poder aplastar ese perfecto rostro.

–Te ofrezco unas vacaciones pagadas –Gianni la miró fijamente–. ¿Quién rechazaría una oferta así?

Alguien que no quería volver a su casa a tiempo de asistir al regreso de los recién casados, para ver el brillo en los ojos de Oliver al mirar a su hermana.

–Es muy amable por tu parte, pero me pagan por hacer un trabajo y voy a hacerlo.

–Dejemos que decida Lucy. Creo que preferirá que se ocupe de esto un pariente.

–Lucy llamó ayer tras aterrizar en España. Estará en un sitio sin cobertura telefónica. Hasta la semana que viene no volverá a llamar –Miranda se interrumpió mientras una gallina irrumpía en la cocina y la echó dando palmadas... mucho más sencillo que echar a ese extraño–. No voy a irme –tragó con dificultad consciente de la nota de pánico que impregnaba su voz–. ¡No puedo!

Gianni enarcó las cejas. De modo que la pelirroja estaba huyendo... ¿de qué o quién? Seguramente de un desengaño amoroso. Casi siempre se trataba de eso.

–Pues supongo que eso significa que tendremos que compartir casa.

–No... no. Es imposible –Miranda lo miró horrorizada–. No puedes quedarte. ¿Por qué ibas a querer hacer tal cosa?

–¿Por el placer de disfrutar de tu encantadora compañía?

Miranda bufó despectivamente y cruzó los brazos sobre el pecho.

–El hecho es que mi agenda de trabajo no permite... No, no es cierto... Yo no he pasado suficiente tiempo con Liam –aquello sí era verdad–. Tiempo de calidad. Lo he intentado, pero no suficientemente –otra verdad.

Gianni abrió la puerta y reprimió una punzada de culpabilidad. No podía titubear. Cuando las circunstancias lo requerían, había que aprovechar la debilidad del contrincante y resultaba evidente que la debilidad de la pelirroja era su blandura.

–Míralo –hizo un gesto hacia el pequeño que jugaba con los perros–. Se lo está pasando como nunca. Podríamos regresar a Londres, desde luego, pero lo echaría de menos. Ambos –la observó con los ojos entornados mientras ella se debatía por dentro.

Miranda miró a Liam. La sinceridad de su padre la había conmovido.

–No es que me guste tu propuesta, pero...

Capítulo 5

EL LADRIDO de los perros en el patio interrumpió a Miranda en medio de la frase. Oyó cerrarse la puerta de un coche y una voz masculina que calmó a los perros de inmediato.

–¿Esperabas visita? –sintiendo la inminente victoria, Gianni se mostró irritado ante la inoportuna interrupción. Acababa de perder toda la ventaja conseguida.

Miranda sacudió la cabeza y se levantó de la silla en el preciso instante en que un hombre apoyaba una caja contra la puerta y se volvía hacia ellos.

–Siento llegar tarde. He tenido algunas entregas extra. He añadido algunos calabacines. Tenemos un montón. Y mamá te ha puesto zumo de saúco para que lo pruebes, y te da las gracias por tu consejo... el nuevo corte de pelo...

El joven se interrumpió sorprendido al ver a los extraños.

–Lo siento, no sabía que Lucy tuviera visita.

Su mirada viajó de Miranda a Gianni pasando por el niño que jugaba a sus pies antes de que ella pudiera aclararle la escena doméstica que podría inducir a error.

–Lucy no está –al final fue Gianni quien habló.

–¿En serio? –el joven no pareció captar el tono de impaciencia, pero Miranda sí.

–Sí.

Para un hombre de su labia, Gianni Fitzgerald podía ser muy parco en palabras.

–Quizás olvidó cancelar su pedido –sugirió Miranda.

–Lo más probable es que mi hermano se haya olvidado de decírmelo –el recién llegado sacudió la cabeza–. Está más interesado en los juegos de ordenador que en el negocio.

–¿Quieres dejar la caja sobre la mesa? Parece pesada –lo invitó ella a pasar.

–Gracias.

–Me llamo Miranda y le estoy cuidando la casa a Lucy.

–Yo soy Joe Chandler –joven, rubio y atractivo, Joe se limpió la mano contra el pantalón antes de ofrecérsela a Miranda que sonrió al estrechársela–. Lucy nos encarga siempre una caja de productos del huerto.

–Algo me dijo.

–Todo es ecológico.

Gianni observó la escena mientras el joven seleccionaba una zanahoria retorcida y se la ofrecía a Miranda para su inspección como si se tratara de la joya de la corona.

–Lucy no mencionó que se marchara y siempre pide una caja el lunes y otra el viernes.

–¿Y se cultivan aquí? –Miranda observó con interés la zanahoria cubierta de barro.

Si su interés era fingido, decidió Gianni, era una actriz extraordinaria.

–¿Cuánto cuesta cada caja?

Joe mencionó una cantidad bastante impresionante para unas cuantas verduras.

–Me quedaré lo habitual –contestó Miranda alegremente.

–Estupendo, pero, con la familia aquí, seguramente necesitarás más cantidad –insinuó él mientras dirigía una mirada a Gianni.

–Él no está conmigo. No somos... la caja habitual bastará, gracias –ella frunció el ceño–. ¿Cuánto dices que te debo?

–Yo lo pagaré –anunció Gianni poniéndose en pie.

Miranda le vio fruncir el ceño mientras empezaba a rebuscar en los bolsillos de la chaqueta colgada de la silla de la cocina. De repente, algo hizo clic en su mente.

¿Podría ser que no hubiera visto las señales como le había sucedido con su padre?

La experiencia había vuelto a Miranda más sensible a los detalles. No era la primera vez que le sorprendían ciertas contradicciones: Gianni llevaba ropas caras, pero conducía un coche decrépito, aunque, según Liam, había tenido un coche grande. Y de repente había perdido la cartera. Todo apuntaba a un reciente cambio de fortuna.

¿Pudiera ser que no tuviera otro lugar al que ir? Quizás, al igual que su padre, había perdido el trabajo, seguramente también la casa. No sería el primer hombre al que le resultaría difícil hablar de ello.

–No pasa nada –reaccionó Miranda impulsivamente–. Tengo aquí el dinero –añadió mientras sacaba los billetes de su monedero y se los entregaba a Joe antes de hacer algún comentario más de admiración sobre el contenido de la caja.

–¿Traigo la entrega habitual el lunes?

–Sí, por favor –ella acompañó a Joe al patio mientras hablaban del siguiente pedido.

Con la mente ocupada por el hombre que se había quedado dentro de la casa y su posible situación, tardó un poco en responder a la invitación del joven.

–¿Tomar algo en el pub?

–Sobre las ocho y media. He quedado con unos amigos. Puedo pasar a recogerte...

A punto de rechazar la invitación, Miranda pensó de repente, «¿y por qué no?».

–He estado pensando y creo que tienes razón –de regreso a la casa fue directa al grano–. Aquí hay sitio suficiente –se sirvió otra taza de café–. En realidad me haces un favor.

–¿En serio? –sorprendido por el repentino cambio, Gianni la miró perplejo.

–Sí... esto está muy aislado, y por las noches me sentiría inquieta aquí sola...

–Pues no me pareces muy nerviosa –seguro de haberse perdido algo, aunque no sabía qué, Gianni tapó la taza antes de que ella le sirviera azúcar.

–Pues lo soy –Miranda desvió la mirada–. ¿Quieres quedarte o no?

–Quiero quedarme –admitió él con el ceño fruncido.

–Perfecto. Seguro que nos las arreglaremos sin estorbarnos. La casa es muy grande –«¿a quién intentas convencer, Mirrie?»–. Tengo que dejarte. Voy a limpiar a los caballos.

Aquello era atrasar lo inevitable, pero Miranda pasó el resto de la mañana con los animales. Liam se unió a ella y le pidió que le dejara montar en burro, pero antes de que ella pudiera contestar, apareció su padre.

–Vamos, Liam.

–Puede quedarse conmigo –al que intentaba evitar era al padre. El niño era un encanto.

–No necesito una niñera –Gianni tomó a su hijo de la mano y la miró con frialdad.

Miranda lo observó alejarse, casi arrastrando al niño. ¿Qué le sucedía? Se había comportado como si ella hubiera estado a punto de secuestrar a su hijo.

Pues por lo que a ella respectaba, podía marcharse a... cualquier sitio donde ella no estuviera.

A la hora de comer regresó a la casa, pero únicamente para buscar las llaves del coche. Lucy había mencionado que había un mercado en el pueblo cercano y Miranda había pensado visitarlo, y la idea de escapar de la casa en esos momentos era un incentivo añadido.

En la casa no vio señal alguna de los huéspedes, aunque tampoco buscó mucho. Dejó una nota sobre la mesa de la cocina explicando adónde se dirigía.

El mercado hizo honor a la descripción de Lucy y Miranda pasó varias horas paseando agradablemente entre los coloridos puestos.

Eran casi las seis de la tarde cuando regresó, encontrándose los restos de una cena sobre la mesa de la cocina y voces que surgían del salón.

Dejó las bolsas, sacó de una de ellas los dulces que le había comprado a Liam y se dirigió al salón. Durante unos segundos permaneció inadvertida en la puerta, sintiendo un cosquilleo en el corazón al ver a Liam, con el pijama puesto, riendo a carcajadas mientras su padre lo perseguía por la habitación a cuatro patas fingiendo ser un toro.

–¡Ven a jugar, Mirrie, deja que papá te atrape! –exclamó Liam abrazándose a sus piernas.

–Ahora no, Liam –contestó Miranda mientras dirigía una mirada hacia Gianni que no parecía nada encantado de verla.

–Sube a tu cuarto, Liam. Es hora de acostarse –ordenó su padre.

–He pensado que le gustarían –Miranda le entregó la bolsa de dulces a Gianni–. Quizás sea más fácil que se acueste si...

–Estoy seguro de que tus conocimientos sobre el cuidado infantil son inigualables, pero conozco a Liam y no come dulces –Gianni empujó la bolsita hacia ella, rozándole el brazo.

El leve contacto produjo una sacudida eléctrica en Miranda que dio un respingo. Al dar un paso atrás tropezó con una taza de café que había en un mueble, parte de cuyo contenido cayó sobre su ropa.

Los negros ojos la miraban fijamente con un brillo

depredador que hizo que el estómago le diera un vuelco. Con gestos tan fríos como ardiente su mirada, Gianni abandonó la habitación sin decir palabra.

Para un observador casual, la escena habría resultado acogedoramente doméstica: una mujer fregando los platos de la cena mientras los perros jugaban a sus pies.

Lo que el observador casual no veía era el caos que reinaba en la cabeza de la mujer. El brazo aún le quemaba allí donde él lo había rozado. Con un estremecimiento, hundió las manos en el agua caliente.

–¡Abajo! –gritó, aunque ninguno de los perros obedeció.

Aquello no iba a funcionar, decidió mientras lamentaba haber cedido al impulso de acceder a compartir la casa.

Su instinto podría haberla engañado por completo y no encontrarse en absoluto ante un caso de beneficencia.

¿Habría cedido tan alegremente si, sobre una escala del uno al diez, ese hombre no hubiera puntuado con quince?

–¡No! –exclamó rechazando la idea mientras se sacudía las manos–. No soy tan superficial.

«Y sin embargo estoy hablando sola».

Ser consciente de que nunca había sido una persona influida o atraída por una cara bonita, hizo que se sintiera moderadamente mejor ante su motivación, pero no ante la situación.

Cerró los ojos y vio nuevamente la apreciación masculina brillando en la profunda negrura, y sintió que el estómago le dio un vuelco. «Me siento como una mujer, una mujer bonita».

¿Cuándo se había sentido así por última vez?

¿Conseguía Gianni que todas las mujeres se sintieran como si fueran la única mujer en el mundo? El hecho de que pareciera gustarle lo que veía al mirarla resultaba terapéutico para alguien cuyo ego había sufrido varios golpes últimamente.

El recuerdo del brillo hambriento y depredador que había visto en sus ojos hizo que se le erizara la piel. Con un destello de vergüenza fue consciente de que la excitaba un hombre que ni siquiera le gustaba.

Tampoco estaba segura de haber acertado en sus sospechas. Se había inventado una trágica historia basándose en ciertas evidencias. Y no sería la primera vez que su blandengue corazón, o su cabeza hueca, según su gemela, le había engañado.

Podría ser como aquella ocasión en que había abierto el bolso para darle unas monedas a ese pobre mendigo con su adorable perrito, siendo atracada por este, que había resultado no ser tal, y que encima había robado al perrito.

En la ocasión que le ocupaba no se trataba de un perro, sino de un adorable pequeñín. Al menos el niño no había sido robado. Consultó el reloj y frunció el ceño. «Está aquí y tendrás que acostumbrarte, Mirrie», se dijo a sí misma mientras doblaba el húmedo delantal. En una hora Joe pasaría a recogerla. Tenía la ropa mojada y sucia de café. Necesitaba cambiarse y trasladar sus cosas de habitación.

Sintiendo una gran reticencia a entrar de nuevo en el dormitorio en el que Gianni podría aparecer en cualquier momento, se mordisqueó el labio mientras se preguntaba si debería recoger sus cosas o esperar a que Liam estuviera dormido.

¿Cuánto tiempo estaría con su hijo?

Un ruido en el techo seguido del inconfundible sonido de carreras y risas infantiles, cubiertas por una voz más grave, le sugirió que aún tardaría bastante.

Intentó sentir algo de simpatía por el hombre que tenía serias dificultades para convencer a su hijo de que era la hora de irse a la cama. Aunque no solía alegrarse de las dificultades ajenas, Miranda sintió una pequeña, bueno, más bien grande, punzada de satisfacción.

Para cuando entró en el dormitorio en el que había dormido la noche anterior, las risas habían sido sustituidas por sollozos, tan altos e inconsolables que partían el corazón. La satisfacción que había sentido y que la avergonzaba, se tornó en admiración. No oía las palabras de Gianni, pero percibía la tranquilidad y consuelo en la voz grave.

Durante unos segundos escuchó el suave murmullo. No podía negar que ese hombre tenía una voz atractiva y se preguntó si alguna vez habría considerado ejercer como narrador. Con su capacidad para hacer que el comentario más inocente sonara como una proposición indecente, no le faltaría trabajo... «O a lo mejor es lo que me gustaría oír».

Tuvo una sensación de alarma y sacudió la cabeza vigorosamente. La mera idea de que deseara que un hombre como ese le hiciera una proposición era risible.

«Porque no tiene nada aparte de un bonito rostro, un cuerpo perfecto y toneladas de sex-appeal.

Emitió un pequeño suspiro de derrota. De acuerdo, no era totalmente inmune a sus encantos... cuando decidía mostrarse encantador, aunque no siempre lo hacía. Por lo demás podía resultar claramente odioso.

En su mente persistía la imagen del rostro bronceado. Miranda se acercó de puntillas al armario en una instintiva e innecesaria actitud furtiva ya que el ruido proveniente de la habitación contigua habría ahogado cualquiera que ella hubiera hecho.

Agarró lo primero que encontró colgado en el armario, que resultó ser la única falda que había llevado consigo. La arrojó sobre el arcón de pino y procedió a abrir el cajón, que chirrió molestamente, y del que sacó la blusa que estaba encima.

Una vez alcanzado ese objetivo, hizo una rápida incursión al cuarto de baño y, tras echar el cerrojo se cambió en un instante. Se quitó los vaqueros mojados y la camiseta y lo arrojó en el cesto de la ropa sucia. Le hubiera gustado ducharse, pero no se atrevió y, con un gesto de disgusto, se puso la ropa limpia.

La blusa de seda sin mangas y de color verde manzana contrastaba con el verde más oscuro de la falda larga.

De regreso al dormitorio, se apresuró a meter en la maleta todos los cosméticos que había sobre la coqueta antes de hacer lo mismo con sus pertenencias repartidas por los cajones. Consciente de que en la otra habitación reinaba la calma, no se molestó en descolgar la ropa de las perchas y, echando inquietas ojeadas hacia la puerta que conectaba ambas habitaciones, apiló todo sobre la maleta. Su instinto le urgía a salir de allí cuanto antes.

No tenía ni idea de por qué la necesidad de abandonar la habitación antes de que pudiera aparecer Gianni había adquirido tintes compulsivos, pero tampoco se lo planteó.

Fiel a la suerte que parecía tener ese día, Gianni apareció por la puerta en el instante en que metía a presión las últimas prendas en la maleta.

Sintió claramente los ojos negros fijos en la espalda, pero fingió no darse cuenta. Era fuerte. Sentía cosquillas en la piel y el aire de la habitación parecía haberse cargado del aura sexual que emanaba de él. Jamás había conocido a un hombre tan masculino.

Gianni, con la mente puesta en el brandy que Lucy guardaba para casos de emergencia, y ese día merecía sin duda el calificativo, se paró en seco al ver a Miranda.

Cerró la puerta con cuidado y respiró hondo sintiendo de nuevo la admiración por ese pálido y cremoso cuello de cisne. Le fascinaba la sedosa, casi opalescente, piel de Miranda. Estudió el perfil y consideró la extrema delicadeza de sus finos rasgos, casi élficos. La mandíbula firme y la barbilla respingona sugerían un carácter obstinado.

Inclinándose ligeramente, obtuvo una mejor visión de los delicados labios. Un hombre que acababa de pasar por lo que él había pasado, se merecía aquello. Apoyándose contra la puerta, se frotó los agarrotados músculos de la nuca.

La gente se fijaba a menudo en su ánimo y habilidad para conservar la calma en situaciones críticas. ¡Si pudieran verlo en ese momento!

Era capaz de trabajar treinta y seis horas seguidas en lo que muchas personas considerarían un ambiente estresante, pero nunca se había sentido tan agotado como en esos momentos, tras sesenta minutos intentando conseguir que se durmiera un niño de cuatro años, agotado y extremadamente caprichoso.

Echó un vistazo al reloj. ¡En realidad solo habían pasado treinta minutos!

Le había supuesto una desagradable sorpresa que no encajaba con la imagen que tenía de sí mismo de padre eficiente e informado. Seguía sin comprender por qué su, normalmente, adorable hijo, se había comportado de ese modo. En otras ocasiones en que le había leído un cuento para dormir, al menos tres días a la semana intentaba llegar a casa antes de que se durmiera, Liam, ya bañado y en pijama, se quedaba dormido antes de la tercera página.

Gianni sintió que su ánimo mejoraba instantáneamente al fijarse en la vaporosa falda que Miranda se había puesto, y en el modo en que se pegaba a las suaves aunque femeninas curvas del trasero y los muslos. Era evidente que había notado su presencia, pero lo estaba ignorando obcecadamente. El brillo burlón regresó a los negros ojos, mezclado con el destello depredador.

Capítulo 6

ESTÁS enfurruñada?

Ante la acusación, Miranda giró bruscamente la cabeza y sus cabellos le cubrieron el rostro. Gianni recordó esos cabellos extendidos sobre la almohada aquella mañana.

–Yo no me enfurruño –contestó ella con gélida indignación, aunque al fundirse sus miradas, la indignación desapareció.

Gianni parecía cansado. Sin embargo, el brillo de su mirada no era de cansancio sino de deseo... y Miranda sintió una punzada de lujuria que la dejó sin aliento.

Impresionada, y profundamente asustada, por la intensidad de su reacción, se giró de nuevo, permitiendo que los cabellos cubrieran su enrojecido rostro.

–Estoy ocupada –espetó mirándolo con desdén, pero evitando sus ojos.

Gianni, que estaba acostumbrado a que las mujeres se arrojaran en sus brazos, se sintió estupefacto. Una cosa era decidir a su pesar mantenerla alejada de él, y otra ser rechazado.

–Supongo que lo habrás oído –murmuró mientras señalaba hacia el otro dormitorio.

–Difícil no hacerlo –contestó Miranda mientras intentaba cerrar la maleta y al mismo tiempo ignorar el cosquilleo en la nuca y la sensibilidad en los pechos.

–No lo comprendo. Normalmente se apaga como una vela...

Gianni se centró en el balanceo de las caderas de Miranda. No podía describírsela como voluptuosa, pero era una de las mujeres más femeninas que hubiera conocido jamás.

Miranda ya no pudo morderse más la lengua y se irguió bruscamente.

–¿Revolcarse por el suelo y excitarlo forma parte de su rutina habitual para irse a la cama?

–¿Rutina para irse a la cama? –él frunció el ceño.

–Un rato de tranquilidad para que baje de revoluciones, beba leche, tome un baño caliente... –Miranda estaba dividida entre la diversión y la sorpresa por la expresión estupefacta de Gianni. Enarcó una ceja y lo miró fijamente.

El ceño fruncido de Gianni se relajó un poco, pero luego se intensificó al caer en la cuenta de que su estatus como padre modelo tenía más que ver con la ayuda experta que recibía que con su propio talento natural para la paternidad.

No solo contaba con una niñera a tiempo completo y una asistenta siempre dispuesta a echar una mano. La mayoría de los fines de semana, Liam se iba con su abuela paterna. La práctica había comenzado siendo Liam un bebé y la intención había sido que fuera temporal, pero al final se había convertido en una costumbre.

–Para cuando llego a casa, Clare suele haber hecho todo...

–¿Y Clare es tu novia? Lo siento... no es asunto mío.

–Eso nunca le ha impedido a ninguna mujer que yo conozca meter sus narices. Clare es la niñera de Liam. Lleva con nosotros desde que nació –de nuevo frunció el ceño–. Creo que la echa de menos.

No solo había perdido el coche, y seguramente la casa, también había tenido que despedir a la niñera...

–Creo que dominas lo esencial –si la paternidad se basaba en los sentimientos, tal y como pensaba ella, Gianni lo estaba haciendo muy bien–. Aprenderás lo demás. Supongo que todo esto resultará bastante nuevo para ti.

–¿Y por qué supones tal cosa? –Gianni reaccionó con expresión de sospecha.

–No hace falta fingir.

Él sacudió la cabeza, poco acostumbrado a recibir muestras de cálida y amable comprensión, e intentó evitar fijar la mirada en los pequeños, aunque perfectos, pechos que se marcaban bajo el top.

Supuso que la inhabitual falta de control se debía al cansancio del día.

La mañana, sin embargo, había empezado bien, recordó mientras una sonrisa se dibujaba en su rostro. Observó los rosados labios y no pudo evitar imaginar las lenguas de ambos enredadas, la humedad y el calor, el sabor. La lujuria atravesó limpiamente su cuerpo.

–No debería haber dicho nada –admitió Miranda.

–Estás bien –se oyó decir el hombre, famoso por sus encantos con el sexo opuesto.

¿Bien? ¿Acaso le había poseído una forma de vida alienígena?

–Muy... –sus ojos recorrieron las suaves curvas antes de tragar saliva y añadir– femenina.

–No hace falta que cambies de tema –Miranda veía claramente más allá.

–No sabía que lo estuviera haciendo –hacer el ridículo, sin embargo, era algo sobre lo que no le cabía la menor duda.

Con la mandíbula encajada consideró su comportamiento. Desde la adolescencia no había tenido que esforzarse por reflexionar de cintura para arriba, pero por algún motivo era incapaz de mirar a esa mujer sin imaginársela desnuda. Dado que se consideraba un hombre maduro y moderadamente inteligente, capaz de controlar sus apetitos, solo podía asumir que su fijación estaba relacionada con la manera en que se habían conocido.

–Lo comprendo. En serio –Miranda bajó la vista y lo miró a través de sus espesas pestañas–. Mi padre se quedó sin trabajo hace dos años.

–Lo siento –Gianni entornó los ojos sin acabar de entender qué tenía que ver aquello. Por su mente se cruzó la posibilidad de que ella estuviera pidiéndole un trabajo para su padre, pero desechó la idea enseguida. A no ser que ella supiera quién era él...

–Se sentía tan avergonzado que no se lo contó a nadie –su rostro se volvió sombrío–. Era como si su autoestima dependiera de ese trabajo. Al perderlo, perdió su identidad...

Sin saber muy bien qué responder, y preguntándose por el mensaje oculto que debía existir, Gianni asintió con un gruñido.

–No teníamos ni idea. Cada mañana se levantaba, se ponía su traje, se despedía de mi madre con un beso y se marchaba, o eso creíamos, a trabajar.

–¿Y adónde iba? –Gianni sintió cierta simpatía por ese hombre al que no conocía.

–A la biblioteca. Por supuesto para él era distinto. Se acercaba a la edad de jubilación y el problema no era tanto la pérdida de ingresos como la sensación de que le habían arrojado al montón de los desechos. Supongo que cuando te sucede a una edad más joven –añadió mientras lo miraba fijamente–, y cuando se está acostumbrado a disfrutar de la vida, debe ser difícil... reajustarse. Pero nunca hay que avergonzarse por estar en paro. Debes recordar que es solo temporal y que a los niños no les importa el coche que conduzcas, lo que les importa es el amor y la atención que reciben.

A Gianni le llevó unos segundos comprender que la charla moralista iba dirigida a él. Su incredulidad se transformó en irritación y, casi de inmediato, en diversión.

Al fin acababa de comprender por qué había accedido repentinamente a que se quedara. Lo había convertido en su particular obra de caridad.

—Al principio cometerás errores, pero debes fijarte en todo lo que haces bien.

—¿Estoy haciendo algo bien? —lo correcto, pero no lo más conveniente, sería aclararlo todo.

—No perdiste los nervios cuando tu hijo empezó a dar guerra. Muchos lo habrían hecho.

—¿Qué estás haciendo? —preguntó él al verla apoyar una rodilla sobre la maleta.

Quizás, reflexionó, la pregunta debería dirigírsela a sí mismo.

¿Qué estaba haciendo él?

Su libido era saludable, pero no recordaba la última vez que había sufrido una reacción física tan fuerte ante una mujer. No buscaba un alma gemela, suponiendo que tal cosa existiera, en la cama, ni la clase de desafío que supondría alguien como Miranda.

Gianni reservaba sus energías para las disputas en las salas de reuniones. En la cama prefería algo que requiriera menos esfuerzo emocional. De todos modos era una cuestión puramente académica. Miranda conocía a Liam y eso la colocaba fuera de los límites. Después del incidente con Laura iba a asegurarse de que su hijo no tuviera ningún contacto con sus amantes. La cuestión era si tan malo sería saltarse la norma... temporalmente.

No se le había ocurrido pensar en el impacto emocional que una novia pudiera tener sobre su hijo. Aún se encontraba en fase de acomodación a su papel de padre soltero y a su nuevo trabajo como editor político de un periódico y lo último que necesitaba era una novia exigente, pero no podía por menos que admitir que no estaba hecho para la vida monacal. En algunas ocasiones se había preguntado, no obstante, si sus breves romances no habían tenido menos que ver con su satisfacción sexual y más con demostrarse a sí mismo que había superado lo de Sam.

En ningún momento de la placentera aventura con Laura había sentido la loca necesidad de declararle amor eterno. Claro que tampoco habían comenzado la relación tras ser salvado por un casco que había recibido la bala dirigida a él.

Durante la euforia que siguió al coqueteo con la muerte, había decidido que la vida era malditamente corta. ¿Para qué perder el tiempo con formalidades y un cortejo apropiado cuando era evidente que Sam y él estaban hechos el uno para el otro? Era inevitable.

De modo que, botella de champán en ristre, un gran golpe en la frente y la bala en el bolsillo del chaleco, se declaró a la mujer de la que estaba convencido era su alma gemela.

La confesión de Sam de que no estaba buscando una relación, mucho menos matrimonio, aunque el sexo hubiera sido estupendo, no había sido intencionadamente cruel aunque Gianni, que por primera vez en su vida creía estar enamorado, había tenido la sensación de que le habían sacudido una patada en su lugar más sensible.

Tras experimentarlo una vez, solo un idiota correría el riesgo de sufrir nuevamente esa clase de dolor y humillación. De manera que, en lugar de buscar el amor, había invitado a Laura a su cama, disfrutando ambos de un agradable interludio.

Había sido perfecto. Cuando estaban juntos, disfrutaban del sexo y cuando no lo estaban, ni siquiera pensaba en ella. El final llegó meses después cuando Laura había empezado a salir con un colega suyo de la firma de abogados en la que trabajaba, pero no le provocó ni rastro de amargura. No se había sentido ofendido cuando Laura había confesado que echaría de menos a Liam y no a él. Y solo cuando resultó evidente que Liam echaba de menos a la guapa mujer que había entrado en su vida para luego abandonarla, fue consciente de lo egoísta que había sido.

La solución le había parecido obvia: en el futuro mantendría a su hijo apartado de sus amantes. A algunas mujeres no les gustaban esos límites, pero para él ninguna era indispensable, aunque la pelirroja era muy deseable, admitió dirigiendo la mirada desde el redondo trasero a los pequeños y deliciosos pechos.

En su cabeza se formó una imagen de Miranda tumbada en la cama a su lado. Sentía el cálido aroma de su cuerpo, la suave y sedosa piel. Y su resolución empezó a tambalearse. La reclusión en esa casa sería menos penosa si pudiera olvidar los problemas de su vida en sus brazos.

Miranda se volvió y lo pilló mirándola con masculina apreciación. Sin previo aviso, una explosión de calor la inundó dejándola de piedra como una criatura bajo los focos.

Sus miradas se fundieron en el espeso silencio. Hasta la brisa que entraba por la ventana había dejado de soplar. Hacía calor en aquella habitación y le costaba respirar.

Nunca se había imaginado ser la fantasía erótica de ningún hombre y siempre se había dicho a sí misma que prefería ser apreciada por su personalidad e inteligencia. Quizás iba a tener que reconsiderar ese aspecto, decidió con el cuerpo vibrante de consciencia sexual.

–¿Y qué parece que estoy haciendo? Traslado mis

cosas a otra habitación –de repente, el granero le parecía una opción bastante atractiva.

–No puedo echarte de tu dormitorio, *cara* –protestó Gianni.

–Lo lógico es que sea yo quien se vaya –el apelativo cariñoso hizo que se le pusiera el vello de punta–. Debes permanecer cerca de Liam –y no soportaría que Gianni se pasara toda la noche entrando en su dormitorio para llegar al de su hijo.

Gianni se encogió de hombros admitiendo la lógica del razonamiento.

–Además, me gustaría tener un poco de intimidad. Ya es bastante malo compartir la casa contigo como para compartir... –se interrumpió sintiéndose sonrojar– todo.

–No te preocupes –Gianni enarcó una ceja–. La próxima vez esperaré a ser invitado.

El sugerente comentario hizo que el estómago de Miranda diera un vuelco. Lo miró a los ojos, sorprendida de poder aparentar tanta calma cuando el corazón le latía alocadamente.

–Pues vas a tener que esperar mucho tiempo.

–¿Es un desafío? –Gianni desvió la mirada deliberadamente hacia los deliciosos labios.

–Es un hecho –ella alzó la barbilla.

–Hay cosas por las que merece la pena esperar –Gianni repitió la conocida máxima mientras se preguntaba en qué se había equivocado. Todo en la vida le resultaba sencillo, salvo ser padre, mantener una buena relación con la madre de su hijo, compaginar el trabajo con la vida familiar... En realidad, lo único que le resultaba sencillo era el sexo.

Los ojos negros permanecieron fijos en la suave boca. No estaría mal recordarse a sí mismo que lo último que necesitaba era practicar sexo con una pelirroja que lo había tomado por una causa de beneficencia, básicamente un sin techo y sin trabajo.

Miranda dedicó una mirada de frustración al dorado perfil. Ese hombre no reconocería un rechazo aunque le mordiera en la cara.

—Por mí no –espetó sin pensárselo dos veces.

—Permite que sea yo quien lo juzgue –«lo malo, Gianni, es que nunca te lo permitirá. Te acuestas con mujeres que huyen ante los primeros signos de ruina económica».

—Cierto –contestó ella antes de interrumpirse al darse cuenta con horror que había estado a punto de explicarle que no era de naturaleza apasionada. Le sorprendía que un hombre claramente experimentado con las mujeres no se hubiera dado cuenta de inmediato.

Incluso Oliver, que estaba a años luz de ser un mujeriego, se había dado cuenta. Aunque quizás el problema estuviera en lo que no mostraba. Oliver y ella habían hablado casi a diario durante dos años, y de repente había aparecido Tam con la misma cara y un cuerpo muy parecido y Oliver había perdido la cabeza.

Miranda suspiró con tristeza mientras reflexionaba sobre el misterio de la atracción sexual. Fuera lo que fuera, se trataba de algo más que el físico. Claro que algunas personas tenían las dos cosas. Miró de reojo el rostro de Gianni Fitzgerald que poseía el físico y algo más.

—Yo no te voy a permitir nada –exclamó ella antes de echar una ojeada a la puerta que comunicaba con el dormitorio del niño y bajar la voz–. Escucha, sé que no puedes evitar flirtear con todo lo que se mueva, pero estoy aquí para trabajar, no para alimentar tu ego o ser un sustituto de... de... la televisión.

—Te aseguro que jamás te he considerado de ese modo –Gianni soltó una carcajada–. ¿No temes herir mi ya dañado y frágil ego con un rechazo? –sin esperar respuesta, se inclinó hacia la maleta–. Podría haberte ayudado a descolgar todo esto de las perchas. Ya sabes lo que dicen: «vísteme despacio que tengo prisa». ¿Te echo una mano?

Miranda se sentía incómoda ante el reguero de sudor que le bajaba por la espalda.

–Lo tengo todo controlado –la afirmación era mentira en muchos más aspectos de los que le hubiera gustado, intentó suavizar el tono–. Pero gracias.

Si iba a pasar un tiempo aún si determinar bajo el mismo techo que ese provocador, tendría que hacer algo con la sensación que le producía cuando estaba cerca.

Debía relajarse.

Lo cual era más sencillo de decir que de hacer a juzgar por la tensión que sentía solo con pensar en los ojos negros que seguían fijos en ella y que en un instante pasaban de fríos y altivos a sugerentes y burlones. Cerró los ojos para recuperar la compostura y sacudió la cabeza, irritada consigo misma por perder el tiempo y la energía en intentar analizar cómo le hacía sentir.

Para empezar, era una persona irritante y no le gustaba. También era sexy y salvajemente atractivo, ¡y cómo lo sabía él mismo!

Para que su experiencia resultara lo menos dolorosa posible, debía calmarse. No tenía ningún sentido mostrarse abiertamente hostil, sobre todo dado que le daba la impresión de que a Gianni le gustaba enfadarla.

–Me siento mal por obligarte a cambiar de habitación.

–No me estás obligando a nada –espetó ella, volcando toda su ira en la cremallera de la maleta que se movió ligeramente antes de que la presión hiciera que los dientes saltaran y su ropa saliera disparada sobre la cama.

Miranda masculló un juramento.

–No me gustaría que Liam añadiera esa palabra a su vocabulario.

–Lo siento –Miranda se sintió avergonzada por la reprimenda–. Normalmente no...

Gianni la observó con una sonrisa mientras Miranda intentaba, sin éxito, recoger toda la ropa. Era una persona agradable de observar, decidió. Sus movimientos tenían algo felino.

–¿Qué estás mirando?

–A ti. ¡Déjame ayudar!

–Sírvete –contestó ella al fin mientras agitaba una mano en el aire.

Se quedó quieta mirando cómo Gianni agarraba las prendas aún colgadas de las perchas, las sacudía un poco y se las colgaba a ella del brazo.

–¿Podrás con esto?

–Sí.

Subió las escaleras sintiendo cómo le pisaba los talones. Al llegar al dormitorio hizo una pausa y abrió la puerta.

–Esta habitación es encantadora –y sobre todo le separaba una planta de él.

–Es un armario –objetó Gianni entrando en el pequeño dormitorio que pareció encogerse con su presencia, no solo por su tamaño físico sino por su poderosa masculinidad.

Miranda lo observó disimuladamente, sintiendo aumentar el calor en su interior.

Pillada devorándolo con los ojos, sintió que su rostro enrojecía varios tonos.

Gianni enarcó una ceja y le dedicó una sonrisa torcida, pecaminosamente atractiva. Los ojos brillaban con algo que no tenía nada que ver con la diversión.

–¿Qué pasa? –espetó ella en tono beligerante.

–Esta cama es como una piedra.

–Me gusta el colchón firme –Miranda pestañeó.

–Siento curiosidad: ¿si yo digo negro, tú dirás blanco?

Ella puso los ojos en blanco.

–Y ya que estamos practicando la psicología inversa...

–No estamos practicando nada. No dices más que tonterías.

–Si yo te digo que no me beses. ¿Me besarás?

Capítulo 7

MIRANDA miró furiosa a Gianni y abrió la boca para explicarle que ni en sus mejores sueños. Sin embargo, se descubrió a sí misma poniéndose de puntillas, agarrándole de la camisa y fundiendo los labios con los suyos.

Durante unos segundos, Gianni no reaccionó, pero en cuanto sintió que ella se apartaba, la besó con pasión moviendo los labios con sensual precisión.

Miranda aún temblaba cuando al fin él la apartó antes de dar un paso atrás. «Parece temer que vuelva a saltar sobre él», pensó mientras reprimía una carcajada histérica.

–No sé por qué he hecho eso –estaba tan avergonzada que apenas podía mirarlo a la cara.

–Esto es muy incómodo –él sí la miró, también avergonzado–. No estoy acostumbrado a...

No estaba acostumbrado a que su hijo y la mujer con la que deseaba acostarse estuvieran bajo el mismo techo. Fijó la mirada en los deliciosos labios que acababa de besar y tragó con dificultad, incapaz de controlar la respuesta de su cuerpo.

–Mantengo a Liam apartado de mi vida personal. Sin excepciones. Es una... una...

–¿Regla?

A los Fitzgerald, al parecer, les gustaban las reglas. Pero ni siquiera Lucy con sus interminables listas de reglas se había atrevido a regular la vida sexual de Miranda.

–Más o menos. Liam es la única persona fija en mi vida –las mujeres iban y venían.

La advertencia no había sido precisamente sutil. «No te confundas», pensó Miranda, consciente de que Gianni le había estado enviando ese mensaje durante todo el día.

–¿Entonces no vamos a casarnos? –preguntó con expresión de desolación y gesto mimoso.

–¿Estás enfadada? –él sonrió.

–¡Madre mía! –ella abrió los ojos desmesuradamente en fingida admiración–. ¡Eres adivino!

–Escucha, no te lo tomes como algo personal. En otras circunstancias, yo... –la miró fijamente a los ojos y Miranda sintió que le faltaba el aire–. Eres una mujer atractiva.

–Y tú no eres tan irresistible como te crees ser.

–Me besaste –espetó Gianni.

–Haces que el sexo casual parezca una especie de penitencia para esconder tu incapacidad para establecer una relación, del tipo que sea, con una mujer.

Él la miró fijamente sin decir nada.

–Tengo una amiga que desperdició ocho años de su vida con alguien que se negaba a comprometerse. Él no tenía ningún hijo para culparle de sus inseguridades. La engañaba, ella lo abandonaba, él regresaba arrastrándose y así hasta que ella al fin despertó.

No había logrado engañarlo con el cuento de la amiga con un novio que la engañaba. Nadie se mostraba tan emotivo por un amigo. Hablaba de ella misma.

–Perdona, pero Joe llegará enseguida –Miranda abrió la puerta del dormitorio.

–¿Qué Joe?

–Joe Chandler.

–¿Se supone que ese nombre debería decirme algo?

–Es el hombre de las verduras. Lo conociste esta mañana. Me invitó a tomar una copa –quería demostrarle a Gianni que no todos eran tan picajosos como para resistirse a ella.

Gianni se hizo a un lado y la vio salir por la puerta antes de darse media vuelta. Se negaba a reconocer la emoción que latía en su interior. Él no era celoso.

–¿Y aceptaste su invitación?

–No es asunto tuyo, pero sí, lo hice.

–¿Te parece juicioso? –Gianni la miró con un destello de ira.

–¿Juicioso? –repitió ella estupefacta. «Lo que no fue juicioso fue besarte. ¿En qué demonios estabas pensando, Mirrie?»–. Me apetecía hacer una locura.

–¿Y salir con un completo extraño?

–Tú también lo eres, ¿qué intentas decirme? Joe es un hombre muy amable. Por no mencionar –añadió con una pequeña sonrisa–, que es bastante atractivo.

–¿Te has vestido para él? –Gianni encajó la mandíbula con fuerza. «¿Y para quién creías que se iba a vestir?», preguntó una vocecilla burlona en su cabeza.

–Sí –contestó ella en tono de desafío.

–Sé que hay quien aconseja que, si te caes del caballo, te vuelvas a subir de inmediato, pero, a veces es mejor dejar que se curen las heridas.

–Lo gracioso de las analogías –murmuró Miranda cada vez más enfadada–, es que solo funcionan si la persona con quien hablas tiene alguna idea sobre de qué le estás hablando.

–Es obvio que acabas de salir de una relación desgraciada.

–Antes de que sigas –ella lo miró estupefacta. La arrogancia de ese hombre era increíble–, debo advertirte que no acepto consejos sobre mi vida amorosa de un extraño.

–Pues entonces vete de cena.

–No voy a cenar, solo a tomar una copa. Y resulta que estoy en mi sano juicio.

Miranda no dudó en rechazar el taxi que le ofreció Joe tras admitir haber bebido demasiado para ponerse al volante del coche. La casa estaba a menos de dos kilómetros.

El paseo por caminos iluminados por la luz de la luna, resultó de lo más relajante.

La paz se redujo un poco al divisar la cabaña. Con suerte, Gianni ya estaría durmiendo. No le apetecía volver a discutir con ese hombre y arruinar la tranquila velada.

Todo estaba a oscuras, y eso era bueno. Entró despacio por la puerta trasera y susurró un saludo a los perros que golpearon el suelo de la cocina con los rabos.

Tras descalzarse, se dirigió al pasillo. Estaba a medio camino cuando la puerta del frigorífico se abrió iluminando con su luz la cocina y al hombre que estaba delante.

Miranda soltó un grito y se quedó clavada en el sitio mientras contemplaba a ese hombre. Gianni llevaba puesto únicamente un calzoncillo.

Por Dios santo, ¿qué tenía ese hombre en contra de la ropa?

–¿Te parecen horas para volver?

¿No se suponía que eso te lo tenían que decir tus padres o algún amante celoso?

–Muy divertido –Miranda jadeaba, y no solo del susto.

No había ni un gramo de grasa o piel sobrante que matizaran la perfección del estómago plano o el masculino torso y los fornidos hombros. Las piernas eran largas y los perfectos muslos estaban cubiertos de vello.

No era de extrañar que fuera arrogante. Era guapísimo y tenía que saberlo por fuerza.

–*Dio*, qué mujer más nerviosa –Gianni oía perfectamente la agitada respiración de la joven–. Dicen que suele provocarlo una mala conciencia. ¿Qué has estado haciendo, *cara*?

La maliciosa insinuación hizo que Miranda lo mirara furiosa con el rostro enrojecido.

–¿Qué demonios hacías acechando en la oscuridad? ¡Por poco me da un infarto!

–¿Quién, yo? –Gianni adoptó una actitud de fingida inocencia–. Solo he bajado por un vaso de leche –concluyó mientras se llevaba el cartón a los labios.

Ella le observó tragarse la mitad del envase y luego limpiarse la boca con el dorso de la mano antes de devolver el cartón al frigorífico.

–Eso es una asquerosidad. ¿No has oído hablar de los vasos?

–Parece que has vuelto un poco... irritada –él enarcó las cejas–. ¿Tu chico campestre no estuvo a la... altura?

–He pasado una velada deliciosa, gracias –Miranda entornó los ojos–, hasta que te he visto.

–O sea que no estuvo a la altura.

–Buenas noches –masculló ella entre dientes.

–En serio, no me parece bien dejar a una dama con ese aspecto de... insatisfacción.

–Te aseguro que me siento totalmente satisfecha –contestó ella a punto de marcharse.

–Pues me alegra oírlo –él enarcó las cejas ante el entusiasmo de la respuesta–. ¿Amorcito no entra... ni siquiera te acompaña hasta la puerta? –frunció el ceño–. No he oído el coche...

–¿Estabas escuchando? Para que lo sepas, he vuelto andando.

–Qué toque más romántico, te acompañó dando un paseo bajo las estrellas.

–Qué sarcástico eres –Miranda apretó los dientes para no proferir el insulto que luchaba por salir de su boca–. Vine andando sola.

–¿Dejó que regresaras sola a pie? –la expresión burlona en el rostro de Gianni desapareció de golpe mientras cerraba los ojos y soltaba un juramento en su idioma materno.

–¡Hay menos de dos kilómetros! –protestó ella, sorprendida por el cambio de actitud.

–Casi dos kilómetros por unos caminos aislados sin iluminación. Un motorista ni siquiera te habría visto con eso –Gianni señaló el abrigo negro que llevaba.

–No había tráfico –volvió a protestar Miranda.

–Y tú ya sabías que no lo habría, ¿verdad? –él enarcó una ceja.

–No, pero... –la ira de Gianni le parecía inexplicable a Miranda, pero sin duda era sincera.

–Y por supuesto sabías que no habría ninguna pandilla de gamberros, o borrachos o drogados que se lo pasarían en grande con una chica sola, ¡y con tu aspecto! Eso por no hablar de maníacos asesinos...

–Únicamente me crucé con un gato –Miranda pestañeó–. Estamos en el campo.

–¿Y en el campo solo suceden cosas agradables?

–No, pero...

–No seas cría, Miranda. No debería haberte permitido regresar sola a pie –la ira de Gianni se disipó al recorrer con la mirada las deliciosas curvas. La lujuria que la reemplazó resultó igual de difícil de controlar.

–No tengo miedo de la oscuridad, pero vas a conseguir asustarme en serio.

–¿Yo? –Gianni percibió la alteración de la joven–. No era mi intención asustarte.

–Claro, solo que viera al hombre del saco en cada sombra. Admito que debería haberme puesto ropa de color claro, pero no tenía pensado regresar a pie hasta que Joe...

–¿Se emborrachó? –Gianni sacudió la cabeza y apretó los puños–. ¡Fracasado!

–Es un hombre muy agradable –Miranda se sintió obligada a defender a Joe.

–Un hombre que no sabe beber ni tratar a una mujer –espetó él sin saber con quién estaba más enfadado: consigo mismo por sentirse celoso o con Miranda por ser la responsable de que se sintiera así. *Dio*, ¿qué le estaba haciendo esa mujer?

–¿Y tú sí sabes? –el desdén de la joven se perdió al fundirse sus miradas.

La tensión se disparó en la estancia, junto con el pulso de Miranda.

–Pruébame, *cara* –Gianni arrastró las palabras–. Hasta ahora ninguna se ha quejado.

–Paso –Miranda pretendía hablar con frialdad, pero fracasó estrepitosamente–. No practico el sexo casual con narcisistas que se pasan la vida admirándose ante el espejo.

–Yo no soy el que mira, Miranda, eres tú, y tengo la impresión de que te gusta lo que ves.

–¡Eres asqueroso! –exclamó ella con voz ahogada.

–Puedo serlo –admitió él con una sonrisa maliciosa–. Si te gusta así...

–¡Lo que no me gusta eres tú! –Miranda tenía los nervios en tensión–. ¿Qué haces? –la voz se redujo a un susurro de temor al ver cómo el depredador avanzaba hacia ella. Saber lo que iba a suceder debería haberla asqueado, pero lo que sintió fue una profunda excitación en el estómago mientras él se acercaba.

La puerta de la nevera se cerró sola sumiendo la cocina

en la oscuridad salvo por la escasa luz que proporcionaba la luna.

–Menos mal que no te da miedo la oscuridad, *cara* –la voz de Gianni sonó profunda y oscura, pecaminosamente sugerente–. Así podrás cuidarme.

–Preferiría cuidar a una serpiente –contestó ella con temblorosa determinación.

La risa de Gianni resonó fuerte y cercana. Y al acostumbrarse a la oscuridad, vio su silueta. Estaba muy cerca y le bastaría con extender una mano para tocarlo.

Escandalizada por lo mucho que le apetecía hacerlo, Miranda escondió las manos a la espalda y sacudió la cabeza perpleja. Jamás se había sentido tan asustada o excitada.

–Déjame cuidarte, Miranda. Espantaré al hombre del saco.

–El hombre del saco eres tú.

Miranda oyó una suave risa antes de sentir una mano sobre la mejilla. Dio un respingo, pero no se apartó mientras él deslizaba la mano por su rostro, deteniéndose en la boca.

Le estaba ofreciendo sexo.

Más estremecedor que eso era saber que se sentía tentada a aceptar. ¿Qué mal podría hacerles? El lenguaje corporal de Miranda era inequívoco: deseaba lo que él le ofrecía.

¿Por qué fingir que el hecho de que llevara «macho alfa», escrito en la frente no la excitaba? No buscaba una pareja para toda la vida. Lo que le apetecía era sexo.

Había vivido durante años como una monja, reservándose para Oliver y ahí tenía a un hombre que le ofrecía lo que necesitaba, sin ataduras.

Quizás no recibiría amor, pero eso no significaba que no pudiera obtener placer. Y si Gianni era la mitad de bueno de lo que él mismo creía ser, sería difícil encontrar a alguien más cualificado para dárselo.

–¿Y qué pasa con tus reglas?

–Las reglas están hechas para incumplirse.

–No me acuesto con extraños –afirmó ella, más para sí misma que para él.

–Entonces dime que me vaya y me iré.

El silencio se hizo interminable mientras Miranda intentaba pensar. Y entonces se rindió.

–No... no puedo –admitió con voz ronca–. No quiero que te marches.

Gianni estaba tan cerca que sentía su cálido aliento. Respiró el masculino y almizclado aroma del ardiente cuerpo. Tan cerca que le hacía jadear. ¡Estaba jadeando!

¿Qué le pasaba?

«No lo sé ni me importa, pero sí sé que voy a disfrutar», pensó.

–Entonces me quedo.

Gianni agachó la cabeza y encontró los labios de Miranda en la oscuridad. Suaves y temblorosos. Sin necesidad de persuasión, se abrieron y, con un gemido, él intensificó el beso. Las lenguas se encontraron en un movimiento instintivamente sensual.

Gianni la atrajo con fuerza hacia sí sintiendo el cuerpo de Miranda suave y complaciente. Deslizó una mano bajo el top y encontró el erecto y duro pezón.

Miranda dio un respingo y se estremeció al sentir la caricia del pulgar sobre el tenso botón.

–¿Te gusta? –le susurró Gianni al oído.

–Sí, no pares... –ella le tocó la piel, ardiente y húmeda.

–No me pararé –él hundió los dedos entre sus cabellos y le obligó a levantar el rostro–. No podría parar.

Por su sangre corría una fiebre desconocida para él.

–Tienes una piel deliciosa –admiró ella con voz ronca–. ¡Deliciosa!

Gianni le besó la garganta, obligándola a apartarse

ligeramente. Con torpeza, empezó a tirar de los botones de la blusa, ansioso por dejar su cuerpo al descubierto.

Ella intentó ayudarlo y sus dedos se rozaron. Él murmuró palabras de apremio contra sus labios mientras intentaba besarla con hiriente intensidad.

En un instante, la blusa fue lanzada por los aires, seguida del sujetador. Miranda no esperó para apretarse contra él, poniéndose de puntillas para apoyar una mano en su nuca y gritando al sentir la fuerte erección contra la pelvis.

Aún seguían besándose cuando él la tomó en brazos y la sacó de la cocina.

No la llevó a la habitación contigua a la de Liam sino a la que había trasladado ella sus cosas. Sin dejar de besarla, entró de espaldas en la diminuta habitación.

Miranda había dejado la ventana abierta y las cortinas descorridas y la luz de la luna lo inundaba todo junto con el aroma llevado por la brisa nocturna.

Él la tumbó sobre la cama. La visión del corpulento hombre arrodillado sobre ella hizo que se le acelerara el pulso de deseo.

Los negros ojos la recorrieron de pies a cabeza emitiendo un destello de fuego. Antes de que sus miradas se fundieran. Miranda respiraba agitadamente mientras él le aflojaba el cinturón de la falda. Después bajó la cremallera y se inclinó para besarla justo por encima del ombligo antes de deslizar la falda por sus caderas.

Seguida de las braguitas de seda.

Los ojos de Gianni no habían abandonado los suyos ni por un instante. Pero sí lo hicieron para recorrer admirativamente el femenino y desnudo cuerpo, emitiendo un gruñido de placer que hizo que ella se quedara sin aliento.

Miranda cerró los ojos. Era incapaz de prever el siguiente movimiento de su cuerpo.

Al abrirlos descubrió que Gianni se había quitado el calzoncillo y de inmediato se quedó sin aliento sintiendo una descarga de ardiente humedad entre los muslos.

–Si sigues mirándome así, *cara*, esto va a terminar antes de empezar.

–Lo... siento.

–No hace falta que te disculpes –Gianni no se movía, pero hasta esa quietud tenía una cualidad explosiva.

Miranda se estremeció y soltó un grito cuando él tomó uno de sus pechos en la mano antes de agacharse y deslizar la lengua sobre la sensible piel acercándose al ardiente pezón que al fin introdujo en su boca.

La lengua empezó a descender en una sensual exploración. Miranda dio un brinco al sentir el contacto de sus dedos entre los muslos y separó las piernas para permitirle acariciar el núcleo más íntimo. Tras la primera impresión, empezó a moverse rítmicamente con él, girando las caderas al ritmo de las caricias mientras el placer aumentaba.

Pero cuando él se apartó sin previo aviso, emitió una exclamación de protesta.

–Aguanta, *cara*.

–¿Qué haces?

–Necesitamos protección. Prometo estar de vuelta antes de que puedas decir...

–Te deseo –concluyó ella la frase.

Gianni batió todos los récords posibles en su carrera de ida y vuelta. Sentado en la cama, sacó el preservativo, parándose cuando ella tomó el erecto miembro entre sus manos.

La caricia estuvo a punto de dar al traste con el poco control que le quedaba y se arrodilló entre los suaves muslos mientras se colocaba el preservativo con una mano. Le besó la garganta y ascendió hasta los dulces labios mientras Miranda lo guiaba hacia su interior.

La exclamación de Gianni fue aún más fuerte que la de ella.

–Relájate, *cara*, lo haremos despacio y dulcemente –sentenció con voz ronca–. ¿Preparada?

–Por favor –susurró ella aferrándose a los anchos hombros.

Gianni empezó a moverse mientras la miraba a los ojos, luchando por mantener el control. El húmedo calor de Miranda lo envolvía, lo engullía más y más profundamente.

–Eres... ¡Oh, Gianni, qué bien lo haces... muy, muy bien! ¿Lo sabías? –ella no podía creerse que tanto placer fuera posible.

Apenas sin aliento, Miranda se movió con él, con cada músculo del cuerpo tenso y suplicando ser liberado, hasta que creyó estar a punto de perder el conocimiento. Y entonces se produjo la liberación. Oleadas de intenso placer que recorrían todo su cuerpo.

Capítulo 8

ME GUSTARÍA repetirlo –proclamó Miranda sin aliento mientras aún estaba encima de ella. –Me enorgullezco de la rapidez con que me recupero –Gianni soltó una carcajada antes de echarse a un lado–, pero hay que darle al hombre un segundo para recuperar el aliento.

Respirando agitadamente y mientras el sudor se secaba sobre su piel, ella empezó a reír.

–Es la primera vez que provoco esta reacción –murmuró Gianni. Por suerte su ego era lo bastante sólido como para no correr peligro, de lo contrario se habría preocupado. Deslizó la mirada por el cuerpo de Miranda. Su suave piel brillaba bajo la fina capa de sudor y sus pequeños pechos aún tenían la marca de sus caricias. Y resultó que no estaba tan cansado.

–Nunca pensé que alguien pudiera ser tan maravilloso –Miranda suspiró–, nunca pensé que pudiera sentirme... tan bien. Has estado increíble. Gracias.

–No hay de qué –los ojos de Gianni brillaban divertidos–. Te aseguro que fue un placer.

–¿Estás enfadado?

Él la miró fijamente.

–Porque no te mencioné... –ella se encogió de hombros–. Ya sabes...

Gianni desvió a regañadientes la mirada de los pequeños pechos. Esa mujer lo fascinaba. Tenía un cuerpo increíble, suave y flexible. Como un gato.

–¿Mencionar que eras virgen? No, no estoy enfadado. Sorprendido sí, pero no enfadado. Por mucho que lo neguemos, todos los hombres tenemos la fantasía de ser el primero...

–¿En serio? –ella se tumbó de lado y lo miró a los ojos.

–En serio –Gianni sonrió perezosamente y le acarició la curva del trasero.

–Pues entonces solo me queda encontrar al hombre cuya fantasía sea ser el último.

–Miranda, ¿por qué he sido yo el primero? ¿Quieres contármelo?

–En el colegio yo siempre era muy seria –a Miranda le gustó que le dejara la elección de hablar o no–, más interesada en libros que en chicos. Digamos que tardé en desarrollarme. Y cuando al fin me enamoré, lo hice de alguien que no sabía que yo existía. Y mientras esperaba a que Oliver se fijara en mí, él... se enamoró de otra persona.

–¿Sigues enamorada de ese... Oliver? –aunque siguiera enamorada de ese tipo, estaba en la cama con él. Era perfecto: sexo sin ataduras–. Pero no lo bastante como para luchar por él...

–No puedes obligar a nadie a amarte, sobre todo si acaba de casarse con... –ella se interrumpió a punto de revelar que hablaba de su gemela–. Era mi jefe. No soportaba verlos...

–¿Felices?

–Me alegro de que Oliver sea feliz –ella sacudió la cabeza, escandalizada ante la sugerencia–. Se lo merece. Es un hombre maravilloso, pero decidí que había esperado demasiado tiempo y que era hora de hacer algo. Obviamente, esto no era lo que tenía planeado, pero me alegro. Mucho.

Miranda sonrió y Gianni sintió que el corazón se le encogía.

–Siempre pensé que el sexo por placer era... de mal gusto. Que no estaría a gusto con alguien por quien no sintiera nada. Pero me equivoqué –Miranda suspiró y apoyó una mano en el estómago–. Ha sido perfecto. Estamos aquí y eso era lo que querías, ¿no?

Alzó la cabeza y lo miró fijamente.

–¿No? –preguntó de nuevo al percibir una extraña expresión en el rostro de Gianni–. No voy a ponerme pesada ni a enamorarme de ti, si es lo que te preocupa. En general ni siquiera me gustas.

–Sí lo deseaba –contestó él al fin tras una pausa.

–¿Lo dices en pasado?

–Lo deseo. ¿Siempre eres tan brutalmente honesta?

–No, solo contigo –no era momento de pensar en ello. Gianni la besaba nuevamente.

A la mañana siguiente, Miranda se despertó sola. Los brazos que la habían acunado hasta caer en un profundo sueño no estaban. Gianni se había marchado sin despertarla.

Sorprendida y un poco alarmada por lo mucho que deseaba tenerle a su lado, alargó una mano y acarició la huella que había dejado su cuerpo sobre el colchón.

El estómago le dio un vuelco y saltó de la cama. Con expresión pensativa se puso la bata y anudó el cinturón. ¿Qué iba a suceder a continuación?

Fuera cual fuera la respuesta, jamás se arrepentiría de la noche anterior. ¿Cómo podría?

¿Habría sido igual con Oliver?

¿Habría estado Oliver a la altura de un amante salvaje y apasionado? No era fácil imaginárselo haciendo algo apasionado o salvaje. Además, Gianni había sido más que apasionado. Por momentos había sido dolorosamente tierno e intuitivo.

Sintió una punzada de vergüenza. No se podía comparar la noche anterior con lo que había sentido, con lo que sentía, por Oliver. La noche anterior solo había sido sexo, no el profundo respeto y admiración que sentía por Oliver.

«Sí, claro, Mirrie, pero ¿acaso el respeto es igual de agradable que el dulce y dorado momento en que lo sentiste moverse y...?». Miranda sacudió la cabeza. «Solo sexo, Mirrie. No lo conviertas en algo que no es. Limítate a disfrutar, en caso de que haya más».

En caso contrario... Intentó encogerse de hombros, pero ni siquiera fue capaz de fingir que le parecía bien la idea de no pasar al menos una noche más en la cama con Gianni.

Se duchó y vistió rápidamente antes de bajar a la cocina. Estaba vacía, aunque había señales de una reciente ocupación: platos sucios en la mesa y una sartén en el fregadero.

Se acercó a la cafetera y, tras comprobar que estaba caliente, se sirvió una taza. Mientras estiraba los rígidos músculos que no había utilizado hasta la noche anterior, la puerta de la cocina se abrió y apareció una mano que sujetaba un manojo de zanahorias atado con un lazo. Joe estaba detrás con expresión de perro apaleado.

–Un presente para disculparme por ser un borracho inútil. Menudo idiota.

Miranda aceptó las zanahorias, pero rechazó con una sonrisa la invitación para cenar.

–¿La fastidié?

–En absoluto. Es que estoy muy ocupada aquí y... –bajó la mirada mientras se encogía de hombros–. No es por ti. Es... –se interrumpió mientras su rostro enrojecía visiblemente.

–Está bien, no hace falta que lo expliques –Joe se encogió de hombros–. En cuanto os vi supe que había algo entre vosotros dos.

–¡Pero si acabábamos de conocernos! –protestó Miranda.

Miranda estaba llenando el lavavajillas cuando apareció Gianni con Liam y los ruidosos perros. Tras la marcha de Joe, había reflexionado sobre sus comentarios llegando a la conclusión de que necesitaba relajarse. Había descubierto el sexo, no se había enamorado.

Sabía bien lo que era el amor, y lo que sentía por Oliver no tenía nada que ver con las turbulentas emociones que Gianni despertaba en ella. La mayor parte del tiempo no lo soportaba. Amaba a Oliver, pero Gianni solo era un hombre atractivo y amante perfecto.

Al verlo el corazón casi se le paró en seco. Los oscuros cabellos estaban revueltos por el viento y tenía un aspecto tan vibrante y masculino que solo con verlo sus hormonas se dispararon. No tenía ni idea de lo que le sucedía, pero no tenía ningún control sobre ello.

–Has vuelto –observó mientras se llevaba una mano al palpitante cuello.

–Suéltala, Liam –ordenó Gianni a su hijo que se había abrazado a las finas piernas de Miranda. Comprendía el instinto de su hijo. La idea de pegarse a ella era irresistible.

–¿Puedo jugar fuera?

–Sí, puedes, pero no persigas a las gallinas –gritó su padre antes de volverse hacia Miranda.

La voz quedó reducida a un seductor murmullo mientras se acercaba a ella.

–No quise despertarte. Pensé que te vendría bien

dormir –le sujetó la barbilla con un dedo y le obligó a levantar la cabeza mirándola con una mezcla de diversión y satisfacción–. Te estás sonrojando.

–¿Te sorprende? –Miranda le dedicó una mirada llena de reproches. Esa tórrida mirada podría ser delito en muchos países–. Tengo menos experiencia que tú en estas cosas.

–Pero te estás poniendo rápidamente al día –él soltó una carcajada.

Ella aún no podía creerse las cosas que le había dicho en la oscuridad de la noche, ni lo que él le había respondido.

–¿Qué... es eso? –Gianni interrumpió en seco la carcajada.

–Ah, eso –Miranda siguió su mirada hasta el ramo de zanahorias–. Joe me las trajo hace un rato. Qué encanto, ¿verdad?

–¿Ha estado aquí?

–Pues evidentemente –ella lo miró confusa ante la hostilidad que reflejaba su voz.

La mandíbula de Gianni se tensó mientras una oleada de ira lo inundó. Respiró hondo y hundió las manos en los bolsillos. De su pecho surgió un rugido de descontento.

–¿Acabas de rugir? ¿Qué demonios sucede?

–¿Ese tipo nunca ha oído hablar de las flores? –exclamó, sorprendido de que lo preguntara.

–Bueno, las flores no se pueden comer –señaló Miranda–. Y la intención es lo que cuenta.

–No me gustan las zanahorias –«¿desde cuándo?», se burló él.

–Pues entonces me las comeré yo sola.

–¿Y has aceptado un regalo de ese tipo después de cómo te trató anoche?

–¡Un regalo! –ella enarcó las cejas–. Gianni, ¿un

manojo de zanahorias? –la actitud beligerante que mostraba le seguía confundiendo–. Además se ha disculpado. ¿Qué te pasa? Te comportas como si... –se interrumpió y lo miró con ojos desorbitados–. Estás... estás celoso de Joe.

Los músculos de la mandíbula de Gianni se contrajeron mientras bajaba la mirada para ocultar aquello que se sentía incapaz de controlar. Las acusaciones vertidas por Miranda no eran ciertas aunque quizás fuera posible que hubiera perdido en parte la perspectiva. Era frustrante que no hubiera visto en ese tipo lo que él solo había necesitado un segundo para descubrir. Bajo la fachada de chico majo, Joe era un lobo con piel de cordero.

–Yo no soy celoso.

Soltó una carcajada y Miranda se sintió como una estúpida por decir algo tan ridículo.

–Aunque supongo que eres consciente de que su único interés es acostarse contigo...

–¿Y en qué se diferencia de ti? –Miranda se puso tensa ante la crudeza de la afirmación.

–¿Me estás comparando con un baboso que calza sandalias y se baña en cerveza?

–Sería un error –Miranda rechinó los dientes–, porque Joe es mucho más agradable.

–Oliver es agradable, Joe es agradable –Gianni soltó un bufido–. Mirrie, ¿por qué no es agradable Gianni que se metió en tu cama? ¿No será que sientes debilidad por los tipos que no resultan ser tan amables? –enarcó las cejas con ironía–. ¿Un poco brusco, quizás? –Miranda se puso pálida y los labios empezaron a temblarle. La experiencia le había enseñado que estaba a punto de echarse a llorar y a comportarse de manera irracional.

–¡Vete al infierno, Gianni! ¡Cerdo arrogante y pagado de sí mismo!

En su urgencia por irse antes de empezar a sollozar,

salió corriendo de la cocina, no sin antes echar una última ojeada a su espalda. Gianni la miraba con gesto airado.

Tras llorar a gusto un rato, Miranda se lavó la cara, regresó a la cocina y pasó el resto de la tarde preparando una sopa de zanahoria y cilantro, y un pastel de zanahoria.

Gianni la evitaba y, cuando sus pasos se cruzaban, la ignoraba. Miranda le correspondía saliendo de cualquier estancia en la que él entrara, demostrando con ello que podía hacer gala de un comportamiento tan infantil como el suyo.

Fue Liam, escogido para hacer de puente, quien reanudó las comunicaciones.

–Papá me va a llevar a cenar pescado con patatas fritas. Quieres saber si te apetece venir.

–Dile a papá... –Miranda se interrumpió al ver la alta figura junto a la puerta.

–Hay un sitio muy famoso a unos dieciocho kilómetros. Cada vez que venimos aquí, hacemos una visita. Es una especie de tradición.

–Gracias –ella inclinó la cabeza–, pero no tengo hambre.

–¿Lo dejamos para otro día? –Gianni se encogió de hombros.

Cuando se hubieron marchado, Miranda se atracó a pastel de zanahoria hasta que no pudo más y luego se fue a la cama, aunque apenas eran las nueve de la noche. No llevaba más que unos pocos minutos cuando alguien golpeó la puerta con los nudillos.

Cualquier suposición de que Gianni, enfermo de lujuria se hubiera sentido incapaz de mantenerse alejado de ella y acudiera en busca de su perdón se esfumó al ver su rostro.

Estaba extremadamente pálido y el mensaje que transmitían sus gestos era de ansiedad.

–Antes de que me mandes al infierno, no he venido por mí. Es Liam.

–¿Qué le sucede a Liam?

–Ni siquiera llegamos al restaurante. Empezó a ponerse muy caliente y a llorar... creo que debería llamar a una ambulancia.

Miranda ya estaba fuera de la cama. El que Gianni le hubiera pedido ayuda en relación a Liam indicaba lo preocupado que estaba.

–¿Le has puesto el termómetro?

–¡Eso debía ser lo primero! –Gianni sacudió la cabeza–. ¿Cómo no se me ha ocurrido?

Miranda consultó el termómetro y anunció que Liam tenía fiebre, aunque no demasiada.

–Ahora que le hemos quitado la ropa, creo que estará más cómodo. Antes de que te duermas, Liam –alzó la voz–. ¿Por qué no te tomas un traguito de zumo y una cucharada de esta medicina que puso Clare en tu equipaje? Eso es, buen chico.

El niño solo llevaba puestos los calzoncillos y la camiseta y estaba medio adormilado con las mejillas sonrosadas, pero tomó un par de sorbos del zumo.

–¿No crees que sea nada grave? –Gianni la miraba preocupado.

–Con los niños es difícil saberlo, y no soy una experta, pero creo que por ahora bastará con darle líquido y vigilar la fiebre sin tener que llamar a la ambulancia. Tú decides.

–Me pasé.

–Solo actuaste como un padre –ella sonrió.

–Gracias, Miranda. En cuanto a lo de antes...

–Los dos dijimos un montón de cosas –ella sacudió la cabeza.

–Entonces, quizás podríamos...

–Me encantaría –interrumpió Miranda con el corazón acelerado.

Gianni asintió mirándola a los ojos con una expresión que hizo que ella se sintiera derretir.

–Pero me temo que esta noche no –miró a su hijo con preocupación.

El niño dormía profundamente y su padre arrojó una almohada sobre el sofá.

–Por supuesto –Miranda asintió–. Si necesitas algo... –se interrumpió sonrojándose.

–Si necesito algo, serás la primera en saberlo, *cara* –murmuró él.

A las dos y media de la madrugada, Miranda entró en el cuarto del niño llevando una taza de té. Liam dormía tranquilo y Gianni estaba tumbado en el sofá con los ojos cerrados.

Durante un buen rato ella se limitó a mirarlo absorta y con el corazón galopando en el pecho. De repente lo comprendió: corría el riesgo de enamorarse de él. El descubrimiento le provocó una profunda sensación de horror.

–No lo haré. No puedo –murmuró sin aliento.

Gianni abrió los ojos y Miranda, sobresaltada, estuvo a punto de dejar caer la taza.

–¿Qué has dicho?

–Me preguntaba si te apetecía una taza de té.

–No, gracias. ¿Has dormido algo?

–Un poco –mintió ella mientras dejaba la taza sobre un mueble–. Parece estar mucho mejor.

–Pero sí me vendría bien un poco de compañía –Gianni asintió y alargó una mano.

Tras una fracción de segundo, ella se dejó arrastrar sin resistirse y se sentó en el sofá.

–¿Estás cómoda? –susurró él con voz gutural al oído de Miranda.

–Sí –respondió ella, sobrecogida por la intimidad y la cercanía física. Gianni estaba caliente y era fuerte y masculino. Cerró los ojos y apoyó la cabeza sobre su hombro.

–Relájate, *cara* –Gianni le acarició los cabellos y le besó los párpados–. Duérmete.

–No puedo –treinta segundos más tarde estaba completamente dormida.

Escuchando su respiración, él fue consciente de repente de que nunca había compartido la cama, ni nada equivalente, con una mujer sin que hubiera habido sexo por medio.

Se encogió de hombros. Una noche abrazado a una mujer no significaba que se hubiera convertido en algo más que sexo. Pero la mentira no surgió con la facilidad de siempre.

Capítulo 9

GIANNI contempló su reflejo en la ventana y se sobresaltó.

Dio, hacía más de una semana que no se ponía corbata.

Una suave risa resonó en su garganta al imaginarse la cara de sus empleados en las oficinas Fitzgerald si instaurara un día para vestir de manera informal. Su estilo de dirección ya había levantado ampollas entre la vieja guardia al hacerse cargo del puesto.

Cuando al fin habían comprobado que ese estilo, más informal, y las nuevas iniciativas que había implementado, por no hablar de los autores de éxito a los que había atraído, no disminuía la eficacia ni, sobre todo, las ganancias, habían empezado a mirarle con mejores ojos. Sin embargo, llevar vaqueros en la oficina sería ir demasiado lejos.

¿Y por qué no estaba en la oficina en ese momento?

Sacudió la cabeza y se recriminó burlonamente. «Como si no lo supieras, Gianni».

En la vida real no podría despertarse con los brazos llenos de la dulce y cálida Miranda.

Era la quintaesencia de la feminidad.

Encajó la mandíbula. Había identificado la debilidad que le había hecho quedarse allí demasiado tiempo. Por estupendo que fuera el sexo, y lo era, en su vida real no había lugar para una mujer como Miranda Easton.

Gianni se recordó por qué su situación solo podía

durar un corto periodo de tiempo. En el mundo perfecto, donde no había permitido a sus hormonas gobernar sobre su mente, jamás habría llegado a suceder. Tenía muchos asuntos que eran prioritarios.

Miranda ocupaba demasiado espacio en su mente. Él necesitaba una mujer a la que pudiera olvidar en cuanto abandonara la habitación, y esa mujer no era ella.

No solo se le había metido en la cabeza en el poco tiempo que hacía que se conocían, le había hecho darse cuenta del vacío que sentía en su interior, del que había sido maravillosamente ignorante hasta entonces.

Podría haber seguido viviendo sin saberlo y estaba seguro de poder llenar ese vacío, en cuanto regresara a la realidad, con cosas que no alteraran su delicado equilibrio vital.

La cuestión era que Miranda no le pedía nada, pero él sabía que necesitaba más y, peor aún, le hacía desear darle más... Gianni, siempre consciente de proporcionar a su hijo el amor y cuidados de dos progenitores, se dijo que ya no le quedaba más para repartir.

Ya era bastante difícil pasar tiempo suficiente con Liam y atender a las exigencias de su trabajo en la agencia de publicidad en un momento de grandes cambios. Estaba haciendo malabarismos con muchas pelotas a la vez y no podía añadir ninguna más.

¿Por qué no se había marchado al resolverse la situación que lo había llevado allí? ¿Era parte del atractivo el hecho de que esa mujer era algo que no se podía permitir?

Hizo una pausa y en su mente se formó una imagen de Miranda. La delicada piel enrojecida por la pasión, los seductores ojos color esmeralda de mirada turbia y los carnosos labios fruncidos. Así la había visto aquella mañana mientras la tenía debajo, envolviéndolo con sus finos brazos y piernas y suplicándole con un ronco susurro que la tomara haciéndole perder el control. Un control que no le sobraba con ella cerca.

Tenía que marcharse. Había sido un agradable descanso, pero nada más. Había llegado la hora de ponerle fin. Solo había que elegir el momento adecuado.

Miranda seguía en la cocina, allí donde él la había dejado. Todo lo demás había cambiado. Gianni lo supo antes de que ella se volviera para mirarlo.

Lo supo sin ver lo que estaba escrito en la hoja de periódico arrugada que había sido alisada junto al ramo de flores para el que había servido de envoltorio aquella mañana.

Había bromeado porque ella había dejado un billete en la caja del puesto al faltarle unos céntimos para poder pagar con monedas, y ella le había hablado sobre la honestidad, haciendo que se sintiera incómodo por no haber admitido aún que su situación financiera no era la que le había permitido creer.

Nunca había tenido la necesidad de confesarle a una mujer su condición de rico y poderoso. Siendo un hombre al que la mayoría consideraría experimentado con el sexo opuesto, con Miranda se sentía a menudo como si estuviera empezando de cero.

Cerró la puerta y ella se volvió lentamente.

Gianni emitió un prolongado suspiro de resignación mientras le mostraba la noticia con mano temblorosa. La expresión de los ojos verdes era un millón de veces más condenatoria que el titular sensacionalista.

Había esperado el momento adecuado y ese momento llevaba marcada la etiqueta de fin. Podía marcharse sin preocuparse por sus sentimientos, porque ella lo odiaba.

Tomó la hoja de periódico y, formando una bola con

ella, la arrojó al suelo sin siquiera mirarla. Sabía lo que ponía.

–Te lo puedo explicar –aunque estuviera a punto de marcharse, debía explicárselo.

–No me cabe la menor duda –Miranda sonrió con amargura–. Siempre tienes una buena excusa, ¿no es así? Y yo, bueno, me lo trago todo, ¿verdad?

–Estás muy pálida –Gianni la miró con gesto preocupado–. Siéntate y deja que yo...

Parecía estar preocupado. Todo en él era mentira, y era imbécil si pensaba que ella iba a creerse todo eso de que había secuestrado a su hijo.

No estaba enfadada por descubrir que fuera rico. No estaba asqueada porque creyera las mentiras escritas en el periódico. Estaba furiosa porque le había ocultado el secreto para mantenerla alejada de él.

¿Qué le había dicho el día anterior cuando ella lo había sorprendido con gesto sombrío y le había preguntado qué le sucedía? «Te quiero en mi cama, no en mi cabeza, cara».

Debería salir corriendo. ¿Por qué no lo había hecho antes? Antes de enamorarse de él.

–Sabía que estaba sucediendo y lo permití.

–Bastardo. ¡No me toques! –Miranda se sujetó la cabeza con las manos.

Gianni estaba pálido. Una vena azul palpitaba en la sien y los músculos del cuello destacaban tensos. Dio un paso atrás con una mano extendida.

–Cálmate.

–Estoy calmada. ¡Totalmente calmada! –aulló ella mientras señalaba con un dedo tembloroso la bola de papel en el suelo–. Me dejaste creer que no tenías dinero y resulta que eres un Fitzgerald...

–Trabajas para una Fitzgerald y yo nunca te oculté mi apellido.

–Pero no mencionaste que fueras uno de esos Fitzgerald –la mitad de los libros de mayor éxito publicados lo habían sido por la empresa que él dirigía.

Incluso se había disfrazado. Nada podría haberle hecho parecer menos un director ejecutivo que esos vaqueros y la camisa desabotonada que revelaba el bronceado y musculoso torso...

El artículo dejaba claro que el hombre sobre el que escribía no había nacido con una cuchara de plata bajo la lengua, sino con toda la cubertería.

–¡Basta!

Miranda no respondió a la voz autoritaria, pero sí sucumbió a la presión de las manos sobre sus hombros. Respirando con dificultad y con las rodillas temblorosas, se dejó caer en la silla que él le ofrecía.

Gianni la giró hasta colocarla de frente. Después la sujetó por los hombros y se inclinó sobre ella. Miranda lo miró a los ojos, furiosa y asqueada hasta sentir náuseas.

–Ya has dicho lo que pensabas, ahora me toca a mí –habló él con voz cortante y poca emoción, aunque el brillo de los negros ojos delataba que no estaba tan tranquilo como parecía–. Es verdad que soy uno de esos Fitzgerald, como dices, lo cual me convierte al parecer en un monstruo.

Miranda soltó un bufido de incredulidad. Ese tipo tenía el morro de aparentar estar enfadado. Alzó la barbilla y lo miró con expresión furiosa.

–Adelante –lo invitó–. Me vendría bien escuchar algo gracioso –añadió con amargura.

–La historia se ha acabado. Nunca existió tal historia –Gianni inclinó la cabeza–. No he secuestrado a mi hijo. Poseo la custodia legal y sé lo que pone en el artículo.

–¿Toda esa basura? –ella chasqueó los dedos.

–¿No te lo has creído? –Gianni parecía perplejo.

–No suelo creerme todo lo que leo.

–Algunas cosas son ciertas.

–Sigue...

Gianni asintió y balanceó el cuerpo sobre los talones mientras se mantenía agachado.

–Yo era el editor político del *Herald*. Puedes comprobarlo, es un dato oficial –continuó con amargura–. También es un dato oficial que publiqué una gran exclusiva sobre un periódico sensacionalista y un alto funcionario. Para abreviar, te diré que algunas personas fueron a la cárcel por esa historia y otras, incluyendo el tipo que había publicado todas esas mentiras, perdieron su empleo.

Los negros ojos reflejaban desprecio. Aún pensaba que Rod James había salido demasiado bien parado, pero el periodista, un caso clásico de alguien que se niega a asumir sus responsabilidades, tenía otra opinión. Desde entonces había dirigido una cruzada personal contra Gianni, al que tenía por responsable de su caída en desgracia. En varias ocasiones, sus ansias de venganza lo habían acercado peligrosamente a la difamación y en aquella ocasión había traspasado claramente los límites.

–¿Eras editor de un periódico? –Miranda creía recordar vagamente el incidente.

Él asintió.

–¿Eras periodista? –la curiosidad de la joven por ese hombre aumentó a su pesar.

–Era corresponsal en el extranjero en una agencia de noticias, primero en Europa y luego en Oriente Medio. Poco después de trasladarme a Oriente, se produjo una gran noticia. Eso fue cuando Sam llegó. Ella ya era toda una leyenda.

–Sam Maguire es la madre de Liam.

En la mente de Miranda se formó la imagen de una

atractiva rubia de labios carnosos, siempre maquillados de rojo, y siempre elegante, fueran cuales fueran las circunstancias, incluso cuando llevaba puesto un chaleco antibalas.

Era la clase de mujer que desafiaba todo estereotipo. La clase de mujer que hacía que otras mujeres, como Miranda, se sintieran inadecuadas sin remedio.

–Sí la leyenda en vivo. Me sentí bastante impresionado cuando la conocí en carne y hueso.

Miranda observó los deliciosos labios de Gianni curvarse en una sonrisa y sintió una punzada de celos, tan aguda que tuvo que disimular una exclamación fingiendo toser.

–Tuvimos una aventura –con el tiempo había comprendido que Sam había estado en lo cierto al afirmar que lo suyo había sido divertido, pero nada serio ni permanente.

De no haber sido por Liam, seguramente se habrían distanciado por completo. La sensación romántica había desaparecido hacía tiempo, pero no así el dolor y la decisión de no volver a comprometerse con nadie. Sam siempre formaría parte de su vida, gracias a Liam. El enamoramiento había pasado y también la ira que había seguido al ser abandonado, literalmente, con el bebé en brazos.

Con el paso de los años había llegado a aceptar la decisión de Sam, aunque sin entenderla por completo. Jamás lo lograría, ni lo iba a intentar.

–¿Estuvisteis mucho tiempo juntos? –preguntó ella, no porque le interesara saberlo sino para rellenar el incómodo silencio.

–No mucho. Una semana después hubo un levantamiento armado... una situación con rehenes. No volví a verla hasta meses más tarde. Yo estaba de regreso en Londres y ella me llamó.

Gianni se interrumpió y su mirada se oscureció al revivir los recuerdos. Apenas había reconocido a la mujer que había aparecido ante su puerta aquel día.

–Era estupenda, intrépida hasta que... –él se encogió de hombros y la miró a los ojos–. La única vez que la vi asustada fue cuando supo que estaba embarazada.

Al oír la profunda admiración que se desprendía de sus palabras, Miranda no pudo evitar pensar que Gianni seguía enamorado de ella. El dolor que había sentido al ver juntos a Tam y a Oliver no había sido nada comparado con lo que experimentaba en ese momento.

–Cuando al fin se calmó, lo hablamos. Jamás hubo ninguna posibilidad de no tenerlo, ella lo tenía claro –insistió él–. Estaba dispuesta a tener el bebé, pero nada más. No quería ser madre.

Lo primero que él había publicado como periodista había sido un mordaz artículo sobre padres que no se responsabilizaban de su paternidad. La sociedad era mucho más tolerante con ellos que con una madre que se comportara de manera similar, y él había hecho lo mismo cuando Sam le había intentado hacer comprender su punto de vista.

–Admito que pensé que, tras el nacimiento de Liam, cambiaría de idea, pero no lo hizo.

–¿Y...? –Miranda sacudió la cabeza y lo miró a los ojos.

–Y ella... –contestó Gianni tras unos segundos de silencio. Estaba dando más explicaciones de lo que tenía por costumbre– mantienen el contacto. Sam no es una extraña para Liam. Él sabe que es su madre y Sam se implica... –tanto como estaba dispuesta a hacerlo, tal y como le había ofrecido él– hasta cierto punto. Pero es que a Sam los niños más mayores le resultan más llevaderos que los bebés.

–¿Y te parece bien? –Miranda sentía cierta curiosidad por el inusual acuerdo.

—¿Por qué no iba a parecérmelo? —Gianni se encogió de hombros sin que su expresión revelara ninguna emoción.

«Bueno», pensó Miranda, «te deja a ti todo el trabajo duro mientras que ella aparece cuando le apetece, cual hada madrina...».

—Soy el que toma las decisiones prácticas en el día a día. Ambos acordamos hacerlo así. Soy el que está con él, o al menos lo está la niñera o mi madre —en su rostro apareció una sonrisa torcida—. Tal y como has apuntado, mis habilidades para la paternidad no son brillantes. El problema es que Sam se ha enamorado y está pensando en casarse.

—¿En serio? —Miranda se sintió desolada. Si Gianni seguía sintiendo algo por esa mujer, aquello solo supondría más problemas.

—Según ella —él asintió e hizo una mueca de desprecio—. «Es él».

Miranda se inclinó hacia delante y apoyó la barbilla en las manos mientras escudriñaba el rostro de Gianni en un intento de averiguar la verdad tras la máscara de ironía.

—Pero tú no lo crees —no le hacía falta ser adivina para saberlo.

—Se conocen solo desde hace seis semanas —le informó Gianni sacudiendo la cabeza—. ¡Seis semanas! La gente tarda más tiempo en elegir un coche nuevo—. ¿Crees que en seis semanas puedes enamorarte y saber que quieres pasar el resto de tu vida con él?

«Con seis día basta», pensó Miranda mientras se encogía de hombros con fingida indiferencia y recordaba que le había dicho lo mismo a Tam al anunciarle esta que se había enamorado de Oliver tras su primera cita.

Tam había soltado una carcajada y admitido que llevaba enamorada de él desde el instante en que lo había conocido.

–¿Recuerdas el día que te llevó a casa porque tu coche estaba estropeado? Se bajó del coche para abrirte la puerta. Fue tan anticuado y dulce y... pensé que vosotros dos... Bueno, ni te imaginas lo que me alegré cuando dijiste que no era más que tu jefe. Celosa de mi propia hermana, ¿te lo puedes imaginar?

De algún modo, Miranda había logrado unirse a la carcajada de Tam.

–Por supuesto que no lo crees –Gianni asintió malinterpretando el silencio de Miranda–, porque eres una mujer práctica.

Miranda era la práctica. Tam, la artista, un espíritu libre. No era la primera vez que la describían así, pero nunca antes le había dolido tanto.

–Sam lo era, bueno supongo que está...

–¿Enamorada? –lo interrumpió ella incapaz de ocultar su irritación mientras recordaba la afirmación de su madre al ver la foto de sus gemelas: «Fue amor a primera vista».

Pobre Liam, le faltaba la protección del amor materno. Eso explicaba por qué Gianni se mostraba tan protector. Lo miró de reojo y vio más allá de la perfecta estructura ósea. Vio la fuerza de su carácter.

En la garganta se le formó un nudo de la emoción. No solo se mostraba Gianni decidido a que a su hijo no se le privara de nada sino que no estaba dispuesto a que el niño escuchara comentarios despectivos sobre su madre ausente, al menos no los oiría de Gianni.

–Está hablando de casarse, o sea que supongo que sí.

–Aún no entiendo lo del artículo. ¿Cómo...?

–Su novio –a Gianni le resultaba extraño aplicar ese calificativo a un hombre de sesenta años. Por el bien de Liam deseaba que todo saliera bien. Si la vida de Sam se desmoronaba, solo Dios sabía cómo afectaría a la frágil relación que mantenía con su hijo– vio una foto de Liam y preguntó quién era, de modo que ella le explicó que era su hijo.

Miranda se preguntó qué habría sucedido si ese hombre no hubiera preguntado ¿Cómo podía una mujer no estar orgullosa de su hijo? «Si fuera mío, querría que todos lo supieran».

–¿Y no fue una buena idea explicárselo?

–Podría haberlo sido si él no hubiera concluido precipitadamente que yo le había obligado a entregarme la custodia, privándola así de su hijo –lo cuál planteaba la cuestión de hasta qué punto conocía ese tipo a Sam, la última persona que podría ser descrita como víctima.

Miranda asintió. Era más o menos lo que había insinuado el artículo del periódico.

–Pero ella... la madre de Liam, debió explicárselo –razonó sin comprender aún cómo había visto la luz esa historia, dañina y al parecer incierta.

–Pues no.

–No lo entiendo...

–No se lo explicó –espetó Gianni–. Me dijo que estaba esperando el momento adecuado –a pesar del tono humorístico, no se había sentido precisamente contento cuando Sam lo había llamado para avisarle sobe el artículo. Podía cuidar de sí mismo, pero tener a un montón de fotógrafos acampados ante la puerta de su casa, apuntando a Liam con sus objetivos, le ponía enfermo. Su primer impulso había sido el de preguntar a Sam si alguna vez pensaba en alguien que no fuera ella misma.

Pero no lo había hecho, aunque no le había ocultado su ira.

–¿Y cuándo se supone que llegará el momento adecuado? Es solo para saber durante cuánto tiempo van a arrojar tomates podridos contra mi casa –había preguntado al fin.

–Me odias. Y no te culpo por ello... me odias. Y Alexander me odiará cuando lo sepa.

Para horror de Gianni, Sam se había echado a llorar. Y si había algo que no soportaba eran las lágrimas de una mujer.

–Sam creía que su novio se enfadaría al saber la verdad –él miró a Miranda y sonrió tímidamente–. Desgraciadamente, antes de que pudiera reunir el valor para aclararlo, el novio le contó la historia a un amigo, y ese amigo resultó ser compañero de borracheras de cierto periodista llamado Rod James, que lleva años intentando destrozarme.

–Pero podrías haber parado todo el asunto, o al menos refutar la historia...

–Sam me pidió que no hiciera declaraciones –Gianni se encogió de hombros. No le faltaba razón. Responder a una mentira solo le daría más credibilidad para quienes se lo iban a creer de todos modos–. Me pidió una oportunidad para contarle la verdad a Alex sin que tuviera que leerla él mismo.

–¿Y cuánto tiempo se tarda en confesar haber mentido? –Miranda lo miró fijamente mientras intentaba controlar la sensación de injusticia que bullía en su interior. Gianni se mostraba tranquilo, como si la petición de Sam le hubiera parecido razonable. ¿Acaso esa mujer no comprendía lo injusta que había sido?

–Por eso vine aquí sin decir nada a nadie. La intención era ocultarnos durante unos días hasta que las cosas se calmaran. Era perfecto. Lucy es lo más parecido a una monja –Gianni hizo una pausa, inclinó la cabeza y la miró de reojo–. Y entonces desperté en la cama contigo. Pero eso ya lo sabes.

–De manera que no eres un secuestrador –el artículo no lo había llamado así con todas las letras, pero lo había insinuado, incluso sugiriendo que la policía lo buscaba.

Él sacudió la cabeza.

–¿Solo un mentiroso?

–Eso es muy cruel.

–¡Cruel! –exclamó Miranda–. Me hiciste creer que estabas arruinado –se cubrió el rostro con las manos mientras recordaba los consejos que le había dado a un hombre que dirigía una empresa de publicidad que había editado una docena de superventas mundiales.

–Cuando llegaste a esa conclusión, me pareció... conveniente –admitió él.

–Ni siquiera estoy segura de que seas consciente de haber hecho algo mal.

–¿Acaso importa? –en el rostro de Gianni se reflejó cierta impaciencia–. No soy un hombre especialmente agradable, pero no te acostaste conmigo porque pensaras que lo fuera, o porque había perdido todo mi dinero... a no ser –sugirió–, que fuera sexo por piedad.

–No tengo ni idea de por qué me acosté contigo –murmuró ella, incapaz de mirarlo.

–Sí, la tienes, *cara*.

Miranda tragó con dificultad y levantó la vista, fundiéndose con la mirada negra y ardiente que la quemaba por dentro.

–Yo... tú... –balbuceó humedeciéndose los labios resecos.

–Te acostaste conmigo por la misma razón por la que yo me acosté contigo.

A Miranda le resultaba desesperante tanta arrogancia. La sonrisa de Gianni llevaba implícita un desafío que no podía igualar porque la tensión hacía que el corazón apenas le latiera y cuando los negros ojos la recorrieron de arriba abajo, empezó a temblar como si le hubiera acariciado con las manos. Estaba tan excitada que apenas podía respirar.

–Porque tenemos... –Gianni hizo una pausa y habló con voz ronca– el mismo deseo.

Miranda tragó saliva. Estaba literalmente paralizada por la lujuria. «Olvida el amor, concéntrate en lo que tienes, Mirrie», se dijo a sí misma. «Deja que baste con eso».

–Creo que en parte no te lo dije porque me resultaba agradable que alguien me deseara por mi cuerpo y no por mi chequera. Y, para serte sincero, no sabía si llegarías a descubrirlo.

–¡Eso sí que es sinceridad! –Miranda apartó el rostro de la influencia de su mirada.

Gianni la contempló con una mezcla de recelo y frustración.

–A ver si lo he entendido. Pensaste que si alguna vez llegaba a descubrirlo, tú ya estarías lejos de aquí, de modo que la situación solo podía resultarte propicia.

–Dicho así suena fatal –él le tomó ambas manos y tiró de ella para que se pusiera en pie.

–Es que lo es –Miranda apretó los labios, negándose a responder al encanto de su sonrisa.

Gianni se acercó un poco más y ella sintió el calor de su cuerpo antes de que apoyara las manos sobre sus hombros. Inclinó la cabeza y lo miró con evidente deseo, aprensión y excitación.

–¿Y se lo ha contado ya?

–Sí –contestó Gianni tras conseguir sacar su cerebro del tórrido lugar en el que se hallaba.

–¿Y él la odia?

Él presionó los labios contra la oreja de Miranda y la sintió estremecerse mientras giraba la cabeza para permitirle el acceso a su cuello.

–Al parecer no.

–¿Y qué pasa con la historia del periódico? –ella cerró los ojos al sentir un violento temblor mientras él le acariciaba la piel con la lengua–. ¡Dios, no lo hagas!

–¿Quieres que pare?

–Lo que quiero es que no te pares –le corrigió ella volviéndose para mirarlo.

–Disculpas en la segunda columna, página tres –Gianni sonrió.

–¿Qué? –Miranda pestañeó perpleja.

–El artículo –contestó él.

–Ah... –ella le tomó el rostro entre las manos, pero no intentó besarlo. Se limitó a mirarlo con gesto de arrobo–. O sea que ya no te escondes. Eres libre para marcharte cuando quieras –la noción hizo que sintiera un escalofrío en la columna.

Gianni frunció el ceño y apoyó las manos en las caderas de Miranda. Ella se resistió durante un instante antes de pegarse a él, estremeciéndose.

–Supongo que sí –admitió él extrañado de que la libertad no le resultara tan atractiva como debiera–. Pero te equivocas en una cosa.

Miranda cerró los ojos y suspiró. Si Gianni no la hubiera estado sujetando, se habría deslizado hasta el suelo.

–Jamás olvidaré tu nombre, Miranda.

«Maldita sea», pensó ella. «Lo sabe».

Las lenguas de ambos se rozaron. «Ni tu rostro, o tu voz, o tu sabor», se juró él.

Instintivamente, Miranda luchó contra la corriente que lo empujaba hacia él. Aunque sabía que ya era tarde para negar estar enamorada, interrumpió el beso. Lo amaba y siempre lo amaría. Y soportaría lo que tuviera que soportar.

–Creo que besabas mejor cuando no eras rico y poderoso –mintió ella.

Gianni alzó la cabeza con una punzada de resentimiento ante las palabras de Miranda. El resentimiento se hizo más profundo, aunque la ira iba más dirigida a sí mismo que a ella. ¿No se daba cuenta de que nunca había permitido que otra mujer se le acercara tanto?

–No sé por qué te lo tomas tan a pecho. No suelo compartir la historia de mi vida con todas las mujeres con las que... –Gianni sintió que ella se ponía tensa y cerró los ojos. Desde el instante en que había abierto la maldita boca, supo que se había equivocado.

Abrió los ojos y se encontró con los ojos verdes completamente gélidos. Se había apartado unos centímetros de su lado aunque, emocionalmente, la distancia era de kilómetros.

–¿Con las que te acuestas solo por placer? –completó Miranda la frase enarcando una ceja–. Por Dios, Gianni, tú sí que sabes hacer que una mujer se sienta especial. Me sorprende que no me asignaras un número para evitar confusiones.

La carcajada de Gianni la enfureció aún más.

–¿He dicho algo gracioso?

–Mucho... no tienes nada que ver con las mujeres con las que salgo o me acuesto.

–¿Y eso es bueno o malo?

–Perturbador –admitió él.

Capítulo 10

REGRESARÉ a Londres por la mañana. Miranda se quedó helada y perdió toda compostura. La sensación de pérdida era inmensa.

Tuvo el suficiente instinto de conservación como para bajar la mirada mientras se balanceaba sobre los tobillos como si le hubiera golpeado una ráfaga de viento.

Esperaba que su lenguaje corporal no manifestara lo que sentía en realidad: «acabo de recibir un golpe del que quizás no me recupere jamás».

–Deberías marcharte lo más temprano posible para no sufrir atascos. Lo mejor para Liam sería un desayuno ligero y quizás unas galletas de jengibre. El jengibre es bueno para el mareo. La radio dice que siguen las obras en la...

–Si te parece bien, podría regresar de vez en cuando –la interrumpió Gianni.

–¿Exactamente qué estás diciendo? –Miranda parpadeó y sacudió la cabeza.

–Estoy diciendo que esto no tiene por qué terminar...

Miranda ignoró la sensación de alivio que sintió y se tomó un instante para responder con calma, recordando que no era más que un respiro. Lo que le ofrecía era sexo por placer.

Y lo iba a aceptar porque no podía rechazarlo. Como una adicta, no podía dejar pasar la oportunidad de estar con él, aunque la batalla para ocultar sus sentimientos resultara agotadora, pues en el fondo del corazón sabía que Gianni acabaría por darse cuenta.

–¿Te refieres a las peleas? –sugirió ella con fingida confusión.

–Me refiero al sexo –aclaró él irritado–. Es bueno... –sus labios se curvaron en una sonrisa–. No, es increíble –¿por qué no dejar que las cosas siguieran su curso? ¿Por qué privarse del mejor sexo que había disfrutado jamás?

De ninguna manera iba a modificar las reglas. Los aspectos importantes seguirían igual. Miranda no formaría parte de la vida de Liam. La... situación requería de ciertos límites.

La vida real no consistía en perezosas tardes en la cama y paseos a la luz de la luna. Eso pertenecía a las vacaciones románticas.

Era evidente, o lo habría sido si hubiera reflexionado sobre ello, que las vacaciones románticas no funcionaban una vez acabadas las vacaciones porque la pareja no solía estar preparada para adaptarse al cambio de circunstancias. Su vida no eran las vacaciones, y el sexo debía encajar en su vida. Debía resultar conveniente.

–Sí, lo es –Miranda respiró hondo y tomó una decisión. Mirándolo a los ojos se preguntó si el destello de emoción que veía era placer, alivio o nada de eso.

«Por Dios, Mirrie, si quieres saberlo, pregúntaselo. ¿O es que tienes miedo de la respuesta?». Pero no preguntó porque en el fondo sabía que, en el momento en que le revelara sus sentimientos, se marcharía de su vida para siempre.

–¿Qué tenías pensado? –sin esperar respuesta, añadió–: tengo algunas condiciones.

Gianni entornó los ojos. Esa mujer tenía algunas condiciones. No era la escena que se había imaginado. La contempló incrédulo mientras la frustración ardía en el estómago.

–Puedo aceptar sexo sin compromiso –ella se aclaró la garganta–, pero no puedo aceptar... –hizo una pausa, avergonzada–. Mientras dure, quiero ser la única.

–¿Acaso habías pensado que tengo tiempo suficiente para...? –Gianni se interrumpió al ver la expresión en los verdes ojos–. La exclusividad no será ningún problema.

–Y no quiero mentiras... –Miranda se sentía orgullosa de la calma que reflejaba su voz–. Podemos disfrutar de un sexo realmente bueno... sin ataduras.

Lo había aclarado al percibir la ira, inexplicable para ella, reflejada en el bronceado rostro.

–Pero debo ser sincera –admitió.

Pensaba en su hermana y la relación intermitente que había mantenido con ese fotógrafo durante años. Sin duda Oliver había supuesto su salvación: un hombre totalmente distinto a su anterior amante.

–Lo digo en serio, Gianni. Si me mientes otra vez, e incluyo las mentiras por omisión...

–Sexo... lo siento, quería decir sexo sin sentimientos. Lo he entendido. ¿Algo más?

–No, eso es todo –Miranda sacudió la cabeza.

Gianni asintió mientras se dirigía hacia la nevera y sacaba una botella de champán.

–¿Brindamos por nuestro acuerdo? –se volvió hacia ella con la botella en la mano.

–Estupendo –murmuró ella sin apartar los ojos de su boca–. Pero sabrá mucho mejor después de que me hayas llevado a la cama.

Gianni parpadeó.

No fue hasta ver su expresión que Miranda comprendió que había expresado en voz alta sus pensamientos.

Gianni la miró con una mezcla de diversión y ternura mientras el mortificante color rubí afloraba a las pálidas mejillas y los ojos verdes se abrían como platos.

–Lo siento –exclamó cubriéndose el rostro con las manos–. Pensaba en voz alta.

–Miranda Easton... –él sonrió y soltó la botella.

Gianni le apartó las manos del rostro y besó cada uno de los dedos antes de juntar las palmas y hacerlas desaparecer entre sus grandes manos.

La imagen resultó de lo más simbólica para Miranda. Representaba la superioridad y la fuerza. Una fuerza que jamás habría imaginado podría resultar tan excitante.

–Me encanta cómo funciona tu mente. Piensa en voz alta siempre que quieras, *cara*.

Miranda soltó un grito de fingida protesta cuando, sin previo aviso, Gianni la tomó en sus brazos. Sin ofrecer la menor resistencia, le rodeó el cuello con los brazos y se dejó llevar.

–¿Qué estás haciendo?

–Creía que dormías –Miranda apoyó los pies en el suelo–. Son las once de la noche y no he cerrado la puerta. Y los perros...

–¿Por qué susurras? –preguntó él en tono divertido.

–Estaba siendo considerada. ¡Ay! –Gianni había alargado una mano hacia la botella de champán, derramando un poco sobre las sábanas.

–Los perros ladrarán como locos si alguien intenta entrar. Vuelve a la cama, *cara*.

El pecaminosamente seductor susurro era una invitación imposible de rechazar, al igual que la fuerte mano que le agarró el brazo y tiró de ella.

–¿Qué haces? –Miranda fingió irritación mientras se sentaba a horcajadas sobre él.

–Creo que soy yo quien debería preguntárselo, señorita Easton. Parece tomarse ciertas libertades –observó él mientras contemplaba los bonitos pechos, pálidos en la oscuridad salvo por la sombra más oscura de los erectos pezones. La inevitable ráfaga de lujuria endureció su cuerpo al instante. Nunca parecía poder saciarse de esa pelirroja.

Gianni estaba considerando tomar un sensible pezón en la boca cuando ella retorció las caderas y se inclinó hacia delante lo suficiente para que los rosados botones acariciaran el masculino torso.

A continuación deslizó las manos por el estómago hasta encontrar lo que buscaba, provocándole un escalofrío.

–Y usted parece estar disfrutando de ello, señor Fitzgerald.

Miranda sonrió en la oscuridad y cerró los dedos en torno a la suave y rígida columna de su erección mientras Gianni soltaba un respingo. La suave risa se convirtió en un grito cuando él la tomó por la cintura y rápidamente cambiaron posiciones.

–¡No es justo! –protestó ella sin aliento.

Miranda se retorció, pero no opuso resistencia mientras él le sujetaba ambas muñecas por encima de la cabeza y, con la mano libre, presionaba un botón en la mesilla de noche.

De inmediato, las cortinas se abrieron y la habitación quedó bañada por la luz de la luna.

–A nuestra Lucy siempre le han encantado los juguetitos electrónicos. Y, ¿sabes una cosa? –Gianni arrastró las palabras–, empiezo a pensar que no le falta razón.

Los negros ojos barrieron lánguidamente el cuerpo de Miranda cuya pálida piel brillaba opalescente bajo la plateada luz.

Sin poder evitar estremecerse, ella lo miró. Gianni le recordaba una de esas estatuas olímpicas. Era increíblemente hermoso y, solo con mirarlo, se sentía marear.

El deseo ardía en su vientre y sintió que se le derretían los huesos mientras la besaba apasionadamente.

–Podrías simplemente haber encendido la luz –susurró ella cuando el beso hubo terminado.

Él le mordisqueó el labio y tomó los pechos con las manos ahuecadas. Miranda se estremeció y gimió al sentir el roce de los pulgares sobre los pezones.

–Soy un romántico.

En la penumbra, ella vio desaparecer el brillo burlón de los negros ojos, sustituido por un ardor febril que hizo que los músculos se le encogieran de anticipación.

–*Dio*, qué hermosa eres –Gianni hundió los dedos de la mano entre sus cabellos y respiró hondo, casi con reverencia, mientras le acariciaba la mejilla.

–No entiendo cómo puedes hacer que me sienta así –Miranda jadeaba y giró el rostro para besarle la palma de la mano.

–¿Así? –preguntó él.

–Así –insistió ella mientras le guiaba la mano hacia el ardiente y húmedo núcleo de su feminidad.

–¡*Dio!* –gruñó él mientras le separaba las piernas y la besaba–. Me encanta que siempre estés dispuesta para mí.

–Te deseo tanto, Gianni, que me asusta.

Pero aún más le asustaba pensar en cómo se sentiría cuando se hubiera ido, cuando el sexo por placer empezara a aburrirle.

Apretando los dientes, Miranda intentó ignorar sus pensamientos. Pero en cuanto Gianni se hundió en ella, llenándola con su deliciosa dureza, ya no le hizo falta intentarlo.

A la mañana siguiente, Miranda despertó al inconfundible aroma del café. Sonriendo, bostezó perezosamente y giró la cabeza. La cama estaba vacía, aunque había una taza de café en la mesilla de noche.

Pero por bueno que fuera el café, hubiera preferido encontrárselo en la cama junto a ella. Ahuecó las almohadas y se sentó para tomárselo.

Apuraba la taza cuando Gianni apareció. Miranda se cubrió el pecho con la sábana y se mordió el labio. Ese hombre conocía cada centímetro de su cuerpo, ¿por qué reaccionaba así? Quizás tenía algo que ocultar, algo que temía que él descubriera.

Esperaba que él hiciera algún comentario sobre su gesto, pero no pareció darse cuenta. Al acercarse a la cama ella notó algo... ¿diferente? Pasaron unos segundos antes de darse cuenta. Gianni iba vestido con una camisa blanca y unos pantalones hechos a medida.

—Estás... —ella hizo una pausa. Necesitaba darle un nombre a la expresión de su rostro. No era fría, pero tampoco cálida. Era... distante—. ¿Por qué no me has despertado?

—Tenía que madrugar. No había necesidad de que tú también lo hicieras.

—Prepararé el desayuno. ¿Liam se ha...?

—Liam ya está en el coche —Gianni apoyó una mano en el hombro de Miranda.

Los ojos verdes se abrieron desorbitados ante la impresión. Una impresión sustituida enseguida por dolor.

—Ya hemos desayunado —añadió Gianni.

—¿Os marcháis... ya?

Él asintió.

—Tengo que despedirme —olvidando toda modestia, Miranda se sentó en la cama—. ¿Dónde he puesto mi...? —miró a su alrededor en busca de la bata.

—No —Gianni se secó el sudor del labio superior con un impaciente gesto de la mano. *Dio*, nunca había sentido tanto placer, ni tanta agonía, por culpa del cuerpo de una mujer.

–No comprendo... –Miranda alzó la vista y lo miró con el ceño fruncido.

–Creo que lo mejor sería que no le dijeras adiós.

–¿No? Pero, yo...

–No entiendes que nuestro acuerdo no incluye a Liam, ¿verdad?

–¿No quieres que vea a Liam? –al fin lo comprendió.

–Creo que sería lo mejor –Gianni desvió la mirada de los llorosos ojos, pero se encontró con los temblorosos labios–. No sería justo permitirle encariñarse con alguien y luego ver cómo desaparece esa persona... Necesita estabilidad.

No había dicho nada que no fuera cierto. Entonces, ¿por qué se sentía como un bastardo? No hacía más que velar por los intereses de su hijo. «Es mi obligación», se dijo a sí mismo. Pero continuó sintiéndose como un bastardo.

–Entiendo –Miranda bajó la mirada y volvió a meterse en la cama.

La silenciosa dignidad al aceptar la decisión le hizo sentirse mucho peor.

–Espero que tengas un buen viaje.

–Yo también –Gianni endureció su corazón y luchó contra el impulso de retractarse. Para que su acuerdo funcionase, debía mantener separadas las distintas parcelas de su vida–. Intentaré regresar el viernes por la noche... –una semana sin sexo nunca le había parecido tanto tiempo. Nunca había echado de menos el sonido de la voz de una mujer y no iba a empezar a hacerlo en esos momentos.

–Quizás deberías llamar primero –Miranda comprendió de golpe que se había convertido en su querida.

–¿Por qué? –Gianni pareció perplejo ante la sugerencia y la dignidad desplegada por ella.

–Bueno, no sé cuándo volverá Lucy. Puede que yo ya no esté aquí y no me gustaría que hicieras el viaje en balde –aunque sí le gustaría que pasara el resto de su vida lamentándose por haber dejado marchar a la mujer que más lo había amado jamás.

–¡Lucy no volverá tan pronto! –protestó él mientras se negaba a sucumbir a la punzada de algo que se negaba a reconocer como pánico.

–No sé cuándo volverá, Gianni –Miranda se encogió de hombros y despejó su mente de toda autocompasión–. Ya te lo dije. Quizás el viernes...

Él asintió secamente y se marchó sin pronunciar palabra. Miranda escuchó atentamente todos los sonidos de su partida: los pasos en las escaleras y el portazo antes de que el motor del coche se pusiera en marcha. Después no hubo más que silencio.

La serena sonrisa se esfumó de su rostro y se deshizo en sollozos, más propios de un animal herido, que surgieron de su interior más profundo.

Lloró sin parar durante media hora antes de soltar la húmeda almohada y dirigirse hacia el cuarto de baño. Contempló su reflejo en el espejo e hizo una mueca.

«Dios, estoy hecha un asco», pensó mientras abría el grifo del agua fría.

–Este es el trato, Mirrie –anunció a la imagen del espejo–. Afróntalo –añadió mientras retiraba unos mechones de cabellos cobrizos del rostro.

La otra opción era... Cerró los ojos. No, aún no podía considerar la otra opción. Podría con ello. Los corazones no se rompían y, además, esos eran pensamientos para el futuro.

Limpió con una mano el espejo y se puso el reloj. No estaba de vacaciones. La pagaban por hacer un trabajo... y hacer era más productivo que pensar.

Capítulo 11

ERA IMPRESIONANTE lo que podía abarcar una persona que necesitaba llenar cada instante de su vida con actividad. La casa, de por sí inmaculada, brillaba. Cada superficie resplandecía, cada mala hierba había sido eliminada del jardín. Hasta el pelaje de los perros relucía tras horas de cepillado.

Incluso había conseguido disfrutar de unos momentos de diversión. Aunque su primer impulso había sido el de rechazar la invitación de Joe para unirse a su equipo en un concurso en el pub el martes por la noche, al final aceptó.

Y lo cierto fue que se divirtió. Su equipo fue el último, pero eso no disminuyó el humor de sus miembros, dispuestos a seguir la fiesta.

Tras tomar unas cuantas copas de más de la sidra local para celebrar la derrota, Miranda se había levantado a la mañana siguiente una hora más tarde de lo habitual.

Al anochecer, mientras cerraba la puerta del establo, un coche plateado entró rugiendo en el patio lanzando grava en todas direcciones y parándose a escasos metros de ella.

El corazón le dio un vuelco al ver al hombre de largas y atléticas piernas que bajaba del vehículo. Mientras se acercaba a ella, la emoción inicial fue sustituida por incertidumbre.

Era Gianni, pero el hombre que caminaba hacia ella no era el Gianni que ella conocía. El coche había cambiado y él también. Miranda no estaba segura de lo que sentía ante los cambios, aunque desde luego no había motivos para protestar.

Inútilmente se esforzó por reconocer en la elegante figura que se aproximaba al demonio arrogante vestido con vaqueros del que se había enamorado. El hombre que se acercaba destilaba seguridad, poder y confianza con la misma naturalidad con la que llevaba el hermoso traje que se ajustaba a su igualmente hermoso cuerpo.

Durante un momento intentó ver más allá del traje gris y la camisa rosa. Gianni empezó a aflojarse la corbata y se acercó lo bastante para que sus miradas se fundieran.

De inmediato identificó el salvaje deseo en las negras profundidades y sintió un enorme alivio. Lentamente, se acercó a él antes de echar a correr mientras una voz que resonaba en su mente la reprendía: «demasiado ansiosa, Mirrie».

Buen consejo.

Se paró a unos centímetros de él, pero no podía aparentar calma ni dejar de temblar.

—Es miércoles —acusó con la voz cargada de emoción.

—Esperaba un recibimiento más entusiasta —él enarcó las cejas y hundió las manos en los bolsillos para no tomarla en sus brazos allí mismo—. Obviamente me alegro de verte —el irónico comentario de Gianni hizo que ella se sintiera aún más incómoda.

Pero para Gianni no resultaba tan obvio.

—Es que no te esperaba aún. Dijiste que el viernes...

—Cancelé una reunión —él se encogió de hombros.

En realidad había cancelado dos, pero, tal y como le había explicado a su secretaria, ¿por qué celebrar tres reuniones en tres lugares diferentes cuando los temas a discutir se solapaban? ¿No tenía más sentido juntarlas?

A Gianni le irritaba que nadie más se hubiera dado cuenta de ello.

Y por si su secretaria aún no lo había comprendido, había tachado con rotulador rojo las dos reuniones que creía podían eliminarse, lo cual le había dejado con dos medios días. Ante la observación de la mujer de que algunos de los asistentes podrían tener problemas para reajustar sus agendas ante el poco tiempo con el que había avisado, había contestado que si él podía hacerlo, ellos también.

Sintiéndose ligeramente culpable, e incómodamente consciente de que había hecho gala de la misma prepotencia que aborrecía en los hombres con poder, se había esforzado por ser menos cáustico y había llegado al extremo de admitir que tenía problemas en casa.

Normalmente no comentaba asuntos domésticos en el trabajo, pero desde el regreso a Londres nada había sido normal. Para empezar, Liam no paraba de hablar de Mirrie ni de preguntar cuándo iba a volver a verla, repitiendo la misma pregunta que ocupaba la mente de Gianni. Al igual que su hijo, era incapaz de sacar a esa mujer de su cabeza.

Miranda recibió la explicación con sentimientos encontrados. ¿Significaba eso que no iría a verla el fin de semana?

–Qué bien.

–Nada en esta semana ha ido bien –fue la amarga respuesta de Gianni.

Eso explicaba la evidente tensión que emanaba del masculino cuerpo.

–Lo siento –se lamentó con humildad.

Un incómodo silencio prosiguió mientras Miranda sentía que el resentimiento se acumulaba en su interior. ¿Qué se suponía debía hacer? Él estaba acostumbrado a esa clase de situaciones, pero no la estaba ayudando en nada... Aún no la había tocado, y mucho menos besado.

¿Debía ser ella quien diera el primer paso?

—Estaba a punto de... —Miranda se interrumpió ante la feroz mirada de los ojos negros.

—¿Qué estabas a punto de hacer?

—Iba a tomarme una taza de chocolate y marcharme a la cama —balbuceó la verdad, demasiado tensa ante el gesto de Gianni, para inventarse algo más ingenioso.

—¡Por mí estupendo! —el gesto severo se transformó en una sonrisa—. Pero sin el chocolate.

En una zancada la tomó en sus brazos y la besó con el ansia de un hombre hambriento.

Dos maravillosas horas después, Miranda soltó una carcajada cuando Gianni regresó al dormitorio con una humeante taza.

—Dijiste que querías una taza de chocolate caliente —él enarcó una ceja.

—¿Tú no quieres? —preguntó ella mientras se calentaba las manos con la taza.

—No. No soy goloso.

Miranda emitió un suspiro de placer y enterró la nariz en la taza mientras observaba cómo Gianni volvía a desvestirse. Jamás se había imaginado sentir tal placer carnal ante la contemplación de un hombre desnudo, claro que últimamente había hecho muchas cosas que jamás se había imaginado hacer.

—Me ayuda a dormir.

—Esa —admitió Gianni mientras se metía en la cama junto a ella— es una posibilidad que no había considerado —le quitó la taza y la puso fuera de su alcance.

—¿Qué haces?

—No estoy dispuesto a que te duermas todavía.

Miranda se acurrucó contra él y apoyó la cabeza sobre el torso, de la textura del satén y la consistencia del granito. De nuevo, suspiró apreciativamente.

–Bueno, odio tener que decírtelo, pero apenas consigo mantener los ojos abiertos. De haber sabido que vendrías no habría salido hasta tan tarde anoche ni habría tomado tanta sidra... –sacudió la cabeza–. La próxima vez me mantendré alejada de ese brebaje.

–Me alegra que no te hayas aburrido en mi ausencia –él había trabajado hasta la madrugada para poder estar allí con ella, mientras que ella se había ido de fiesta.

–¿Sucede algo malo? –Miranda alzó la cabeza y lo miró inquisitivamente.

–Conmigo no –él sonrió afectadamente–. Yo no soy el que ha bebido demasiado.

–Tampoco me pasé tanto –protestó Miranda mientras reprimía un bostezo sin percibir la severidad que escondía la dulce voz de Gianni–. Solo tomé dos vasos. Joe...

–¿Joe? –Gianni soltó un juramento y, agarrándola por los hombros, la alejó lo suficiente para poder mirarla furioso a los ojos–. ¿Estuviste anoche con Joe?

–Sí, lo estuve. Bueno, no solo con Joe, el resto de... –ella se interrumpió. «¿Por qué le estoy dando explicaciones? ¿Por qué me comporto como si le debiera una explicación?».

De repente, la desigualdad de la situación en la que se había metido la golpeó con fuerza. ¿Había estado a punto de disculparse? ¿Disculparse por qué?

No había hecho nada por lo que sentirse avergonzada, salvo arrinconar todos sus principios. Estaba tan enamorada que se sentía capaz de hacer cualquier sacrificio, lo que fuera, por estar con Gianni. Toda la ardiente frustración y vergüenza afloró a la superficie mientras alzaba la barbilla desafiante y se soltaba de sus brazos, apartándose de él.

Cubriéndose con la sábana, se sentó con las rodillas flexionadas contra el pecho y lo miró directamente a los ojos.

–Pasé la noche con Joe y disfruté de ello –anunció.

Gianni soltó un juramento en italiano.

–¿Hay algo malo en ello? –preguntó Miranda, ignorando el peligro que corría al enfrentarse a él cuando la miraba con ese gesto.

–*Dio* –Gianni soltó una amarga carcajada–, si tienes que preguntármelo... –la miró con el gesto triunfal de quien se sabe poseedor del argumento ganador–. Dime, ¿qué hubiera pasado si en vez de hoy hubiera aparecido anoche?

–Pues supongo que habrías tenido que abrir la puerta con la llave –no era la primera vez que lo hacía–. Tienes experiencia en aparecer de improviso.

–¿Sugieres que no soy bienvenido? –él la miró con arrogante furia, digna de sus antepasados italianos.

–Sugiero que tienes muy poca verguenza si esperas que me quede aquí sentada por si apareces –contestó ella con franqueza–. Fui a un pub con Joe. Te comportas como si hubiera tomado parte en alguna clase de... ¡orgía! Y para que lo sepas, si así lo hubiera hecho, no sería de tu maldita incumbencia. Ni siquiera mantenemos una maldita relación. ¡No es más que sexo! ¿Verdad, Gianni?

El silencio que siguió era electrizante.

–Fuiste tú quien impuso la cláusula de la exclusividad –le recordó él, quien ni siquiera había puesto reparos. ¿Qué le sucedía? ¿Por qué le permitía llevar la voz cantante?

–No espero de ti que ni siquiera le dirijas la palabra a otras mujeres, solo me refería al sexo... No puedes... ¿No pensarás que me he acostado con Joe? Demonios, la idea de que me toque alguien que no seas tú es...

–Miranda se llevó una mano a la garganta y se estremeció antes de considerar la conveniencia de mostrarse tan franca con el último hombre en el mundo del que se habría imaginado enamorarse, y el único que soportaba que la tocara.

La confesión provocó una oleada de masculina satisfacción en Gianni. Asintió condescendientemente y se sorprendió igualando la franqueza de Miranda con la suya.

–No me gusta la idea de que estés con otro hombre –masculló entre dientes.

Miranda se quedó boquiabierta.

–¿Se podrían considerar celos? –preguntó él en tono burlón, mezclado con estupefacción.

–Creo que la mayoría de las personas así lo haría –ella inclinó la cabeza.

–Y yo creo que la mayoría de las personas diría que estamos perdiendo el tiempo discutiendo –Gianni extendió los brazos–. Ven aquí.

Miranda soltó un grito y se arrojó en sus brazos.

–Eres tan inocente –murmuró él mientras le alisaba los cabellos con ternura–. La próxima vez que un hombre intente emborracharte –le advirtió–, no olvides que hay muchos lobos disfrazados de corderos.

–Eres una fuente de sabiduría –Miranda aspiró el delicioso aroma almizclado de su piel, aún confusa ante los repentinos cambios de humor que a menudo experimentaba con él.

–Me alegra resultarte divertido –murmuró él–. Y ahora, duérmete.

–Lo cierto es que ya no tengo sueño.

–¿De verdad? –Gianni le tomó la barbilla con una mano y le obligó a alzar el rostro.

–Puede que no logre dormirme en horas...

–El insomnio es algo terrible... ¿Sabes qué? Antes,

cuando has mencionado las orgías, pues tenía en mente una versión muy privada. Solo tú y yo...

–Pues yo estoy dispuesta –ella lo miró y le dedicó una sonrisa traviesa–, si lo estás tú –deslizó una mano por su cuerpo y fingió un sobresalto–. ¡Madre mía, sí que lo estás!

Aquella noche se inició una costumbre que se mantuvo durante las tres semanas que siguieron. Gianni solía aparecer, generalmente sin avisar, dos o tres veces por semana.

El tiempo que disfrutaban juntos era intenso. A menudo, Miranda tenía la sensación de estar intentando comprimir toda la semana en unas pocas horas. El tema de Liam seguía siendo un problema para ella. La primera vez que había mencionado su nombre, Gianni la había ignorado.

Había sucedido tres visitas antes de que se le hubiera caído la venda de los ojos. Con posterioridad se había sentido ridícula por no haberse dado cuenta antes. Ilusamente había asumido que la consideraba más que una amante desechable, pero se había equivocado. Gianni seguía decidido a proteger a Liam de ella y se sintió como una estúpida por pensar lo contrario.

Gianni había llegado un día mientras ella estaba en la ducha. Al final se convirtió en una ducha muy larga, pero le hizo reflexionar sobre el hecho de que ella también podría darle una sorpresa alguna vez.

La planeó para el lunes siguiente. Había visto la dirección londinense de Gianni en un sobre y, siendo consciente de que no sería bienvenida a causa de Liam, no veía cuál sería el problema si lo llamaba por teléfono desde la habitación del hotel que iba a reservar.

Tomó el tren muy temprano tras haber aceptado el ofrecimiento de un vecino para ocuparse de la cabaña si alguna vez se tomaba un día libre.

—Los perros pueden quedarse conmigo y no supondrá ningún problema alimentar a los demás por encima de la valla.

Miranda se dirigió directamente a los grandes almacenes donde había reservado una sesión completa de peluquería, tratamiento facial y maquillaje. También aceptó el consejo de la maquilladora y contrató a un ayudante personal de compras. Llevaba puesta la única prenda aceptable que había llevado consigo, la falda verde que tanto gustaba a Gianni, pero ya la había visto miles de veces con ella puesta.

Tres horas más tarde, al salir del probador, apenas reconoció a la esbelta figura con zapatos de tacón y un vestido de seda verde con cuello Peter Pan. Los cabellos estaban recogidos en un bonito moño y en el bolso llevaba un montón de muestras de maquillaje.

«Estoy estupenda», pensó al contemplarse en el espejo de cuerpo entero. Una opinión reforzada por las miradas de admiración que percibió durante el corto trayecto a pie hasta el hotel.

Al entrar en el hotel su autoconfianza estaba en el nivel máximo, y duró el tiempo justo que le llevó insertar la tarjeta-llave en la puerta de su habitación. Porque justo en ese momento, Sam Maguire salía de la habitación frente a la suya.

Esa mujer era mucho más espectacular en persona de lo que parecía en televisión. No solo más delgada, sino también más alta y con un cuerpo que cualquier modelo envidiaría. Llevaba un vestido de encaje en color crudo, sin mangas y cubierto de intrincada pedrería.

Proyectaba una elegancia que no podría conseguirse ni siquiera con varias horas de trabajo de un equipo de profesionales. Reflejaba una felicidad y confianza que no podía comprarse.

Observando a la madre de Liam, Miranda sintió que su propia confianza se disolvía. De repente, su vestido le pareció vulgar. Se frotó los labios con el dorso de la mano, quitándose el carmín. Nunca podría igualar ese aspecto. Se sentía como una copia barata.

La mujer se volvió hacia ella y sonrió sin llegar a mirarla realmente. Siendo hermana de una celebridad, en un viaje a Estados Unidos Miranda había visto a Tam actuar del mismo modo.

Ella misma había sido confundida en ese mismo viaje con su famosa gemela y tanta atención le había resultado insoportable.

Cuando le había preguntado a Tam cómo aguantaba ser el centro de atención, esta se había encogido de hombros. «Llegas a acostumbrarte», le había contestado. Había sido tras la cancelación de la serie cuando le había confesado que lo peor era precisamente no ser el centro de atención.

Incapaz de aguantarse, Miranda retiró la tarjeta de la puerta de la habitación y regresó sobre sus pasos.

«¿Será así como se inicia un acosador?», se preguntó mientras entraba en el ascensor junto con Sam Maguire, consciente de no estar comportándose de manera racional.

El ascensor se abrió en la planta baja y Miranda siguió a la otra mujer hacia el vestíbulo.

Después se sentó en un sillón y la observó atentamente, ignorante de las miradas de admiración que ella misma atraía.

Tomó una revista para ocultarse cual espía de película. Y de repente se le ocurrió: no actuaba movida por la curiosidad sino por la locura. Se tapó el rostro con una mano y sintió una oleada de vergüenza.

¿Acaso había esperado presenciar algún movimiento de esa mujer que explicara el hecho de que Gianni pareciera dispuesto a perdonárselo todo? ¿Aún estaba enamorado de ella?

Sintiéndose asqueada, sacudió la cabeza, dejó la revista en su sitio y se puso en pie. Mientras se dirigía de nuevo hacia el ascensor vio a Sam acercarse al mostrador del hotel y hablar con un hombre alto y de cabellos oscuros.

Un ramalazo de reconocimiento hizo que se quedara paralizada en el sitio. El hombre alto de cabellos oscuros que se inclinaba para oír mejor las palabras de Sam era Gianni.

Su primer y angustioso pensamiento fue que no debía ser vista allí.

El segundo fue que parecían estar demasiado cerca el uno del otro.

La reacción más visceral fue inmediata, seguida de una reprimenda. «No seas imbécil, Mirrie».

Considerando su relación, era normal que Gianni hablara con ella, y lo que interpretaba como intimidad en el lenguaje corporal de ambos, no era más que lo normal entre dos personas que se conocían bien. Sin embargo no pudo evitar sentirse tensa al ver cómo Gianni se inclinaba para besar a la otra mujer en la mejilla.

¿Estaban juntos de nuevo? Miranda sacudió la cabeza y desechó la idea. La pareja habló durante unos minutos más antes de que Gianni se dirigiera hacia los ascensores, pasando a escasos metros de ella aunque sin verla. La mujer rubia se dirigió a la puerta de salida, haciendo una breve pausa antes de atravesarla.

Capítulo 12

MIRANDA, que había estado conteniendo la respiración, soltó un tembloroso suspiro de alivio mientras las puertas del ascensor se cerraban con Gianni dentro. Se avergonzaba de su comportamiento. Qué habría pensado Gianni si la hubiera visto...

–Tengo una reunión con el señor Fitzgerald –Miranda se acercó al conserje con expresión alterada–, pero he perdido la nota. ¿Podría indicarme su número de habitación?

Con el corazón acelerado, golpeó la puerta con los nudillos.

Segundos después, Gianni abrió la puerta y la miró sin reconocerla, antes de abrir los ojos desmesuradamente.

–¿Miranda? –Gianni rompió a sudar mientras intentaba controlar las emociones ante la aparición de esa mujer en su mundo, en su territorio.

Ya nunca más podría fingir que su relación se basaba únicamente en el sexo. Sentía algo por ella. *Dio*, ¿cómo se le había ocurrido aparecer por allí?

–Hola, Gianni, se me ocurrió darte una sorpresa –Miranda sonrió temblorosa y se llevó una mano a la garganta ante la gélida expresión con la que él la miraba–. ¿Gianni...?

–No deberías estar aquí, Miranda. Esto no formaba parte del acuerdo.

–Es que quería darte una sorpresa –un puñetazo de terror le golpeó el estómago.

Dentro de Gianni se había desatado una silenciosa batalla. Parte de él deseaba besarla y parte rechazarla. Si cedía a lo primero, su relación y su vida cambiarían para siempre. Si cedía a lo segundo, habrían terminado.

Era el momento que había querido evitar. No tendría que haber sucedido. Miranda había cruzado la raya.

–¿No te alegras de verme?

–¡*Madre di Dio!* –exclamó él tras unos segundos de silencio–. Pareces... –encajó la mandíbula y tragó con dificultad–. Esto no va a funcionar, Miranda. No deberías estar aquí. Necesito mi espacio. No me gusta sentirme acorralado.

–No te estoy acorralando. Yo... –Miranda se sentía como si estuviera viviendo una pesadilla. De repente la ira estalló en su interior. ¿Por qué la trataba de ese modo?–. Incluso... –rebuscó en el bolso hasta encontrar lo que buscaba y sacó un paquete atado con una bonita cinta–, he comprado esto para la ocasión y reservado una habitación.

Los brillantes ojos verdes resplandecían con rabia y asco mientras agitaba ante Gianni un pequeño camisón de seda tan fina que se transparentaba, antes de dejarlo caer al suelo.

Gianni observó con la respiración entrecortada como ella pisoteaba la provocativa prenda con los tacones. A pesar de la situación, su mente produjo la imagen de ella vestida únicamente con esos tacones y la ropa interior. Hubiera dado un año de su vida por verla así, pero se obligó a apartar de sí los lujuriosos deseos.

–¿Todo esto era para mí? –preguntó–. Reservaste una habitación, ¿habías planeado...?

–Sí, había planeado seducirte... He pasado medio día arreglándome para ti.

–Debo pensar en Liam –irremediablemente excitado ante las imágenes que evocaba la confesión de Miranda, Gianni gruñó y sacudió la cabeza.

–¿A quién intentas engañar, Gianni? –ella lo fulminó con la mirada–. No se trata de Liam. Se trata de ti y del hecho de que estás demasiado asustado para admitir que no siempre puedes controlarlo todo. No te permites sentir nada... aunque creo que sí lo haces.

Tras expresar lo que sentía, se quedó jadeando y con la mirada fija en el bello rostro hasta que desvió la mirada con un amargo sabor de boca. «Respétate a ti misma, Mirrie».

–Miranda...

Ella observó que apretaba la cuadrada mandíbula y sintió una repentina satisfacción al saber que había tenido éxito, al menos en irritarlo. ¿O acaso ese brillo en sus ojos era de dolor?

Gianni hundió una mano en el bolsillo y la sacó llena de confeti. Había recibido alguna que otra mirada reprobatoria al arrojarlo sobre la feliz pareja a la salida de la iglesia. Al parecer había roto alguna que otra ordenanza municipal al hacerlo.

Pero en aquella ocasión, la cosa no se iba a solucionar pagando una multa.

–¿Por qué demonios no me avisaste de que venías? –murmuró. *Dio*, ¡qué lío!

–Te amo –se oyó decir ella con voz desesperada–. Y ya sé que eso tampoco formaba parte de nuestro acuerdo.

–Siento que hayas hecho el viaje en balde –Gianni dio un respingo–, pero esto no va a funcionar –no podía darle lo que le pedía, lo que se merecía de otro hombre, no de él.

Tenía que marcharse.

Pero no podía. Tenía los pies clavados al suelo. Y solo pudo cerrar la puerta.

Miranda se quedó paralizada, incapaz de creer que acabara de cerrarle la puerta en las narices, porque eso era lo que había hecho.

¿Qué había pensado al verla? Seguramente le iba a suponer más problemas de lo que ella valía. Y luego le había cerrado la puerta. Furiosa, deseó buena suerte a la siguiente que ocupara la cama de Gianni.

Quienquiera que fuera la pobre muchacha, la iba a necesitar, pensó en el ascensor mientras se arrancaba las horquillas que le sujetaban el estúpido moño. Se sentía...

–¡Estoy bien! –proclamó en el, afortunadamente, vacío ascensor.

No fue hasta que se tocó el rostro y comprobó que tenía los dedos húmedos de lágrimas que se dio cuenta de que no estaba bien, y no lo estaría durante mucho tiempo.

Los organizadores habían asignado a los Fitzgerald una mesa en un lugar privilegiado, tal y como correspondía a unas personas de las que se esperaba contribuyeran generosamente a las arcas de la obra de caridad que estaban apoyando.

Los Fitzgerald eran bien conocidos en el mundo de la beneficencia por su generosidad y por su aspecto atractivo y extremadamente fotogénico, casi parecían artistas de cine.

Natalia Fitzgerald, delgada y elegante con los cabellos negros salpicados de gris, se puso en pie en respuesta a los entusiastas aplausos.

–¿Qué has comprado? –preguntó su marido cuando se sentó de nuevo.

Ella lo miró despectivamente.

–Me he dormido –aclaró él en su defensa.

–Mamá me compró un abrigo de piel –anunció una de las hijas.

–Para ti no es. Te quedaría fatal –intervino su hermana pequeña–. Es para mí.

–En realidad es para tía Sophia. Y no te preocupes, James, no es de piel y es barato.

–Lo dudo.

Natalia entornó los oscuros ojos. Dotada de una estructura ósea perfecta y una piel inmaculada, no había necesitado recurrir a la cirugía para conservar su aspecto juvenil.

–¿Tienes algún problema con las obras de caridad, *caro*?

–Siempre que sean de caridad... –oyó Gianni decir a su gruñón padre, ignorante de las señales de aviso–. ¿No podríamos haber entregado un cheque? ¿Hacía falta hacerme disfrazar y sonreír a personas a las que no me apetece sonreír?

–¿Te parece que yo voy disfrazada? –murmuró su mujer entre dientes.

–No, claro que no, Natalia... –demasiado tarde, el padre de Gianni comprendió el lío en el que se había metido.

–Y en cuanto a sonreír –bufó la mujer–. No has sonreído ni una sola vez, ¿a que no? –se volvió a su familia en busca de apoyo.

Los hijos, sabedores de lo peligroso que era tomar postura en las disputas parentales, fingieron no oír nada.

Gianni, sentado entre sus hermanas, sonrió. A pesar de las discusiones, el matrimonio de sus padres era sólido como una roca y fortalecido por las tragedias que lo había asolado.

–No me extraña que se rumoree que has muerto o que has sido encarcelado –la madre de Gianni chasqueó la lengua irritada–. ¡Y tú eres igual de malo, Gianni!

–¿Yo? –el aludido alzó la mirada ante la acusación.

–Sí, tú. Parece que estuvieras en un funeral –ella contempló el atractivo rostro de su hijo mayor con preocupación–. ¿Qué te pasa?

Gianni se esforzó por no contestar. Había acudido a pesar de tener mejores cosas que hacer... ¿y encima tenía que sonreír?

–No pasa nada, madre.

–En ese caso, ¿no podrías fingir divertirte? –la respuesta de su madre no fue amable.

–Sí que se está divirtiendo, ¿verdad, Gianni?

–Ha sido una velada estupenda –Gianni intercambió una mirada con su padre y respondió al atractivo de los azules ojos de James Fitzgerald.

Habían pasado dos meses desde que le hubiera cerrado la puerta en las narices a Miranda y, aunque se reafirmaba en su acción, algunos días no bastaba para ayudarlo a levantarse de la cama. Su vida se había vuelto tediosa y aburrida.

–Va a pujar por el siguiente objeto.

–¿En serio? –lo único que había despertado su interés había sido una moto de alta gama–. Quiero decir, que desde luego que sí –añadió en respuesta al gesto de su padre.

–¿El siguiente objeto? –su madre consultó el catálogo–. ¿Estás seguro?

Gianni asintió irritado, atribuyendo la pregunta de su madre a su opinión sobre los peligros de las motos. Siendo adolescente había vetado sistemáticamente su petición de tener una.

Dio, a veces su madre lo trataba como si aún tuviera diecisiete años.

–¿He mencionado lo hermosa que estás, Natalia?

–No, no lo has hecho.

–Pues, estás...

–Calla, van a anunciar el siguiente objeto.

En la periferia de su campo de visión, Gianni percibió algo que aparecía en el escenario. Tras recibir un codazo de su padre en las costillas, aplaudió junto a los demás y se reclinó en el asiento mientras un tipo de rostro vagamente familiar y una piel extrañamente anaranjada empezaba a hablar, haciendo repetidas pausas para que el público se riera de sus chistes. La mente de Gianni empezó a divagar.

¿Qué estaría haciendo Miranda?

—Gianni —le advirtió su hermana dándole una patada bajo la mesa—. Si no pujas, vas a perder lo que has elegido —le dio un codazo a su otra hermana que empezaba a reírse y añadió en tono inocente—, rápido o te quedarás sin él.

Gianni se aclaró la garganta y anunció una cifra, sin tener la menor idea de cuál había sido la anterior, y que, no queriendo ser tachado de miserable, fue considerablemente elevada. Esperaba que la anterior apuesta no hubiera sido superior.

La exclamación que recorrió la sala le indicó que no había sido así.

Mientras los demás asistentes, contagiados del entusiasmo general, aplaudían con creciente fervor, Gianni levantó la vista sin demasiado interés.

El bronceado rostro quedó desprovisto de todo color mientras se ponía en pie. El violento estallido de energía que había recorrido sus venas como un incendio se apagó como una vela y se quedó clavado en el sitio, soltando un juramento en voz lo bastante alta como para que varias personas a su alrededor dejaran de aplaudir.

Inconscientemente dio un paso hacia el escenario antes de darse cuenta de que la mujer allí de pie no era Miranda.

Tenía el rostro de Miranda, el cuerpo de Miranda, pero no era Miranda.

No sabía cómo lo podía saber, pero lo sabía.

—Solo era una broma, Gianni —le aclaró su hermana, Bella, cuando regresó a la mesa—. ¿Cómo iba a saber que su puja bastaría para comprar todo el edificio? –buscó el apoyo del resto de su familia.

–No te preocupes, Bella –su padre le dio una palmada en la mano–. Es por una obra de caridad, aunque te has pasado un poco, hijo –añadió dirigiendo el comentario a Gianni–. Acabas de comprar todo un vestuario de ropa pre-mamá de diseño...

Las palabras de su padre sacaron a Gianni del trance. Miró a su progenitor a los ojos y sonrió forzadamente y sin convicción mientras decía lo primero que pasaba por su mente.

–Mierda.

Superada la conmoción inicial, el cerebro aún no había arrancado... Había mencionado una hermana gemela... gemela idéntica.

–¿La conoces, Gianni?

–No –contestó él con total certeza mientras miraba a su madre a los ojos.

Aquella mujer que tenía el rostro de Miranda no era Miranda. Tenía pruebas más convincentes que el ADN. La había mirado y no había deseado de inmediato saquear esos labios. Extrañamente, no había habido química entre ellos.

–Es guapa –continuó su madre sin demasiada convicción.

–Guapa, no, preciosa –le corrigió Gianni sacudiendo la cabeza.

–¿Adónde vas?

–He cometido un grave error y voy a subsanarlo.

Gianni recuperó la sensación de calma que lo había abandonado las últimas semanas. Ver el rostro soñado lo había vaciado de todo autoengaño.

Miranda había estado en lo cierto. Era un cobarde, un idiota que había construido, ladrillo a ladrillo, los muros de su propia prisión tras ser rechazado por Sam.

Había estado tan decidido a no sufrir de nuevo que se había privado de toda posibilidad de amar, lo cual, irónicamente, le había hecho sufrir mucho más de lo que había sufrido al ser rechazado y abandonado por Sam.

Una vez más, Miranda había visto más allá de su autoengaño. Había utilizado a Liam como excusa para vivir en una burbuja emocional.

–¡Madre mía! Gianni acaba de admitir haber cometido un error... y delante de testigos.

Sin pararse para responder a la sarcástica exclamación de su hermana pequeña, Gianni se dirigió hacia la parte trasera del escenario. A los Fitzgerald no se les cerraban muchas puertas, pensó con cinismo sin darse cuenta de que era más la dureza de su gesto y el aura de peligrosidad que exhalaba lo que hacía que la gente se apartara a su paso.

La encontró enseguida. La persona que llevaba puestas las prendas que al parecer acababa de adquirir estaba sentada mientras un tipo delgado con gafas le frotaba los pies.

Sabía que no era ella, pero eso no impidió que la semejanza le golpeara el pecho como un puñetazo. «No es Miranda, no es ella», se recordó. Sin embargo, se parecían lo bastante como para hacer que doliera... y mucho.

Hizo una pausa para estudiar a la pareja que no se había dado cuenta de su presencia.

–Te dije que sería demasiado para ti, Tammy –dijo el hombre.

–Estoy bien, no exageres, Oliver.

Gianni se puso rígido al oír el nombre. Ese era el hombre al que Miranda afirmaba amar. Estudió su rostro, intentando descubrir qué había visto en él, pero fracasó.

Menuda solidaridad entre hermanas. Gianni sintió surgir en él la furia protectora mientras analizaba a la hermana. Aún vista de cerca, las diferencias en sus rasgos eran apenas sutiles, aunque para él eran más que obvias.

Capítulo 13

DESEABA algo? –preguntó Oliver al hombre alto y de aspecto sombrío.

El aire de violencia contenida y de hombre duro, junto con la mirada de confrontación, le convertía en la clase de persona a la que el pacífico Oliver no solía acercarse. Y lo que menos le gustaba era que ese Adonis no dejaba de mirar a su esposa.

–¿Tú eres Oliver? –Gianni sintió una punzada de antipatía. ¿Qué había visto Miranda en él?

–Así es –confirmó Oliver con expresión perpleja–. ¿Lo conozco?

–Es el que ha roto el corazón de Miranda.

Fue la gemela de Miranda la que habló mientras intentaba ponerse de pie y, por primera vez, Gianni se dio cuenta de su estado. Estaba embarazada.

Dio, Gianni se esforzó por no empezar a gritar a la pareja. No podía, necesitaba información. Esos dos, se dijo, eran irrelevantes. La cuestión era que no permitiría que nadie volviera a hacerle daño a Miranda.

–¿Dónde está? –preguntó mientras escrutaba a la pareja con la mirada.

–¿Por qué, grandullón? ¿Quieres volver a romperle el corazón a mi hermana?

–¡Tamara! –Oliver se volvió horrorizado hacia su esposa.

–Pues no volverá a suceder, amigo.

–¿Ella está bien?

–A pesar de ti está bien. Sigue con su vida.

–No está bien –surgió la tranquila aclaración.

–¡Oliver! –le recriminó Tammy.

–Es la verdad, Tammy –Oliver se encogió de hombros–. No es feliz. Se ve a la legua.

Su esposa suspiró mientras asentía y miró acusadoramente a Gianni.

–¡Y todo es culpa suya! –exclamó la mujer con voz temblorosa.

–Se nota que eres una hermana muy considerada. Te casaste con el hombre al que ella amaba –Gianni esperó el efecto de sus palabras, un efecto que no llegó–. ¿Ya lo sabías?

–Te equivocas –el tipo de las gafas sacudió la cabeza–. Yo trabajaba con Mirrie, ella...

–¡Oh, Ollie! Qué dulce e inocente –su mujer lo besó en la mejilla–. Por supuesto que lo sabía. Mirrie no es precisamente la mejor actriz del mundo. Supongo que eso me convierte en una persona horrible, pero no lo soy. Y no voy a sentirme culpable por enamorarme. Por supuesto, podría haber actuado con nobleza y dejado a Mirrie el campo libre, eso es lo que ella habría hecho, supongo. Pero, ¿de qué habría servido? No habrían sido felices. ¿Vas a hacerle daño a mi hermana? –preguntó con la cabeza ladeada.

–No.

–No es a mí a quien tienes que convencer, pero para que lo sepas, te creo –admitió Tamara–. Claro que yo pasé la mitad de mi vida adulta dándole a mi infiel novio una segunda oportunidad y Mirrie siempre estuvo allí para recoger los pedacitos.

Tamara miró a su marido que asintió ante la silenciosa pregunta.

–Mirrie está cuidando una casa –Tam sacó un trozo de papel del bolso antes de levantar la vista hacia el hombre que destilaba impaciencia por todos sus poros–. Esta es la dirección. Está cerca de la tienda del pueblo. Si alguien no la rescata pronto, creo que terminará sus días en ese ruinoso lugar. Todo el pueblo le ha tomado cariño. Es un completo desastre.

–¿Tan malo es?

–Por supuesto. En ese lugar no hay un varón por debajo de sesenta años que sea masculino –ella miró a Gianni con gesto severo–. Si haces que me lamente de esto, iré por ti.

Miranda entornó los ojos y se echó hacia atrás, martillo en ristre, para observar el efecto. La casa que cuidaba estaba en el centro del pueblo y sus obligaciones se limitaban a alimentar a los tres gatos y limpiar un poco.

Lo lógico, ante el tiempo libre que le proporcionaba, había sido implicarse en la activa comunidad que había recibido a la forastera en su seno colectivo.

–Un poco a la izquierda... creo –Miranda ajustó el marco del cuadro–. ¡Perfecto!

Al día siguiente se celebraría una gran fiesta que atraería a numerosos turistas que acudirían a pasar el día festivo junto al mar.

Todo el pueblo había participado en la organización, pero tras descubrirse las dotes culinarias de Miranda, había sido nombrada la «experta». Poco importaba que hubiera declarado no saber nada sobre salones de té, galas benéficas, y mucho menos sobre normativas de salud y seguridad. Seguía siendo considerada la experta.

De modo que, aunque había sido un esfuerzo colectivo, sentía cierto orgullo al contemplar el brillante suelo recién encerado y las ventanas decoradas con los estores que las mujeres de la comunidad habían cosido con retales que ella había comprado por Internet. Todo lo expuesto en las relucientes paredes estaba en venta. Varios artistas locales habían respondido al llamamiento de Miranda para exponer sus obras, dispuestos a entregar el diez por ciento de los beneficios a la parroquia.

Se arremangó la larga falda del vestido y se dirigió a la salida, asomándose primero a la cocina para comprobar que estuviera en perfecto estado, como el resto.

Por último, hizo una pausa para arreglar uno de los centros florales que adornaban las mesas. Era increíble el talento que podía encontrarse en una pequeña comunidad. Y más increíble aún la unión que demostraban, pensó mientras abría la puerta de la calle.

—¡Dios mío, no, no, no! —cerró los ojos y volvió a abrirlos. Seguía allí, no era una alucinación. Gianni Fitzgerald, totalmente espectacular con su traje y corbata negra, estaba ante la puerta del centro comunitario.

Su mente se quedó en blanco mientras el corazón se golpeaba contra las costillas.

Dio un paso atrás hasta que la espalda topó con la pared. Después se deslizó lentamente al suelo, no por voluntad propia, sino porque las temblorosas rodillas le impedían mantenerse en pie.

Gianni la observó desmoronarse a cámara lenta y alargó una mano mientras la examinaba atentamente con los negros ojos emitiendo un brillo de lujuria y a la vez alarma ante los cambios que se habían producido en dos meses.

Lo que vio alimentó sus instintos protectores. Siempre le había parecido una mujer frágil, pero esa fragilidad había llegado a un punto extremo, marcándose en las prominentes clavículas y los pómulos hundidos en las otrora rollizas mejillas. Su hermosa piel blanca parecía casi transparente. Y era incapaz de contemplar la deliciosa boca sin percibir las finas marcas alrededor de los labios que le produjeron un gran sentimiento de culpa.

Al recordar los momentos a lo largo de las últimas semanas en los que había deseado que estuviera sufriendo, resurgió de su interior un sentimiento de aborrecimiento hacía sí mismo.

Pero lo más espectacular era su evidente pérdida de peso, sobre todo en comparación con su resplandeciente y redondeada gemela a la que acababa de abandonar tras recibir la dirección y sin siquiera despedirse de su propia familia.

Supuso que las numerosas llamadas al móvil que había recibido durante el trayecto provenían de ellos, pero ni siquiera lo había comprobado, su mente centrada únicamente en encontrar a Miranda quien, según su hermana, vivía una anodina existencia en un pueblo rural junto al mar, poblado mayoritariamente por homosexuales y solteronas.

Sin embargo, el tipo que le había indicado la dirección tendría unos treinta años y no era feo.

—Cenicienta, irás al baile.

Miranda contempló la mano extendida y tragó con dificultad.

—Eso te convertiría en el Príncipe Encantador... —sacudió la cabeza—. Creo que no.

—Entonces, ¿quién te llevará al baile?

Ella ignoró la pregunta y levantó perpleja la vista hacia la imponente figura.

—¿Qué haces aquí, Gianni?

Él no respondió. Se limitó a tironear de la corbata, quitándosela con tal violencia que varios botones se desprendieron.

Miranda centró su atención en los botones desperdigados por el limpio y recién encerado suelo, intentando decidir si constituían un peligro para la salud y la seguridad.

Sin embargo, no conseguía ignorar el aura de masculinidad que proyectaba ese hombre, ni la sexualidad innata que desprendía cada uno de sus dorados y perfectos poros. Al final tuvo que reconocer su incapacidad para olvidar nada relacionado con Gianni.

—He venido en coche.

Cuando al fin recibió la respuesta, Miranda ya había olvidado la pregunta. Sin embargo, su voz hizo que la mirada se deslizara hasta el bronceado rostro. ¡Qué hermoso era!

—Sí... bueno. Ya sabes a lo que me refiero, Gianni.

El cuerpo de Miranda estaba tenso bajo la presión de la autodisciplina necesaria para no saltar sobre él. Respiraba con dificultad al tiempo que absorbía todos los detalles, asustada por el deseo que sentía al mirarlo.

—No mucho, pero lo intento, *cara mia*.

—¿Cómo lo supiste? —ella se sonrojó—. No le dejé ninguna dirección a Lucy.

—¿O sea que era verdad? La llamé mentirosa.

—¡No serías capaz!

—Sobrevivirá —contestó él mientras se encogía de hombros—. Tu hermana me lo dijo.

—¡Tam! —exclamó Miranda mientras se ponía de pie sin dejar de apoyarse en la pared.

Con una mano retiró el cabello de su rostro y dirigió una mirada llena de resentimiento a Gianni, sin poder dejar de notar la profundidad del ceño fruncido que parecía haberse instalado permanentemente en su entrecejo, así como las oscuras sombras bajo los ojos. Y se odió a sí misma por importarle que manifestara unos signos de agotamiento que, seguramente, había obtenido pasándoselo en grande.

Pero incluso esa idea no impidió que se preocupara.

Nada sería capaz de hacer que dejara de amarlo.

¡Tenía un serio problema!

–Ella jamás haría algo así –Miranda sacudió la cabeza con determinación–. Tam no te diría... tú ni siquiera la conoces. No sabías que fuéramos...

–¿Gemelas? –interrumpió él. Ya había anticipado su escepticismo y, sin quitarle los ojos de encima, hundió la mano en el bolsillo.

–¿Qué es eso? –preguntó ella señalando el trocito de papel que él tenía en la mano.

–Léelo tú misma.

Miranda tomó el papel con cuidado de no rozar los dedos de Gianni que sonrió al contemplar sus evidentes esfuerzos por evitar todo contacto. Se negaba a mirarlo. Y en su lugar leyó la nota, totalmente desprevenida ante la distintiva caligrafía de su hermana.

–En realidad tuvimos una conversación bastante interesante –le explicó él mientras registraba la secuencia de emociones que surcaba el rostro de Miranda.

Haciendo un esfuerzo por aparentar seguridad, ella dio un paso hacia él.

–No te creo –insistió obstinadamente a pesar de las evidencias–. La has engañado. Tam...

–Estaba ejerciendo de modelo para ropa premamá de diseño en un acto benéfico –al ver los ojos desorbitados de Miranda, se apresuró a continuar–. Yo estaba allí, Miranda.

–Lo hizo como un favor a Tom, el diseñador... –Miranda se interrumpió y sacudió la cabeza–. ¿De verdad estuviste allí?

–Incluso es probable que haya adquirido algunas... en realidad compré toda la colección.

–¿No lo sabes? –ella lo miró incrédula.

–Durante diez segundos pensé que eras tú –el recuerdo aún le provocaba una oleada de emociones–.

¿Por qué no me dijiste que fue tu hermana quien se casó con el rarito ese, el amor de tu vida, ni que tenías una hermana gemela?

–Oliver no es raro –lo defendió ella con la mente aún puesta en las prendas premamá. «Y el amor de mi vida eres tú», pensó.

–Si tú lo dices –Gianni se encogió de hombros con desinterés. En su opinión, cualquier hombre que prefiriera a la hermana gemela antes que a Miranda era un imbécil.

Enseguida había percibido lo que le faltaba a Tam y que hacía que Miranda destacara por encima de cualquier otra mujer: una increíble empatía, cariño, fortaleza, valor, una obstinada capacidad de resistencia y, por supuesto, esa risa gutural.

–No había ninguna razón para contarte que tenía una hermana gemela. ¿Qué sucede, Gianni? –preguntó ella–. ¿Tienes algún problema con las gemelas? –hizo una mueca de desagrado–. Te sorprendería saber cuántos hombres comparten esa fantasía.

–En realidad, *cara*, lo que no me sorprendería es la cantidad de hombres que comparten mi fantasía –él la miró a los ojos con severidad. Los dos últimos meses había vivido la pesadilla de pensar que la había arrojado en brazos de alguno de esos hombres.

Los negros ojos se deslizaron hasta la suave loma de marfil de sus pechos.

–¿Ha habido alguno? –preguntó angustiado.

Una parte de él no quería saberlo, y otra parte tenía que preguntarlo. No le agradaba la idea, pero podría vivir con ello. Con lo que no podía vivir era sin Miranda.

–¿Alguien...? –ella comprendió de repente y enrojeció–. No, no ha habido nadie. En cuanto a ti, supongo que ya habrás perdido la cuenta.

–No ha habido nadie, Miranda –para él no podía haber nadie más que ella.

–¡Oh! –la calidez en la mirada de Gianni le obligó a desviar la mirada–. Aún no me puedo creer que Tam te lo haya contado.

La traición de Tam no hacía sino añadir otra capa más al dolor que ya sentía.

–Ni por qué lo hizo.

–Supongo que quiere verte feliz –Gianni estudió los dulces rasgos de su rostro, y sintió el dolor de Miranda como si fuera un puñal que se le hubiera clavado en el pecho.

–¿Y se supone que verte me produciría esa felicidad? –ella sonrió con amargura–. Y ahora cuéntame, ¿qué pasó en realidad? –entornó los ojos–. ¿Cómo conseguiste engañarla?

–No creo que me hubiera resultado fácil –afirmó él mientras recordaba la expresión en el rostro de la hermana gemela de Miranda.

–Quieres decir no tan fácil como conmigo. Te lo puse muy fácil.

Gianni contempló las lágrimas temblar en la punta de las largas pestañas y siseó.

–Te estás engañando a ti misma –continuó con amargura–. Cada mañana que despiertas y finges que tu vida no está vacía sin mí. Te engañas al pretender que no necesitas oír mi voz. Cada vez que finges disfrutar con algo, te estás engañando.

Gianni enumeró con cruel precisión cómo se sentía ella.

Miranda palideció.

¿Cómo podía saberlo? A no ser...

Los verdes ojos se abrieron desmesurados y brillaron esperanzados mientras se posaban en el bronceado rostro mientras él la miraba en silencio.

Y a la silenciosa pregunta de Miranda, él asintió.

–Sí, tontorrona. Lo sé porque así me siento yo cada

día de mi maldita vida –exclamó al fin mientras la tomaba en sus brazos y la besaba.

El grito de felicidad de Miranda se ahogó entre sus labios.

El beso pareció durar eternamente y cuando Gianni al fin apartó su boca de la de ella, a Miranda le daba vueltas la cabeza. Él le tomó el rostro entre las manos y la miró a los ojos.

–No tienes ni idea de cuánto te he echado de menos –exclamó él mientras le besaba la comisura de los labios antes de deslizar la lengua por el labio superior–. Me sentía perdido.

Hechizada por las palabras que surgían de ese hombre que parecía no necesitar a nadie, Miranda le mordisqueó levemente el labio inferior.

–¿Y sientes que te has encontrado ya, Gianni? Porque yo sí –lo que Miranda sentía en realidad era que estaba en casa.

–Me siento vivo, *Dio* –gruñó él mientras hundía los dedos entre la maraña de rizos–. Adoro el olor de tu pelo. He soñado con este olor –enterró el rostro en su cuello y le susurró al oído–. Tenías razón, *cara mia*, cuando me llamaste cobarde. Estaba utilizando a Liam como excusa para no implicarme. He sido un imbécil. Cuando me declaré a Sam en un rapto de romanticismo, ella no dudó en señalarme la puerta.

–Te declaraste a la madre de Liam cuando estaba embarazada.

–No, cuando supe que estaba embarazada se lo volví a pedir. Pero la primera vez que lo hice, ninguno de los dos conocía la existencia de Liam. Yo andaba bastante sobrado de mí mismo y pensaba sinceramente estar enamorado de ella. Por eso el rechazo... dolió. De manera que decidí eliminar toda posibilidad de que volviera a sucederme. Y tuve tanto éxito que acabé viviendo en un vacío emocional. Tanto éxito que casi perdí la oportunidad de amar de verdad –la sangre se le helaba solo con pensar en lo cerca que había estado de fastidiarlo todo–. Miranda, eres mi alma gemela. Lo creo sinceramente.

Con los ojos anegados en lágrimas ante su sinceridad, Miranda le tomó la mano y se la llevó a los labios. Al apreciar las marcas en los nudillos, frunció el ceño.

–¿Qué te ha pasado? ¿Te has peleado? –preguntó.

–Me he peleado conmigo mismo –admitió él.

–¿A qué te refieres?

–Después de cerrarte la puerta en las narices, yo... –Gianni la miró avergonzado–. Le di un puñetazo a la pared. Sé que no fue muy inteligente por mi parte y, no te preocupes, pagué los desperfectos. Sin embargo, no me limpié los cortes. Las heridas se infectaron...

–¿Le diste un puñetazo a la pared? –preguntó ella perpleja.

–No me siento orgulloso de ello, en realidad no me siento orgulloso de nada de lo que hice aquel día. Tenías razón, todo lo que dijiste era verdad y en el fondo yo lo sabía. Creo que te amo desde el día en que te conocí, pero me empeñaba en negarlo.

Gianni levantó la mata de salvajes rizos, dejando expuesta la nuca de Miranda. Ella se estremeció mientras los masculinos dedos trazaban dibujos en su piel.

–¿Todavía sientes algo por Sam? Sé que forma parte de tu vida por Liam, pero...

–Sí, ella forma parte de mi vida, pero si Liam no existiera, a estas alturas ya no recordaría el color de sus ojos, ni el sonido de su voz. Sin embargo, jamás olvidaré tus ojos ni tu voz, Miranda. Ese día en el hotel, se acababa de casar.

–¿Se casó con Alexander? ¿Lo conociste?

–No iba a permitir que Liam compartiera parte de su

vida con alguien a quien yo no conociera, a pesar de que la investigación no desvelara nada raro.

–¿Le hiciste investigar?

–Hago que investiguen a todo aquel que entra en contacto con Liam.

–¿A mí también?

–Siempre hago una excepción con las mujeres que me encuentro en mi cama, *cara*... –él sacudió la cabeza y la miró con ternura.

–Era mi cama –puntualizó ella, la sonrisa marcándole los hoyuelos en la cara.

–Podría puntualizar que era la cama de Lucy... –Gianni inclinó la cabeza.

–Pero no sería propio de ti hacer esa puntualización...

–Eres perfecta –anunció Gianni con severidad tras soltar una carcajada.

–Eso no fue lo que dijiste.

–¿Qué puedo decir? No tenía previsto enamorarme de una preciosa pelirroja. Intentaba luchar contra el destino cuando debería haber disfrutado lo que me ofrecía.

–La primera vez que te vi pensé que era un sueño –Miranda le acarició el rostro–. Eras demasiado perfecto para ser real –murmuró–. ¿Y Alex superó la prueba?

–Parece un buen tipo, y parecen felices, lo cual está bien dado que acaban de casarse.

Miranda se pegó a él y alzó la cabeza mientras le acariciaba los brazos en un gesto lento, deleitándose en la sensación.

–Si hubieras llegado cinco minutos antes, habrías visto a Liam vestido de paje –Gianni ladeó la cabeza y acarició con la mejilla la mano de Miranda posada en su hombro–. Pero te advierto una cosa, Miranda, por mucho que te quiera, si pretendes que se vista así en nuestra boda, no cuentes conmigo –declaró emocionado–. ¡Ni hablar!

Las manos de Miranda se quedaron paralizadas sobre los fuertes músculos de los brazos de Gianni y lo miró con expresión inquisitiva.

–¿Estás bien...? –preguntó él con ansiedad–. Pareces...

–¿Nuestra boda?

Gianni se relajó un poco, aunque permaneció confuso ante la perplejidad de Miranda.

–Bueno, ¿y de qué creías que iba todo esto?

–¿Quieres casarte conmigo?

–Pues claro. ¿Vas a decirme que no quieres casarte tú conmigo?

–¿Y si dijera que no...? –ella enarcó una ceja.

–Respetaría tus deseos –él inclinó la cabeza y adoptó una pose de fingida ofensa.

–¡Mentiroso! –ella soltó una carcajada.

–De acuerdo, seguiría pidiéndotelo hasta que aceptaras –le dedicó una sonrisa lobuna–, aunque muy respetuosamente –se encogió de hombros–. Lo cual viene a ser lo mismo.

–Eres imposible –Miranda rio–. Pero te quiero.

–¡Y yo te quiero a ti! –proclamó Gianni antes de que sus labios se encontraran de nuevo y él la besara con una desesperación que despertó sentimientos similares en ella. Varios tórridos minutos después, se despegaron para tomar aire.

–¿Eso ha sido un sí? –él sonrió mientras contemplaba el rostro ruborizado por la pasión.

–Aún no me lo has pedido –le recordó ella.

–Quieres una declaración. Muy bien, podré hacerlo.

–No hace falta –Miranda rio y le tomó las manos, apoyándolas sobre su corazón.

–Calla, quiero hacerlo –protestó él silenciándola con un dulce beso–. Miranda, una vez me dijiste que esperabas al hombre cuya fantasía fuera ser tu último amor, no el primero –mirándola fijamente a los ojos, se llevó una mano a los labios–. Fui tu primer amante y sería un honor para mí, y desde luego un sueño, ser el último. ¿Te casarás conmigo, Miranda Easton? ¿Son esas lágrimas de felicidad? –añadió.

–Sí, Gianni –ella asintió y lo miró con los ojos llenos de amor–. Son de felicidad. Y sí, me encantaría convertirme en tu esposa.

–¿Y no te importa que Liam vaya incluido en el lote?

–¿Lo dices en serio? –ella rio y se enjugó las lágrimas con la mano–. Adoro a Liam.

–Y él te quiere... ese pequeño monstruo no deja de hablar de ti –Gianni le tomó una mano y miró a su alrededor como si estuviera viendo la sala por primera vez–. ¿Qué es esto?

–Es el... ¡Oh, Dios mío! –exclamó ella–. Debería estar ya en la fiesta.

–¡No! –Gianni apoyó las manos sobre sus hombros y sacudió la cabeza.

–¿No?

–La única fiesta a la que vas a acudir es a una fiesta para dos –señaló alternativamente su pecho y el de ella–. La nuestra –la emoción contenida en su voz hizo que los músculos del estómago de Miranda temblaran violentamente–. Para conservar la poca cordura que me queda, necesito pasar todo un día haciéndote el amor.

–Supongo que nadie advertirá mi ausencia... –ella se humedeció los labios–. Me alojo en...

–¡No!

–Estás siendo muy dominante.

–Espero que no sea una crítica, aunque ya sabrás, *cara*, que no supondrá ningún problema para mí que la situación se invierta –bromeó–. ¡*Dio*, cómo me gusta cuando te ruborizas! –respiró hondo–. Estoy harto de pasar la noche contigo en la cama de otro. Regresaremos a Londres. Liam se ha ido a pasar el fin de semana con su abuela. Tendremos la casa para nosotros. Mañana... –dirigió una turbadora mirada a los deliciosos labios–, o quizás pasado mañana, empezaremos a buscar una casa en la que colocar nuestra cama.

–Así sin más... –a Miranda le fascinaba el plan.

–En efecto. Tu problema, Miranda, es que siempre ves problemas donde no los hay.

–Pero estoy cuidando una casa. Tengo que estar aquí mañana. La gente espera que...

–Son pequeños detalles. Yo lo arreglaré. ¿No me crees capaz de ello? –la desafió.

–Sé que eres muy capaz –admitió Miranda, descubriendo que le apetecía mucho depositar en los anchos hombros la carga de su responsabilidad.

–Y tengo una cama muy bonita –él alzó una ceja–, y muy grande.

–¿Y a qué esperas? –Miranda sonrió y se dirigió hacia la puerta.

Gianni la alcanzó y ella se puso de puntillas para besarlo con pasión.

–Gianni, me daría igual dormir el resto de mi vida en el suelo con tal de hacerlo contigo.

Los negros ojos brillaban con amor y posesivo orgullo mientras contemplaba el bello rostro de la mujer junto a la que despertaría el resto de su vida.

–Como mi esposa.

–Como tu esposa.

–¿Qué te parece la semana que viene?

Capítulo 14

CUATRO semanas después se encontraron en la pequeña iglesia del pueblo donde los padres de Miranda se habían casado, e intercambiaron los votos.

Ella llegó caminando a la capilla del brazo de su padre, e hizo el trayecto de regreso junto a Gianni en el clásico descapotable en el que este había llegado con el testigo de la boda, que corría tras ellos cargando con Liam, vestido de pirata, sobre los hombros.

El sol otoñal brillaba benévolo. En realidad, el día había sido perfecto en todos los detalles permitiendo la boda campestre con la que Miranda había soñado toda su vida.

Desde el patio de los establos, repleto de olorosas rosas, donde los invitados brindaron con champán, la comitiva, guiada por el pirata que blandía su espada y lanzaba pétalos de rosa a los pies de su padre y su nueva mamá, se dirigieron a una carpa junto al huerto.

La madre de Miranda se había ocupado personalmente de la decoración en un estilo rústico y sencillo. Las largas mesas cubiertas con blancos manteles, estaban engalanadas con arreglos florales hechos con flores y hiedra del jardín.

El día había transcurrido para Miranda en un feliz aturdimiento. La novia llevaba un vestido que había pertenecido a su bisabuela y el velo con el que se había casado la madre de Gianni. Su hermana, reluciente en un vestido de seda azul, había ejercido de dama de honor, sonriendo todo el rato salvo cuando se volvió hacia Gianni y agitó un dedo ante él.

–Te lo advierto, grandullón.

–¿A qué se refiere? –preguntó Miranda.

Gianni había prometido contárselo más tarde, pero no lo había hecho. Había demasiadas personas que querían hablar con ellos y desearles lo mejor. Lucy, muy hermosa y feliz, había acudido junto a un atractivo español y la había abrazado con cariño.

A medida que el sol se escondía, la escena se pareció más a un cuento de hadas iluminado por las luces blancas que colgaban de los árboles. Los invitados siguieron bailando hasta bien entrada la noche, mucho después de que los novios se hubieran marchado.

Las primeras dos semanas de la luna de miel las pasaron en una espectacular villa sobre la costa Amalfi. Luego se les unió Liam con los padres de Gianni y de Miranda para pasar todos juntos otras dos semanas más.

–Vuelta al mundo real –anunció Gianni mientras regresaban a su casa desde el aeropuerto.

Miranda asintió. Cualquier mundo en el que estuviera su marido sería muy especial.

–Nos hemos equivocado de camino –observó ella.

–Me preguntaba cuándo te darías cuenta. No llegamos a encontrar casa y pensé que deberíamos empezar a buscar de nuevo.

–¿Y tiene que ser ahora? –Miranda echó una mirada a Liam que dormía en el asiento trasero. Habían tomado todas las precauciones posibles para evitar que se mareara, pero temía que estuvieran arriesgándose demasiado con el trayecto en coche.

–Me pareció un buen momento, pero no te preocupes, ya hemos llegado.

–Odio tener que decírtelo, Gianni, pero esta es la casa que vimos el primer día, la que era demasiado grande y destartalada –estaba hecha una ruina.

–¿Estás segura?

–Desde luego. Parece que han arreglado el camino de entrada, pero es sin duda la misma.

–¿La que tenía diez dormitorios, medio tejado y un prado en lugar de césped? ¿La que estaba en un lugar que te entusiasmaba y tenía una tumba dedicada a la mascota bajo una higuera y que, por algún inexplicable motivo, hizo que te echaras a llorar?

–No hace falta que seas tan desagradable... y no tenía medio tejado. Había unos cuantos agujeros, lo admito, pero... ¡madre mía! –Miranda se quedó sin habla al llegar a la casa.

–Bienvenida a su nuevo hogar, señora Fitzgerald –proclamó Gianni deteniendo el coche.

–¿De verdad? –ella miró a su marido con ojos desorbitados y de nuevo a la resplandeciente y perfecta fachada.

–En serio –asintió él sonriendo complacido.

–Pero, ¿cómo demonios hiciste todo esto? Estaba... –sacudió la cabeza a falta de palabras.

–Hice una oferta por la casa el día que la vimos –reveló él satisfecho–. La estructura era sólida y en ocho semanas se puede avanzar mucho. Sobre todo si trabajan todo el día.

–¡Es un milagro! –exclamó ella lanzándose en sus brazos.

–El milagro eres tú, Miranda.

–Contigo podría vivir en una tienda de campaña, Gianni.

–No sería muy práctico, pero me has conmovido.

–Es una casa enorme, aunque... –Miranda respiró hondo y lo miró con timidez–. Quizás la tienda, en efecto, no resultaría práctica... vamos a necesitar una habitación más.

Gianni lo comprendió enseguida y su rostro se iluminó.

Será en marzo –continuó ella en respuesta a la pregunta silenciosa–, si no me equivoco.

–Quiero que sea un hermano.

Ambos se volvieron hacia el asiento trasero, riendo en dirección a la vocecilla.

–Bueno, campeón, tendrás que conformarte con lo que venga, pero mi lema es que si a la primera no aciertas, hay que intentarlo de nuevo. ¿Qué te parece, *cara mia*?

–¡Oh, Gianni! –exclamó ella con emoción–. No me puedo creer que sea tan feliz.

–¡Quiero llamarle Manchitas!

–Interesante elección, Liam –observó su padre.

–Ya cambiará de idea –observó ella mientras se bajaba del coche–. Vamos, Liam, tienes que elegir tu habitación.

–¿Puedo elegir también la de Manchitas?

–Sí, también puedes elegir la de Manchitas, cariño –le prometió Miranda.

–¿Queréis dejar de besaros? –el pequeño saltó del coche y se volvió hacia ellos.

–No –contestó su padre tajantemente–. Al menos no en esta vida. Será tradición familiar.

–Para lo que nos quede de vida –suspiró ella.

Miranda había encontrado su alma gemela y no iba a dejarla marchar jamás.

BIANCA.

LYNN RAYE HARRIS

CUARENTA NOCHES CON EL JEQUE

Capítulo 1

YA ESTABA hecho. Sydney Reed dejó el bolígrafo y se quedó mirando los documentos que acababa de firmar.

Papeles de divorcio.

El corazón se le salía por la boca y las palmas de las manos le sudaban sin cesar. Tenía el estómago agarrotado. Se sentía como si alguien le hubiera arrebatado la última pizca de felicidad que jamás tendría. Pero en realidad era absurdo pensar eso. Porque no había felicidad posible cuando se trataba del príncipe Malik ibn Najib al-Dhakir. Con él solo había dolor y confusión. Por mucho que le molestara, con solo pensar en él, sentía un escalofrío por la espalda. Su jeque exótico, el amante perfecto, su marido...

Su exmarido.

Sydney metió los papeles dentro del sobre y llamó a su asistente, Zoe. ¿Por qué era tan difícil? No debería haberlo sido. Malik nunca la había querido. Había sido ella quien lo había sentido todo. Pero no era suficiente. Una sola persona no podía sentir por dos. Por mucho que lo intentara, Malik jamás la querría. Simplemente no era capaz de ello. Aunque fuera un amante generoso, su corazón seguía siendo de hielo.

¿Y cómo iba a ser de otra manera?

Sydney frunció el ceño. No era que no pudiera amar. Simplemente no era capaz de amarla a ella. No era la mujer adecuada para alguien como él. Jamás lo había sido.

Zoe apareció en la puerta, tan diligente y eficaz como siempre.

–Llama al mensajero. Necesito que entreguen esto enseguida –dijo Sydney antes de cambiar de opinión.

La asistente no se fijó mucho en el temblor que sacudía los dedos de Sydney al entregarle los documentos.

–Sí, señorita Reed.

Señorita Reed... Ya no volvería a ser la princesa Al-Dhakir. Nunca volvería a serlo.

Sydney asintió con la cabeza, porque no sabía si sería capaz de hablar. Se volvió hacia el ordenador nuevamente. Las letras se veían borrosas en la pantalla, pero tenía que seguir adelante con el trabajo. Apretó los dientes y siguió elaborando la lista de propiedades que iba a enseñarle al cliente con el que había quedado más tarde.

¿Cómo había sido tan idiota? Había conocido a Malik un año antes. Uno de sus empleados había llamado a la inmobiliaria de sus padres para concertar una cita con un agente. Por aquel entonces ella no sabía quién era él, pero se había informado bien antes de conocerle.

Príncipe de Jahfar. Hermano del rey. Jeque y dueño de todo un país. Soltero. Escandalosamente rico. Un playboy internacional. Un rompecorazones... Incluso había encontrado un artículo publicado en la prensa del corazón en la que aparecía una actriz que declaraba, entre lágrimas, que se había enamorado del príncipe Malik, pero que él la había abandonado por otra mujer.

Sydney había acudido a la reunión muy bien preparada, con toda la información necesaria para cerrar un buen trato, y también llena de desprecio hacia ese ricachón superficial que utilizaba a las mujeres como si fueran objetos. Por aquel entonces jamás se le hubiera ocurrido pensar que él pudiera interesarse por alguien como ella. Ella no era glamurosa, no era una estrella de cine, no era ninguna de esas mujeres en las que un jeque mujeriego se fijaba. Pero al final había sido ella misma quien había caído. Malik era tan encantador, tan sutil... Distinto a todos los hombres a los que había conocido hasta ese momento. Nada más mirarle a los ojos, no había podido resistirse. No había querido resistirse. Se había sentido halagada al ver su interés. Él la había hecho sentir hermosa, especial... La había hecho sentir todas esas cosas que no era en realidad. Una daga de dolor se clavó en su corazón. El mayor talento de Malik era hacer sentir a una mujer que era el centro el universo. Y eso era felicidad, mientras duraba... Sydney apretó los labios, tomó la lista de la impresora y la metió dentro de su maletín. Después se puso la americana blanca de algodón que colgaba del respaldo de su silla. No quería sentir más pena por sí misma. Esa parte de su vida había terminado para siempre. Malik se había alegrado mucho al librarse de ella y por fin estaba dando el último paso para sacarle de su vida de una vez y por todas. Casi había esperado que fuera él el que lo hiciera, pero ya hacía más de un año desde que lo había abandonado en París, y él ni siquiera se había molestado en dar el paso. Fuera cual fuera el motivo, el corazón de Malik estaba cubierto de hielo, y ella no era la persona capaz de derretir esa gélida capa.

Sydney se despidió de su asistente, pasó por el despacho de su madre un momento y salió de las oficinas, rumbo al coche. Después de una hora de atasco en el denso tráfico de Malibú, llegó por fin a la primera casa. Aparcó en la glorieta circular y miró el reloj. El cliente iba a llegar en quince minutos. Asió el volante con fuerza y se obligó a respirar hondo durante un par de minutos. Se sentía nerviosa, inquieta, pero no podía hacer nada al respecto. Ya había mandado los documentos. Era el fin.

Hora de seguir adelante.

Entró en la casa, encendió las luces, abrió las gruesas cortinas para enseñar las maravillosas vistas... Se movía como un robot, como un autómata sin voluntad propia... Atusó los cojines que estaban sobre el sofá, echó un poco de ambientador con olor a canela, y sintonizó una emisora de jazz en la radio. Después fue a la terraza y miró el correo electrónico en el teléfono móvil mientras esperaba al cliente. A las siete y media en punto, sonó el timbre.

Empezaba el espectáculo.

Respiró profundamente y fue hacia la puerta con una gran sonrisa plástica en los labios. Siempre había que recibir al cliente con mucho entusiasmo. Esa era una de las reglas de oro de su madre. A lo mejor no era la mejor vendedora del equipo de Reed Sales, pero sí trabajaba duro para serlo. Tenía que hacerlo. Siempre había sido el patito feo de la familia Reed, la hija pródiga, la gran decepción... Aquella por la que sus padres se veían obligados a sacudir la cabeza y a sonreír con indulgencia cuando en realidad querían preguntarle por qué no podía ser como su hermana perfecta. Lo único por lo que se habían sentido orgullosos de ella había sido su matrimonio con un príncipe. Pero también había fracasado en eso. Ellos no le decían nada, pero ella sabía que se sentían profundamente decepcionados. Sydney abrió la puerta y su sonrisa se esfumó nada más ver al hombre que estaba en el umbral.

—Hola, Sydney.

Durante un minuto no pudo ni moverse. No pudo hablar. No pudo respirar. Estaba embelesada, paralizada, cautivada por el negro resplandor de unos ojos oscuros, ardientes... Un pájaro cantaba desde un árbol cercano, pero la dulce melodía sonaba extrañamente distorsionada. Toda su atención estaba puesta en ese hombre que estaba en la puerta; ese hombre al que no había visto más que en las portadas de las revistas y en la televisión durante más de un año. Seguía siendo espectacular. Era el desierto. Duro, cruel, hermoso... Había sido suyo una vez... No. No lo había sido. No había sido más que una ilusión. Malik no era de nadie excepto de sí mismo.

–¿Qué estás haciendo aquí? –le preguntó finalmente.

–¿No es evidente? –respondió él, levantando una ceja con un gesto sarcástico–. Estoy buscando casa.

–Ya tienes una casa –le dijo ella–. Yo te la vendí el año pasado.

–Sí, pero nunca me ha gustado mucho.

–¿Y entonces por qué la compraste? –le espetó ella. El pulso cada vez se le aceleraba más.

Los ojos de Malik centellearon. Sydney casi retrocedió un paso, pero finalmente logró mantenerse firme y aguantó la embestida de esos ojos implacables que la habían cautivado sin remedio. Él se había apoderado de ella y su influjo era igual de peligroso que siempre. Con solo una mirada podía llevarla a la perdición... Sydney sintió una punzada de dolor en el vientre.

Él esbozó media sonrisa, pero no había alegría en su expresión.

–La compré porque tú querías que lo hiciera, *habibti*.

Sydney sintió que sus pies estaban clavados al suelo. El estómago le daba vueltas sin parar y los ojos le escocían. Sentía tanto dolor y tanta rabia al verle de nuevo... Había tratado de acostumbrarse a su inevitable presencia en los medios leyendo todos y cada uno de los artículos sobre él publicados en prensa; todas esas historias sobre sus últimas conquistas que le cercenaban el corazón. Se había dicho a sí misma que solo era cuestión de tiempo que regresara a Los Ángeles y que, si volvía a encontrárselo de nuevo, mantendría la frente bien alta y se comportaría como una efigie de hielo.

Se apartó de la puerta, decidida a mostrarle todo el desprecio del mundo. No le necesitaba... Nunca le había necesitado. Solo había creído que sí... No importaba lo que sintiera por dentro. Por fuera tenía que llevar esa máscara imperturbable, tan fría como la de él.

—Y tú siempre haces lo que la gente quiere que hagas, ¿no?

Malik entró en la casa y cerró la puerta.

—Solo si me gusta —la miró de arriba abajo. Llevaba un traje a medida, como no podía ser de otra manera. Gris claro. La camisa azul que llevaba debajo tenía un par de botones desabrochados, lo justo y suficiente para enseñar la base de su cuello.

Ella conocía muy bien ese punto de su cuerpo, conocía su sabor, tu textura...

Sydney dio media vuelta y se dirigió hacia los ventanales que estaban al otro lado de la estancia. Su corazón latía al triple de velocidad. La cabeza le retumbaba. Sentía la piel tirante.

—Entonces quizá te guste la idea de comprar una casa con unas vistas como estas. No me vendría nada mal la comisión.

—Si necesitas dinero, Sydney, solo tienes que pedirlo.

Sonaba tan frío, tan lógico, tan imparcial... Como si estuviera decidiendo qué corbata ponerse ese día.

Una ola de amargura cayó sobre Sydney. Aquello era tan típico de él. Las emociones de Malik nunca entraban en el juego. El error lo había cometido ella al pensar que podía marcar la diferencia.

Se volvió hacia él.

–No quiero tu dinero, Malik. ¿Por qué no te vas antes de que llegue mi cliente? Si tienes algo que decirme, me lo puedes decir a través del abogado.

Malik ni siquiera pestañeó. Sydney sintió un nudo en el estómago. ¿Qué había en su mirada? ¿Era rabia o algo más?

–Ah, sí, el divorcio –dijo él con desdén, como si estuviera hablando con un niño travieso.

Era rabia lo que había en sus ojos. No estaba acostumbrado a que le llevara la contraria, porque nunca antes la había visto hacerlo. No hasta ese día.

Sydney cruzó los brazos por encima del pecho. Sabía que era un gesto defensivo, pero le daba igual.

–No te he pedido nada. Solo quiero que firmes esos papeles.

–Entonces tú los has firmado por fin –no había ni dolor ni sorpresa en su voz.

Siempre tan calmo e impasible... Dueño del desierto... Esa actitud de hielo la hacía enfurecer...

–¿No has venido por eso? –le preguntó ella, desafiante.

No hacía más de una hora desde que le había dado los documentos a Zoe. Era posible que le hubieran llegado ya los papeles, pero aunque hubiera sido así, ¿cómo había averiguado dónde estaba tan deprisa, y cómo había llegado hasta allí?

De pronto se dio cuenta de que había dado por sentado que estaba allí por los papeles del divorcio... ¿Cómo había podido ser tan estúpida? Él debía de saber de antemano que estaba preparando los papeles, aunque tampoco podía comprender por qué le importaba tanto.

–No hay ningún cliente, ¿verdad? Me has tendido una trampa.

Era muy propio de él hacer algo así. A Malik se le daba muy bien orquestar situaciones como esa. Si algo no le gustaba, lo cambiaba. Si quería algo, lo conseguía a toda costa. Solo tenía que pronunciar las palabras adecuadas, y las cosas ocurrían casi por arte de magia. Él tenía un poder del que casi nadie disfrutaba.

Él inclinó la cabeza.

–Me pareció la mejor manera de verte. Así había menos posibilidades de encontrar a un ejército de paparazzi.

Sydney sintió una llamarada de rabia por dentro. Y algo más también, algo caliente y secreto, algo oscuro... Algo que le recordaba a todas esas noches tórridas que había pasado a su lado... Las horas que habían pasado abrazados, enredados en un maremágnum de sábanas de seda... ¿Por qué no era capaz de mirarle sin pensar en ello?

Sydney cerró los ojos y tragó en seco. Estaba sudando, así que fue hacia las puertas de la terraza. Las abrió de par en par para dejar entrar la brisa marina. Siempre había mucho calor cuando Malik estaba cerca.

No tenía que darse la vuelta para saber que él estaba justo detrás. Despedía una energía que nunca había sido capaz de ignorar. Se dio la vuelta bruscamente y dio un paso atrás de inmediato. Él estaba más cerca de lo que pensaba.

–Nunca te has molestado en ponerte en contacto conmigo –le dijo, con la voz casi quebrada–. Has dejado que pasen todos estos meses, y nunca has intentado ponerte en contacto conmigo. ¿Por qué estás aquí ahora?

Los ojos de Malik emitieron un destello. Era tan, tan hermoso... No era absurdo usar ese término para referirse a un hombre como él. Cabello negro azabache, rasgos perfectos, el cuerpo de un dios griego, los labios más sensuales que una mujer pudiera imaginar, piel bronceada...

Un cosquilleo le recorrió la espalda. Debería haber sabido que un hombre como él jamás se hubiera interesado en ella de verdad.

–¿Por qué iba a seguirte la pista, Sydney? –le preguntó, ignorando la pregunta de ella–. Tú fuiste quien escogió marcharse. Podrías haber elegido volver.

La joven se puso erguida. Alguien como él no podría haber pensado de otra manera. Le traía sin cuidado que se marchara o se quedara.

–No tuve elección.

Malik resopló.

–¿En serio? ¿Alguien te obligó a abandonarme? ¿Alguien te obligó a huir de París en mitad de la noche, dejando una nota sobre la mesa? Me gustaría conocer a esa persona que tiene tanto poder sobre ti.

Sydney se puso tensa. Él hacía que todo pareciera ridículo, infantil...

–No finjas que te dolió mucho. Ambos sabemos la verdad.

Él pasó por su lado, se detuvo junto a la puerta abierta y miró hacia el océano.

–Claro que no –le dijo en un tono impasible, y entonces se volvió y la atravesó con una mirada afilada–. Pero soy el príncipe Al-Dhakir y tú eres mi esposa. ¿Nunca has pensado en el daño que esto me haría? ¿No has pensado en el daño que podías hacerle a mi familia?

Sydney sintió rabia, decepción... En algún momento había albergado la esperanza de que él pudiera haberla echado de menos, pero evidentemente no lo había hecho en absoluto. Malik no necesitaba a nada ni a nadie.

Era una fuerza de la naturaleza, imparable y cruel. Nunca había llegado a comprenderle bien. Pero eso solo era una parte del problema entre ellos. Había muchas otras cosas que habían fallado. Él era tan exótico y maravilloso que había perdido la cabeza por él. Todavía recordaba el momento en el que se había dado cuenta de que estaba enamorada de él. Había pensado que él tenía que sentir lo mismo, ya que ella era la única mujer con la que había querido casarse.

¿Cómo había podido equivocarse tanto? De pronto sintió lágrimas en los ojos, pero hizo un esfuerzo para no derramarlas. Había tenido un año para analizar sus acciones, un año para reflexionar y seguir adelante.

—¿Es por eso que estás aquí? ¿Porque sientes vergüenza? —Sydney respiró hondo—. Vaya, sin duda te llevó mucho tiempo darte cuenta.

Él dio un paso hacia ella. Sydney sacó adelante la barbilla. No se iba a dejar amedrentar. De pronto él se detuvo y metió las manos en los bolsillos. El altivo príncipe volvió a tomar el control de la situación, bajando la cabeza y mirándola con prepotencia.

—Podríamos vivir separados, Sydney. Normalmente eso es lo que se espera, aunque suele ser después del nacimiento de un heredero o dos. Sin embargo, el divorcio es otra cosa.

—¿Entonces lo que te avergüenza es el divorcio, y no que me vaya?

—Yo he respetado tu espacio. Pero ya es suficiente.

Sydney se quedó perpleja. La burbuja de rabia estalló.

—¿Que has respetado mi espacio? ¿Y qué se supone que significa eso?

Los ojos de Malik brillaron.

—¿Es esa la forma en que habla una princesa?

–Yo no soy una princesa, Malik.

Aunque lo fuera, técnicamente hablando, jamás se había sentido como tal. Él nunca la había llevado a Jahfar. Nunca había visto su tierra natal, su hogar... Nunca había sido bienvenida en su casa. Ni siquiera había conocido a su familia. Debería haberse dado cuenta entonces... Una ola de vergüenza la ahogó por dentro. ¿Cómo había podido ser tan ingenua? Al casarse con él, pensaba que él la amaba. Nunca se le había ocurrido pensar que solo era un instrumento para él, lo que necesitaba para llevar a cabo su rebelión. Se había casado con ella para romper las reglas, para llevarle la contraria a su familia. Solo había sido un capricho, la mujer que le calentaba la cama.

–Todavía eres mi esposa, Sydney. Hasta el momento en que dejes de serlo, te comportarás con el decoro que debe exhibir una mujer en tu posición.

Sydney sintió que el estómago le daba un vuelco. Apretó los puños.

–Pero ya no lo seré por mucho tiempo más, Malik. Firma y ya no tendrás que volver a avergonzarte de mí.

Él fue hacia ella, lentamente... Tan lentamente que Sydney sintió auténtico miedo. Se acercó tanto que podía sentir su aliento en la cara, su aroma...

La agarró de la barbilla con sumo cuidado. La expresión de sus ojos era hermética... Sydney tuvo ganas de cerrar los ojos, pero los mantuvo bien abiertos.

–Todavía me deseas, Sydney –le dijo él casi en un susurro.

–No –dijo ella con firmeza, con frialdad.

Las piernas le temblaban. El corazón se le salía del pecho. Pero no iba a decirle que parara. No podía darle la razón.

–No te creo –bajó la cabeza y la besó.

Durante un instante, ella se relajó. Le dejó besarla, acariciar sus labios... Se dejó llevar en el tiempo y se creyó en otro lugar, en otro momento, en otra casa...

Pero entonces puso las palmas de las manos sobre su pecho de acero, le agarró de las solapas y empujó con todas sus fuerzas.

Malik retrocedió, sorprendido.

—Antes nunca me rechazabas —le dijo, casi en un tono burlón.

—Nunca pensé que tendría que hacerlo.

—Y ahora tienes que hacerlo.

—¿No es así, Malik? ¿Quieres demostrar que tienes el control sobre mí una vez más? ¿Quieres demostrar que sigues siendo irresistible?

Él ladeó la cabeza.

—¿Soy irresistible?

—No mucho.

—Pues eso está muy mal.

—No para mí —Sydney empezó a sentir mareos. La cabeza le daba vueltas con tanta adrenalina.

Él se mesó los cabellos.

—Pero eso no cambia nada. Aunque a lo mejor complica un poco las cosas.

Sydney parpadeó.

—¿Complicar qué?

—Nuestro matrimonio, habibti.

Era un hombre cruel, muy cruel.

—No hay matrimonio, Malik. Firma los papeles y todo habrá acabado.

Él esbozó una sonrisa que no era una sonrisa en realidad.

—Ah, pero no es tan fácil. Soy un príncipe de Jahfar. Hay un protocolo que seguir.

Sydney se agarró del marco de la puerta para no perder el equilibrio. Un sentimiento ominoso acababa de alojarse en su vientre.

–¿Qué protocolo?

Él la atravesó con una mirada descarnada, inmisericorde.

–Tenemos que ir a Jahfar.

–¿Qué?

–Y tenemos que vivir como marido y mujer durante cuarenta días.

–No –susurró ella.

Pero él no pareció oírla. Sus ojos seguían tan fríos como siempre, inflexibles.

–Solo entonces podremos pedirle el divorcio a mi hermano, el rey.

Capítulo 2

SYDNEY salió y se sentó en una silla de cubierta. Más allá, el océano Pacífico se adentraba en la orilla una y otra vez. La espuma marina danzaba con el vaivén de las mareas, la fuerza del agua golpeaba la tierra, produciendo un lejano rugido. Ese era el poder de Malik. Él tenía el poder de arrollarla con el ímpetu de la marea, el poder de arrastrarla y de borrar lo que deseaba. Esa era una de las razones por las que se había marchado. Se había dejado llevar demasiado, había anulado su propio ser bajo el influjo de Malik. Se había asustado tanto...

Le había dejado por eso, y también por lo que le había dicho acerca de sus sentimientos por ella. Sydney se estremeció. Finalmente, apartó la vista del agua, que ya se estaba tiñendo de color naranja bajo la luz del crepúsculo. Malik estaba de pie junto a la silla. Sus rasgos parecían más duros que nunca al atardecer, como si él también estuviera atrapado y tratara de sobrellevarlo lo mejor posible.

–Dime que es una broma –le dijo ella, poniéndose las manos sobre el vientre.

Él la miró fugazmente. Su rostro hermoso estaba serio, circunspecto. Mientras le miraba, ya empezaba a sentir una extraña punzada, un profundo sentimiento... No quiso ahondar en la naturaleza de esa sensación. Simplemente no quería saberlo. Quería terminar con él, para siempre.

–No es una broma. Estoy sujeto a la ley de Jahfar.

–¡Pero si no nos casamos allí! –Sydney se rio a carcajadas–. Ni siquiera he estado en Jahfar. ¿Cómo voy a estar sujeta a una absurda ley de un país en el que nunca he estado?

Él se puso serio, tenso. A Sydney le daba igual haberle ofendido. ¿Cómo se atrevía a presentarse allí después de tanto tiempo para decirle que seguirían casados hasta que hubiera vivido con él durante cuarenta días? Y en el desierto. Parecía un argumento sacado del guión de una película de Hollywood. La ironía la hizo echarse a reír. Malik la miró con curiosidad, pero no se dejó engañar ni por un momento.

–No lo haré –le dijo ella, respirando hondo–. Yo no estoy sujeta a la ley de Jahfar. Firma los papeles y, por lo que a mí respecta, hemos terminado.

Él se movió.

–Puede que creas que es así de fácil, pero yo te aseguro que no lo es. Te casaste con un príncipe extranjero.

–Nos casamos en París.

Había sido una boda exprés. La ceremonia la había oficiado un empleado de la embajada de Jahfar. Todo había sido muy rápido, como si él tuviera miedo de cambiar de opinión.

Una gran amargura la invadió por dentro.

–No importa dónde nos casamos –dijo Malik con esa voz que le caracterizaba, siempre tan suave y grave, pero con el poder de hacerla temblar por dentro–. Pero sí importa quién nos casó. Nos casamos bajo la ley de Jahfar, Sydney. Si alguna vez deseas librarte de mí, tendrás que venir a Jahfar y seguir el protocolo.

Sydney levantó la cabeza y le miró a los ojos. Él la estaba mirando fijamente. Su expresión era indescifrable. Una ola de rabia corría por sus venas.

–Seguro que podremos fingir un poco. ¡Tu hermano es el rey!

–Y es por eso que no podemos fingir, tal y como dices tú. Mi hermano se toma sus obligaciones como monarca muy en serio. Me hará responder ante la ley hasta las últimas consecuencias. Si quieres divorciarte, tendrás que hacer esto.

Sydney cerró los ojos y se inclinó contra el cojín. Aquello era una pesadilla. Una broma de mal gusto que le jugaba el destino, los elementos, las estrellas... Todos se habían puesto en su contra. Se había casado con Malik a toda prisa, en secreto. No había habido una boda real, ni cuento de hadas con música, ni trajes hermosos, ni pompa y parafernalia...

Se habían casado en el registro de la embajada, sin pompa ni festejos. El empleado de la embajada la llamaba «su alteza» y no hacía más que hacerle reverencias... Y también había estado presente una mujer, la que había registrado el enlace y les había pedido que firmaran.

Casi se había sentido como si aquello no fuera real, pero entonces los periódicos se habían enterado de la noticia y, de repente, se había visto en el punto de mira de todos los medios. Y aún seguía en él al marcharse. La atención mediática la había seguido hasta Los Ángeles y finalmente había desaparecido tras varias semanas de silencio absoluto por su parte. Sabía que su foto había aparecido en alguna revista que otra en los meses anteriores, pero la prensa estaba mucho más interesada en Malik que en ella. Él siempre era una noticia. Ella solo era una baja más en combate.

Y ni siquiera era interesante para ellos.

Lo último que quería era seguir atada a él y sentirse bajo los focos nuevamente. ¿Y si un día quería casarse con otra y tenía que llevarla a Jahfar para divorciarse?

«Ni hablar...», pensó para sí, imaginándose en esa penosa situación.

–Muy bien –dijo con contundencia–. Si eso es lo que hace falta, iré.

Malik sintió un ligero escalofrío que le corría por las venas. Ella podía pasar cuarenta días a su lado, si con eso terminaba con el matrimonio de una vez y por todas, porque ya no quedaba nada entre ellos. Y no había ningún peligro para su corazón. El daño ya estaba hecho. Había una jaula de hierro donde una vez había estado su corazón.

–Podemos irnos esta noche. Mi avión está listo.

Sydney sintió que se le ponía la carne de gallina. ¿A qué acababa de acceder? Una ola de pánico la arrolló por dentro.

–No puedo arreglarlo todo tan rápido. Necesito tiempo para dejar resueltas unas cuantas cosas antes de irme.

La última vez que se había fugado con Malik había dejado su propia vida en un caos absoluto. Esa vez no cometería el mismo error, porque esa vez volvería a la normalidad como si nada hubiera pasado. No quería volver a pasar por toda esa angustia de sentirse perdida... Se había marchado sin pensárselo dos veces, porque él se lo había pedido, y después, cuando le había pedido que se casara con ella, había accedido sin más. No había vuelto a pensar en la vida que dejaba atrás en Los Ángeles; algo que su familia nunca mencionaba, aunque sí lo tuvieran en mente cada vez que la miraban a la cara. Ella era la impulsiva, la artista... La que podía lanzarse a la piscina sin reparar en las consecuencias y luego pagaba el precio por ello.

Y el precio había sido muy alto finalmente... Había salido muy escaldada de aquel matrimonio. En los primeros días tras su regreso a casa se preguntaba si se había precipitado, si debería haberse quedado y hacerle frente, pero siempre llegaba a la misma conclusión. Malik se arrepentía de haberse casado con ella. Se lo había dicho muy claramente. ¿Qué más quedaba por decir después de aquello?

Podía quererle mucho, pero no se convertiría en la cruz de nadie. Y definitivamente se había sentido como un peso para él, un lastre con el que tenía que cargar. Él había cambiado, y ella, simplemente, no había sido capaz de aguantarlo más. Nunca había creído que llegaría a pasar un año entero sin tener contacto con él, pero eso solo servía para demostrar que él ya no la querría más en su vida.

—¿Cuánto tiempo necesitas? —le preguntó él, con la voz tensa.

—Por lo menos una semana —respondió ella automáticamente, aunque en realidad no lo sabía exactamente. Sin embargo, esa vez quería tener el control de la situación. Necesitaba tenerlo. No era mucho, pero era algo.

—Imposible. Dos días.

Sydney se puso tensa.

—¿En serio? ¿Hay un calendario que seguir, Malik? Yo necesito una semana. Tengo que resolver unas cosas en el trabajo.

Y además tenía que consultar a su abogado, por si acaso podía librarse de todo aquello a través de algún vacío legal. Malik la miró de arriba abajo. Sus ojos oscuros brillaban, intensamente. Ella esperó su respuesta. Malik era muy orgulloso, prepotente, aristocrático... Y estaba acostumbrado a conseguir lo que quería. Si le hubiera dicho que no cuando le propuso matrimonio... Pero eso nunca se le había pasado por la cabeza. Se había dejado impresionar tanto... Estaba tan ciega, tan enamorada por aquel entonces... Aunque ya fuera un poco tarde para rebelarse, no volvería a aceptar sus órdenes sin rechistar...

–Muy bien –dijo él en un tono circunspecto–. Una semana.

Sydney asintió con la cabeza. El corazón se le salía del pecho, como si acabara de correr en una maratón.

–Muy bien. Una semana entonces.

Él se volvió hacia el océano de nuevo y entonces asintió.

–Me la quedo.

Ella parpadeó, confundida.

–¿Qué?

–La casa.

–Pero si no la has visto –exclamó ella.

Era una casa extraordinaria, una que ella jamás se hubiera podido permitir, ni siquiera en sueños... Pero él solo había visto el exterior.

–Es una casa –le dijo él, encogiéndose de hombros–. Con unas buenas vistas. Me vale con eso.

Sin saber por qué, Sydney sintió un latigazo de rabia en el vientre. Él siempre conseguía lo que quería, a cualquier precio. Estaba acostumbrado a ello. Y así la había conseguido a ella también. En su mundo, no había consecuencias. No había que pagar un precio cuando las cosas no salían tal y como se esperaba. Malik solo tenía que ir a por la siguiente casa, a por la siguiente mujer...

Una ola de furia le corrió por las venas.

–Me temo que eso es imposible –le dijo–. Ya tengo una oferta.

Malik no se dejó engañar.

–Entonces te doy un veinticinco por ciento más. El dueño no rechazara una oferta así.

–Creo que ya han aceptado la otra oferta –dijo ella, molesta.

Nada más decir aquella mentira, sintió una punzada de culpa. Los dueños de la casa no tenían que pagar por su sed de venganza contra Malik.

—Pero si me das un momento, les llamo y les pregunto si les interesa.

—Hazlo —le dijo él, taladrándola con la mirada.

Sydney se volvió y fue hacia la terraza. Llamó a la inmobiliaria para asegurarse de que no había ninguna otra oferta y volvió junto a Malik.

—Buenas noticias —le dijo, conteniendo la ira—. Si subes la oferta en medio millón, la casa es tuya.

Tenía que responder ante tanta soberbia. Era una especie de rebelión subir el precio. Se negaba a sentirse culpable por ello. De hecho, les daría su comisión a los pobres. Así por lo menos el dinero de Malik serviría para hacer algo bueno.

—Muy bien —dijo él—. Lo que sea.

Una ola de amargura la recorrió por dentro.

—¿Y vas a ser feliz aquí, Malik? ¿O también te vas a arrepentir de haber hecho esta compra?

No le dijo lo que realmente estaba pensando, pero era fácil leer entre líneas.

—Yo nunca me arrepiento de nada, habibti. Si cambio de opinión luego, simplemente me desharé de la propiedad.

—Claro —dijo Sydney, sintiendo vergüenza—. Porque así es más fácil.

Malik podía deshacerse de todo lo que no quería. Se había pasado toda la vida haciendo precisamente eso.

La expresión de él permaneció inmutable. Parecía tan altivo, tan pretencioso... Tan inalcanzable.

—Eso es. Prepararás los papeles, ¿no?

—Claro.

—Tráemelos ahora y los firmo.

–¿No quieres leerlos antes?

Él se encogió de hombros.

–¿Por qué?

–¿Y si subo el precio otro medio millón?

–Entonces lo pago.

Sydney abrió su maletín y sacó un formulario en blanco. Por mucho que le odiara en ese momento, por mucho que despreciara toda esa indiferencia de la que hacía alarde, no podía sucumbir a la tentación de timarle. Escribió el precio rápidamente y le entregó los papeles.

–Firma aquí –le dijo, señalando.

Él lo hizo sin titubear. Sydney no supo muy bien si se trataba de arrogancia o de inocencia. Un segundo después levantó la vista hacia ella. Su mirada era inflexible y dura. No era inocencia y confianza, sino soberbia...

Malik no solo sabía cuál era el precio de mercado real de la propiedad, sino que también era consciente de que ella había inflado la cifra. Y sin embargo... estaba dispuesto a pagar.

–Una semana, Sydney –le dijo en un tono de advertencia–. Y después eres mía.

–Difícil, Su Alteza –le dijo ella, intentando que la voz no le temblara–. Simplemente se trata de otro acuerdo de negocios. Cuarenta días en Jahfar a cambio de toda una vida en libertad.

Él inclinó la cabeza, reconociendo la verdad de sus palabras.

–Claro –le dijo–. Correcto.

Dio media vuelta y la dejó allí de pie, con el océano a sus espaldas... Confusa y temerosa de lo que le esperaba...

Capítulo 3

SYDNEY tardó cerca de tres semanas en organizarse y después tomó un vuelo rumbo a Jahfar. Malik no se lo tomó muy bien, tal y como indicaban sus frecuentes mensajes, pero Sydney decidió no preocuparse al respecto. Nada más verle había llamado a su abogado.

Jillian había tratado de ayudarla, pero al final no había podido hacer mucho. Un divorcio americano no resolvía el problema. Al prepararle los papeles, le había advertido que quizá no sería suficiente, pero Sydney no había perdido la esperanza. ¿Cómo era posible que una ley tan arcaica estuviera en vigor?

Cuarenta días.

Bebió un sorbo del champán que le había llevado un auxiliar de vuelo. El asiento en primera era muy cómodo, pero el vuelo iba lleno. Podría haber viajado en el avión privado de Malik, pero había preferido viajar en un vuelo comercial. Él se había puesto furioso, pero ella se había mantenido firme. Al final, él no había tenido más remedio que irse solo a Jahfar unos días antes.

Sydney sintió que el estómago se le agarrotaba y bebió otro sorbo de champán.

Jahfar... ¿Qué iba a encontrarse cuando llegara? ¿Qué iba a sentir? Era la casa de Malik y, de alguna forma, estaría a su merced. Pero estaba decidida a mantener el control sobre su propia vida a toda costa, y era

por eso que había insistido en hacer sus propios preparativos. Sí. Hubiera sido mucho más fácil viajar con
Malik y dejarle hacerse cargo de todo, pero no quería
darle tanto control. El avión aterrizó en Jahfar dos horas
después del amanecer. En cuanto llegaron a la puerta de
embarque, Sydney se dio cuenta de que todo había sido
en vano. No había mucho que controlar. Una auxiliar
de vuelo se le acercó, con las manos cruzadas sobre el
regazo. La mujer parecía nerviosa, temerosa... Le hizo
una reverencia.

Sydney sintió un extraño peso en el estómago.

–Princesa Al Dhakir... Por favor, perdónenos por no
habernos dado cuenta de que viajaba con nosotros.

–Yo... –Sydney parpadeó, perpleja–. No tiene importancia –dijo, con el corazón latiendo sin ton ni son–.
No quería que se supiera.

Se sentía tan pretenciosa... Pero ¿qué otra cosa podía
decir? No había nada que explicar... No podía decirles
a esas personas que no la llamaran princesa. Ellos no
iban a entenderlo. La mujer volvió a hacerle una reverencia. Un hombre se acercó y sacó su bolsa de viaje
del compartimento superior del avión. Todos se mantu-
vieron sentados, esperando a que ella desembarcara primero... Las mejillas le ardían... Bajó del avión rápidamente... Y entonces le vio. Más pronto de lo que
esperaba. El aeropuerto internacional de Jahfar estaba
lleno de gente, tanto occidentales como árabes. Pero la
multitud se abría en dos para dejar paso a un séquito imponente. El hombre era alto e iba vestido con la *dishdasha* blanca tradicional. En la cintura llevaba una daga
curvada con una empuñadura repleta de piedras precio-
sas, algo sorprendente en un aeropuerto, pero no en un
lugar como ese.

De repente, Sydney se dio cuenta de que aquel hombre impresionante era su esposo. Una ola de calor casi la derritió por dentro. Nunca le había visto vestido así... El efecto era... extraordinario.

Era la viva imagen del jeque árabe. Exótico, moreno, apuesto... Magnífico.

Malik fue hacia ella con ese paso arrogante que le caracterizaba... Sus oscuros ojos la taladraban... Sydney quiso que la tierra se abriera y se la tragara en ese preciso momento... Estaba hecha un desastre, después de tantas horas de vuelo... Y él parecía sacado de un cuento de hadas. Ojalá hubiera podido volver atrás una hora o dos... Cambiarse de ropa... Retocarse el maquillaje...

Pero ¿por qué? ¿Qué sentido tenía?

Malik le había hecho el amor una y otra vez durante esos dos meses que habían pasado juntos, pero solo lo había hecho para satisfacer sus propias necesidades, por su propia conveniencia. Supermodelos, reinas de la belleza... Eso era lo que realmente le gustaba... Sydney levantó la barbilla. No iba a avergonzarse. Malik se detuvo delante de ella y su séquito le rodeó cuidadosamente, protegiéndole, pero sin acercarse demasiado.

Sydney sintió que se le secaba la garganta. Él la miraba de arriba abajo...

—Aquí estoy —le dijo en un tono inseguro—. Tal y como te prometí.

Sydney deseó no haber sido la primera en hablar. Era como si hubiera cedido un terreno importante en su guerra particular, como si hubiera sacado las armas para el combate y fracasado a la primera de cambio. Pero todo era por culpa de él. Él la ponía nerviosa mirándola de esa manera. Sin duda se arrepentía de haberle dicho a todo el mundo que ella era su esposa. Llevaba un estilo demasiado informal con aquella camiseta blanca ceñida, la chaqueta azul marino, los vaqueros, las ballerinas... Una princesa no tenía ese aspecto... Una princesa era más refinada, como una estrella de Hollywood... Debería haber llevado unos taconazos de firma y la última moda de la pasarela de Milán. Pero... no había mucho que hacer... Ella no era una auténtica princesa y no tenía sentido fingir otra cosa. Malik levantó una ceja y la miró fijamente.

–Sí, aquí estás.

Sydney sintió que el corazón le daba un vuelco. Puso la mano sobre el pecho y respiró hondo para regular el ritmo.

Malik pareció alarmado.

–¿Qué sucede? ¿Necesitas un médico?

Ella sacudió la cabeza.

–No, estoy bien. Es solo que me faltó un poco el aire. Me pasa a veces, sobre todo cuando estoy cansada. No es nada.

De repente, Malik la tomó en brazos y empezó a repartir órdenes a los hombres que le rodeaban.

–Malik, por Dios, ¡bájame! No me pasa nada.

Él no la escuchó. Sydney pensó en empezar a dar patadas para resistirse un poco, pero entonces se dio cuenta de que él era demasiado fuerte.

–Por favor, bájame –le suplicó–. Esto es vergonzoso.

La gente los miraba, señalándolos con el dedo, susurrando cosas. Pero a Malik le traía sin cuidado. Era extraordinario sentirle tan cerca después de tanto tiempo. Era como meterse en una piscina con toda la ropa puesta.

–No vamos lejos –le dijo él–. Te bajaré en cuanto lleguemos a un sitio tranquilo, para que puedas descansar.

Ella miró atrás. El séquito iba detrás, delante... Su paso por el aeropuerto era como el de una ola gigante. Muy pronto atravesaron las puertas corredizas y accedieron a una tranquila suite con cómodas sillas, mesas y una barra en un extremo. Se oía una suave música y las luces eran tenues.

Malik la dejó en una de las sillas. Antes de que pudiera siquiera parpadear se encontró con un vaso de agua con gas.

–Bebe –le dijo Malik, sentándose a su lado y agarrando el vaso.

–Ya he bebido bastante –le dijo ella, apartándole la mano–. Si bebo más, exploto.

Él no pareció muy convencido.

–En Jahfar hace mucho calor. Te puedes deshidratar sin darte cuenta.

–No es el agua el problema, Malik –dijo ella, insistiendo–. Acabo de llegar de L.A. Estoy cansada. Estoy estresada. Necesito una cama y seis horas de sueño.

Había dormido muy poco en el avión. Estaba demasiado nerviosa, y con razón. El hombre que la miraba en ese momento, tan distante, imponente, mayestático... Ese hombre ponía nervioso a cualquiera. ¿Verdaderamente estaban casados? ¿Alguna vez había compartido un momento de ternura con un hombre tan intimidante?

–Entonces lo tendrás –le dijo él. Le hizo señas a un hombre y este salió por otra puerta. Unos minutos después la tomó de la mano y la condujo hasta el ascensor. Unos minutos más tarde abandonaron el aeropuerto por un acceso privado y subieron a una flamante limusina. Casi era como en el pasado, pero Malik iba vestido de blanco, con el atuendo típico de los de su clase. Parecía tan elegante, exótico... Nada que ver con ella... Sydney se miró la chaqueta que llevaba puesta, se la quitó y la puso sobre el asiento. Los ojos de Malik se posaron en sus pechos, se detuvieron allí unos instantes. Su mirada era como una caricia. Sydney sintió cómo se le endurecían los pezones, cómo respondía su propio cuerpo. Cruzó los brazos y miró hacia la ventanilla.

–¿Adónde vamos? –preguntó mientras la limusina se incorporaba al tráfico.

Delante de ellos iba un coche de policía con las luces rotatorias encendidas. Las ventanillas eran de cristal ahumado, pero la luz que entraba en el habitáculo del coche seguía siendo muy intensa, cegadora.

–Tengo una casa en Port Jahfar. Está a muy poca distancia. En la playa. Te gustará.

Sydney apoyó la cabeza contra la ventanilla. Era raro estar allí, y extrañamente emocionante. A lo lejos se divisaban enormes montañas de arena que se adentraban en el cielo azul. Las palmeras empezaron a abundar en el paisaje a medida que se adentraban en la ciudad. Los edificios eran una mezcla de cemento, cristal y arenisca. Las colinas que se veían en dirección opuesta no eran sino dunas de arena, rojas y cambiantes. A lo largo de su base se veía una fila de camellos que se dirigía hacia la ciudad. Aquel fue el momento más revelador para Sydney. Estaba en un lugar totalmente distinto y cautivador.

Pronto entraron en el centro de la ciudad y, tras un cambio de sentido, se encontraron con el mar, a la derecha. Recorrieron una pequeña distancia a lo largo de la costa. El agua color turquesa brillaba como un océano de diamantes bajo la luz del sol. Accedieron a un complejo con una puerta exterior. Malik la ayudó a bajar del vehículo y la condujo a un patio refrigerado con agua vaporizada que se dispersaba antes de mojar la piel. El aire era denso, caliente. De repente apareció una mujer vestida con un *abaya* de algodón. Les hizo una reverencia y le habló a Malik en árabe.

–Hala dice que la habitación está preparada. Puedes dormir todo lo que quieras.

Sydney esperaba que un empleado del servicio la llevara al dormitorio, pero Malik la agarró del codo y la condujo a lo largo de un pasillo que daba acceso a una pequeña suite. En la primera de las estancias había una mesa central rodeada de cojines, un escritorio en un rincón y dos cómodos butacones situados uno enfrente del otro, con una alfombra blanca de pelo de cabra en el medio. En el dormitorio había una cama altísima con sábanas de lino blanco que resultaba de lo más apetecible.

—Necesito mis bolsas —dijo Sydney, dándose cuenta de que no tenía nada para cambiarse. Se habían marchado del aeropuerto sin recoger el equipaje.

—Ya vienen. Mientras tanto, encontrarás todo lo que necesitas en el cuarto de baño —señaló otra puerta.

Sydney entró en el espacioso cuarto de baño, maravillándose ante lo que veía; una bañera inmensa, un haz de luz que entraba desde el techo e iluminaba el mármol, realzando las betas rojas y doradas.

—Espero que sea de tu gusto.

Sydney se giró rápidamente. La voz de Malik la sorprendió, aunque no debería haberlo hecho. Sabía que estaba detrás de ella, observándola desde la puerta.

—Es muy bonito —le dijo, tragando en seco.

¿Por qué se sentía tan rara en ese lugar? Había accedido a ir a Jahfar, sabiendo que era necesario, y sin embargo, se sentía desorientada, desconcertada...

Malik fue hacia ella, le sujetó las mejillas con ambas manos.

—No tienes nada que temer, Sydney. Saldremos de esta.

Se acercó peligrosamente... Sydney cerró los ojos de forma automática. Él se rio suavemente y la besó en la frente.

—No —le dijo ella, casi ahogándose.

Podía sentir sus labios en la sien.

Se llevó una mano al cuello y la dejó caer de inmediato al darse cuenta de lo ridícula que la hacía parecer. La situación era tan singular, tan absurda. Ella le había amado, había pasado una odisea por él.

–Creo que es mejor que no... nos toquemos –le dijo.

Él arqueó una ceja.

–¿Te asusta que te toque, Sydney? Y yo que pensaba que no era irresistible...

Se estaba burlando de ella. Sydney levantó la cabeza.

–No tiene sentido que nos toquemos, Malik. No estamos felizmente casados. No significamos nada el uno para el otro. Yo sé que soy un inconveniente para ti, pero solo quiero terminar con esto de una vez y por todas. No tienes que fingir nada para hacerme sentir a gusto.

Los ojos de Malik brillaron de emoción.

–Ya veo. Qué sabia te has vuelto, Sydney. Qué hastiada te veo.

–Siempre pensé que te gustaban las mujeres así –le dijo ella, pero enseguida se arrepintió.

Él se inclinó contra el marco de la puerta, pero ella no cometió el error de bajar la guardia.

–No me había dado cuenta de que eso te importaba –le dijo él suavemente, todavía con sorna.

Sydney agitó la mano como si estuviera apartando una mosca.

–No me importa.

–No juguemos a estos juegos, *habibti*. La noche ha sido larga. Date un baño, descansa. Te veré cuanto estés lista para hablar y entrar en razón.

Sydney sintió el embate de la rabia al oír aquellas palabras condescendientes.

–No estoy jugando a ningún juego, Malik. He venido, ¿no? Estoy aquí porque quiero terminar con esto. Porque quiero librarme de ti para siempre.

El rostro de Malik se endureció y sus ojos emitieron un violento destello.

–Pues tu deseo te será concedido –masculló–. Sin embargo, primero conseguiré el mío.

A Sydney le dio un vuelco el estómago.

–¿Que... qué quieres decir?

Él parecía tan amenazante.

–¿Tienes miedo, Sydney? ¿Tienes miedo de lo que voy a hacer contigo ahora que estás aquí?

Ella tragó en seco.

–Claro que no.

Él la miró de arriba abajo un instante.

–Pues a lo mejor deberías –le dijo.

Capítulo 4

MALIK estaba de mal humor. Estaba sentado en su estudio, haciendo un trabajo minucioso y laborioso que se suponía debería mantenerle ocupado y distraído. Sin embargo, no era así. Se apartó del ordenador y se volvió hacia la ventana hasta ver el brillo del mar a lo lejos. Ella estaba allí. Su esposa perdida. La única mujer a la que había creído diferente... Entonces pensaba que iba a hacerle feliz. Pero al final había terminado huyendo. Y él no estaba acostumbrado a que las mujeres huyeran de él. Aquel había sido un momento muy singular, cuando se había dado cuenta de que ella había salido huyendo. Se había puesto furioso. Había hecho planes. Había jurado que iría tras ella, que la llevaría de vuelta a su casa a la fuerza si era necesario. Y entonces había dicho...

No.

Ella le había abandonado. Tenía que ser ella misma quien volviera. Pero en lugar de eso, le había pedido el divorcio. Sí. Todavía la deseaba. Su cuerpo la deseaba, por mucho que no quisiera. Desde el momento en que le abrió la puerta de aquella casa de Malibú, la deseó con una fuerza que seguía intacta a pesar del paso del tiempo y la distancia, sobre todo teniendo en cuenta lo enfadado que estaba todavía con ella.

Apretó el bolígrafo que tenía en la mano hasta que se partió en dos. Una parte se le clavó en la carne, haciéndole un corte en el dedo. Una gota de sangre le salió por la yema. Sacó un pañuelo de una caja cercana y se limpió. Sydney Reed... Sydney al Dhakir... Era tan hermosa, tan exuberante, tan perniciosa para su autocontrol... Nada más verla por primera vez, la deseó con todo su ser. Ella había sido muy reservada y distante, pero solo al principio. Cuando por fin la había tenido entre sus brazos, la química entre ellos había sido tan explosiva que se había dado cuenta de que una vez nunca sería suficiente. Probablemente no fuera la mujer más hermosa que había visto, pero no recordaba otra que fuera tan arrebatadoramente irresistible.

Malik masculló un juramento. Lo había sabido desde el principio, desde el día en que había llevado a cabo ese matrimonio impulsivo e inconsciente... Aquello no iba a durar... Porque se había casado con ella por una razón equivocada, para vengarse de su propia familia. De repente sonó el teléfono. Malik se sobresaltó. Podía dejar que contestara la secretaria, pero prefería contestar él mismo y así ahuyentar esos pensamientos nocivos.

–¿Sí? –dijo en un tono más alto que de costumbre.

–He oído que tu esposa ha llegado hoy –dijo su hermano Adan.

–Sí –dijo Malik en un tono seco–. Ya está aquí.

La había mantenido lejos de Jahfar por una razón muy concreta, pero ya no podía esconderla más de su familia, aunque sí había esperado poder retrasar el momento un poco más. Frunció el ceño. Sus hermanos siempre serían educados, pero su madre no iba a serlo. De eso no había duda.

–¿Y tienes pensado llevarla al palacio?

Malik apretó los dientes. No le había contado a Adan el motivo por el que Sydney estaba allí. No se lo había dicho a nadie.

–A lo mejor dentro de unos días. O no. Tengo cosas que hacer en Al Na'ir.

–Pero seguro que puedes tomarte una tarde libre. Quiero conocerla, Malik.

–¿Eso es una orden?

–Sí.

A Adan no le había costado mucho asumir el poder. Él tampoco era el primero en la lista de sucesión, al igual que Malik no era parte de la familia heredera del trono, pero su primo había muerto en un accidente marítimo y Adan se había convertido en el sucesor de su tío de la noche a la mañana. A la muerte del monarca, Adan había ocupado el trono.

Había sido un buen rey hasta ese momento. Un rey justo.

–Entonces la llevaré. Pero hoy no. Está muy cansada del viaje.

–Claro –contestó Adan–. Te veré en la cena mañana por la noche. Isabella está deseando conocerla.

–Entonces nos vemos mañana.

La despedida no fue muy efusiva, sino más bien formal. Malik no esperaba otra cosa, no obstante. Ambos habían tenido una infancia más bien desarraigada, siempre al cuidado de las niñeras, entrenados para ejercitar ese rígido protocolo que jamás había fomentado el cariño de hermanos. Él quería mucho a sus hermanos, y a su hermana, pero su relación con ellos nunca había sido fácil. Miró el reloj. Ya habían pasado seis horas desde la llegada de Sydney. Pensó en llamar a Hala para que fuera a verla, pero entonces decidió ir él mismo. No iba a esconderse de ella, no iba a huir de las emociones que le arrollaban como un mar tempestuoso. La encontró en la pequeña terraza de su habitación. El cabello, suelto, le caía sobre la espalda, agitado por la brisa marina. Ella se volvió al sentirle acercarse y dejó sobre la mesa el café que se estaba tomando. Su expresión se volvió hermética, pero Malik llegó a ver la añoranza que había en ellos. Esa tristeza se le clavaba en el corazón como un cuchillo afilado.

–¿Has descansado? –le preguntó.

–Sí, gracias –contestó ella, apartando la vista de nuevo.

Él sacó una silla y se sentó a su lado, de cara al mar.

–Tus maletas han llegado, ¿no?

–Sí. Todo ha llegado ya.

Volvió a agarrar el café. Los dedos de las manos le temblaban.

De repente Malik recordó la primera vez que habían hecho el amor. No era virgen entonces, pero tampoco tenía mucha experiencia. Todo lo que le había hecho había sido una revelación. Soltó el aliento bruscamente y se volvió hacia el mar. Un enorme carguero se dirigía hacia el puerto en la distancia.

–Voy a necesitar Internet –le dijo ella de pronto. Tengo que trabajar mientras esté aquí.

–Tengo Wi-Fi –le dijo él–. Les diré que te den la contraseña.

–Gracias –dijo ella; sus dedos tamborileaban sobre la taza.

Malik la oyó tomar el aliento, como si fuera a decir algo... Pero no dijo nada. La miró fijamente.

–Dilo, *habibti*.

Ella le miraba con esos enormes ojos grises, turbulentos, llenos de dudas. Se mordió el labio inferior...

Malik apartó la vista de ella rápidamente. Tenía que controlar ese deseo irracional que sentía por ella. No era más que una mujer, igual que cualquier otra. No era especial o diferente. No tenía nada que no pudiera conseguir en otro lado. Fuera cual fuera el influjo que ejercía sobre él, no era irremplazable. Ninguna lo era. Él lo sabía mejor que nadie.

La expresión de ella cambió gradualmente. Se volvió dura, implacable. Malik supo que había tomado una decisión, y estaba furiosa. Pero eso era mejor. Le era más fácil lidiar con su rabia que con su vulnerabilidad.

—Quiero saber por qué no me trajiste nunca a este lugar —le dijo ella, gesticulando con la mano—. Tú eres todo esto, el desierto, esa ropa, pero nunca me diste la oportunidad de verlo —se inclinó hacia él. Sus ojos auguraban una tormenta—. ¿Te daba tanta vergüenza?

—No me daba vergüenza —le dijo Malik. Su rostro se había quedado momentáneamente en blanco.

Esas palabras eran exactamente lo que quería oír, pero no se lo creía.

—Al final hubiéramos venido.

—Al final —repitió ella, incapaz de esconder la amargura que teñía su voz.

Él no iba a decirle la verdad, ni siquiera a esas alturas.

—¿Qué quieres que te diga, Sydney? —le preguntó él—. No era una prioridad para mí en ese momento. Lo admito. Entonces estaba más preocupado por saber cuánto tiempo pasaría hasta la próxima vez que te tuviera desnuda en la cama.

Sydney dejó la taza sobre la mesa con brusquedad.

—¿Por qué no admites la verdad de una vez?

Los negros ojos de Malik emitieron un destello y su expresión se endureció.

—¿Por qué no me dices cuál es esa verdad que esperas y dejas de dar tantos rodeos, como decís vosotros los americanos?

—Ya sabes cuál es. Pero no quieres decirlo.

Él se puso en pie, la miró con esos ojos desdeñosos y fríos que había aprendido a odiar...

–Si tienes pensado pasar de esta manera los cuarenta días que vas a pasar aquí, entonces nunca nos divorciaremos.

Ella levantó la barbilla con un gesto desafiante. Nunca se había enfrentado a él por nada, pero sentía tanta rabia, tanta frustración.

–¿Y por qué es mi culpa de repente? ¿Por qué soy yo el que está causando el problema? Eres tú quien no puede admitir la verdad.

–A mí no me va el drama, Sydney –dijo él en un tono de pocos amigos–. Di lo que tengas que decir o cállate.

Una descarga de ira la recorrió por dentro. Echó atrás la silla con violencia y se levantó. No estaba dispuesta a dejarse humillar.

–Yo pensaba que sentías vergüenza de mí –le dijo en un tono acusador–. Y pensaba que no querías traerme aquí porque te avergonzabas de haberte casado conmigo.

Él se rio con amargura.

–Y es por eso que me dejaste. ¿Por eso te marchaste en mitad de la noche? ¿Por tu propia inseguridad?

–Te dejé una nota –le dijo y, nada más decirlo, se sintió ridícula.

–Una nota que no decía nada. Menos que nada.

–¿Y entonces por qué no me llamaste y me pediste más explicaciones?

Él dio un paso adelante.

–¿Por qué iba a hacer eso, Sydney? Tú fuiste quien me dejó. Te fuiste. Escogiste salir huyendo. Ni siquiera te molestaste en decirme nada.

Sydney estaba temblando, pero no era de miedo. Tenía un nudo en la garganta. Las palabras no querían quedarse dentro de ella. Toda la amargura que había guardado en su interior durante más de un año amenazaba con salir.

–Te oí, Malik. Te oí cuando le decías a tu hermano que te arrepentías de haberte casado conmigo. Estabas hablando desde tu despacho, con el altavoz encendido.

De repente ya no pudo decir nada más. Su cara hablaba por sí sola.

–¿Y por eso saliste huyendo como una cría? ¿Por algo que me oíste decir durante una conversación que no deberías haber escuchado?

Ella tragó en seco. ¿Cómo se atrevía a querer hacerla sentir culpable?

–No puedes darle la vuelta a todo esto, Malik. No puedes acusarme ahora de haber escuchado una conversación privada... Es ridículo. Claramente te oí decir que habías cometido un error. No trataba de escuchar nada. Fui a tu despacho para recordarte que teníamos que estar en la ópera a las siete.

Él parecía tan frío, tan remoto en ese momento... Tenía todo el derecho a sentirse ofendida y molesta. Le había oído decir que había cometido un error. Estaba tan enamorada de él que lo había dejado todo para seguirle. Le había seguido hasta el otro lado del mundo para oírle decir algo así finalmente...

–No te fuiste esa noche –dijo él–. Recuerdo el día de la ópera. Era *Aida*. No te fuiste al menos hasta una semana después.

–¡Porque albergaba la esperanza de haberme equivocado! Seguí esperando.

–¿Qué esperabas?

Sydney no pudo contestar porque no podía decirle lo que había esperado oír. Había esperado oírle decir que la amaba; una loca esperanza... teniendo en cuenta todo lo que había ocurrido después...

Habían ido a la ópera esa noche y después habían vuelto a casa. Él tenía unos negocios que atender... o eso le había dicho. Y ella se había ido directamente a la cama. Pero se había quedado despierta, esperándole... En vano. Al final se había quedado dormida poco antes del amanecer, con el corazón roto. A la semana siguiente había aprendido una dolorosa lección; un corazón nunca se rompía de golpe, sino poco a poco. Malik se había vuelto más frío y distante cada día. Se pasaba los días encerrado en su despacho, o haciendo viajes de negocios. Se había vuelto sombrío, silencioso, taciturno, hermético... Sin embargo, por las noches se metía en la cama y le hacía el amor una y otra vez, como si el mundo se fuera a acabar al día siguiente. Pronto Sydney empezó a pensar que había entendido mal aquella conversación. Y una noche, exhausta y feliz después de hacer el amor, le había confesado algo, le había dicho que le amaba.

Sydney cerró los ojos. Incluso en ese momento, el recuerdo le hacía daño. Él no le había dicho nada. Era como si no la hubiera oído, pero ella sabía que sí lo había hecho, porque durante una fracción de segundo le había apretado la mano con más fuerza. No sabía qué expectativas tenía, pero sí albergaba la esperanza de que él le dijera lo mismo... Sus esperanzas se habían hecho añicos en un abrir y cerrar de ojos. Él había guardado silencio, como si nada.

–Nada. No es nada.

Malik estiró la mano y la agarró de la barbilla. Estaba enfadado, pero también había otra emoción en sus ojos que Sydney no lograba entender. La piel le ardía bajo sus manos. ¿Le dejaría una marca cuando retirara la mano? ¿Acaso la huella de sus dedos quedaría para siempre sobre su piel?

–No me mientas. Ahora no –le dijo él en un tono seco y duro, lleno de furia contenida.

–¿Y qué importa, Malik? –le preguntó ella en un tono cansado–. Hemos terminado. Se acabó. Lo que pasara hace un año no tiene importancia. No cambia nada.

–Dímelo, Sydney.

Ella estuvo a punto de decirlo. Casi estuvo a punto de confesarle su deseo más profundo, el más alocado y desatinado. Pero él iba a sentir pena por ella si se lo decía. Todavía le quedaba algo de dignidad y quería conservarla.

Sydney se apartó, dio un paso atrás. Cruzó las manos sobre el pecho.

–No tienes derecho a preguntar. Y yo no voy a contestar. Se acabó.

Él se le quedó mirando, apretando la mandíbula. Y entonces masculló un juramento.

Ella dio otro paso atrás, fascinada y temerosa. Jamás le había visto perder la compostura.

–No se acabó –masculló un momento después–. Porque estás aquí, Sydney, en Jahfar. Serás mi esposa durante cuarenta días. Y me complacerás en todo –dio media vuelta y se marchó.

Sydney no sabía muy bien qué quería decir con eso, pero se estremeció al oír las palabras. Se quedó allí, sentada en la silla, viéndole marchar, sin recordar muy bien en qué momento se había sentado. Tenía un hueco en el estómago y los nervios de punta. Había sido un error ir allí. Un gran error...

Capítulo 5

NO VOLVIÓ a ver a Malik en todo el día, ni tampoco le vio a la mañana siguiente. Por algún motivo, se acordaba de los días que habían pasado en París, después de las dos primeras semanas, cuando habían sido inseparables. Sin embargo, ya no le dolía tanto. Sabía qué podía esperar, sabía que él no la amaba.

Y ella a él tampoco.

Malik era un príncipe, pero también era un hombre de negocios. Era dueño y señor de sus tierras, una zona del país llamada Al Na'ir, y trabajaba muy duro para sacarle el máximo rendimiento. Había mucho petróleo por todo Jahfar, pero Al Na'ir tenía los yacimientos más ricos. Recordaba que él estaba trabajando en un proyecto para modernizar la industria petrolífera en Al Na'ir cuando estaban en París.

Sydney encendió el ordenador y trabajó un poco. Durante los dos años anteriores se había convertido en la gurú de la web de la inmobiliaria. Le encantaba diseñar los contenidos y mantenerla actualizada. No era igual que pintar cuadros, pero de todos modos llevaba mucho tiempo sin pintar nada. De repente sintió una punzada de nostalgia, pero ahuyentó los pensamientos y siguió con la página web. Eso por lo menos era algo que su padre siempre aprobaría; algo útil y práctico, a diferencia del arte. Incluso había pensado en dar unas clases de diseño gráfico... No era lo mismo que pintar, pero era artístico y se podía ganar dinero con ello.

Hizo unos cuantos cambios de última hora y subió la nueva página al sitio web. El gráfico morado intenso que había creado para The Reed Team llamaba la atención poderosamente. Sus padres le devolvían una sonrisa radiante desde la fotografía. Su matrimonio sí que había sido todo un éxito. John y Beth Reed se habían conocido en la universidad y desde entonces habían sido inseparables. Se habían casado en menos de un año, habían tenido dos niños y habían empezado su propio negocio. Alicia, su hermana mayor, era una triunfadora como ellos. Era rubia, llamativa y siempre había sido muy popular en el colegio. Se había graduado en Derecho y había sido la primera de su promoción. Era un valor añadido en The Reed Team...

Sydney cerró el portátil de golpe. La vieja rivalidad entre hermanas estaba más viva que nunca. Quería mucho a su hermana y se alegraba de su éxito, pero siempre se había sentido como el patito feo. Ella era la única pelirroja de piel blanca, la única artista, la única que no disfrutaba cerrando acuerdos de negocios. Cuando era pequeña, había llegado a pensar que era adoptada, pero con el tiempo se había dado cuenta de que no era así. Tenía la misma estructura ósea que su madre, los ojos de su padre... Era una Reed, le gustara o no.

Pero seguía siendo el patito feo.

La comida llegó poco después de media mañana, servida por Hala, acompañada de un hombre que sostenía la bandeja de comida en silencio mientras ella colocaba los platos sobre la mesa baja del salón de la suite de Sydney.

Había aceitunas, hummus, baba ghanoush, cordero asado con tomates, arroz basmati... Hala le hizo una reverencia con la cabeza y se retiró. El hombre que iba detrás de ella hizo lo mismo. Sydney parpadeó y sacudió la cabeza lentamente. La única vez que Alicia había sentido un poco de envidia hacia ella había sido cuando había empezado a salir con Malik. Si su hermana la hubiera visto en ese momento, sin duda se hubiera puesto verde de envidia. No obstante, las apariencias engañaban. En realidad no tenía que estar celosa de nada. El novio que tenía besaba el suelo que ella pisaba, así que no tenía por qué envidiarle un marido que la despreciaba. ¿Quién hubiera sentido envidia de ella en esas condiciones?

Sydney frunció el ceño. Tenía que dejar de compararse con su hermana. No le hacía ningún bien. Solo la hacía sentir peor.

—Te hacen reverencias porque eres una princesa —dijo Malik de repente.

Sydney se dio la vuelta de golpe y se lo encontró entrando en la suite desde la terraza. Ese día llevaba unos pantalones color caqui y una camisa blanca impecable. No era tan exótico como el atuendo tradicional de Jahfar, pero le hacía increíblemente guapo. El corazón de Sydney se aceleró. La cara se le puso roja como un tomate. No podía evitarlo. Estaba avergonzada y enfadada; una mala combinación.

—Me gustaría que no lo hicieran. Me hace sentir incómoda.

—Lo sé. ¿Por qué crees que no te traje a Jahfar antes?

Sydney levantó la barbilla.

—Si ese fue el motivo, ¿por qué no me lo dijiste? Ahora parece muy conveniente decirlo, ¿no, Malik?

Él fue hacia ella, pero ella se mantuvo en su sitio hasta el último segundo. Justo en el momento en que iba a retroceder, él se sentó en los cojines que estaban alrededor de la mesa. Ella le miró; el corazón seguía latiéndole sin ton ni son.

¿Qué pensaba ella que iba a hacerle? ¿Cargarla en brazos y echársela al hombro? ¿Llevarla al dormitorio y hacer lo que quisiera con ella? Una pequeña parte de ella gritaba...

«Sí, por favor...».

Ignorando esa voz que hablaba desde un rincón de su mente, se movió hacia el otro lado de la mesa. Malik agarró un pedazo de pan de pita y lo metió en el guiso de cordero asado con tomates. Después le dedicó una mirada.

—Piensa lo que quieras, Sydney. Parece que estás decidida a hacerlo de todos modos.

Ella se quedó allí, vacilante. No le gustaba tener que admitir que él tenía razón. Le observó mientras comía. Observó el movimiento de los músculos de su garganta mientras tragaba. Durante un instante, pensó en marcharse, pero... ¿Adónde iba a ir? ¿Y por qué? Así solo parecería más insignificante de lo que ya era. Además, el olor de la comida la estaba volviendo loca. Ya hacía mucho tiempo que había desayunado y tenía un enorme hueco en el estómago. Se sentó en los cojines, enfrente de él.

—No recuerdo haberte pedido que comieras conmigo —le dijo, agarrando un plato.

—En realidad, eres tú quien ha venido a comer conmigo —contestó Malik, apoyándose en un codo—. Le di instrucciones a Hala para que nos sirviera aquí la comida.

Sydney apartó la vista y se comió una aceituna. La situación era demasiado íntima; comer con él... Habían compartido comidas en muchas ocasiones, algunas veces en la cama, pero esa vez era diferente. Era mucho más duro a causa de las emociones que estaba sintiendo en ese momento. Se lo había dado todo, creyendo ciegamente en él, pero él solo le había dado la parte más superficial de su ser.

–¿Por qué? Podría haber ido al comedor o adonde suelas comer. O podría haber comido sola. Eso también hubiera estado bien.

–Sí, pero esta noche cenamos con mi hermano y su esposa. Pensé que podríamos aprovechar la oportunidad para aprender un poco.

Sydney tosió, atragantándose con la aceituna.

–¿Tu hermano? ¿El rey? –logró decir cuando tragó por fin–. ¿Y la reina?

–El rey y la reina de Jahfar. Sí. Quieren conocerte.

Sydney sintió un repentino calor en la piel. Estaba tan poco preparada para las obligaciones de una vida como esa.

–¿Seguro que es una buena idea? No he venido para quedarme.

Él se encogió de hombros.

–Probablemente no. Pero estamos obligados a asistir. Mi hermano siente curiosidad, supongo.

–¿Curiosidad?

–Curiosidad por la mujer que me hizo dejar mi adorada soltería, aunque ahora quiera divorciarse de mí.

Sydney bajó la vista. El cordero estaba delicioso, pero en ese momento se había convertido en una bola en su estómago.

–Por favor, no lo hagas.

–Que no haga... ¿El qué? ¿Decir la verdad?

–Suena como si te hiciera daño. Pero los dos sabemos que no es así, Malik. A lo mejor te hiere el orgullo, pero nada más. No te hace daño de verdad.

Por el rabillo del ojo podía ver que él se había puesto tenso.

–Qué bien me conoces –le dijo él en un tono sarcástico y burlón que Sydney conocía bien–. Me sorprende esa intuición que tienes.

Sydney cerró los ojos y suspiró.

–No quiero hacer esto ahora mismo. ¿No podemos comer sin más?

–Sí podemos –dijo él finalmente y agarró otro pedazo de pan. Lo partió en dos y le dio un trozo a ella.

Al dárselo le rozó un poco los dedos accidentalmente. Sydney sintió un cosquilleo de fuego que le subía por el brazo. Metió un trocito de pan en la salsa, tomando un poco de carne y de arroz juntos. Cometió el error de mirarle después de haberse metido la comida en la boca. Él la miraba fijamente. Sus ojos negros la quemaban por dentro y por fuera. El corazón de Sydney dio un vuelco.

–¿Qué? –le preguntó cuando consiguió tragar–. ¿Es que tengo salsa por toda la cara?

–No –dijo él, probando otro de los manjares–. Estaba pensando que parece que te gusta lo que has probado de la gastronomía de Jahfar.

Sydney estaba confusa, nerviosa, enfadada consigo misma... Confusa porque él la observaba intensamente y no sabía por qué. Nerviosa porque probablemente estaba enumerando todos sus defectos. Enfadada porque le dolía que lo hiciera.

–Es buena –le dijo ella–. Y la estoy disfrutando mucho.

–Me alegro –contestó él–. Pero supongo que esta noche te gustará mucho más. La reina es medio americana y seguro que hará todo lo posible para hacerte sentir como en casa.

–No es necesario –dijo ella–. Me gusta probar cosas nuevas.

–Sí. De eso me acuerdo –le dijo, dejándole claro que no estaba hablando de comida.

Sydney apartó la vista, con la cara roja como un tomate. La desventaja de ser tan blanca era que todo el mundo se daba cuenta cuando estaba avergonzada.

–Tendrás que llevar un *abaya* esta noche. He pedido que te traigan unos cuantos para que elijas. Si hubiéramos tenido más tiempo, los habría pedido a medida. Pero la costurera podría adaptarte uno para esta noche.

–No tienes que hacerme nada a medida. Sería una pérdida de dinero. Y pagaré lo que haga falta de mi bolsillo.

–Estás tan decidida a no aceptar nada de mí. Antes no eras así, si no recuerdo mal.

Sydney tiró de la servilleta que tenía sobre su regazo. Era cierto que nunca había protestado cuando se había gastado dinero en ella en el pasado. Entonces no le había parecido necesario. Nunca le había pedido regalos, pero tampoco se los había rechazado.

–No le veo ningún sentido. No quiero sentir que te debo nada.

–Qué raro –le dijo él, contrayendo la mandíbula sin dejar de mirarla.

–¿Por qué es raro?

–¿Esa regla de no deberme nada se limita a los temas de dinero? Porque yo todavía siento que me debes algo después de haberte marchado así en mitad de la noche.

Aquel fue un golpe directo. Sydney se enfadó aún más.

–¿Y qué se supone que te debo por eso? Podrías haberme llamado. Podrías haber ido a buscarme. No hiciste nada. Porque sabías que te habías equivocado, Malik. ¡Porque querías librarte de mí y no sabías cómo hacerlo!

Era doloroso decirlo, pero era cierto. Él había cometido un error y ella le había hecho el trabajo sucio marchándose antes de darle la oportunidad de echarla de allí.

Los ojos de Malik ardieron de furia.

–¿De verdad crees que me falta el coraje necesario para terminar con un matrimonio que no me interesa?

–No sé qué creer.

–La respuesta correcta, Sydney, es «no».

Ella le fulminó con una mirada.

–¿Entonces por qué dijiste que habías cometido un error? A mí me parece que sí lo entendí todo muy bien.

–Sí. Lo entendiste todo muy bien.

Sydney sintió que algo se le clavaba en el corazón. Por fin le oía decir la verdad.

Malik se puso en pie.

–Sí dije las palabras, Sydney, pero no quería que tú las oyeras. Nunca tuve intención de hacerte daño.

Sydney levantó la vista hacia él. Tenía lágrimas en los ojos, pero no iba a derramar ni una.

–Entonces no sé muy bien qué nos queda por hablar. Has dicho que cometiste un error. Y ahora nos vamos a divorciar. Todo te ha salido muy bien.

–Sí –dijo él suavemente–. A lo mejor es así.

Él miró el reloj. Parecía tan calmado, tan impasible... Siempre controlando la situación.

–La ropa llegará dentro de una hora. Escoge lo que quieras. Págame si quieres. Me da igual –inclinó la cabeza–. Buenas noches.

Sydney sintió unas ganas arrolladoras de tirarle algo a la cabeza, pero tuvo que conformarse con darle un puñetazo a uno de los cojines.

Malik no sentía nada. Ella, en cambio, lo sentía todo.

Capítulo 6

SYDNEY se puso el *abaya* de seda color turquesa que había escogido de entre los que le había llevado la costurera. No llevaba tocado, pero sí se hizo un moño rápido y se lo aseguró con un par de horquillas con pedrería. Llevaba sus propios zapatos, unas sandalias de tacón con tiras que no le daban la altura que hubiera querido, pero que al menos la hacían sentir cómoda y modesta. No se maquilló mucho, solo se pintó un poco los ojos y se puso un brillo rosa pálido en los labios. Cuando quedó satisfecha con el resultado, agarró el bolsito de fiesta y se fue a buscar a Malik. Él estaba en la entrada, esperando. Al verle allí, ella titubeó un momento, pero en ese momento él levantó la vista y ella no tuvo más remedio que avanzar hacia él. Siempre había estado impresionante con traje, pero esa noche estaba simplemente irresistible. Llevaba un *dishdasha* negro, bordado en los puños con hilo de oro. Su *keffiyeh* era rojo oscuro, el color tradicional. De alguna forma, aquel atuendo la hacía fijarse en su boca sobre todo; esa boca sensual que la había llevado al cielo y la había traído de vuelta a la Tierra tantas veces... Apartó la vista, decidida a no pensar en ello. Sin embargo, el calor ya había empezado a crecer en su interior, entre sus piernas, una sensación profunda e intensa, la quisiera o no. ¿Cómo podía sentirse atraída por él después de todo el daño que le había hecho? En realidad no la deseaba. Pensaba que había sido un error, una equivocación... Era igual que haber crecido en la familia Reed; siempre la imperfecta, la oveja negra... Todos sus familiares eran rubios, bronceados, ambiciosos, triunfadores... Ella no era ninguna de esas cosas.

—No tengas miedo, Sydney —le dijo Malik, malinterpretando su incapacidad de mirarle a los ojos—. Estás preciosa. Les vas a encantar al rey y a la reina.

—Gracias —contestó ella.

Salieron de la casa y subieron al lujoso deportivo de Malik. El motor rugió como un tigre cuando Malik aceleró para incorporarse a la vía. Sydney se volvió hacia la ventanilla y contempló las luces de la ciudad. No quería mirarle a él. El coche era carísimo y veloz, pero el habitáculo era demasiado pequeño. Estaba muy cerca de él. Demasiado cerca. Podía oler su piel, el aroma de su champú.

—Mi hermano no sabe por qué estás aquí —dijo él de repente, cortando el silencio.

Sydney se volvió hacia él bruscamente. Durante un instante se preguntó si le había oído bien.

—¿No le dijiste nada del divorcio? ¿Por qué no?

Las manos de Malik sujetaban el volante con seguridad, con fuerza, pero Sydney no quería mirarlas.

—Porque solo es asunto nuestro, de nadie más.

Sydney se quedó perpleja.

—Pero llevamos más de un año separados. ¿No crees que sospecha algo?

—La gente se reconcilia, Sydney —miró por el espejo retrovisor y cambió de carril rápidamente—. Si no quieres soltarles todos nuestros problemas esta noche, te aconsejo que finjas ser feliz.

–No sé si podré.

Él le lanzó una mirada exasperada.

–No es difícil. Sonríe. Ríete. No me fulmines con la mirada.

Ella cruzó los brazos por encima del pecho.

—Es muy fácil decirlo.

Malik agarró el volante con más fuerza. La tensión era evidente.

–Solo es una noche, Sydney. Creo que podrás arreglártelas.

Diez minutos más tarde, estaban atravesando las puertas del palacio y parando frente a la flamante entrada. Malik le dijo que esperara y entonces la ayudó a bajar del vehículo. La hizo agarrarle del brazo y la condujo hacia la entrada. La larga alfombra roja estaba flanqueada por hombres que les hacían reverencias a su paso. Y entonces entraron en el palacio. Sydney tuvo que hacer un gran esfuerzo para no mirar con indiscreción. Había visto opulencia en muchas ocasiones. Solía enseñarles casas a los ricos y había vivido con Malik en París durante un mes. Sabía muy bien lo que el dinero podía comprar. Pero aquel lugar era mucho más de lo que había esperado. Arañas de cristal, mosaicos de azulejos pintados a mano, madera de Siria con incrustaciones de nácar, arcos y cúpulas de estilo morisco, delicadas pinturas sobre seda, suelos de mármol... Sus tacones repiqueteaban contra el brillante suelo y la cúpula le devolvía el eco amplificado de sus propios pasos.

–¿Creciste aquí? –le preguntó a Malik, y entonces deseó no haber dicho nada.

Su voz sonaba estruendosa en aquellas estancias silenciosas, como si hubiera gritado en lugar de susurrar.

–No –le dijo él, escuetamente–. Mi familia no estaba en la línea sucesora directa. Adan llegó al trono cuando murió nuestro primo. Hemos tenido que acostumbrarnos, pero sobre todo él.

–*Inquieta vive la cabeza que lleva una corona* –dijo, pronunciando la famosa cita.

–*Enrique IV* –dijo Malik sin dudar.

–No sabía que te gustara Shakespeare –dijo ella, sorprendida.

Habían ido a la ópera en un par de ocasiones, al ballet una vez, pero nunca habían ido al teatro. ¿Cómo era que nunca habían hablado de Shakespeare? Ella siempre había querido estudiar Literatura y Arte en la universidad, pero sus padres no la habían dejado. O estudiaba Empresariales o no estudiaba nada. Esas eran todas las opciones que le habían dado. Los artistas trabajaban en la hostelería, mientras que los empresarios movían el mundo... O eso le decía su padre.

–Hay muchas cosas que no sabes de mí.

Antes de que pudiera preguntarle nada más, llegaron a una puerta custodiada por dos guardias. Uno de ellos les abrió la puerta y les dio acceso a una zona privada que parecía mucho más hogareña que el palacio del que acababan de salir. Una pareja de lo más corriente se acercó a saludarlos. Sydney tardó unos segundos en darse cuenta de que eran los reyes de Jahfar.

La reina estaba embarazada. Su pelo largo y cobrizo estaba cubierto de mechas rubias... Igual que cualquier chica de California.

–Llámame Isabella –dijo la reina cuando Malik se la presentó.

Sydney le tomó aprecio al momento. El rey Adan, en cambio, era bastante imponente. Era de la misma estatura que Malik, pero Adan parecía más duro, serio... El peso de esa corona, sin duda... Y el peso del desprecio que debía de sentir por ella. Sydney bajó la vista mientras él la miraba. Seguramente recordaba la llamada de teléfono, recordaba cómo su hermano le había dicho que se arrepentía de haberse casado con una chica de California sin dinero ni familia.

–Bienvenida a Jahfar, hermana –dijo el rey, besándola en las mejillas–. Llevábamos mucho tiempo esperando tu visita.

–Yo... Gracias, Majestad –dijo Sydney, sintiendo cómo le subía el rubor a las mejillas.

Malik la agarró de la mano, la atrajo hacia sí y la rodeó con el brazo. Sydney no pudo sino agradecérselo... Por lo menos así Adan dejaba de mirarla con tanta intensidad. El monarca les dedicó una última mirada a los dos y se dirigió hacia el comedor. Era tan parecido a Malik, intenso, sombrío, apuesto... Se veía que eran hermanos. Tenían la misma piel bronceada, la misma estructura ósea, la misma voz poderosa. Sin embargo, había una frialdad entre ellos que resultaba sorprendente. Isabella, en cambio, era de lo más sociable. Reconducía la conversación con habilidad cuando se hacía un silencio incómodo y los mantenía hablando incluso cuando no había nada más que decir. Era cálida y agradable, ingeniosa y dulce, con una personalidad hecha y carismática. Por primera vez desde su llegada, Sydney no se sintió tan intimidada por la idea de ser la esposa de un jeque. Isabella no tenía nada que ver con la idea preconcebida con la que había viajado a Jahfar, y eso era bueno.

Cuando la cena terminó, Isabella sugirió que tomaran un café en la terraza, pero antes le pidió a Sydney que la acompañara al dormitorio de su hijo.

–La verdad es que quería hablar contigo a solas –le dijo, cerrando la puerta de la habitación del pequeño al salir.

–Oh –dijo Sydney–. Muy bien.

Estaba encantada con el niño. Rafiq era una belleza de rizos negros, cariñoso y risueño. Nunca había pensado mucho en la idea de tener niños con Malik, aunque sí imaginaba que los hubieran tenido después de un tiempo.

Isabella la agarró de la mano y la condujo a una salita de estar situada junto a una ventana.

–Supongo que debe de ser difícil para ti –le dijo, cuando se sentaron la una frente a la otra–. No es fácil recomponer un matrimonio después de tanto tiempo separados. Pero quiero decirte que es posible. Los hombres Al Dhakir merecen la pena, aunque a veces quieras agarrarles del cuello y apretar hasta que dejen de respirar.

Sydney soltó una carcajada.

–¿El rey te dio algún quebradero de cabeza?

Isabella se rio.

–Muchos, aunque creo que fui yo la que se metió en más líos. No obstante, sobrevivimos. Y tú también puedes. Dale una oportunidad a Malik. Es un buen hombre. Todos lo son. Pero no siempre saben cómo llegar a las personas a las que aman.

«Aman...».

Ese no podía ser el caso de Malik, porque él no la amaba. Sin embargo, Sydney no podía decírselo a Isabella, sobre todo después de ver cómo adoraba el rey a su esposa. Los ojos se le derretían cada vez que la miraba. La expresión de su cara se iluminaba. En el pasado, hubiera dado cualquier cosa porque Malik la mirara así, pero ya le daba igual. Era demasiado tarde, aunque no pudiera decírselo a la reina.

–Lo recordaré –le dijo finalmente, bajando la vista.

Isabella pareció creer en sus palabras. Le apretó la mano.

–Muy bien. Vamos a tomarnos ese café.

Un trueno ensordecedor la despertó en mitad de la noche. Sydney se incorporó, alarmada, con el corazón desbocado. Tenía que haberlo soñado. Era un país del desierto. No tenían tormentas eléctricas...

Se oyó otro estruendo, y entonces un relámpago cortó el cielo en dos. Sydney agarró su albornoz y se levantó de la cama a duras penas. Una ráfaga de viento caliente le agitó la ropa. Abrió la puerta y salió a la terraza, descalza. Las piedras todavía estaban calientes después de un largo día de sol abrasador. Otro relámpago iluminó el firmamento, el mar... Le había llevado horas quedarse dormida. Gran parte de la culpa la tenía el jet lag. Pero Malik tenía la otra parte. Habían vuelto a casa en silencio después de cenar con el rey y la reina. Sydney había querido preguntarle unas cuantas cosas, pero no había sido capaz de abrir la boca. Al llegar, él le había dado las buenas noches y la había dejado sola en la entrada. Otra ráfaga de viento le alborotó el cabello alrededor de la cara. Sydney se lo echó a un lado y respiró hondo.

–Parece peor de lo que es.

Sydney se dio la vuelta bruscamente. Malik estaba sentado en el otro extremo de la terraza. Se levantó de una silla y echó a andar hacia ella. Otro relámpago iluminó los cielos. Sydney sintió que el corazón se le salía por la boca.

Ni siquiera llevaba camisa.

Se detuvo frente a ella.

–¿Va a llover?

Él miró al cielo.

Sydney tuvo tiempo de mirarle de arriba abajo en una fracción de segundo. Su pecho era ancho, esculpido con músculos de acero. Una fina línea de vello descendía por el centro hasta perderse por debajo de la cintura de sus vaqueros desgastados.

Sydney levantó la vista rápidamente, pero no a tiempo. Malik la estaba observando. Su mirada intensa la quemaba.

–¿Te gusta lo que ves?

Ella se echó el pelo a un lado.

–Sí. Pero da igual si me gusta o no, porque no pienso volver a ir por ese camino.

Él soltó una carcajada.

–No va a llover esta noche, pero podemos saciar nuestra sed de agua de otra forma. Seguro que recuerdas lo bueno que era, Sydney.

–Me da igual –le dijo ella, cada vez más incómoda.

Él estiró una mano y le sujetó un mechón de pelo detrás de la oreja. Sydney sintió un escalofrío. Él era diferente. Después de salir del palacio, se había vuelto silencioso, tenso... Ella creía saber por qué, pero no había podido preguntarle.

–Antes no te daba igual. Recuerdo que nunca tenías suficiente.

–La gente cambia, Malik. Yo he cambiado.

–¿Lo has hecho?

–Creo que los dos hemos cambiado.

–A lo mejor todos estos cambios son para bien –dijo él. Su voz era demasiado seductora.

Sydney estaba hipnotizada. Lo deseaba con todo su ser, pero era una mala idea sucumbir a aquellos impulsos. Si caía otra vez, entonces ya no habría vuelta atrás.

–Lo dudo.

Él esbozó una media sonrisa y entonces Sydney supo que había cometido un error.

—Sí. A lo mejor tienes razón. No se podía mejorar mucho más. ¿De cuántas maneras te entregaste a mí? ¿Cuántas veces?

—Más que suficientes —dijo ella, orgullosa de ser capaz de contestarle a pesar de todo lo que aquellas palabras evocaban.

—Seguro que se nos ocurren unas cuantas cosas más que probar.

Ella sacudió la cabeza.

—No va a funcionar, Malik. No puedes convencerme para que me vaya a la cama contigo.

—¿Y quién ha dicho nada de una cama?

Un trueno reverberó sobre el agua. Sydney dio un salto. Malik la agarró justo a tiempo y ella se tropezó contra él, cayendo contra su pecho. Él la sujetó con fuerza. Su corazón latía tan rápido como el de ella. Su cuerpo, grande y fuerte, era tan sólido, tan reconfortante. Sydney se sentía como un cubito de hielo cayendo en un vaso de agua fría. Se derretía, se estaba perdiendo...

Siempre había sido así con él. Bastaba con que la tocara para perder la razón. Él cambió de postura y Sydney pudo sentir la presión de su erección contra el cuerpo. Sin pensar en lo que hacía, se apretó contra él. Malik contuvo el aliento.

—Cuidado, *houri* —le susurró él al oído—. O terminarás en mi cama sin darte cuenta.

Sydney quería estar allí, se moría por estar allí. Una noche más con Malik, una noche más sintiéndose más viva de lo que se había sentido jamás, amada, acariciada...

No. Él no la amaba. Nunca la había amado.

—Lo siento —le dijo, apartándose.

Él la soltó sin poner resistencia.

–Seguro que sería maravilloso, pero me arrepentiría por la mañana. No va a cambiar nada entre nosotros. Y nos haría más difíciles las cosas durante el tiempo que nos queda.

–Entonces no podemos ser... ¿Cómo lo decís? ¿Amigos con derecho a roce?

Sydney sintió un pinchazo.

–Nunca hemos sido amigos. Creo que esa parte nos la saltamos directamente.

Malik se mesó los cabellos y soltó el aliento.

–No, a lo mejor no.

Sydney se mordió el labio por dentro. Jamás hubiera esperado que fuera a admitir algo así.

–Siento que no sé nada de ti.

–Sabes lo más importante.

–¿Cómo puedes decir eso? ¡No sé nada! Hasta esta noche, ni siquiera sabía que te gustaba leer a Shakespeare.

–Fui a la universidad en Inglaterra. Shakespeare era inevitable.

–¿Lo ves? Ni siquiera sabía eso.

Él extendió los brazos, haciendo un gesto de frustración.

–¿Qué quieres saber? Pregunta y, si puedo, te contestaré.

Otro estruendo sonó sobre el océano, pero esa vez no fue tan ensordecedor.

–Me gustaría saber por qué te sientes tan incómodo al lado de tu hermano.

Él cerró los ojos un momento y entonces la atravesó con una mirada implacable.

–Claro. ¿Qué ibas a preguntar si no? No tengo respuesta para eso. Estábamos muy unidos de niños, pero con el tiempo nos distanciamos. Nuestras vidas eran... formales.

–¿Formales?

–Tú vivías en tu casa con tus padres, ¿no?

Ella asintió con la cabeza.

–Nosotros teníamos niñeras y no siempre vivimos en la misma casa. Nuestra madre era... nerviosa. Digámoslo así. Los niños eran demasiado para ella.

–¿Demasiado?

–La veíamos, pero teníamos que comportarnos muy bien cuando estábamos con ella. Le gustaba más codearse con sus amigos que estar con sus hijos. Creo que en realidad no era culpa suya. Era muy joven cuando se casó con mi padre y los niños llegaron muy rápido. No sabía qué hacer con nosotros, así que se refugió detrás de ese velo de privilegios y riqueza.

–¿Y tu padre?

Él pareció entristecerse.

–Era un buen hombre. Muy ocupado. Y formal. Creo que apenas tenía tiempo para nuestra madre, y nada de tiempo para nosotros.

Sydney pensó en sus propios padres, en lo mucho que se amaban y en lo feliz que había sido su infancia.

–Pero debía de quererla mucho si se casó con ella.

Malik soltó una risotada inesperada.

–Así funciona el matrimonio en tu cultura, *habibti*. Aquí uno se casa por obligación, por conveniencia, por alianzas entre familias, para consolidar el poder y el dominio sobre la tierra. Mi padre se casó con la mujer que su familia había dispuesto para él. Y entonces cumplió con su deber y la dejó embarazada.

Sydney sintió pena. Todo era tan frío, tan cruel... Pero las cosas tampoco eran perfectas en su propio país. El matrimonio por amor no era ningún camino de rosas. El amor no siempre era para siempre y el divorcio estaba a la orden del día.

–No me has hecho la pregunta más evidente –dijo Malik, interrumpiendo sus pensamientos.

–¿Cuál es esa pregunta?

Los ojos de Malik emitieron un destello.

–No me has preguntado si también habían dispuesto una esposa de conveniencia para mí.

El estómago de Sydney dio un vuelco. Jamás se le había ocurrido...

–¿Lo hicieron?

La sonrisa de él fue agridulce.

–Claro. Soy un príncipe de Jahfar.

Capítulo 7

ELLA le miraba con dolor en sus ojos grisáceos. Malik masculló un juramento para sí. Nunca había querido causarle dolor, pero no lo había conseguido. Le había hecho daño demasiadas veces.

—¿Tenías una prometida?

Él se encogió de hombros, intentando restarle importancia.

—Dimah no solo era mi prometida en ese sentido.

Ella sacudió la cabeza. Su cabello largo y rojo ondeaba al ritmo de la brisa marina. Malik sintió el golpe del deseo nuevamente. El viento le había abierto la bata, dejando sus largas piernas al descubierto, unas piernas que un rato antes habían estado enroscadas en torno a su propia cintura.

—No sé qué quiere decir eso —dijo Sydney, ajena al tormento que pasaba él en ese momento—. Se suponía que te ibas a casar con alguien, pero te casaste conmigo. ¿Por qué?

Malik respiró hondo. Las palabras de ella cortaron la espesa niebla que envolvió sus pensamientos. El dolor seguía ahí, el horror, la culpa... No había hablado de ello con nadie, no había querido hacerlo durante mucho tiempo. Todo había terminado. Dimah estaba muerta. No podía decir o hacer nada para recuperarla. Un relámpago desgarró el firmamento nocturno, iluminando el rostro de Sydney. Parecía confundida, preocupada...

Por él. Estaba preocupada por él. Pero él no se merecía su simpatía.

–Murió –le dijo él, sorprendiéndose con aquellas palabras que jamás había pronunciado hasta ese momento.

Sydney le agarró la mano, se la apretó. Él sintió la descarga de sensaciones hasta los dedos de los pies. ¿Qué tenía ella para hacerle reaccionar así? Cuando ella le miraba, se sentía como si no mereciera el amor de nadie.

–Lo siento mucho –le dijo ella.

–No es culpa tuya. Pasó hace mucho tiempo. Por aquel entonces no tenía ni veinte años. Era joven y alocado.

–¿Y no te casaste con nadie?

–No tenía que hacerlo. No.

No había querido casarse con Dimah. Se conocían desde la infancia, y siempre habían estado prometidos. Pero él nunca la había querido de esa manera. Dimah era como un fantasma, le seguía en la distancia, pendiente de cada palabra que decía... Para ella no había nadie más en el mundo que no fuera él. Con el paso de los años, su comportamiento había ido cambiando, pero de una forma muy sutil. Su adoración se había vuelto más sigilosa, pero seguía estando ahí. Malik sentía que se ahogaba, aunque apenas la veía y nunca pasaba tiempo con ella a solas. Y después, cuando su padre le había llamado para decirle que la boda se celebraría pronto, se había puesto furioso. Había ido a buscarla y la había pagado con ella.

–Se mató –le dijo de repente–. Porque yo le dije que la odiaba.

Sydney contuvo el aliento.

–Oh, Malik –le dijo, apretándole la mano. Solo era compasión lo que ella le ofrecía, pero para él fue más importante, más profundo–. No fue culpa tuya.

Todavía podía ver el rostro de Dimah. Él había hecho añicos todos sus sueños.

–¿Cómo que no? Nos íbamos a casar, y yo le dije que la odiaba porque sin ella no me iba a ver obligado a hacerlo.

–No eres responsable de sus acciones –le dijo Sydney, insistiendo–. Nadie lo es. Ella eligió.

Malik solo podía mirarla fijamente. Quería creerlo, pero no podía, porque merecía sentir el dolor de lo que había hecho.

–Ella no hubiera escogido eso, si yo hubiera cumplido con mi deber sin más.

–Eso no lo sabes –sus dedos estaban entrelazados con los de él.

Malik se preguntó si ella se había dado cuenta. Levantó su mano y la de ella y les dio la vuelta, dejando al descubierto su pálida muñeca. Puso sus labios sobre ella, porque llevaba mucho tiempo deseando hacerlo. Sintió el escalofrío que la recorría de arriba abajo. Pero no era un escalofrío de rechazo.

–¿Por qué estás tan dispuesto a perdonarme por este crimen tan terrible? –le preguntó él–. Tú deberías saber mejor que nadie lo egoísta que puedo llegar a ser.

–Yo... –Sydney bajó la vista.

Se sentía... decepcionada, porque de alguna manera tendría que estar de acuerdo con él. No había otra elección posible.

–Todo el mundo es egoísta de vez en cuando. Eso no quiere decir que tengas la culpa por lo que tu prome... Por lo que Dimah hizo.

Una ola de emoción golpeó a Malik desde dentro. Estaba equivocada, pero ver cómo le defendía resultaba extrañamente reconfortante. ¿No era por eso por lo que había ido en contra de todo y de todos para casarse con ella?

–Qué buena eres... Hasta me defiendes... –murmuró, con los labios apoyados sobre la delicada piel de su muñeca–. Recuerdo que no siempre fuiste tan indulgente conmigo.

Ella levantó la vista entonces, su mirada aguda y cargada de emociones.

–Y sigo sin serlo. Pero creo que no deberías culparte por las acciones de otra persona, por muy dramáticas que fueran.

–¿No es culpa mía que me dejaras en mitad de la noche sin darme explicación alguna? ¿No es culpa mía que estés aquí ahora? Tengo que tener la culpa de algunas cosas, *habibti*, aunque te agradezco que intentes hacerme sentir libre de ella.

–Yo... Yo tomé mis propias decisiones –susurró ella.

Una sucesión de relámpagos iluminó el mar. Los truenos no tardaron en llegar, pero el estruendo se produjo a lo lejos. Sydney le observaba con ojos llenos de emoción. El aire repiqueteaba como una hoguera, cargado de electricidad, pero Malik no sabía si era a causa de la tormenta o por la tensión acumulada que había entre ellos.

Quería estrecharla entre sus brazos y averiguarlo. Podía perderse durante unas cuantas horas. Un sueño imposible... No obstante. Ella le odiaba. Y él probablemente se lo merecía. Le soltó la mano, le acarició el cuello con un dedo. Ella tragó en seco una y otra vez, pero no le hizo detenerse.

–Ah, pero ahora ves la trampa en la que te has metido, ¿no? Al quitarme el peso de la culpa de la muerte de Dimah, también me estás quitando la culpa de haberte dejado marchar, de nuestro distanciamiento. Y eso no lo puedes hacer.

Los ojos de Sydney emitieron un destello brillante.

–Deja de poner palabras en mi boca, Malik.

–Yo solo digo la verdad.

Ella soltó el aliento y se apretó el cinturón de la bata. La silueta de sus pechos le hacía la boca agua.

–Ninguno de los dos está libre de culpa. Nadie es perfecto –se frotó los ojos con una mano–. Yo podría haber hecho las cosas de otra manera. Probablemente debería haberlo hecho. Debería haber sido más directa contigo, pero en vez de eso, dejé que lo controlaras todo.

Él levantó la cabeza.

–No era consciente de ello. Recuerdo que me desafiaste en más de una ocasión.

Ella soltó el aliento bruscamente.

–Por cosas pequeñas, Malik. Nada grande. Nada importante. Pero debería haberlo hecho.

–Sí, deberías. Y yo te lo hubiera agradecido.

La risa de Sydney fue suave, sorprendente.

–¿Me lo hubieras agradecido? No lo creo... Gran príncipe del desierto.

–No te burles de mí –le dijo él, reprimiendo una sonrisa.

–No, solo digo la verdad.

Él la agarró de los hombros. Con solo tocarla, sintió que la sangre huía de su cuerpo.

–Lo que más me gustó de ti desde el principio fue tu sencillez. No fingías... No te rendiste a mis pies.

Ella se echó a reír.

–Dios, no. Creo que lo hice todo excepto insultarte a la cara. Me parece que fui un poquito... hostil.

–Porque hiciste tus deberes –le dijo él, recordando lo que ella le había dicho cuando habían empezado a verse con más frecuencia.

Ella bajó la vista y entrelazó las manos sobre su regazo.

–Lo último que necesitabas era que otra mujer cayera rendida a tus pies. Aunque tampoco te llevó mucho tiempo conseguir que yo también cayera rendida, ¿no?

Malik sintió una punzada de dolor en el pecho. Recordaba muy bien aquel momento, cuando ella se había rendido, cuando había tirado la toalla por fin.

–Me tomé tu indiferencia como un desafío.

–Menudo desafío –dijo ella en un tono amargo–. Te llevó menos de una semana cambiarme.

–¿Estás enfadada contigo misma por ello? –le preguntó Malik. El dolor palpitaba en su interior, llenándolo por completo.

Ella se arrepintió de haberse rendido tan fácilmente. Se arrepintió de haberle hecho tanto caso.

Un fuego abrasador empezó a propagarse dentro de Malik. Necesitaba poseerla, hacerla olvidar todos esos momentos amargos, todos esos sentimientos tristes... Pero ya no había mucho que hacer. Ella ya no lo quería, tal y como le había dicho desde su llegada. Debería haber ido tras ella cuando se marchó de París. No debería haber dejado pasar ni un solo día. Había sido un idiota.

–Las cosas hubieran sido más fáciles si yo me hubiera cohibido un poco. No hubiéramos tenido que pasar por lo que estamos pasando en este momento.

Sus palabras le hirieron donde más le dolía.

–Pero ya no queda más remedio –dijo Malik, resignado. Dio un paso atrás, se inclinó ante ella–. Es tarde, *habibti*. Tienes que descansar.

Dio media vuelta y se alejó de ella. Volvió a su dormitorio, volvió a su soledad.

Sydney no durmió muy bien esa noche. Había muchas cosas que quería preguntarle a Malik, cosas que había querido decirle cuando estaban solos en la terraza. Él se había mostrado tan cercano, tan accesible... Esa era una cara que jamás le había mostrado hasta ese momento. Se había sentido atraída por él... Un sentimiento peligroso... Y la curiosidad la había picado más de la cuenta. Pero entonces él se había cerrado de nuevo. Se había retraído, la había dejado allí, de pie, a merced del viento y de los truenos, confundida con sus propias emociones. Había pensado ir tras él, pero había desechado la idea enseguida. Él iba a enfadarse si lo hacía. Además, ¿cómo iba a controlar lo que pasaba entre ellos si le seguía hasta su dormitorio? Era tan débil cuando se trataba de él... Todavía podía sentir el tacto de su pecho, allí donde le había puesto las manos. Los duros contornos, el calor abrasador de su piel, el fino vello... Se moría de deseo, estaba llena de recuerdos felices. Y cuando por fin se quedó dormida, soñó con él, con la agonía de su voz mientras le contaba lo de Dimah. ¿Por qué no se lo había dicho antes? ¿Por qué no se lo había dicho nunca en todas esas semanas que habían pasado juntos? Aquello no era más que otro síntoma de todo lo que estaba mal entre ellos. Apenas se conocían y sobrevivían a base de pasión desenfrenada. Ese fuego no podía durar mucho. Después de una noche en velo, Sydney se despertó temprano. El sol acababa de asomarse en el firmamento. Se dio una ducha, se puso un vestido color café y unas sandalias romanas. Se recogió el cabello en una coleta, se maquilló suavemente y se dirigió hacia el salón comedor. Su corazón revoloteó con fuerza al detenerse delante de la puerta. Podía oír la aterciopelada voz de Malik, mientras conversaba con una empleada. Sydney respiró hondo y entró en la estancia.

Ambos se volvieron hacia ella. Malik parecía furioso, pero fue la mujer que estaba con él la que llamó la atención de Sydney. Era esbelta, elegante y llevaba ropa muy cara. Definitivamente no era una sirvienta. La mujer se volvió hacia Malik de nuevo y empezó a hablar en árabe a toda velocidad, haciendo gestos en dirección a Sydney.

–Madre –dijo Malik por fin. Su voz sonaba más dura que nunca–. Hablaremos en inglés a partir de ahora.

La mujer fulminó a Sydney con una mirada.

–Sí, en inglés. ¿Y me dices que esta chica es la adecuada para ser una Al Dhakir? ¡Ni siquiera habla árabe!

–La lengua se puede aprender. Tal y como demuestra tu dominio de la lengua inglesa.

Su madre montó en cólera.

–Deberías haber cumplido con tu deber, Malik. Tu padre te dejó salirte con la tuya muy fácilmente cuando murió Dimah. Adan te consiguió una novia adecuada, porque yo se lo pedí, pero tú te negaste a hacer lo correcto.

Los múltiples anillos de la princesa brillaron a la luz del sol mientras bebía un sorbo de café.

–Yo preferí encontrar mi propia novia, lo cual, como puedes ver, he hecho –Malik fue hacia Sydney y la rodeó con el brazo, haciendo un gesto posesivo, casi amenazante.

Cuando Malik la atrajo hacia sí y le dio un beso en los labios, Sydney no pudo sino contener el aliento.

–Madre, saludarás a mi esposa como debe ser. Si no lo haces, tendrás que marcharte.

–Malik... –empezó a decir Sydney–. Eso no es necesario.

Él la agarró con más fuerza.

–Es muy necesario. Esta es nuestra casa.

Su madre se puso en pie. Todas sus joyas tintinearon un instante.

–Ya me iba de todos modos –dijo la señora y dio media vuelta.

Sydney la observó mientras se alejaba. Tenía el pulso desbocado. La cabeza le daba vueltas. De repente sentía mucho calor... Esa mujer era la madre de Malik y la detestaba por una razón muy sencilla. Era extranjera y se había casado con su hijo. No era de extrañar que él no hubiera querido llevarla a Jahfar hasta ese momento.

–Dile la verdad, Malik –le dijo, apartándose de él. Fue a servirse una taza de café.

La madre de Malik se detuvo justo antes de salir y se volvió hacia su hijo.

–¿Decirme qué?

Malik pareció furioso. Y esa vez no era con su madre.

–Este no es el momento –dijo en un tono cortante.

–¿Y cuándo será el momento adecuado? –preguntó Sydney–. Dile lo que quiere oír. No la tortures más.

La madre de Malik miró a su hijo y después a la joven, confundida. La princesa era una mujer menuda, esbelta, grácil. Tenía los mismos ojos agudos que sus hijos, la misma actitud fiera, orgullosa...

–¿Malik?

Él no miraba a su madre, sino a ella, fulminándola.

–Sydney y yo estamos preparando el divorcio.

No era exactamente lo que quería que dijera, pero era suficiente. Y sin duda tuvo el efecto deseado.

–Muy sensato por tu parte –se volvió hacia Sydney–. Me alegra ver que por lo menos tienes algo de sentido común. Debes saber que este no es tu sitio.

Sydney levantó la barbilla.

–Lo sé muy bien.

La madre de Malik asintió con la cabeza y salió de la estancia, dejando un rastro de perfume a su paso. Malik no fue detrás de ella. Se quedó allí parado, frunciendo el ceño. Sydney sacó una silla y se sentó. Se sentía extrañamente calmada, como si se hubiera enfrentado a una tormenta y hubiera salido de ella más fuerte todavía. Sin embargo, sí que había un ligero temblor en su mano que se hizo especialmente visible cuando dejó la taza sobre la mesa.

–No tienes por qué atravesarme con esa mirada, Malik. Al final lo iba a averiguar.

–Sí, pero cuando yo quisiera.

Sydney se dio cuenta de que él estaba terriblemente furioso. La sensación de haber sobrevivido a la tormenta se desvaneció.

–Pero ¿por qué ibas a mantenerlo en secreto? No es que estemos intentando arreglarlo ni nada parecido. Estamos conviviendo por una razón muy clara. Yo no quiero fingir que esto es algo que no es.

No quería falsas esperanzas. No quería hacerse ilusiones y empezar a pensar que había algo más entre ellos. Su corazón no podía con ello. Un escalofrío le recorrió la piel.

–Cuando termines el desayuno –le dijo él–. Tendrás que hacer las maletas.

Sydney se detuvo justo antes de beber de la taza. El corazón se le cayó a los pies.

–¿Me echas así?

Él parecía tan cruel.

–Eso no te gustaría nada, ¿verdad?

–Bueno, estropearía un poco el tema del divorcio –le dijo, con el corazón retumbando en el pecho.

–No temas, Sydney. Tendrás tu querido divorcio. Pero tengo negocios que atender en mis tierras. Nos vamos a Al Na'ir.

Capítulo 8

VIAJARON en helicóptero. Malik pilotaba el aparato con la destreza de un profesional. Otra cosa que no sabía de él... Estaba sentado en el asiento del piloto del avión cuasi militar, con el copiloto a su lado. Llevaban cascos y se comunicaban de vez en cuando, entre ellos y con la torre de control. Sydney iba sentada detrás y admiraba las hermosas vistas por la ventanilla. El paisaje pasó a toda velocidad durante las dos horas que duró el viaje a Al Na'ir. Las rojas dunas y los acantilados de arena se hacían cada vez más impresionantes a medida que avanzaban en el vuelo. Por una vez, deseó haber mirado la ubicación de Al Na'ir en el mapa. No sabía nada más de lo que Malik le había dicho. Sabía que había mucho petróleo allí y que era una tierra remota.

Cuando el helicóptero empezó a descender por fin, Sydney se sorprendió al ver que no había nada a su alrededor. Aterrizaron sobre una plataforma rocosa. Alrededor de ellos no había más que desierto en todas direcciones. La tierra era árida, seca... No había edificios, ni casas. Pero sí había un cuatro por cuatro esperándolos. Las aspas se detuvieron lentamente. Malik bajó y fue hacia la parte de atrás para abrirle la puerta. Una ráfaga de aire caliente la golpeó en la cara, dejándola sin aliento.

¿Qué clase de infierno era ese lugar?

–¿Dónde estamos? –le preguntó, asiendo su mano y

dejándole ayudarla a bajar. Se había puesto un *abaya* de algodón blanco porque él le había dicho que así se protegería mejor del calor. Se había calzado unas ballerinas totalmente planas. El sol la golpeaba de lleno; sus rayos eran intensos. Todavía no había llegado al cénit, pero ya era abrasador.

–Estamos en Al Na'ir.

–¿Pero en qué parte? –le preguntó. Parecía tan remoto que era fácil creerse en otro planeta.

–Estamos en el desierto de Maktal, *habibti*. Es la zona más remota de todo Jahfar.

Sydney tragó con dificultad.

–¿Y por qué hemos venido? ¿Hay algo más en Al Na'ir aparte de esto?

–Mucho más. Pero estamos aquí porque tengo negocios que atender.

Ella miró hacia el coche.

–Y ¿adónde vamos desde aquí?

–Hay un oasis que está a una hora de camino. Allí podremos refugiarnos.

Refugiarse... Sydney trató de esconder el miedo. Nunca había estado en una tierra tan hostil.

–Pero ¿por qué no vamos en avión? –le preguntó, sacando su maleta del habitáculo del helicóptero.

El copiloto se acercó y los ayudó a sacar el resto del equipaje.

–Las tormentas de arena son un problema. No podemos volar hacia el interior del desierto porque la arena altera el funcionamiento de los motores. Podríamos tener un accidente, Sydney. Así, por lo menos, vamos sobre tierra firme. Solo de esta forma podemos llegar a nuestro destino.

–¿Y conducir es seguro?

–Siempre y cuando no se recaliente el motor.

Transportaron el equipaje al cuatro por cuatro. Malik le dijo algo al copiloto en árabe y el hombre le hizo una reverencia. Después volvió al helicóptero.

–Entra en el coche, Sydney –le dijo Malik.

Ella hizo lo que le pedía. Él subió un momento después por el lado del conductor. Los rotores del helicóptero empezaron a girar con más fuerza y en cuestión de segundos el vehículo se levantó en el aire y se perdió en el horizonte. Un momento después Sydney se dio cuenta de que estaba completamente sola con Malik en mitad de un desierto. Si el motor sufría una avería, ¿podrían encontrarles?

–¿Por qué se fue?

Malik se volvió hacia ella.

–El helicóptero no puede quedarse al aire libre. Si hay una tormenta, la arena estropea el motor. Cuando nos vayamos, volverá a por nosotros.

–Y ¿cuándo será eso?

–Dentro de unos días. No más de dos semanas.

–¿Dos semanas?

El viaje hasta el oasis les llevó algo más de una hora. El sol estaba en lo más alto, pero Malik no tenía alto el aire acondicionado. Hacía algo de calor en el habitáculo del coche, pero era soportable.

–Así no se recalentará el motor –le explicó él.

Tomaron una ruta bastante llana entre las dunas, aunque en ocasiones terminaban ascendiendo una gran pendiente para caer por el otro lado. Cuando Sydney vio unas palmeras en la distancia, pudo por fin respirar aliviada. Se detuvieron bajo unos árboles. Un grupo de hombres vestidos de negro se dirigió hacia el utilitario. Era hombres fuertes, con ojos penetrantes y piel tostada por el sol. Iban armados, con dagas y pistolas sujetos del cinturón.

–Beduinos –dijo Malik–. No te harán daño.

–No pensaba que fueran a hacerlo –dijo ella, mintiendo.

Malik bajó del coche y habló con ellos. Los hombres asintieron con la cabeza y le hicieron una reverencia. Un par de chicos jóvenes recogieron el equipaje y se lo llevaron. Malik regresó, la ayudó a bajar del coche y la condujo hacia una enorme tienda negra situada debajo de un grupo de palmeras. Una rutilante piscina de agua clara brillaba en el centro del oasis. A un lado del mismo había un grupo de camellos y caballos, ahuyentando moscas con la cola. Era tan raro viajar durante horas a través del desierto más seco para encontrarse con una laguna en mitad de la nada.

–¿De dónde viene? –le preguntó ella.

Malik siguió su mirada.

–Viene de una reserva que hay en la piedra arenisca a mucha profundidad bajo la superficie. Lleva miles de años ahí. Hubo un tiempo en que este oasis era una parada obligada para las rutas de comercio entre Jahfar y el norte. Eso fue lo que hizo navegable al Maktal.

Sydney se imaginó aquel oasis lleno de actividad, con camellos yendo y viniendo, siguiendo las rutas comerciales. Había un toque romántico en aquella idea, pero ella sabía que esa vida sería difícil, una vida llena de privaciones, de peligros. Era mucho mejor vivir en el presente y acceder a ese magnífico lugar en un coche con aire acondicionado, en vez de llegar sobre el lomo de un camello. Mientras contemplaba el paisaje, vio a tres mujeres que se acercaban al borde de la laguna y empezaban a echar agua en un abrevadero. Sydney se detuvo cuando se dio cuenta de que estaban lavando ropa. Malik se detuvo a su lado.

–Lo hacen así –le dijo, sabiendo que aquella imagen la sorprendía.

–Es surrealista. ¿Qué dirían si supieran que existen lavadoras?

Malik se echó a reír.

–Pues creo que no se llevarían una impresión tan grande como tú te crees. Es una forma de vida muy antigua.

Siguieron andando hacia la tienda de campaña. Los hombres que habían salido a recibirlos estaban esperando en la entrada. Malik habló con ellos y entonces se marcharon hacia el lado opuesto del oasis, hacia otro grupo de tiendas. De repente se oyó el ruido de una maquinaria que empezaba a funcionar.

–¿Sabían que venías? –le preguntó Sydney, tapándose los ojos para verles alejarse.

–Llevo tiempo sin venir. No. No sabían que llegaba hoy. Pero estas son mis tierras y yo soy el jeque. Siempre están preparados.

Malik levantó una de las solapas de la tienda y la invitó a entrar. Dentro el aire estaba caliente, estático. Malik pasó por delante de ella e hizo algo que no pudo ver. Un ventilador de techo se puso en funcionamiento. El aire no se enfriaba mucho, pero por lo menos así se movía un poco.

–Hay un generador. No es suficiente para poner aire acondicionado, pero sí para el ventilador y las luces. Y la refrigeración. Acaban de encenderlo, pero pronto tendremos bebidas frías.

–Increíble –dijo ella–. Pero ¿por qué este oasis, Malik? ¿Qué hay aquí?

Sydney estaba muy confusa. Si había una petrolera allí, entonces debían de tener electricidad, trabajadores de todo tipo, una infraestructura sólida... No tenían necesidad de montar unas rudimentarias tiendas en mitad de un desierto interminable.

Él apartó la vista y encendió los otros ventiladores.

–Llevo mucho tiempo sin venir. Ya era hora.

Sydney se lamió los labios.

–¿No podría haber esperado?

Él se volvió y la atravesó con una mirada abrasadora.

–No.

Sydney examinó la tienda de campaña. Era bastante lujosa. Había alfombras de colores brillantes sobre el suelo y las paredes, mesas de latón repujado, un sofá mullido... Pero no había cama.

–¿Dónde duermo yo?

–Hay un dormitorio.

Ella miró a su alrededor y entonces reparó en un acceso que debía de llevar a otra sección de la tienda.

–¿Un dormitorio? ¿Uno solo?

–Sí, uno.

El pulso de Sydney se aceleró.

–No va a funcionar, me temo.

–No puedo sacarme otro de la manga. Esto es lo que hay.

–No voy a dormir contigo.

Él fue hacia ella y se detuvo a unos centímetros de distancia. Podía sentir su calor envolviéndola. Le miró los labios; esos labios gloriosos, sensuales... Tenía los labios carnosos, firmes... Pedían a gritos ser besados.

–A lo mejor deberías –le dijo él en un tono sexy–. A lo mejor deberías explorar todas las posibilidades de este matrimonio antes de terminar con él.

–No estarás hablando en serio –le dijo, el corazón se le salía del pecho. El estómago acababa de darle un vuelco. Un cosquilleo le subía por la entrepierna.

–A lo mejor sí. Después de lo de esta mañana, estoy empezando a pensar que he accedido con demasiada facilidad a tus exigencias.

Sydney parpadeó.

–¿Mis exigencias? ¡Tú fuiste quien me obligó a venir a Jahfar! Yo solo trato de terminar con todo esto sin que sea un dolor para nadie.

Él aguzó la mirada.

–Has cambiado, Sydney. Antes no eras tan... cínica.

–¿Así lo llaman ahora?... Todavía estás enfadado conmigo por lo de tu madre –le dijo después de un tenso momento de silencio–. Siento que no estuvieras de acuerdo, pero no quería que quedara resentimiento entre vosotros innecesariamente.

Él se echó a reír bruscamente.

–Me temo que fracasaste en tu empeño, querida. Siempre ha habido resentimiento entre nosotros, y siempre lo habrá, aunque te marches. Tu aclaración no sirvió para nada.

–Te casaste conmigo porque no querías casarte con la novia que habían escogido para ti, ¿no?

–Me casé contigo porque quería.

–Pero casándote conmigo escapaste de otro matrimonio de conveniencia.

Él vaciló un instante.

–No tiene importancia.

–Sí que la tiene –dijo ella, con el corazón lleno de dolor.

No había sido más que una mera conveniencia para él, una ficha oportuna que había movido a su antojo. Si en ese momento hubiera estado saliendo con otra, sin duda se hubiera casado con ella, cualquier cosa con tal de estropearle los planes a su familia.

–A lo mejor me casé contigo porque sentí algo –le dijo, bajando la voz–. ¿Alguna vez se te ocurrió esa posibilidad?

Un dolor de otro tipo revoloteó en el corazón de Sydney.

—Eso lo dices por decir algo. No lo hagas.

No podía soportarlo, no en ese momento. Había pasado todo un año lejos de él, y él ni se había molestado en contactar con ella. Un hombre que sentía algo más no se comportaba así.

Los ojos de Malik emitieron un destello.

—Me conoces muy bien, ¿verdad, Sydney? Siempre has tenido muy claros cuáles eran mis sentimientos.

—Tú no tienes sentimientos —le espetó ella.

Él se puso tenso, como si acabara de darle una bofetada. La tensión salía de él a borbotones.

El corazón de Sydney dio un vuelco. La garganta se le cerró. No debería haber dicho algo así. Ese era el mismo hombre que un rato antes le había dicho que era responsable de la muerte de una joven.

Malik sentía cosas. Ella sabía que sí. Pero dudaba mucho que alguna vez hubiera sentido algo por ella. No obstante, eso tampoco le daba derecho a decirle algo así. Bajó la vista, tragó con dificultad.

—Disculpa. No quería decir algo así.

Él le respondió en un tono rígido, distante.

—Creo que los dos sabemos que sí querías.

«Tú no tienes sentimientos...».

Malik no podía sacarse las palabras de la cabeza, por mucho que lo intentara. Ya hacía mucho tiempo que el sol se había escondido tras las dunas rojas, y el aire del desierto se había refrescado. Estaba sentado con un grupo de beduinos, reunidos en torno al fuego, fumando *shishas* y bebiendo café. Él guardaba silencio y escuchaba. Hablaba cuando era necesario, pero su mente estaba en otra parte.

«Tú no tienes sentimientos...».

Sí que los tenía, pero a una edad muy temprana había aprendido a esconderlos muy bien. Si no reaccionabas, nadie podía hacerte daño. Había dejado de llorar por su madre cuando tenía tres años de edad, y había dejado de llorar por su niñera a los seis años. Se había vuelto decidido, seguro de sí mismo. Nadie había vuelto a obligarle jamás a hacer nada que no quisiera hacer. Esa lección la había aprendido rápido y bien. Era el tercer hijo. Su obstinación podía ser una molestia, pero no era un problema. De hecho, su padre, una vez pasado el conflicto a causa de Dimah, no había vuelto a insistir demasiado en lo del matrimonio. Pero cuando Adan se convirtió en el heredero de su tío, su madre se empeñó en ver a todos sus hijos casados, con herederos. Sin duda quería asegurarse la continuidad en el trono a toda costa. Como si fuera necesario... Por lo menos había cuatro Al Dhakir que podían heredar, y había más en camino, ya que Isabella estaba embarazada. Siempre había pensado casarse con una mujer de Jahfar, cuando estuviera listo. Pero primero había querido divertirse un poco.

«Tú no tienes sentimientos...».

Todavía podía ver la cara de Sydney, la palidez de su tez. Parecía agotada, vencida. La voz le temblaba mientras le acusaba de haberse casado con ella para evitar otro matrimonio de conveniencia. Él lo había negado, pero... Ella no estaba del todo equivocada. Él sabía lo que le esperaba en Jahfar al conocerla. Simplemente se había empeñado en posponer lo inevitable. Pero entonces ella había pasado a ser parte de su vida y había empezado a desearla de una forma hasta entonces desconocida, como nunca había deseado a nadie. Y durante un breve momento pensó... ¿Por qué no?

Él sabía lo que ella sentía... Pero jamás se le había

ocurrido pensar que pudiera estar aprovechándose de esos sentimientos. Era un príncipe rico, uno de los solteros más deseados del mundo... La mujer que escogiera para casarse debía sentirse muy afortunada. Debía ser todo un honor para ella haber sido elegida. Malik al Dhakir era un premio en sí mismo, el mejor partido.

Malik frunció el ceño. Había sido arrogante, pretencioso, soberbio... Ella le había amado en el pasado. Sabía que había sido así, aunque solo hubiera pronunciado las palabras durante la última noche que habían pasado juntos. Ella le amaba. Pero no lo suficiente. Si le hubiera querido lo suficiente, no hubiera huido de su lado. Agarró la *shisha* con más fuerza. Ya no quedaba nada entre ellos excepto pasión.

Ella ya no le quería, pero sí le deseaba...

Malik se puso en pie, les dio las gracias a los hombres y se dirigió hacia la tienda donde le esperaba su esposa.

Sydney estaba acostada en la enorme cama, debajo de un montón de pieles. Un rato antes una joven le había llevado algo de comer, pero llevaba casi todo el día sin ver a Malik. Apoyando la cabeza sobre una mano, Sydney miró hacia arriba, hacia la impenetrable oscuridad. Un quinqué pequeño brillaba a su lado, arrojando un resplandor purpúreo sobre la estancia.

De repente oyó un ruido en la habitación de al lado. Se incorporó de golpe, arrastrando las mantas consigo. Esperó. Una larga sombra apareció sobre la pared y entonces entró un hombre.

–¿Malik? –susurró.

–Estás despierta.

–Sí. Todo está tan silencioso aquí –le dijo, respirando con alivio.

Él empezó a quitarse la ropa. Sydney podía oír el sonido del roce de la tela contra su piel. Su espalda ancha y bronceada resplandecía bajo la luz.

–No... No sabía cuándo volverías. Me iré al sofá de la otra habitación.

Él se sentó en el borde de la cama y se quitó las botas.

–No.

–¿No? No voy a dormir contigo, Malik. Y no voy a acostarme contigo.

–Eso dices una y otra vez. Pero no te creo, Sydney.

Se puso en pie. Todavía llevaba unos pantalones flojos por debajo del *dishdasha*. Tenían la cintura baja y estaban atados a la cintura con un cordón. Los huesos de las caderas sobresalían por el borde. Su abdomen estaba más duro que nunca y su pecho parecía una escultura de puro músculo. Su cuerpo era perfecto. El corazón de Sydney empezó a latir sin ton ni son.

–No vas a obligarme.

Él apoyó las manos en las caderas.

–No, no lo haré. Pero tampoco tengo por qué, ¿no es cierto?

Antes de saber muy bien lo que estaba haciendo, la agarró del pie y la hizo escurrirse sobre las sábanas hasta quedar tumbada sobre la cama. Un segundo después estaba encima de ella, sin tocarla. Empezó a besarla en el cuello. Ella apoyó las manos sobre su pecho. Quería empujarle, apartarle, pero no podía. Un calor exquisito la derretía. Arqueó el cuello y se mordió el labio para no gemir.

–Me deseas –dijo él–. Te mueres por mí.

–No –dijo ella–. No...

–Entonces, dame un empujón, Sydney –le dijo él–. Por Dios, dame un empujón... O no respondo...

Capítulo 9

SYDNEY se quedó petrificada, como un animal que trataba de esconderse de un depredador enorme. Quería ser fuerte, quería apartarle de ella, pero no lo hizo. Le deseaba con una fiereza que ya no la sorprendía. Quería tenerle dentro, sentir su cuerpo poderoso moviéndose con precisión, llevándola al cielo y luego de vuelta a la realidad. Cerró los puños, los ojos... Cuánto daño le hacía desear así a ese príncipe del desierto, saber que nunca sería suyo del todo, aunque se entregara en cuerpo y alma en ese momento. Pensó que él la besaría, pensó que su incapacidad para moverse le haría acercarse y empezar aquello que deseaba desesperadamente.

Pero... En vez de eso, él se apartó de repente.

Sydney parpadeó y aguantó las lágrimas; lágrimas de frustración, de rabia, de tristeza... Ya no estaba segura de lo que sentía. Estar con Malik complicaba las cosas, la confundía.

—¿Por qué te fuiste, Sydney? —casi parecía atormentado—. Teníamos esto, pero te fuiste.

—Ya sabes por qué.

—No, no lo sé. Sé lo que me dijiste, que oíste mi conversación... Pero ¿por qué te fuiste por eso? ¿Por qué no te enfrentaste a mí?

—¿Enfrentarme a ti? —repitió ella, con la voz ahogada—. ¿Cómo iba a hacer eso? ¡Me humillaste!

–Y eso debería haberte hecho enfadar.

–¡Sí que me hizo enfadar!

Él rodó sobre sí mismo y la miró de frente.

–Entonces explícame por qué pensaste que marcharte resolvería el problema.

Sydney se incorporó. Una ola de vergüenza caía sobre ella. ¿Cómo iba a decírselo? ¿Cómo iba a explicarle que siempre había sabido que no era lo bastante buena para él? ¿Cómo iba a explicarle que sabía que era demasiado bueno para ser cierto? Solo era cuestión de tiempo que él dejara de quererla.

«¿Entonces por qué accediste a casarte con él?», dijo una vocecita desde un rincón de su cabeza.

–Estaba enfadada –dijo ella–. Herida. Tú no me querías y yo no me quería quedar y fingir que no lo sabía. Y entonces... Entonces... –no pudo terminar. No podía hablar de esa última noche que habían pasado juntos, cuando su franqueza había sido recibida con el más cruel de los silencios. Era demasiado humillante, incluso después de tanto tiempo.

–¿Cuándo te dije yo que no te quería?

Sydney pensó en ello un momento. Él nunca había dicho esas palabras exactas, pero estaba claro que eso era precisamente lo que pensaba al decir que su matrimonio había sido un error.

Sydney sacudió la cabeza. Él estaba tratando de confundirla, pero no iba a permitirlo. Tenía que aferrarse a su rabia, a su dolor.

–Le dijiste a tu hermano que habías cometido un error. ¿Qué querías que pensara?

Él le agarró la mano. Ella trató de apartarla, pero él no la dejó.

–Cometí un error, Sydney. Porque me casé contigo sin siquiera darte tiempo para comprender todo lo que conllevaba esta vida. ¿Sabías que mi madre te despreciaría? ¿Sabías que siempre serías una forastera en Jahfar? ¿Tenías alguna idea de lo que significaría ser mi esposa? No te di oportunidad para descubrir todas esas cosas.

A Sydney le dolía la cabeza, el corazón. Tenía un nudo áspero en la garganta.

–¿De verdad tratas de decirme que estabas pensando en mí cuando lo dijiste? Porque, si es así, ¿cómo es que no fuiste a buscarme? ¿Por qué no llamaste?

–Tú me dejaste, Sydney. Ninguna mujer lo había hecho antes.

Sydney no podía creer lo que estaba oyendo. Pero sabía que era verdad, porque Malik no la amaba. Su orgullo había resultado herido, pero no su corazón. No iba a ir detrás de ella solo por orgullo. Sydney se mordió el labio para no temblar.

«Maldito Malik...», exclamó para sí.

Sacudió la cabeza de nuevo.

–De todos modos, no tiene importancia. Haber hablado de ello entonces no cambia nada. Nunca hubiera funcionado, porque no estamos hechos el uno para el otro –tragó en seco–. Divorciarnos es lo correcto.

–A lo mejor –dijo él–. Pero las condiciones han cambiado.

A Sydney se le cayó el corazón a los pies.

–No lo entiendo.

Él se incorporó y la miró a la cara.

–Si quieres el divorcio, vivirás conmigo como mi esposa.

–¡Eso no es lo que hablamos en California!

–Estamos en el desierto. Las cosas cambian aquí. O nos adaptamos o morimos.

–Pero... pero... Esto es chantaje –le espetó ella, furiosa.

–Lo sé –dijo él con frialdad–. Pero es el precio que pongo yo. Si no estás de acuerdo, puedes irte cuando quieras. Seguiremos casados para siempre.

Sydney trató de calmarse un poco. Estaba blanca como la leche, y asustada.

–Eso te gustaría mucho, ¿verdad?

–No especialmente. Tendría que romper mis votos matrimoniales ya que me niego a pasar el resto de mi vida practicando la abstinencia.

Sydney resopló.

–Como si no lo hubieras hecho ya... –le dijo con desprecio.

Había leído los periódicos, le había visto en fotos con otras mujeres...

–Ah, sí –dijo él en un tono amenazante y cruel–. Una vez más, debo decir que me conoces muy bien. Eres toda una experta. A partir de ahora, cada vez que tenga dudas acerca de algo, te pediré consejo. Sin duda tú sabrás muy bien lo que tengo que hacer.

–¡Basta! –las palabras se desbordaron, amargas y llenas de resentimiento–. No me mientas, Malik. No me trates como si fuera idiota.

Él masculló un juramento en árabe.

–¿Y cómo me tratas tú? Como si no tuviera honor, como si mis palabras no significaran nada.

–¡Yo no he dicho eso!

Él siempre le daba la vuelta a las cosas. La hacía sentirse mal por lo que hubiera podido decir. Pero ella había visto todas esas publicaciones, fotos en las que sonreía y lo pasaba bien con esas mujeres. ¿Cómo iba a negarlo ante la evidencia?

–Sí lo has dicho –le dijo él, cada vez más colérico–. ¿Sabes lo que creo, *habibti*? Creo que no eres más que una niña consentida. Te niegas a hacerle frente a las cosas. Solo quieres salir huyendo cuando las cosas se ponen difíciles.

–Eso no es verdad –dijo Sydney, sintiendo un dolor agudo en el pecho.

Él estiró el brazo y le tocó la mejilla.

–Algún día tienes que crecer, Sydney. Tienes que enfrentarte a tus miedos.

El nudo que Sydney tenía en la garganta se hizo demasiado grande.

–Estás tratando de cambiar de tema. Se trataba de ti, de esas mujeres.

Él bajó la mano. El aire se había enfriado de repente.

–Sí, claro. Y ahora, por favor, dime con cuántas mujeres he estado. Creo que se me ha olvidado.

Su voz sonaba enérgica e iracunda, pero Sydney se negó a dejarse intimidar.

–Vi fotos. Sofia de Santis...

–Sofia es una belleza. Y también está comprometida... con una mujer.

Sydney aguantó la respiración. Una ola de humillación le subía por el cuello.

–¿Y la condesa Forbach? Salieron muchas fotos en las que aparecías con ella.

–Claro. Porque asistí a muchas de sus galas benéficas. Hice muchas donaciones. Además, debo decir que está felizmente casada con el conde.

–Parece que tienes respuesta para todo.

–Y tú siempre tienes algo que objetar.

–No puedes esperar que crea que todo lo que leí es una mentira.

–¿Por qué no? ¿Alguno de esos artículos fue publicado en un periódico de verdad? ¿O aparecían en esos tabloides sensacionalistas?

–¿Por qué haces esto? –le preguntó ella, abrumada

por la rabia y el miedo–. ¿Por qué no hacemos lo que hemos venido a hacer? Soportar estos cuarenta días y acabar con esto de una vez. ¿Por qué tienes que utilizarlo para atormentarme un poquito más?

Él agarró una de las almohadas que estaba junto a ella y le dio un puñetazo. Ella se encogió de miedo en la oscuridad. Él tiró la almohada sobre la cama, se tumbó y apoyó la cabeza en ella.

–¿Y qué bien nos ha hecho hasta ahora mantener esta situación? O vivimos como marido y mujer, o te vuelves a Los Ángeles sin tu anhelado divorcio.

–No hay mucho donde elegir.

Él bostezó.

–Pero es todo lo que hay.

Ella se quedó allí sentada, sin saber qué decir.

–Me voy a dormir al sofá –dijo finalmente.

Él la ignoró por completo. Dio media vuelta y se durmió enseguida.

Sydney arrastró los pies hasta el sofá y se tumbó en él, resignada. No quería irse de la cama, cálida y suave, ni tampoco quería dejar al hombre que estaba a su lado, pero tenía que mantenerse firme. Cuando se despertó a la mañana siguiente, estaba en la cama, acurrucada bajo las mantas. Malik se había ido.

De repente cayó en la cuenta de que él debía de haberla llevado en brazos hasta la cama. ¿Cómo era posible? Se levantó, fue a asearse en el pequeño cuarto de baño de la tienda y se puso un *abaya* blanco con unas sandalias. La misma chica que le había servido la cena la noche anterior le llevó el desayuno. Lo tomó delante de la televisión. En las noticias estaban hablando de una pareja de Hollywood y Sydney observó con interés el habitual desfile de imágenes familiares de la ciudad de Los Ángeles. No sentía añoranza, pero sí echaba de menos su apartamento, sus cosas... Se preguntó qué estarían haciendo sus padres. Se habían alegrado mucho cuando les había dicho que se iba a Jahfar con Malik. Tener de yerno a un príncipe millonario era un buen negocio. Y no tenía el valor para decirles la verdad.

Sabía que se llevarían una gran decepción cuando la vieran volver sola, pero jamás se lo dirían a la cara. De hecho, nunca habían dicho nada acerca de su matrimonio, ni una sola palabra. A menos que se tratara de una decisión de negocios, sus padres no decían nada. Su hermana Alicia siempre había sido su confidente más cercana, pero desde que tenía ese nuevo novio, apenas hablaba con ella, a no ser cuando estaba en el trabajo. Jeffrey siempre la necesitaba... O Jeffrey tenía otros planes... Alicia se despedía rápidamente y le colgaba sin más. Aunque trabajaban en el mismo edificio, ni siquiera se veían a la hora de comer porque su hermana siempre salía a comer con su novio. De repente Sydney sintió que debía llamar a su hermana, pero el móvil no le funcionaba en esa zona tan remota. Tendría que esperar a que Malik volviera para preguntarle si había alguna forma de hacer una llamada. Tenía que haberla, ya que él tenía una parabólica. Cuando se aburrió de ver tanta televisión, salió fuera. El calor era asfixiante. Se tapó mejor con la capucha y se dirigió hacia la laguna que estaba en el centro del oasis. Parecía que no había nadie, pero ella sabía que no era así. Las tiendas negras de los beduinos seguían en pie a un lado, y de vez en cuando veía cómo salían y entraban niños de las improvisadas viviendas. Sydney rodeó el extremo más lejano de la laguna. Tenía intención de rodearla completamente. El perímetro no era muy largo, pero así por lo menos hacía un poco de ejercicio. Bajo las palmeras había un grupo de camellos, atados a un poste, observándola mientras masticaban sin cesar. En algún momento, Sydney se dio cuenta de que se le hacía cada vez más difícil respirar. El aire que aspiraba le abrasaba los pulmones. Gotas de sudor le caían entre los pechos. Parecía que la garganta se le cerraba de tanto calor. No había humedad alguna. Finalmente, tropezó cerca de una palmera y se dejó caer al suelo. Se puso una mano sobre el vientre. Le empezaba a doler. La cabeza le daba vueltas.

Unos momentos más tarde, oyó un ruido y levantó la vista. La silueta de un jinete y su caballo se recortaba contra el sol. El caballo era oscuro y corpulento. Borlas de color rojo le colgaban del pecho y de las bridas. El jinete, vestido de negro de pies a cabeza, se bajó y fue hacia ella.

–Sydney –la palabra sonó como un golpe seco, desde detrás de la tela negra que le tapaba la cara.

Aquellos ojos...

–Hola, Malik –le dijo–. Estaba dando un paseo.

Malik masculló un juramento. La tomó en brazos y se dirigió hacia la tienda. Ella esperaba que la dejara en el sofá, que le diera un vaso de agua, pero, en vez de eso, él la llevó hacia el recinto del aseo. Una vez allí, abrió el grifo y la metió debajo, con ropa y todo.

Sydney contuvo el aliento al sentir el golpe de agua fría sobra la piel.

–¿Qué haces?

Él apartó la tela que le cubría la cara.

–El calor es peligroso. No deberías haber salido ahora.

–Por favor, Malik, ¡ni siquiera he estado fuera cinco minutos! ¡No me estoy muriendo!

–Estabas agotada –le dijo él, sujetándola con firmeza debajo del chorro frío. Se le estaba mojando la manga, pero no parecía dispuesto a soltarla.

–¡Solo fue un momento! Necesitaba sentarme un poco.

–¿Adónde creías que ibas? ¡Estamos en el desierto de Maktal! Podrías haber muerto, de calor, o por la picadura de un escorpión, o de una víbora.

Sydney se estremeció.

–Solo quería ir a algún sitio que no fuera esta tienda. Estaba aburrida, y tú no estabas aquí... –sus palabras se perdieron. De repente se dio cuenta de que sonaba totalmente ridícula.

–Una muy buena razón para poner en riesgo tu vida.

Sydney cerró los ojos. La furia y la frustración más profundas bullían en su interior. Tenía que hacer algo o explotar. Sin pensar en las posibles consecuencias, ahuecó la mano y le echó un poco de agua fría encima, en la cara. Una gota de agua se le quedó colgando del labio inferior.

Sydney empezó a sentir un peligroso cosquilleo por dentro. No. No quería desearle. Volvió a echarle más agua encima, mojándole el frente del *dishdasha*.

–¿Es así como quieres jugar? –le preguntó en un tono peligroso. Se quitó la capucha de la prenda y la empujó hasta meterla del todo debajo del chorro de agua, mojándole la cara por primera vez. Sydney contuvo la respiración y salió tosiendo. Furiosa...

Intentó agarrarle, le sujetó de la ropa... No esperaba poder moverle, pero echó todo el peso de su propio cuerpo atrás y logró hacerle caer dentro de la ducha. El agua le pegó la ropa al cuerpo y Sydney no pudo evitar echarse a reír al verle la cara.

–¿Qué te parece ahora?

Él parecía furioso, pero entonces se apartó el pelo de la cara y se echó a reír. El corazón de Sydney dio un vuelco.

–Muy bien –le dijo, mirándola de arriba abajo.

Sydney bajó la vista y tuvo que reprimir un grito. La ropa blanca que llevaba puesta se había vuelto transparente. No era como estar desnuda, pero se asemejaba bastante. El tejido se le pegaba a la piel, contorneándole los pechos, los pezones oscuros, la entrepierna... Volvió a levantar la vista y se encontró con la mirada ardiente de Malik. El crudo deseo que vio en sus ojos desencadenó un ansia profunda en su interior. Todo estaba ocurriendo tan rápido. La tensión entre ellos crecía por momentos.

–Malik... –dijo ella al tiempo que él eliminaba la distancia que quedaba entre ellos.

Le deseaba... Y no le deseaba. Le aterraba la idea de volver a hacer el amor con él, pero también la aterraba pensar que quizá jamás volvería a hacerlo.

No sabía lo que él iba a hacer, pero sí se dio cuenta de que la mano le temblaba...

Le temblaba... Mientras le acariciaba el pecho, un pezón... Hilos de placer atravesaron el cuerpo de Sydney. Llamaradas de pasión se propagaron por su vientre.

El agua no hacía nada para enfriar ese fuego que la consumía por dentro... Ese fuego tenía que agotarse por sí solo. Y eso solo podía ocurrir de una manera...

–Lo has hecho ahora, *habibti* –dijo Malik, sonriendo con picardía.

El corazón de Sydney se le salía del pecho.

–¿Hacer qué?

Él le agarró la mano, le dio un beso en la palma, la puso sobre su propio pecho, y empezó a deslizarla suavemente... hacia abajo...

Capítulo 10

LA TELA húmeda se le pegaba perfectamente al cuerpo, delineando cada músculo, cada vena... Pero a Sydney no le hacía falta mirar para saber que estaba muy excitado. La evidencia, poderosa, impresionante, le rozaba la palma de la mano. No podía apartar la vista de su rostro hermoso. Sus ojos brillaban, su mandíbula parecía de piedra, como si tuviera que soportar un gran tormento. El cuerpo de Sydney vibraba de deseo. Tocarle de esa manera... Tragó en seco. Sabía que solo tenía que bajar la mano para que él diera media vuelta y se marchara. Pero, en vez de eso, recorrió su miembro duro con las yemas de los dedos. Los latidos de su corazón le retumbaban en los oídos. Él tomó aliento. Sus ojos ardían más que nunca. De pronto la atrajo hacia sí; sus cuerpos húmedos pegados el uno al otro. Vaciló un instante y entonces bajó la cabeza y le dio un beso. Sydney entreabrió los labios, enredó su lengua con la de él y gimió. Él la agarró con más fuerza que nunca y la besó con toda la energía y la desesperación que se desbordaba en su interior. Empezó a mover las manos sobre su cuerpo, despojándola de la ropa. Ella quería reír, de alegría... Ese era Malik, su marido, el hombre al que amaba... Durante unos segundos de locura, pensó que debería haber dicho que no, que debería haberle hecho detenerse. Pero ya era demasiado tarde. Demasiado tarde.

Jugaría con fuego y trataría de sobrevivir. Mientras la ropa que llevaba caía como jirones a su alrededor, empezó a sentir un fresco intenso gracias a los ventiladores. La piel se le puso de gallina. Malik interrumpió el beso un momento y la miró de arriba abajo. Ella bajó la vista, avergonzada e insegura.

–Eres preciosa –le dijo él en un susurro. Entonces la tomó en brazos y se sentó en el escalón que rodeaba la ducha. Bajó la cabeza y tomó uno de sus pezones duros entre los labios. Empezó a succionar. Sydney contuvo el aliento. Podía sentir una tensión creciente en su sexo, que se hinchaba más y más, desatando un deseo inefable. Casi como si supiera lo que ella estaba pensando, él deslizó un dedo sobre ella, acarició sus rizos sedosos, trazó la curva de sus labios externos y entonces deslizó el dedo hacia el interior de su sexo húmedo. Ella gimió de placer.

–Ah, Sydney... He echado mucho de menos esto.

El corazón de Sydney se encogió al oír esas palabras. Una ola de placer la recorrió de arriba abajo.

«He echado mucho de menos esto. Te he echado mucho de menos...», pensó ella.

Pero el pensamiento se esfumó en cuanto él metió otro dedo más. Separó sus labios más íntimos con el pulgar. Sydney casi creyó que iba a morir de placer. Hacía tanto, tanto tiempo...

–Malik...

–Sí –dijo él–. Sí. No he olvidado ni un momento de lo que es hacerte el amor. Sé lo que necesitas, *habibti*. Sé lo que quieres.

Sus labios se cerraron sobre el otro pezón y ella echó atrás la cabeza. Él la lamía más y más, cada vez con más fuerza. Una descarga de placer la atravesó por dentro hasta llegar a su sexo, haciéndola gemir de placer.

Él repitió el movimiento una y otra vez, haciéndola enloquecer. Ella le deseaba tanto, con tanta fiereza... Pero él la haría esperar. De eso estaba segura. Malik era un amante experto. Estaba sincronizado con su cuerpo como si fuera el suyo propio. Sabía cómo hacerla temblar de placer, saltar, suplicar... Sabía cómo suscitar la respuesta más desenfrenada, hasta dejarla agotada. En esos momentos Sydney no podía hacer otra cosa que yacer en la cama, exhausta y satisfecha, sin fuerzas, pero radiante. Las cosas siempre habían sido así con él. Ella nunca había sido de las que perdían el control de esa manera, pero con él todo cambiaba. Cuando él estaba cerca, todo lo demás perdía interés y valor.

Esa idea la asustaba. Ese oscuro deseo, insensato y arrebatador. No debería haber estado allí en ese momento. No debería haber caído en sus redes tan fácilmente, otra vez. Pero no podía hacer nada para impedirlo. No quería hacer nada para impedirlo. Si iba a estrellarse y quemarse, ya no tenía remedio. Los dedos de Malik entraban y salían de su cuerpo mientras su pulgar le masajeaba el clítoris... Sydney creyó que se iba a romper en mil pedazos en cualquier momento. Pero era demasiado pronto. No quería caerse al vacío todavía. Había esperado tanto tiempo que quería prolongar el placer... Prolongar la tortura...

–Quiero verte –gritó ella.

De alguna manera, logró formar las palabras.

Él se incorporó y sus dedos dejaron de torturarla.

–Entonces desnúdame, *zawjati*.

Ella contempló sus ropajes tradicionales de Jahfar. La tela negra empapada...

–No sé cómo –le dijo, frunciendo el ceño.

–Yo te ayudaré.

Ella se bajó del escalón y él guio sus manos hasta el

cinturón que le sujetaba la túnica. Sydney solo tardó unos segundos en abrírsela, descubriendo así su torso húmedo mientras él se reía a carcajadas.

–Tan impaciente. Me gusta.

No podía dejar de tocarle. No podía dejar de deslizar sus manos sobre los valles y las montañas de su cuerpo. Las duras planicies de su cuerpo la hacían estremecerse por dentro. Deseaba poner los labios sobre su piel y explorar todos esos rincones deliciosos. Malik era rico y poderoso, pero era hijo del desierto. Era la clase de hombre cuya fortaleza no era fingida, sino que nacía de la hostilidad de la tierra. Aunque probablemente mantuviera su físico en el gimnasio, no daba la apariencia de ser uno de esos que se pasaban largas horas en la cinta de correr, o levantando pesas enormes. Tenía el aspecto de haber esculpido ese cuerpo de hierro trabajando a pleno sol. Sydney frunció el ceño al ver los pantalones y botas de montar que llevaba puestos. Las botas no saldrían tan fácilmente, y ella no quería esperar. Le desabrochó los pantalones y se los bajó hasta la cadera. Y entonces, como no podía contenerse más, apretó sus labios hambrientos contra su duro pezón de hombre mientras buscaba su erección con la mano y empezaba a apretarle. Malik contuvo el aliento y le agarró la cabeza.

–Esto no va a durar si sigues haciendo eso.

Ella sonrió contra su piel. Le encantaba saber que podía hacerle bailar al borde del precipicio, saber que podía hacerle perder el control en cualquier momento. El agua de la ducha ya no caía sobre ellos. No sabía cuándo él había cerrado el grifo, pero era mejor así. Quería probar su sabor en toda su plenitud, la dulce miel de su piel; esa combinación de hombre y jabón que tanto anhelaba. Deslizó la lengua entre sus pectorales, por su tenso abdomen y entonces tomó su erección en la boca. Malik se puso tenso de inmediato. Ella levantó la vista. Él tenía la cabeza hacia atrás. Los músculos de su cuello estaban tensos como cuerdas, como si intentara recuperar el control. De repente la agarró de la nuca, del cabello húmedo.

Ella movió la lengua alrededor de la punta de su miembro erecto, dándole forma con la mano. Él era suave y duro al mismo tiempo. Quería llevarle al éxtasis de esa forma, pero no iba a dejarla. La apartó de inmediato, puso las manos en sus caderas y la levantó hasta el escalón de nuevo. Ella se aferró a él, buscó sus labios y se fundió con ellos; sus lenguas entrelazadas y calientes. Y entonces le sintió... Sintió la punta caliente de su pene mientras entraba dentro de ella poco a poco. Levantó las caderas para facilitarle la entrada; estaba impaciente, necesitada... Una gula sexual desconocida se había apoderado de ella. Malik la sujetaba con fuerza. Las yemas de sus dedos se le clavaban en las caderas. Ella sabía que hacía un gran esfuerzo aferrándose a su autocontrol. Siempre había sido tan comedido, tan dueño de sí mismo... Pero no en ese momento. Ella agradecía mucho la fiereza de su pasión, la deseaba con desesperación. Estaba deseando que la tormenta se desatara.

Sydney puso los brazos a su alrededor y se arqueó hacia él. Quería beberlo todo de él; lo quería todo de él. En ese momento. Pero Malik seguía teniendo el control. Se inclinó adelante y empujó con todas sus fuerzas hasta entrar hasta lo más profundo de su sexo. Ambos gimieron.

Entonces rompió el beso, apretó los labios contra su mandíbula, contra su cuello... Ella se aferraba a él como si estuvieran en mitad de un mar embravecido. Él no se movió, pero ella podía sentir su poderoso miembro, pulsando en su interior. La sensación era exquisita. Recordó por qué había estado siempre tan indefensa ante él, por qué le había seguido por medio mundo, por qué le había creído hasta el punto de casarse con él, aunque una parte de ella conociera la verdad... No era una mujer débil... No era especialmente sensual, excepto cuando estaba con Malik. Fuera lo que fuera lo que él quisiera, se lo daría. Deslizó las manos sobre sus hombros, por su espalda... trató de acercarle más y más, arqueando la espalda y meneando las caderas hacia él. Él respiró hondo, bruscamente.

—Sydney... —su voz sonó rota, al borde del precipicio. Así era como le quería.

—Ahora, Malik —le dijo con urgencia—. Ahora.

La agarró de las caderas y se echó atrás, tan lejos que Sydney llegó a pensar que iba a dejarla insatisfecha... Y entonces volvió a empujar hacia delante, uniéndose a ella una vez más. Sydney quería reír de alegría, pero el aliento se le heló de repente... No pudo llenar de aire los pulmones... Una ola de placer la inundaba por dentro... Él volvió a empujar de nuevo, una y otra vez... Y Sydney sintió que su cuerpo se consumía por dentro, sacudido por los temblores del orgasmo más fuerte... Muy pronto quedó atrapada... su cuerpo se plegó sobre sí mismo y explotó en un millón de pedazos de cristal. Sabía que había gritado su nombre, sabía que él sentía una especie de triunfo masculino. Él la poseía, en cuerpo y alma... y lo sabía. Ella quería maldecirle por ello, pero no podía. Quería más, más Malik, más placer... Sabía, sin necesidad de preguntar, sin palabras, que él había recobrado su fuerza. De alguna manera su rendición le había permitido recuperar el control. Un control tan exquisito...

—¿Te encuentras bien? —le preguntó él.

Sydney sacudió la cabeza, escondió el rostro contra su cuello. El pulso le latía violentamente... Las piezas de su cuerpo se recompusieron, se transformaron en algo que no era capaz de reconocer; o más bien algo que sí podía reconocer, algo que temía... Una mujer necesitada...

Malik le echó atrás la barbilla con la punta del dedo. Buscó su mirada... Sydney vio auténtica preocupación en sus ojos. El corazón le dio un vuelco.

—¿Te he hecho daño? —le preguntó con ternura.

—No —dijo ella—. No.

Había distintos tipos de dolor. Pero ella sabía que él hablaba de dolor físico, y eso definitivamente no era un problema. El dolor emocional era otra historia completamente diferente.

—Bien —le dijo él—. Porque te necesito, Sydney. Te necesito.

Y entonces empezó a besarla de nuevo. Le sujetaba las caderas y empujaba; sus cuerpos se fundían en uno solo. Sus empujones eran profundos, expertos, intensos...

Ella se rindió a él; se entregó al ritmo, a la belleza del momento. Enroscó las piernas alrededor de él y arqueó el cuerpo para apretarse contra su pecho desnudo. Él movió su boca sobre ella, susurrando suaves palabras en árabe, y entonces se inclinó adelante y tomó su pezón en la boca, tirando con fuerza de manera que un haz de placer llegó hasta su sexo. Estaba ardiendo por él; su cuerpo estaba listo y preparado para otro orgasmo arrollador. Se sentía como si se estuviera hinchando con algo maravilloso, como si fuera a romperse en cualquier momento. Las embestidas de Malik se hicieron cada vez más intensas. Cada vez la sujetaba con más fuerza. Y entonces deslizó la mano entre ellos, buscó su punto más sensible, la arrojó al vacío. Ella se hizo añicos en una fracción de segundo, se zambulló y afloró a la superficie, pronunciando su nombre. Pero no terminó allí. Ella se aferraba a él, temblaba, las piernas enroscadas alrededor de sus caderas.

Las embestidas de Malik fueron cada vez más lentas, más deliberadas. Y ella supo que su capacidad de resistencia se estaba agotando, que le estaba dando los últimos momentos de placer antes de sucumbir a su propio orgasmo.

—Malik —dijo ella, pero las palabras le salieron como un sollozo.

—De nuevo, Sydney. Quiero ver cómo llegas de nuevo.

Ella apretó los párpados y trató de no centrarse en las sensaciones que empezaban a crecer en su interior... Porque iba a perder el sentido si le dejaba llevársela otra vez.

—No puedo —dijo ella.

—Sabes que sí —le dijo él con firmeza.

La levantó en el aire, le puso las manos sobre el trasero y la llevó al dormitorio. Sus cuerpos seguían unidos. Su mirada, intensa, no se apartaba de ella. Se preguntó cómo lo hacía, cómo lograba controlar sus emociones. Pero entonces decidió ahuyentar ese pensamiento, porque no quería llegar ahí. No quería considerar la posibilidad de que a lo mejor no significaba nada para él. Porque solo era sexo. Él apoyó una rodilla sobre la cama, la hizo tumbarse sobre el colchón. Y entonces salió de ella, se deslizó sobre su cuerpo. Antes de que ella pudiera protestar, metió los dedos en su sexo, la abrió por dentro. Tocó su piel caliente con la lengua, cerró los labios alrededor de su clítoris. Empezó a succionar con fuerza el área sensible. Deslizó la lengua sobre ella. Sus dientes la mordisqueaban.

El clímax la hizo soltar el aire de golpe. Sydney dijo su nombre en un sollozo, le rogó que parara. Pero no porque le hiciera daño, y no porque no le gustara. Simplemente era demasiado intenso, demasiado arrollador. Jamás se libraría de él de esa manera. Jamás sería capaz de querer a otro hombre si era ese el último recuerdo que se llevaba.

—Otra vez —dijo él, llevándola a la cumbre una vez más.

Cuando ella llegó de nuevo, él subió por su cuerpo y besó su piel sensible. Todavía llevaba las botas de montar. Sus pantalones negros estaban abiertos en la cintura y le colgaban de las caderas. Sydney no hacía más que mirar. Él era una fantasía erótica, un amante del desierto que la había secuestrado. Estaba temblando, muriéndose de deseo.

—¿Me deseas, Sydney?

—Ya sabes que sí.

—¿No ha sido suficiente para ti?

Ella sacudió la cabeza sobre las almohadas. Sabía que debía de parecer una loca. Tenía el pelo húmedo y pegado a la cabeza, la piel enrojecida... Pero le daba igual. Le necesitaba en su interior. Le necesitaba para respirar.

Él la agarró con fuerza y la hizo darse la vuelta. Acarició su sexo unos segundos, avivando así el fuego y entonces la penetró de nuevo. Sydney se echó hacia atrás, el pelo le cayó sobre la espalda. Malik enroscó un brazo alrededor de su cintura y la sujetó mientras la embestía una y otra vez desde detrás. Con la otra mano empezó a acariciar su sexo desde delante.

Era primitivo, rudo... Pero a Sydney le encantaba.

Volvió a alcanzar el orgasmo de repente; una llamarada arrolladora que la hizo desplomarse contra él mientras él seguía sujetándola con fuerza y empujando... Esa vez él fue tras ella; su cuerpo se tensó mientras susurraba su nombre. Perdió el control, sus músculos se contrajeron, temblaron... Ella era la causante. Se sentía poderosa, necesitada. Malik deslizó los dedos a lo largo de su espina dorsal, su tacto era delicado, casi reverente. Se desplomó boca arriba y ella se volvió para mirarle de frente. Él le apartó un mechón de pelo de la cara y entonces la agarró de la nuca.

—Me has destruido —le dijo, dándole un beso en la boca.

Sydney, en realidad, pensaba todo lo contrario. Era él quien la había destruido a ella. No importaba lo que hubiera ocurrido entre ellos, cuántos días hubieran pasado juntos. Hicieran o no el amor, sentía algo extraordinario por ese hombre, algo que no se disolvería así como así. El tiempo y la distancia no habían servido de nada, por mucho que intentara convencerse de lo contrario. De repente sintió el picor de las lágrimas en los ojos. Una tarde en sus brazos había sido suficiente para ver la verdad... Era imposible tapar el sol con un dedo.

Capítulo 11

CUANDO Malik se despertó, la tienda estaba a oscuras. Movió un pie, agradecido de haber podido librarse de las botas en algún momento por lo menos. A su lado, Sydney estaba hecha un ovillo. Él se apoyó en un codo, sonrió y apartó la cortina de pelo que le cubría la cara. Siempre le había encantado verla dormir. Se estiró y se levantó de la cama, desnudo. Buscó la comida que habían dejado sobre la mesa. En el desierto hacía frío por la noche, pero él todavía tenía demasiado calor como para cubrirse con algo. Encontró pan y aceitunas, un poco de queso... No necesitaba mucho, pero tenía que llenarse el estómago con algo. Sydney no se movía. Y no era de extrañar. Era un misterio que él pudiera hacerlo. Su cuerpo estaba saciado, contento... Pero su mente no. Malik se frotó los ojos con la palma de la mano... La tarde había sido larga, una combinación de momentos de sueño y desenfreno. Sydney prendía un fuego en su interior que ninguna otra mujer había logrado encender. Era adicto a la descarga de energía que sentía cuando estaba dentro de ella.

–¿Malik?

–Aquí estoy. ¿Quieres algo de comer?

Sydney se incorporó y bostezó.

–No, gracias. ¿Qué hora es?

Malik se encogió de hombros.

–No lo sé. No lo he comprobado. Probablemente es más pronto de lo que pensamos.

–¿Y qué esperabas? Hemos dormido casi todo el día.

–¿Fue eso lo que hicimos? –le preguntó él, regresando a la cama.

Ella se rio.

–A veces.

–¿Cómo te sientes?

–Cansada –dijo ella, estirando los brazos con un movimiento sensual–. Adolorida.

Malik esperaba oírla decir la palabra «feliz», pero tampoco quiso darle demasiada importancia.

–A lo mejor debimos tomárnoslo con más tranquilidad.

–No sé si eso era posible.

–No obstante, casi sucumbes al golpe de calor. Debería haber tenido más cuidado.

Ella sacudió la cabeza.

–Pero aquí estoy, viva e intacta, aunque me hayas tratado tan mal.

Él trató de no reírse, pero no pudo.

–Me gustaría tratarte tan mal más a menudo.

Ella suspiró con tristeza.

–Fue precioso, Malik. Maravilloso y extraordinario, como siempre. Pero ¿cómo resuelve eso la situación?

Sus palabras se le clavaron en la piel. No tenía ni idea de lo que iba a pasar después, pero tampoco quería pensar en ello en ese momento. Habían pasado un día increíble. Habían llegado a descubrir sus propios cuerpos de nuevo, experimentando emociones que les hacían arder por dentro. Cuando estaba dentro de ella, no solo se trataba de sexo, pero tampoco sabía cómo llamarlo, cómo expresar lo que sentía. Sabía que ella estaba decidida a seguir adelante con lo del divorcio, decidida a romper con todo, pero no podía pensar ni una sola razón con la que demostrarle que se equivocaba.

–Me ayuda a calmarme –le dijo en un tono ligero, porque no estaba preparado para llevar la conversación a un terreno más serio.

Ella soltó el aliento.

–¿Te hace sentir algo más? –le preguntó ella con un hilo de voz.

Él la atrajo hacia sí en ese momento, se estiró encima de ella, buscó la suave piel de su cuello con la boca.

–Ya sabes que sí, Sydney.

Deslizó los dedos sobre sus hombros. Un suave gemido escapó de los labios de Sydney mientras él le lamía el cuello.

–No lo sé. No tengo ni idea de lo que sientes. Lo único que sé es que hay una química increíble entre nosotros. Pero eso no basta, ¿verdad?

–Es un comienzo –Malik no quería hablar de sentimientos, no en ese momento–. ¿Por qué vamos a cuestionar la buena fortuna que hemos tenido?

Le tocó los pechos, le pellizcó un pezón.

–Malik –dijo ella, conteniendo el aliento–. Esto es serio.

–Lo sé. Muy serio –tomó sus labios, entró en su boca con la lengua.

Ella le besó ardientemente, enredando las manos en su pelo mientras arqueaba el cuerpo. Malik ya se estaba excitando de nuevo y ella no tardó en darse cuenta. Soltando un gemido de placer, subió las caderas y se frotó contra él.

–Provocadora –le dijo él, mordiéndole un pezón de repente.

–Oh... No puedo pensar cuando haces eso.

–Entonces no pienses. Siente.

–Pero, Malik... –dijo ella, casi suspirando–. Quiero hablar contigo. Quiero conocerte. Quiero algo más que esto.

Él levantó una mano. La exasperación crecía y crecía en su interior. Frustración... Y una sensación de pánico que le era totalmente desconocida.

–Me muero por ti, Sydney. Llevo un año muriéndome por ti. ¿No es eso suficiente para ti?

Ella tardó unos minutos en contestar.

–No –le dijo–. No es suficiente.

Malik se apartó de ella con un gruñido. Se tapó la cara con el brazo, se cubrió los ojos. Su cuerpo vibraba de deseo, pero eso no era nada en comparación con el pálpito desbocado de su corazón.

–Ya hemos pasado por esto –dijo ella–. Y mira adónde hemos llegado.

Malik se incorporó y empezó a buscar los pantalones.

–Por si no te acuerdas, *habibti*, saliste huyendo –sabía que estaba siendo un poco duro, pero tenía que serlo. No podía sucumbir a los sentimientos que flotaban en el aire. No estaba listo para ello. Nunca lo estaría.

–Sí que huí. Y a lo mejor me equivoqué, pero parte de la culpa también es tuya.

–Sí. Lo sé –encontró sus pantalones, metió una pierna, después la otra y se los abrochó bruscamente.

–¿Eso es todo? –le preguntó ella–. ¿Te vas? ¿Prefieres practicar el sexo o marcharte sin más antes que hablar conmigo?

–Ahora mismo, sí.

Ella se arrodilló sobre la cama, puso las manos sobre las caderas... Él levantó la vista hacia su rostro, para no mirar hacia otras partes de su cuerpo que le hacían perder la razón.

–Eres increíble. Lo sabes, ¿verdad? Dices que yo salí huyendo, pero... ¿qué me dices de ti? No soportas hablar de tus sentimientos.

Él se quedó inmóvil, de pie, apretando los puños a ambos lados del cuerpo, intentando calmarse. Recordó aquellos días de la infancia, cuando deseaba desesperadamente que alguien le dijera que le quería. Su padre era demasiado orgulloso. Se preocupaba por sus hijos, pero no era dado a demostraciones de cariño. Y su madre... Malik frunció el ceño. Su madre jamás había tenido instinto maternal. Los hijos eran un deber para ella.

«Te quiero...».

Había oído esas palabras muchas veces, pero siempre venían de mujeres en las que no confiaba; mujeres que querían cazarle, sacarle todo lo que pudieran...

Pero ¿quién era él en realidad? ¿Qué clase de premio podía ser para ellas?

Malik apretó los dientes, furioso consigo mismo.

–Nuestra relación no se vino abajo de la noche a la mañana. Y no creo que se pueda arreglar de la noche a la mañana tampoco.

–¿Relación? ¿Es así como le llamas? Yo pensaba que solo era sexo.

–¿Qué quieres de mí, Sydney? Llevamos un año separados. ¿Esperas una declaración de amor eterno?

–No –gritó ella rápidamente–. No es eso lo que quiero. No es lo que espero.

Pero Malik sabía que mentía. Lo llevaba escrito en la cara. Él no podía ser como ella, en cambio, por mucho que quisiera. Estaba demasiado acostumbrado a protegerse a sí mismo, a negarse todo aquello que no le convenía.

–No estoy seguro de poder ser lo que tú esperas. Solo puedo ser lo que soy.

—¿Y cómo sabes lo que puedes hacer y lo que no, si ni siquiera quieres hablar de ello?

A la mañana siguiente, Malik le dijo que se marchaban. Sydney levantó la vista de la bandeja que Adara acababa de dejarles... El corazón se le cayó a los pies.

—Pero si acabamos de llegar. Pensaba que tenías negocios.

El rostro de Malik se quedó en blanco.

—He hecho lo que necesitaba hacer. Nos vamos a la ciudad de Al Na'ir. Estarás más cómoda allí.

—Cuando dices que has hecho lo que necesitabas hacer, ¿te refieres a que me has metido en tu cama de nuevo? —no había sido el comentario más acertado, pero no había podido resistirse.

Malik apretó la mandíbula. Su rostro parecía de piedra.

—Porque fue muy difícil, ¿no?... No, Sydney. No es eso lo que quería decir.

Ella levantó la barbilla. Él tenía razón. No había sido difícil ni en ese momento, ni tampoco un año antes cuando le había conocido.

—Estate lista dentro de una hora —le dijo él.

Sydney pensó que iba a decir algo más, pero entonces dio media vuelta y salió. La joven apretó el puño y le dio un puñetazo a uno de los cojines que estaban sobre el sofá. No tenía a nadie a quien culpar, excepto a sí misma. Desde el principio había sabido muy bien cómo sería estar con Malik y se había dejado llevar por el hedonismo sin reparar en las consecuencias. El día anterior, mientras hacían el amor sin cesar, se había dado cuenta de que nada había cambiado para ella. Seguía enamorada de él. Le había obligado a hablar, pero tampoco había sido justo por su parte. No hacía más que unos días desde que él le había contado lo de Dimah, lo de su familia... Sydney se mordió el labio. No sabía en qué punto se encontraban las cosas entre ellos. Que hubieran practicado sexo en varias ocasiones no significaba que todo fuera maravilloso. No significaba que pudieran dejar Jahfar y olvidarse del divorcio. Además, ella tampoco quería. Lo había dejado todo para casarse con él, y después había renunciado a su propia autoestima, siempre esperando a que él le dijera «te quiero», a que le diera una explicación por lo que le había oído decir por teléfono. No volvería a ser tan débil. Querer a alguien no era garantía de poder tener una relación con esa persona, sobre todo si esa persona no era capaz de comprometerse al mismo nivel.

Sydney recogió sus cosas y las metió en la pequeña maleta que había llevado consigo. No fue difícil, ya que solo había llevado unas pocas cosas. En menos de una hora estaban en el todoterreno, saliendo del oasis. Sydney se volvió para ver por última vez aquel paraíso con palmeras y una laguna de agua cristalina. Había un niño detrás de una de las palmeras, abrazado al tronco, viéndoles marchar.

Sin saber por qué, sintió lágrimas en los ojos. No era que fuera a echar mucho de menos el oasis, pero ese pequeño representaba una inocencia que sabía no volvería a tener jamás. Las vicisitudes de la vida se la habían arrebatado y le resultaba imposible no añorar la ternura de aquellos años en un momento como ese, cuando se le rompía el corazón. Sydney parpadeó varias veces y volvió la vista al frente, hacia el interminable camino de arena que se desplegaba ante sus ojos. El desierto era cegador, pero las ventanillas eran de cristal tintado y ayudaban un poco a matar el resplandor. Ondas de calor hacían temblar la lejanía. Malik había encendido el aire acondicionado, pero estaba tan bajo que apenas enfriaba. No podían arriesgarse a tener una avería en mitad de la nada.

–¿Cuánto tiempo nos llevará? –le preguntó.

Malik se encogió de hombros.

–Unas dos horas.

Se sumieron en un profundo silencio. Sydney se limitó a mirar por la ventanilla. Los ojos le pesaban. No había dormido suficiente la noche anterior. Había tratado de mantenerlos bien abiertos, pero al final se había rendido.

Se despertó de golpe un rato más tarde... Algo iba mal. Parpadeó, se incorporó. Y entonces se dio cuenta... El coche no se movía. Malik no estaba dentro.

Aterrorizada, agarró la manivela de la puerta rápidamente. El vehículo estaba un poco inclinado, de forma que la puerta se abrió bruscamente en cuanto el mecanismo la accionó. Sydney salió con tanto ímpetu que resbaló sobre la arena.

–Cuidado –le dijo Malik.

Su corazón palpitante se calmó un poco. No la había abandonado. Cerró los ojos, aliviada. No estaba sola.

–¿Por qué hemos parado? –le preguntó, bajando del vehículo y yendo hacia él.

El todoterreno estaba detenido a la sombra de una duna gigantesca. Ella levantó la vista. El sol seguía en lo más alto, pero ya había pasado el cénit. Debían de ser poco más de las doce de la mañana. Volvió a mirar a Malik, presa de una mezcla de miedo y expectación. Malik se recostó contra el costado del coche. Llevaba la cabeza cubierta y sus ojos oscuros resplandecían con un fuego propio.

Aquello no podía ser bueno...

–No hemos parado a propósito, *habibti*. Hemos tenido una avería.

Capítulo 12

LAS HORAS pasaban con lentitud en el desierto. Sydney levantó la vista hacia el horizonte por enésima vez, preguntándose dónde estaría el equipo de rescate. Malik le había dicho que no había nada de qué preocuparse porque tenía un teléfono con satélite y un transmisor GPS. No estaban perdidos.

Pero sí estaban solos, y probablemente lo seguirían estando durante unas cuantas horas. Había habido una tormenta de arena hacia el norte, que les impedía acceder a la ciudad de Al Na'ir. Un manguito se había roto, y no tenían recambio. Malik parecía tranquilo, pero seguramente no lo había estado tanto nada más ocurrir el incidente. Y sin embargo, la había dejado seguir durmiendo... Sydney se apoyó en una silla y empezó a dibujar círculos sobre la arena con la punta del pie. Hacía mucho calor, pero ya empezaba a descender la temperatura a medida que el sol se ponía. La sombra de la duna era larga, y estaban dentro de ella.

–Bebe un poco de agua –le dijo Malik, dándole una botella proveniente de la nevera que estaba en la parte de atrás. No estaba muy fría, pero se había enfriado en el oasis y después la habían metido en un contenedor helado. Sydney bebió un buen sorbo.

–¿Vendrán pronto? –le preguntó ella, secándose la boca.

Malik miró hacia el horizonte y entonces se volvió hacia ella.

—La verdad es que no lo sé. A lo mejor no llegan hasta mañana por la mañana.

—¿Mañana? —Sydney trató de no temblar ante la idea. Una noche en el desierto. En un todoterreno. Aquella no era precisamente su idea de unas vacaciones divertidas.

Malik se encogió de hombros.

—No pasa nada. Siempre y cuando la tormenta no se dirija hacia el sur.

—¿Y si es así?

Él la miró fijamente.

—Eso sería muy malo, *habibti*. Esperemos que no.

Pasaron unos minutos de silencio.

—¿Malik?

Él se volvió hacia ella. Era un guerrero del desierto, alto, imponente, dueño de sí mismo en las circunstancias más adversas.

—¿Sí?

—¿Pasaste mucho tiempo en el desierto cuando eras niño?

—Mi padre pensaba que todos sus hijos debían entender y temer al desierto —le dijo, asintiendo—. Solíamos venir mucho, y cuando llegamos a una cierta edad, pasamos por una prueba de supervivencia.

A Sydney no le gustó cómo sonaba aquello.

—¿Una prueba?

Malik bebió un poco de agua.

—Sí. Nos dejaron en un sitio remoto con un kit de supervivencia, una brújula, un camello, y nos dijeron que buscáramos el camino hacia un punto determinado. Todos lo hicimos.

—¿Y si hubierais fallado?

—Ninguno falló. Y, si hubiera sido así, imagino que

nuestro padre hubiera mandado a alguien a rescatarnos antes de que muriéramos de sed.

Sydney tragó en seco. No podía ni imaginarse algo así. ¿Cómo podía alguien enviar a sus propios hijos al peligro?

—No entiendo tu vida en absoluto —le era tan extraña, un mundo totalmente distinto.

—Y yo no entiendo el tuyo —le dijo él.

Ella respiró hondo.

—Entonces dime qué quieres saber de mí. Soy un libro abierto, Malik.

Él le lanzó una mirada aguda, pensativa.

—Quiero saber por qué no confías en ti, Sydney.

El estómago de Sydney dio un vuelco.

—No sé qué quieres decir. Eso es ridículo.

—Sí que lo sabes. Trabajas para tus padres, haces un trabajo que no soportas, y crees que no mereces nada mejor. Te han enseñado que no eres merecedora de nada mejor.

—Yo no detesto mi trabajo. Y mis padres solo quieren lo mejor para mí. Eso es todo lo que siempre han querido.

—Sí que lo detestas —le dijo él con firmeza—. Eres buena en ello, pero no es eso lo que quieres.

—¿Y cómo sabes qué es lo que quiero? —le preguntó ella. Los ojos le ardían.

—Lo sé porque me fijo. No echas de menos tu trabajo cuando estás lejos. Prefieres jugar con tus diseños en el ordenador.

Sydney tenía el pulso acelerado.

—¿Y eso cómo lo sabes? Yo nunca te lo he dicho.

—Sé más de lo que tú te crees, Sydney.

La joven solo podía mirarle, perpleja. Y entonces se dio cuenta...

—Me has estado vigilando —le dijo. La garganta se le había cerrado de repente.

—Me has espiado.

Los ojos de Malik brillaron.

—Sí que te he espiado. Pero lo he hecho por tu propia seguridad. Eres mi esposa. No te van a dejar en paz porque me hayas dejado.

Sydney apenas podía creer lo que estaba oyendo. Y sin embargo, de repente, todo tenía sentido. Siempre se había preguntado por qué no la molestaban... Por qué los paparazzi la dejaban tranquila... Era la esposa de un playboy de primera... Pero nadie se había dedicado a perseguirla para hacerle fotos y pedirle declaraciones...

Debería haberse dado cuenta... Una ola de rabia creció en su interior.

—Hiciste que me vigilaran, pero no fuiste capaz de llamarme tú mismo.

—Ya te lo he dicho.

—Ya. Me doy cuenta —masculló ella, iracunda—. Es que me parece increíble, incluso para alguien como tú. Como si agarrar el teléfono y llamarme fuera algo extraordinario, imposible.

—Ya hemos hablado de esto. La respuesta sigue siendo la misma desde la última vez.

Sydney se cruzó de brazos y miró hacia el desierto rojo y baldío... Había perdido tanto tiempo... Y todo por orgullo...

«Ambos habéis perdido el tiempo...», dijo una vocecilla desde un rincón de su mente.

—No me molestaron gracias a ti, ¿verdad? Me refiero a los paparazzi...

—Sí.

Sydney recordó a los periodistas de Los Ángeles... Recordó cómo acosaban a las celebridades...

–¿Cómo?

–El dinero es un incentivo muy efectivo, Sydney... Y el poder... Nunca olvides el poder.

Ella bajó la vista y contempló los círculos que sus propios pies dibujaban sobre la arena. La emoción amenazaba con ahogarla, pero no podía dejar que eso ocurriera. Él lo había hecho porque quería, no por ella. No podía ver más allá donde no había nada.

–Bueno, muy bien, entonces –respiró hondo un par de veces–. Pero ¿qué te hace pensar que no confío en mí misma? Tengo que vérmelas con clientes tan ricos como tú todos los días. Y he vendido muchas propiedades. No puedes hacer eso sin confiar un poco en ti misma.

–Háblame de tu familia.

Ella le miró de reojo durante unos segundos.

–¿Por qué? ¿Qué tiene eso que ver con esta discusión?

–Compláceme.

Ella cruzó las manos sobre su regazo. Sus emociones estaban a flor de piel.

–¿Qué hay que decir que no sepas ya? Mis padres viven para el negocio de la inmobiliaria y lo han convertido en una de las empresas más prósperas de Los Ángeles. Mi hermana es increíblemente lista. Un día llegará a estar al frente del negocio y lo llevará a lo más alto.

–¿Y tú?

Sydney se lamió el labio inferior.

–Yo la ayudaré.

–Ayudarla –dijo Malik. No era una pregunta, sino una afirmación–. ¿Por qué no llevas tú el negocio? ¿Por qué no eres su socia?

Sydney giró el cuello. Empezaba a sentirse como si estuviera en un interrogatorio. Y no lo estaba disfrutando, por mucho que le hubiera dicho que era un libro abierto. Al parecer no era tan abierta como afirmaba ser.

–Seré su socia. Eso es lo que quería decir.

–Pero no es lo que has dicho.

–¿Y qué es lo que quieres decir tú? –arqueó una ceja e hizo todo lo posible por mantener la autoestima.

–Quiero decir que no puedes imaginarte a ti misma al frente del negocio. Crees que tu hermana es mejor empresaria que tú.

–Es que es cierto –dijo Sydney–. No me avergüenzo de admitirlo.

A veces le dolía pensar que no era ella en quien confiaban sus padres, pero así eran las cosas.

–Una vez me dijiste que querías estudiar Diseño Gráfico y Arte.

–¿Sí?

–En París. Poco después de casarnos. Fuimos a cenar a un pequeño café al lado del Sena, y me dijiste que siempre habías querido diseñar cosas. Páginas web, logos, publicidad...

Sydney lo recordó de repente; recordó aquella noche... Loca de amor, había bebido más vino de la cuenta. Entonces parecía que tenía toda la vida por delante, un camino interminable en el que todo iba a ser perfecto porque se había casado con su Príncipe Azul. Se había sentido muy nerviosa y había querido impresionarle, porque había empezado a darse cuenta de lo que significaba haberse casado con él. Él no solo era un hombre con un título de nobleza. Era un príncipe en todos los sentidos de la palabra. La hacía sentir insignificante, aunque no dijera nada para hacerla sentir así. Era su presencia, su porte. Se había dado cuenta de que todo aquello le quedaba muy grande; había comprendido que él no tardaría en cansarse de ella en cuanto la magia se perdiera.

–No hay nada malo en ello. El diseño gráfico es un negocio legítimo.

Él resopló.

—Es tu padre el que habla, tratando de moldearte y convertirte en algo que él pudiera entender, algo merecedor de su aprobación —bajó la voz—. Pero no es eso lo que tú quieres en realidad, Sydney.

El corazón de Sydney latía con locura, casi como si se le fuera a salir del pecho. Gotas de sudor le cubrían la piel, y no era por el calor. Tenía las palmas de las manos empapadas. Se las secó sobre la falda del *abaya*.

—Sinceramente no sé de qué estás hablando.

Él la agarró de los hombros de repente y se inclinó sobre ella hasta quedar a un centímetro de distancia.

—He estado en tu apartamento. He visto tus cuadros en las paredes. Y te observé cuando estábamos en el Louvre, en el Jeu de Paume, en el Orangerie. Adoras el arte, Sydney. El arte mágico y hermoso. Eso es lo que quieres hacer, ya sea pintar o tener una galería propia donde puedas exhibir colecciones...

—No —exclamó ella, apartándole—. ¡Te equivocas!

—¿Me equivoco?

Ella solo pudo levantar la vista y mirarle fijamente. Su mente se rebelaba. Era tan... absurdo. No se podía vivir del arte. No tenía futuro en ello.

Sydney... la que nunca tenía los pies en la tierra, la que vivía en una nube, la hija imperfecta, la gran decepción... Se cubrió el rostro con ambas manos y respiró profundamente. No iba a llorar. Era ridículo. ¿Quién podía emocionarse tanto por algo así? Mucha gente hacía trabajos que no deseaban y perseguían sus sueños en forma de hobbies. Sin embargo, ella se había negado incluso ese pequeño placer. Nunca había hecho nada artístico, como si fuera una locura. No. Nunca había perseguido ese sueño porque, si empezaba, no sabía dónde terminaría. Podía llegar a convertirse en una obsesión.

El Reed Team la necesitaba. Sus padres, Alicia... Todos ellos contaban con ella.

—Sydney —su voz era suave, el tacto de sus manos era sutil.

Le apartó las manos de la cara.

—Es una fantasía, Malik. No puedo permitirme ser una artista. Ni siquiera sé qué pintaría.

Él sonrió y gesticuló con la mano.

—¿Y qué te parece esto? Las dunas son hermosas, ¿no?

—Lo son —ella le agarró del brazo—. Pero llevo años sin pintar. Seguro que se me dará fatal.

—¿Y eso tiene importancia?

—Supon...Supongo que no... Siempre y cuando no tenga que dejar mi trabajo —añadió, tratando de sonreír, sin mucho éxito.

—¿Acaso era tan difícil admitirlo? No estás haciendo lo que te hace feliz, Sydney. Estás haciendo aquello que hace felices a otros. Tienes que ponerte por delante por una vez. Deja de pensar en lo que van a pensar.

—Haces que parezca muy fácil, pero no lo es, Malik. Todavía tengo responsabilidades, y las expectativas que van unidas a esa responsabilidad.

—También tienes una responsabilidad para contigo misma.

Sydney levantó la vista hacia el cielo. Se estaba haciendo de noche, y mucho más rápido de lo que había imaginado.

—¿Tú siempre te pones por delante de tus responsabilidades?

—No es eso lo que he dicho. Estás confundiéndolo todo —bebió un sorbo de agua de la botella que tenía en la mano.

—¿Y qué pasa con lo de los matrimonios de conveniencia? Eso también era una responsabilidad, ¿no?

Él la miró fijamente. La expresión de sus ojos era turbulenta, pero no tardó en recuperar la calma.

–Sí. El segundo no me preocupa, pero el primero... –sacudió la cabeza–. Fallé miserablemente cuando culpé a Dimah y la acusé de abocarme a ello. No fue culpa suya. Fue culpa de nuestros padres, de la tradición. Pero no de ella. Y, si no hubiera sido tan cruel, si me hubiera casado con ella, a lo mejor estaría viva ahora.

Sydney se sintió mal por haber sacado el tema. ¿Por qué lo había hecho? Porque se sentía confusa, con los sentimientos en carne viva.

–Lo siento, Malik. No debería haber hablado de ello.

Él se encogió de hombros.

–¿Y por qué no? Yo te he hecho hablar de cosas que no te gustan. Ahora te tocaba a ti.

–Sí, pero es muy doloroso para ti.

–Solo porque murió una joven inocente. Si no hubiera muerto, no me arrepentiría de nada de lo que le dije. Y a lo mejor hubiera sido lo bastante egoísta como para abandonarla antes de que se celebrara el matrimonio. O quizá me hubiera casado con ella y le hubiera hecho la vida imposible.

Sydney suspiró.

–Lo que le pasó es muy triste, pero no puedo creer que haya sido todo culpa tuya. A lo mejor era un poco inestable simplemente. A lo mejor necesitaba ayuda y nadie fue capaz de verlo.

–No sé si su muerte fue intencional.

–¿Qué te hace pensar eso? –preguntó Sydney, aterrorizada.

No pensaba que él fuera a contestar, pero sí que lo hizo.

–Ese mismo día me envió un mensaje de texto. Me decía que iba a hacer algo drástico si no la llamaba.

–¿Y no la llamaste?

Él apartó la vista y su mirada se perdió en la distancia. Se puso en pie. Su cuerpo vibraba de tanta tensión.

–¿Qué? –exclamó Sydney, poniéndose en pie y agarrándole del brazo–. ¿Qué pasó?

El cielo se había oscurecido mucho. El horizonte era de color morado y se extendía hacia ellos. Sydney se quedó helada. Aquello no era normal. La oscuridad se extendía de arriba hacia abajo cuando el sol se ocultaba tras el horizonte, pero aquello era como si la tierra se tragara el firmamento.

Malik se volvió en ese momento y la empujó hacia la puerta del coche.

–Sube, Sydney. Sube las ventanillas y cierra la ventilación.

Ella hizo lo que él le pedía. El corazón se le salía por la boca. Malik subió junto a ella e hizo lo mismo.

–Es una tormenta de arena, ¿no? –dijo ella, volviéndose hacia él, temblorosa.

Él asintió con la cabeza y se volvió para mirar por la parte trasera del vehículo. La oscuridad se aproximaba rápidamente. El cielo no tardaría en desaparecer dentro de ella.

–¿Vamos a morir? –le preguntó ella, sintiéndose diminuta.

Malik se volvió hacia ella bruscamente. Su mirada era intensa. La agarró de la barbilla y le dio un beso fugaz.

–No. No vamos a morir. Te lo prometo, Sydney.

Capítulo 13

Y CÓMO puedes prometérmelo? –exclamó ella.
Él endureció la expresión. Sus ojos brillaban en
la oscuridad.

–Porque ya lo he visto antes. No pasará nada. Simplemente estaremos algo incómodos durante un rato.

Sydney no sabía si creerle o no, pero lo deseaba desesperadamente. Se volvió hacia delante. La arena golpeaba el vehículo cada vez con más fuerza, pero por delante el cielo seguía despejado. Sin embargo, aquello no duraría mucho. Muy pronto estarían enterrados en arena. El corazón le dio un vuelco. Solo esperaba que no fuera literalmente.

En cuestión de quince minutos, apenas podía ver el capó del todoterreno. Una gota de sudor se deslizó entre sus pechos. Hacía un calor insoportable en el habitáculo del coche, pero no era del todo asfixiante. Además, por suerte la temperatura bajaría drásticamente en las horas siguientes a medida que se pusiera el sol.

–Dime qué es lo peor que podría pasar –dijo ella.

Él la miró. Su expresión era neutral.

–Necesito saberlo, Malik.

Él asintió.

–Podríamos quedar enterrados. La duna está muy cerca y, dependiendo de la dirección del viento, podría soplar hacia nosotros, dejándonos cubiertos por completo.

El corazón de Sydney latió más deprisa.

–¿Y entonces qué?

Tendríamos que salir cavando.

–¿Y el oxígeno?

–Hay unas cuantas botellas en el maletero. Iguales que las que utilizan los escaladores a mucha altitud.

–Entonces podríamos sobrevivir durante un rato.

–Sí.

Sydney se estremeció. Deseaba que no tuvieran que llegar a eso. Pero su corazón no dejaba de latir desenfrenadamente. El estómago le daba vueltas sin parar. Se volvió para mirar por el parabrisas. La arena se los había tragado por completo.

Se llevó un puño a la boca, se mordió los nudillos. Era un gesto inconsciente, pero cuando se dio cuenta de lo que estaba haciendo, no quiso parar.

–La llamé –dijo Malik, llamando su atención de nuevo. Estaba sentado con una mano sobre el volante y la cabeza apoyada en el asiento. Sydney no había olvidado la conversación que estaban teniendo antes de que llegara la tormenta.

–¿La llamaste?

Él volvió la cabeza hacia ella. Su expresión no dejaba lugar a dudas. Todavía se atormentaba por lo que le había pasado a Dimah. Aunque le doliera verle así, sabía que no podía hacer nada para aliviarle el dolor.

–Sí, la llamé –sus dedos se doblaron sobre el volante–. Y estaba furioso. Le dije que dejara de ser tan dramática. Le dije que no podía hacer nada para que quisiera casarme con ella.

Sydney estiró el brazo de forma impulsiva y puso su mano sobre la de él.

–Lo siento. Sé que no hago más que decirlo, pero es que no sé qué más decir.

–No hay nada más que decir. Me equivoqué. Y le hice daño –se tocó las sienes con los dedos índice y pulgar–. Han pasado casi diez años y todavía me siento culpable. Siempre me sentiré culpable.

La tormenta rugió sobre ellos con más fuerza que antes. Sydney se sobresaltó al sentir el violento impacto de la arena contra el coche. Malik no reaccionó y eso la hizo tranquilizarse un poco. A lo mejor no era nada. Si él se preocupaba, entonces sí tendría motivos para alarmarse.

–Creo que eso es muy normal –le dijo ella, levantando la voz para que pudiera oírla por encima del viento–. Si no te sentías nada culpable, si no pensaste nada en ella, no serías la clase de hombre que eres.

–¿Y qué clase de hombre es ese, Sydney?

Ella tragó con dificultad. ¿Qué podía decirle? ¿Que era la clase de hombre a la que podía amar? ¿De qué serviría eso?

–Un buen hombre. Un hombre que se preocupa por los demás.

Él le acarició la mejilla. El tacto de sus dedos la hizo sentir un cosquilleo en la piel.

–Te hice daño.

Ella bajó la vista.

–Sí.

–No es lo que quería hacer.

–Habría pasado al fin y al cabo –le dijo ella, sintiendo una tensión en la garganta.

Él se puso tenso. Sus dedos se detuvieron.

–¿Por qué dices eso?

¿Podía decírselo? El viento aulló a su alrededor y la oscuridad más impenetrable se cernió sobre ellos. ¿Por qué no? ¿Qué tenía que perder? Podían morir allí.

Levantó la barbilla y le miró a los ojos. No iba a esconderse de él.

—Porque te amaba, Malik, y tú no me amabas a mí —le dijo por fin, poniendo todas las cartas sobre la mesa.

Él volvió a acariciarle la mejilla. Su expresión se había vuelto más tierna que nunca.

—Tú me importabas, Sydney. Y todavía me importas.

Un alfiler de dolor se clavó en el corazón de Sydney. Podían morir esa noche y, aun así, eso era todo lo que podía decirle.

—Eso no es suficiente.

—Es lo que tengo. Los sentimientos no... se me dan bien.

Ella se llevó una mano al pecho, trató de contener el dolor.

—Necesito más. Quiero más. Y si no puedes... Si no podías dármelo, entonces era inevitable que saliera herida por mucho que no tuvieras intención de hacerme daño.

—Yo te di todo lo que tenía —le dijo él—. Todo aquello de lo que era capaz.

—¿Ah, sí? —ella se echó a reír, pero el sonido resultó muy estridente, amargo—. Creo que eso es una excusa, Malik. Creo que te has pasado toda la vida sin sentir nada. Creo que tenías miedo de que tus sentimientos no fueran correspondidos.

Él se puso furioso. Parecía abrumado, atormentado, como si quisiera escapar. Sabiendo que estaba tan cerca de la meta, Sydney se lanzó adelante de forma temeraria.

—Tu hermano no parece tener ningún problema con sus sentimientos. Mírale con su esposa...

Sydney se detuvo de golpe. Las emociones no la dejaban seguir. Los ojos le escocían, llenos de lágrimas.

El rey Adan y su esposa... Hubiera dado cualquier cosa por tener lo que ellos tenían. Se merecía esa clase de amor. Todo el mundo se lo merecía.

—Yo no soy mi hermano —le dijo él en un tono tenso, formal.

—¿Crees que no lo sé? —exclamó ella. Respiró hondo—. Creo que sí puedes sentir, Malik, pero también sigues culpándote por la muerte de Dimah, entre otras cosas.

Los ojos de Malik centellearon.

—No tienes ni idea, Sydney. Solo crees que la tienes.

—¿Entonces por qué demonios no me lo dices todo? —exclamó, embargada por las emociones—. Dímelo. Quiero saber por fin qué hay en mí que no es lo bastante bueno para ti.

Las palabras se quedaron flotando en el aire, pesadas y enormes. Ninguno de los dos se movió ni habló durante unos cuantos segundos. No había sido su intención decir algo, pero tampoco había podido evitarlo. Malik masculló un juramento. Y entonces la hizo sentarse sobre su regazo. Ella le empujó, trató de escapar... Pero él la sujetó con brazos que parecían de hierro. El vientre le ardía, de rabia, frustración, dolor... Le había dolido mucho decir esas palabras. Y, si volvía a hablar, incluso aunque fuera para decirle que se fuera, tenía miedo de echarse a llorar. Todo estaba fuera de control. La tormenta. Sus sentimientos. Estaba cansada, frustrada, furiosa y confundida. Y sentía tantas cosas a la vez que ni siquiera podía ponerles nombre. Quería que todo fuera más sencillo. Quería amar a un hombre y que su amor fuera correspondido. Derrotada, Sydney escondió el rostro contra su pecho y le agarró de ambos brazos, con fuerza. Lágrimas de impotencia corrieron por sus mejillas. Por mucho que intentara esconderlo, él sabía que estaba llorando. De repente, interceptó una lágrima sobre su mejilla.

–¿Alguna vez has pensado... –le dijo al oído mientras ella se acurrucaba contra él– que a lo mejor no soy lo bastante bueno para ti?

Antes de que ella pudiera contestarle, él le echó hacia atrás la barbilla y le dio un beso. La cabeza de Sydney daba vueltas sin parar. No quería suavizar las cosas, no quería devolverle el beso, pero no pudo evitarlo. Era inevitable. ¿Y si morían esa noche? ¿Y si la tormenta los cubría por completo y no conseguían salir?

–Eres digna de un rey, Sydney –susurró él–. Nunca lo dudes –dijo, y entonces le dio un beso hambriento, tomando todo lo que ella le ofrecía, y más. Se besaron durante lo que pareció una eternidad, aunque en realidad solo fueran unos minutos. El cuerpo de Sydney respondió como siempre, suavizándose, relajándose, derritiéndose. Podía sentir la respuesta de Malik, su erección creciendo junto al muslo. No pudo evitar empezar a moverse contra él. Le encantaba sentir la dureza justo ahí, oírle gemir.

–¿Me deseas, Sydney?

Jamás lo había oído sonar tan inseguro.

–Sí –le contestó–. Oh, sí.

Él le quitó la ropa entonces hasta tenerla sobre el regazo en ropa interior. Y después escondió el rostro en su escote para aspirar su aroma. Sydney echó atrás la cabeza y le dejó quitarle el sujetador.

–Hace mucho calor aquí –dijo Malik unos momentos después.

–Todavía llevas toda la ropa puesta.

–Sí.

Logró deshacerse de su ropaje, dejando al descubierto su espléndido pectoral. Deslizó un dedo por dentro de la banda elástica de las braguitas de ella y la encontró húmeda y preparada para él. Sin embargo, en vez de quitárselas como siempre, las agarró de un extremo y tiró con fuerza, arrancándoselas de golpe.

–¡Malik! –exclamó ella.

–No quiero esperar –le dijo él. Sus ojos brillaban en la oscuridad.

Ella tampoco quería esperar. Él se quitó los pantalones y la hizo sentarse a horcajadas sobre él, justo encima de su poderoso miembro. La llenó por completo y la hizo temblar de placer.

–No hay nada como esto –le dijo. Su pecho subía y bajaba rápidamente, como si se estuviera aferrando a la última pizca de autocontrol–. No hay nada como estar contigo.

La agarró de las caderas y empujó con todas sus fuerzas, deslizando el pulgar sobre el punto más sensible de su sexo, al ritmo de sus movimientos. Sydney enredó las manos en su pelo negro, echó la cabeza atrás y fundió su boca con la de él, dando y tomando a partes iguales. El placer crecía y crecía, sin darles tregua... Y entonces Sydney se arrojó al abismo del éxtasis, cayendo y cayendo durante mucho más tiempo del esperado. Era tan maravilloso que casi sentía dolor. Cuando todo terminó, gritó desde lo más profundo de su ser.

Malik todavía seguía gloriosamente excitado mientras le acariciaba la espalda con los dedos.

–Esto es felicidad –le dijo–. Estar contigo así.

Nunca le había dicho tantas cosas, pero Sydney quería que dijera mucho más. Tenía que ser consciente de la tormenta que rugía fuera, tenía que estar tan preocupado como ella. Esa podía ser su última vez juntos.

–Oh, Malik –le dijo–. ¿No lo entiendes?

A modo de respuesta, él tomó sus labios con brusquedad y entonces volvió a entrar en ella, llevándola a cotas más altas de placer. En el último momento, metió las manos entre ellos y encontró su sexo. Sydney cayó por el borde del precipicio con un grito que le salió de las entrañas. Era un grito que casi sonaba como...

«Te quiero...».

Malik la sujetó con fuerza y, mientras la besaba sin parar, encontró alivio en su cuerpo exquisito. Empujó con fuerza hasta que por fin no quedó nada más que darle, y entonces su beso se volvió suave y sutil. Era como una tormenta que había agotado su furia y que ya solo podía acariciar la tierra a la que había asolado. El corazón de Sydney latía sin control. Sabía muy bien lo que había dicho, lo que no había sido capaz de guardar en su interior. La emoción era tan fuerte, sacudiéndola de la misma forma en que la tormenta sacudía el todo-terreno. Malik le apartó el pelo húmedo de la cara.

–Ha sido extraordinario. Gracias.

–¿Eso es todo? –le preguntó ella, sintiendo un nudo en la garganta.

–¿Qué quieres que te diga, *habibti*?

Ese fue el momento en el que el corazón de la joven se rompió en mil pedazos.

–¿Has oído lo que te he dicho?

Él tragó en seco. Esa fue su única reacción.

–Sí. Y me alegro –le dijo, acariciándole un lado del pecho–. Pero solo son palabras. Los hechos significan mucho más que las palabras. ¿No crees?

Sydney se echó hacia atrás.

–Las palabras también están bien, Malik. A veces son necesarias las palabras.

–Cualquiera puede decir las palabras –dijo él–. Pero no por eso son verdaderas.

–Para mí sí lo son.

Él cerró los ojos.

–Sydney, por favor. Ahora no.

Ella se quitó de encima de él, recogió su ropa y se la puso rápidamente.

–¿Cuándo? ¿Cuándo es el momento? ¿O es que esperas que no sobrevivamos a esta noche y que no tengamos que hablar de nuevo?

La expresión de Malik se volvió tensa.

–No seas tan dramática.

–¿Dramática? ¿Te dije que te quería y eso es dramático?

Los ojos le escocían de tanta emoción.

Él se abrochó los pantalones con brusquedad.

–¿Quieres que te diga que te quiero, Sydney? –le preguntó, fulminándola con una mirada–. ¿Eso te haría feliz? –se inclinó adelante y le agarró la barbilla. La obligó a mirarle–. Te quiero –dijo casi con un gruñido–. ¿Es eso lo que quieres oír?

Ella le apartó la mano y se acurrucó lo más lejos que pudo junto a la puerta.

–No –dijo, mirando hacia el cristal de la ventanilla.

Él se echó a reír.

–Y tú eras la que decía que las palabras eran importantes.

La tormenta rugió durante varias horas más y la temperatura descendió bastante. La suave luz de una linterna de pilas aclaraba un poco la oscuridad. Sydney le miró de reojo. Él estaba recostado en el asiento, con los ojos cerrados. Todavía tenía el pecho descubierto. Y ella también; solo llevaba el sujetador. Antes hacía demasiado calor como para no quitarse la ropa.

Pero a medida que pasaba el tiempo empezaba a refrescar. Casi hacía frío en realidad. Sydney agarró la prenda que se había quitado y se la puso ágilmente. Malik se movió entonces. Sus ojos se abrieron de repente, como si no hubiera estado durmiendo. La miró de arriba abajo y entonces miró por la ventanilla. Ella trató de fingir indiferencia.

—La tormenta casi ha terminado —le dijo, con la voz tomada por el sueño—. Muy pronto podremos abrir las ventanillas.

—Eso es bueno —le dijo ella, aunque en realidad no sentiría mucho alivio hasta que el aire se despejara y pudiera ver el cielo de nuevo.

—¿Te encuentras bien?

—Sí.

Él soltó el aliento bruscamente.

—Lo siento. No quería hacerte daño.

—No importa, Malik —le dijo ella, encogiéndose de hombros.

Él volvió a sumirse en un profundo silencio y Sydney empezó a sentir un calor repentino; vergüenza, impotencia... Le había confesado lo que sentía por él; esos sentimientos estúpidos que no la llevaban a ninguna parte. Y él los había recibido con indiferencia.

Sydney se volvió hacia la ventana, apoyó la cabeza en las manos, cerró los ojos. Todavía no había podido dormir, pero a lo mejor lo lograba si seguía intentándolo.

No llevaba mucho tiempo con los ojos cerrados cuando Malik volvió a hablarle.

—¿Sí? —parpadeó varias veces, bostezando. A lo mejor después de todo sí que había dormido.

—La tormenta ha terminado. Tengo que ver si se puede abrir tu puerta.

—¿Mi puerta?

–La mía no se abre. La arena la mantiene cerrada.

Sydney sintió un ataque inmediato de ansiedad. ¿Y si estaban atrapados?

–Déjame –dijo ella con firmeza, intentando ser útil–. Estoy aquí mismo.

Él vaciló un momento y entonces asintió.

–Tienes que tener cuidado. Primero baja la ventanilla muy despacio, solo un poquito –giró la llave del coche una fracción del recorrido y ella apretó el botón.

Por suerte quedaba suficiente reserva de energía para efectuar esa tarea sencilla. La arena empezó a caer en cascada en cuanto abrió un poco la ventanilla, así que Sydney volvió a cerrarla.

–No. Bájala otra vez. Si la arena se afloja, es una buena señal.

–¿Y si sigue entrando?

–Entonces tenemos un problema –le dijo él.

Sydney apretó la cara contra la ventanilla, cubriéndose los ojos.

–Veo oscuridad a través de la ventanilla. Creo. Si estuviéramos cubiertos de arena, lo vería, ¿no?

–Sí, pero si la duna es inestable, podría colapsarse y arrojar más arena sobre nosotros. Lo que ha entrado por la ventanilla viene de arriba. Pero no sé cuánta hay encima de nosotros.

Sydney respiró hondo y trató de abrir la ventanilla de nuevo. La arena entró de nuevo, pero el flujo disminuyó rápidamente hasta que ya no entró nada más. Aunque estuviera sentada, las rodillas le temblaban.

–Bájala más y saca el brazo. Con cuidado. Mira a ver si puedes tocar la arena.

Ella hizo lo que él le pedía. Sacó la mano y trató de tocar el suelo de arena con las yemas de los dedos.

–No siento nada.

–Bien –Malik soltó el aliento–. Ahora déjame intentarlo a mí. Tengo los brazos más largos.

Se inclinó sobre ella y comprobó la altura de la arena. Un momento después abrió la puerta.

Sydney sintió una ola de alivio.

–No estamos enterrados –dijo–. Pero ¿cómo es posible si la arena estaba entrando a borbotones?

Bajó del vehículo. El suelo estaba mucho más cerca que antes y casi tropezó cuando sus pies golpearon la arena. El aire frío le puso la piel de gallina. El cielo estaba despejado y miles de estrellas brillaban en el firmamento.

Pero el coche...

Sydney tembló.

–Está medio enterrado. Por tu lado.

En realidad tres cuartas partes del vehículo estaban escondidas en la arena. Podía ver de dónde provenía la arena que había entrado por la ventanilla. No había sido mucha, pero sí se lo había parecido unos minutos antes.

Malik salió del coche y estudió el panorama durante unos segundos. El todoterreno parecía una escultura de Miguel Ángel, una de esas que no llegó a terminar y que parecían querer salir de la roca. Solo se veía una pequeña fracción del coche, por el lado del acompañante.

–Hemos tenido suerte, *habibti* –le dijo él tranquilamente.

Ella se abrazó.

–Podríamos haber muerto, ¿verdad? Si hubiera durado un poco más...

Él se volvió hacia ella. Su expresión era fiera.

–Pero no duró. Y estamos bien.

–El poder de la tormenta... –dijo Sydney sin terminar la frase. Aquella tromba de arena, la cara más salvaje de la naturaleza... Estaba atrapada en mitad del desierto con Malik. Sus vidas eran tan insignificantes, sus problemas tan pequeños...

–El desierto no es para principiantes.

Ella soltó el aliento.

–¿Te da igual? que pudiéramos haber muerto?

–No hemos muerto. Y no moriremos. Te lo prometo.

–¿No sientes nada? –le dijo ella. Lágrimas de rabia afloraron a sus ojos y se las enjugó con el dorso de la mano.

Él la estaba mirando; su expresión era más triste que nunca.

–Sí. Siento arrepentimiento, Sydney.

–¿Arrepentimiento?

–Nunca debí traerte a Jahfar.

Por alguna razón, esas palabras hicieron mella en ella.

–Tenías que hacerlo. Tenemos que estar juntos hasta que... hasta que podamos conseguir el divorcio –añadió ella, atropellando las palabras.

Él sacudió la cabeza. Su expresión era inflexible, su mirada dura.

–Te dejo marchar.

Ella se quedó perpleja.

–Pero los cuarenta días...

–Una mentira...

Ella le miró con ojos de estupefacción.

–¿Una mentira?

–Una exageración. La ley era real, pero Adan y su gabinete de gobierno la cambiaron durante las reformas. Esa ley fue escrita en una época cuando nuestra sociedad era más feudal, y se suponía que era una forma de proteger a las mujeres. Una reina convenció a su esposo para que aprobara la ley cuando su hermana se casó. El marido se aprovechó de ella y la repudió en cuestión de dos días. Creo que hubo una guerra por ello, si no recuerdo mal.

—¿Por qué? —preguntó Sydney, casi temblando—. ¿Por qué lo hiciste?

Él gesticuló con el brazo en el aire.

—Porque tenía que hacerlo. Porque tú me abandonaste y yo estaba furioso.

—¿Mentiste para vengarte?

No era solo eso lo que había hecho. Había hecho más, pero no podía decírselo, por mucho que quisiera. No podía decirle que necesitaba hacerla volver, que la necesitaba. Era peligroso necesitar a la gente. Si se necesitaba a la gente, ellos podían hacer daño, podían dar donde más dolía.

—No. No fue venganza —sacó el teléfono del coche.

—No lo entiendo.

—Creo que ya ha quedado claro que no nos entendemos muy bien.

Los ojos de Sydney brillaron de repente.

—Tuve que reorganizar mi vida entera para venir a Jahfar.

—Eres mi esposa, Sydney. Accediste a ello cuando te casaste conmigo.

No era una buena razón, pero nada de lo que había hecho cuando se había ido a Los Ángeles tenía mucho sentido en aquel momento. Había ido porque sabía que ella iba a encontrarse con su abogado. Pero tampoco sabía lo que iba a hacer al presentarse en aquella casa de Malibú.

—Sí, ¡pero eso fue antes de que me dijeras que lo nuestro había sido un error! Antes de saber que te arrepentías de haberte casado conmigo.

Malik soltó el aliento. De entre todas las cosas estúpidas que podía haber hecho, esa había sido la peor de todas.

–Ya te lo he explicado. No voy a hacerlo de nuevo.

Porque pensar en ello le hacía enfurecer.

Ella tragó en seco y Malik supo que estaba decidida a no llorar. No eran lágrimas de debilidad, sino de rabia, las que estaba conteniendo.

–Me has traído aquí para nada –dijo ella–. Y peor aún... Me has hecho...

Se tapó la boca con una mano y se dio la vuelta. Malik apenas podía soportarlo, no podía soportar saber que le había hecho daño. La agarró de los hombros, la hizo volverse en sus brazos. Ella cerró los puños y le golpeó en el pecho, pero él no la soltó. Ella volvió a golpearle, pero él la sujetó con más fuerza. No trataba de hacerle daño. Estaba furiosa, herida. Y él se lo merecía. Se merecía todo lo que ella pudiera hacerle.

–Me hiciste quererte de nuevo, Malik. Habría sido mucho mejor si me hubieras dado el divorcio y me hubieras dejado en paz, pero tuviste que meterme en tu vida de nuevo. Ya casi me había librado de ti.

Él le acarició el cabello, la estrechó contra su pecho, contra su corazón.

–Voy a dejarte marchar. Si es lo que quieres.

Ella tardó en contestar.

–Sí –le dijo por fin con un hilo de voz apenas inteligible–. Sí. Eso es lo que quiero.

Capítulo 14

COMPARADO con el desierto de Jahfar, Los Ángeles era un torbellino de color, luz y sonido. A veces soñaba con el desierto de Maktal, soñaba con esa arena profunda y sombreada, la luz cegadora de un sol de fuego... Pero sobre todo soñaba con un hombre.

Sydney estaba frente a la encimera de la cocina, cansada después de un largo día de trabajo. Había comprado comida para llevar y la estaba engullendo con rapidez, tratando de no pensar en Malik. Pero no funcionaba. Dejó la cajita de cartón sobre la mesa y se llevó las manos a la cabeza. ¿Por qué soñaba con él después de todo lo que le había hecho? Había pasado un mes desde su marcha de Jahfar. Él la había llamado una vez. Habían hablado durante unos minutos, pero la conversación había sido tensa e incómoda para ambos. Al terminar la llamada, Sydney había sabido con certeza que no la volvería a llamar.

Se quedó mirando el móvil, situado sobre la encimera... Pensó en llamarle de nuevo. Le echaba de menos, echaba de menos su sonrisa, su seriedad, la forma en que la abrazaba y la acariciaba cuando hacían el amor. Echaba de menos su mirada cuando le decía que la felicidad era estar con ella. Sydney contuvo lágrimas de tristeza. Se sentía muy tensa por dentro, como si estuviera conteniendo demasiadas emociones que pugnaban por salir a la luz. Pero tenía que enterrarlas bien, porque no podía permitirse el lujo de sentir dolor. No quería pasar el resto de su vida en una cama sufriendo por él.

De repente pensó con tristeza en el kit de artista principiante que había comprado en una tienda el fin de semana. Le daba demasiada vergüenza pedir ayuda, como si estuviera haciendo algo malo, así que había comprado ese kit que parecía tener todas las pinturas y pinceles que necesitaba para empezar.

Todavía no lo había abierto. Estaba guardado en la habitación de invitados; un secreto inconfesable. Esa noche. Esa noche lo abriría. A lo mejor no recordaba cómo pintar una flor o un árbol, pero por lo menos lo intentaría. Por lo menos lo intentaría. El arte y el trabajo podían coexistir. Malik tenía razón cuando le había dicho que tenía que hacer algo por sí misma, que tenía que ponerse en primer lugar en algunas ocasiones. Y había hecho precisamente eso cuando se había marchado de Jahfar, aunque hubiera sido lo más duro que había tenido que hacer en toda su vida.

Todo había pasado muy rápido, pero en cuanto llegó el equipo de rescate, Malik la hizo subir a uno de los cuatro coches y le dijo al conductor que la llevara directamente a su casa de Al Na'ir. Todavía podía ver sus ojos oscuros, la mirada que le había dedicado en el último momento, cuando estaba subiendo al vehículo que la alejaría de él para siempre. Parecía... resignado.

Un segundo coche iba detrás de ellos, pero Malik no iba en él. Se había quedado atrás. Esa había sido la última vez que le había visto. Después de ducharse y hacer la maleta, se había subido a un avión rumbo a Port Jahfar y, una vez allí, el jet privado de Malik la había llevado de vuelta a casa.

De repente sonó el timbre de la puerta. El sonido la hizo sobresaltarse.

Malik.

¿Era posible? ¿Había ido a buscarla esa vez? Se apartó el pelo de la cara, se alisó la falda y fue hacia la puerta. El corazón le latía sin ton ni son.

Pero cuando puso el ojo en la mirilla, vio que era su hermana. No quería hablar con nadie en ese momento, pero tampoco podía fingir que no había nadie en la casa.

—Gracias a Dios que estás aquí —dijo Alicia en cuanto Sydney abrió la puerta.

Sydney parpadeó. Alicia tenía muy mala cara. La máscara de ojos se le había corrido por todo el rostro y tenía el pelo hecho un desastre. Estaba temblando de pies a cabeza.

—Oh, Dios mío, ¿qué ha pasado? —exclamó Sydney.

—Yo... Yo solo necesitaba entrar un rato. ¿Puedo?

—¡Claro! —Sydney retrocedió torpemente y dejó entrar a su hermana.

Alicia fue directamente a sentarse en el sofá. Nada más hacerlo, se echó a llorar. Sydney corrió hacia ella y la abrazó con fuerza.

—Dios mío, Alicia. ¿Qué pasa? ¿Le ha pasado algo a Jeffrey?

Alicia empezó a llorar con más fuerza. Entonces levantó la vista y Sydney se dio cuenta por fin, Alicia tenía un ojo rojo, como si alguien la hubiera golpeado. El moratón no tardaría en salirle.

Una ola de pánico se apoderó de Sydney.

—Cariño, ¿qué te han hecho? ¿Llamamos a la policía? ¿Dónde está Jeffrey?

De repente Sydney se dio cuenta de que estaba atosigando a su pobre hermana. De alguna forma logró callarse y se limitó a abrazarla con más fuerza.

—Dímelo cuando estés preparada, ¿de acuerdo?

–Fue Jeffrey –susurró Alicia unos segundos después–. Me ha pegado.

Sydney se quedó boquiabierta.

–¿Te ha pegado? ¡Pero si te quiere con locura!

Alicia se encogió de dolor.

–No me quiere con locura, Syd. En realidad, no. Solo se quiere a sí mismo –se levantó y empezó a caminar por la estancia, arrojando al suelo el pañuelo de papel que había sacado del bolso.

–Tenemos que llamar a la policía –dijo Sydney, intentando asimilarlo todo.

–No puedo hacer eso –dijo su hermana–. No puedo. Todo el mundo pensará que soy una idiota. Mamá y papá se llevarán una gran decepción.

Sydney se puso en pie bruscamente y rodeó a su hermana con el brazo.

–Todo va a salir bien, Alicia. Nadie va a pensar eso. Todo el mundo sabe lo lista que eres.

Alicia se rio con amargura.

–Sydney... Las mujeres listas no se quedan con hombres que les pegan.

Un frío gélido subió por la espalda de Sydney.

–¿No es la primera vez?

–No.

–Siéntate y cuéntamelo todo –dijo Sydney, llevándola hacia el sofá.

Fue a buscarle una bebida fría del frigorífico. Pasaron media hora hablando y finalmente Sydney logró convencerla para que acudieran a la policía. La noche fue muy larga. La policía interrogó a Alicia, le tomó declaración y consiguió una orden de arresto para Jeffrey. Cuando todo terminó, Sydney llevó a su hermana de vuelta al apartamento y la acostó en la habitación de huéspedes. Cuando Alicia se quedó dormida por fin, Sydney se sirvió una copa de vino y fue a sentarse al sofá. Se había equivocado tanto... Había estado tan ciega... Había creído que Jeffrey estaba enamorado de su hermana, que Alicia no tenía tiempo para salir con sus amigas porque era muy feliz. Jamás se le había ocurrido pensar que Jeffrey pudiera ser un controlador irascible, que montaba en cólera cuando ella no estaba cerca... Tenía que saber dónde estaba en cada momento, no quería que hablara con nadie, ni siquiera con su familia; sentía celos de todo el mundo. Y finalmente había terminado golpeándola. Más tarde se había arrepentido, había llorado y le había jurado que nunca más volvería a hacerlo, que la quería mucho y que nunca volvería a hacerle daño. Jeffrey había dicho las palabras, pero no lo decía de verdad.

«Los hechos significan mucho más que las palabras...».

Eso le había dicho Malik.

De repente su corazón empezó a revolotear de pura emoción. Había sido demasiado tonta para ver la verdad. Se había centrado tanto en las palabras que apenas le había prestado atención a los hechos. ¿Por qué la había llevado a Jahfar cuando no era necesario? Todavía estaba molesta por eso. Sentía que él la había manipulado. Si quería arreglar las cosas entre ellos, ¿por qué no lo había dicho sin más? Sydney se frotó la nuca para aliviar la tensión. ¿Malik había querido arreglar las cosas entre ellos? ¿Era por eso que la había llevado a Jahfar?

Era un hombre extraordinario, seguro de sí mismo, con dinero suficiente para hacer cualquier cosa en la vida. ¿Era tan inseguro en el fondo que apenas podía decirle lo que realmente quería de ella?

De pronto Sydney sintió una gran vergüenza. ¿Cómo había podido ser tan tonta? Se había empeñado en hacer el papel de víctima. Había huido y después había esperado una llamada que nunca había llegado, tratando de convencerse de que no era lo bastante buena, que no era importante, ni especial... Había hecho que todo girara en torno a ella cuando en realidad se trataba de los dos, como pareja. Se había comportado como una niña, tal y como Malik le había dicho en una ocasión. Y había vuelto a hacerlo aquel día en el desierto, cuando él le había dicho que había mentido acerca de la ley. Se había sentido tan herida y traicionada que solo había querido marcharse de allí. No había reparado en su forma de abrazarla, en la verdad que él acababa de admitir, en el enorme sacrificio que estaba dispuesto a hacer... Todavía no sabía muy bien si eso significaba que él la amaba, pero a lo mejor podía ser un comienzo.

No es amor un amor que siempre cambia por momentos, o a distanciarse en la distancia tiende.

Shakespeare había sido un hombre muy, muy sabio...

Agarró el teléfono rápidamente y buscó el número de Malik. Los dedos le temblaban justo antes de apretar el botón de llamada... Pero finalmente lo hizo y esperó mientras se realizaba la conexión. El corazón se le salía del pecho.

«Por favor. Tienes que estar...», decía para sí.

Pero él no estaba. El teléfono sonó varias veces y entonces saltó el buzón de voz. Sydney vaciló, sin saber qué decir, y entonces cortó la llamada sin decir ni una palabra. La decepción más profunda se cernió sobre ella. Volvería a llamar. Le dejaría un mensaje, pero antes tenía que pensar muy bien qué decirle.

Por alguna razón, las palabras no le salían. Las palabras no significaban nada.

Justo cuando más las necesitaba, no era capaz de encontrar las palabras adecuadas para salvar su vida. A lo mejor Malik tenía razón. Los hechos eran más importantes...

Los días siguientes transcurrieron en una nebulosa. Sydney trató de contactar con Malik en varias ocasiones, pero él nunca contestó. Una ola de pánico cayó sobre ella. ¿Y si había decidido terminar con ella para siempre? ¿Y si su silencio era deliberado?

Afortunadamente, su hermana estaba mucho mejor. Alicia se había ido a casa de sus padres y había conseguido una orden de alejamiento contra Jeffrey. El trabajo era una locura sin ella y sin su madre, que había decidido quedarse en casa para cuidarla las veinticuatro horas del día. Su padre lo llevaba bastante bien, pero estaba un poco desorientado. Seguía acudiendo a la oficina, pero relegaba en ella con mucha más frecuencia y Sydney tenía más cosas que hacer que nunca. Qué gran sorpresa se había llevado al ver que su padre confiaba en ella. Qué pena que esa revelación hubiera llegado demasiado tarde.

Había comprado un billete de avión para irse a Jahfar; un billete que nunca llegaría a usar como siguiera así.

Una semana más tarde, Alicia y su madre se reincorporaron al trabajo. Alicia había tenido que taparse el ojo negro con mucho maquillaje, pero hacía sus funciones con la misma eficacia de siempre. Nadie hablaba de Jeffrey.

Sydney estaba sentada en su despacho, mirando el correo. Hizo clic en un correo electrónico de su madre. Era una nueva lista en Malibú. El corazón se le paró un momento al ver una dirección... Era casi la misma que la de la casa que le había vendido a Malik. Estaba dos números más abajo. Pensó en ir al despacho de su madre y preguntar si alguna otra persona podía acudir a la cita, pero finalmente decidió que no era buena idea.

Terminaría su jornada laboral como siempre, y después tomaría el avión rumbo a Jahfar.

No podía retrasarlo ni un momento más. El Reed Team era una maquinaria robusta... Podía escaparse durante unos días. Cuando le dijo a Alicia lo que estaba planeando hacer, su hermana le dio un sentido abrazo y le deseó buena suerte.

–¿No te importa que vaya?

–Claro que no –dijo Alicia, apretándole la mano–. Estoy bien y quiero que vayas. Ve a recuperar a ese príncipe tuyo antes de que otra te lo quite.

Sydney se estremeció.

–Pero luego vas a ir a Malibú, ¿no? –le preguntó Alicia desde la puerta del despacho–. Creo que no puede ir nadie más. Y mamá dice que es importante.

–Yo voy –le dijo Sydney–. Tengo tiempo de sobra.

Alicia pareció aliviada.

–Bien.

En cuanto Alicia se marchó, la mente de Sydney empezó a correr, repasando todo lo que tenía que hacer antes de subir a bordo de ese avión esa noche. Tenía una reunión con un cliente a las tres, y después iría a Malibú. Tras ver la casa y hacer las anotaciones pertinentes, tendría el tiempo justo para regresar a casa, buscar algo de ropa y dirigirse al aeropuerto. El estómago le dio un vuelco. ¿Y si Malik no estaba en Jahfar? No tenía ni idea de dónde podía estar, pero sabía dónde vivía y también sabía que en cuanto ella llegara alguien se encargaría de darle la noticia. Él volvería y entonces podría decirle lo idiota que había sido.

Después de eso, solo quedaba incertidumbre. Solo podía rezar para que no fuera demasiado tarde. Alrededor de las cinco y media, Sydney aparcó el coche delante de la casa de Malibú. La casa que Malik había comprado estaba dos puertas más adelante. Había pasado por delante en el camino. No había signos de actividad, ni coches aparcados, pero tampoco había esperado encontrar algo diferente. Esperaba que él vendiera la casa en los meses siguientes.

Era una casa de ensueño; la clase de casa que ella misma hubiera comprado si hubiera tenido tanto dinero como él. Casi podía imaginarse a su lado, disfrutando de un atardecer en el porche... Agarró el maletín, se alisó la falda y subió las escaleras hasta la puerta. Una ola de expectación burbujeó en sus venas. Y miedo también... ¿Y si Malik la rechazaba?

Sacudió la cabeza. No era bueno pensar así. Daría el salto y dejaría que las cosas fluyeran por sí solas. Apretó el botón del timbre y puso su mejor sonrisa. La puerta se abrió de golpe. Un hombre moreno apareció ante ella.

Sydney casi se cayó al suelo del susto. Parpadeó varias veces, segura de que estaba teniendo una alucinación. Aquel hombre se parecía mucho a Malik, pero no era Malik. Era alto, con piel bronceada. Sus rasgos bien perfilados le eran muy familiares. Era apuesto, al igual que los demás miembros de la familia Al Dhakir.

El corazón de Sydney empezó a latir con más fuerza.

—Hola, Sydney —dijo el hombre con un acento extranjero—. Soy Taj.

—Yo... —Sydney tragó con dificultad.

El hombre debía de pensar que era una tonta.

—Encantada de conocerle —dijo por fin.

Taj sonrió.

—He oído hablar mucho de ti.

—¿Sí?

—Claro. Mi hermano no habla de otra cosa.

Sydney se detuvo en el espacioso vestíbulo. Lágrimas de alivio amenazaban con caer de sus ojos.

–¿Malik? ¿Está aquí?

Taj la hizo agarrarle del brazo y se dirigió hacia la terraza.

–¿Por qué no vienes y lo ves por ti misma?

La condujo a través de un enorme salón hasta salir a la terraza. Había un hombre junto a la piscina. Detrás de él, el océano brillaba en todo su esplendor de la tarde. A lo lejos se oía el canto de las gaviotas. El corazón de Sydney dio un vuelco. Malik llevaba un traje y tenía las manos metidas en los bolsillos. Quería arrojarse en sus brazos, pero estaba paralizada. Había intentado localizarle durante días y, por fin, lo tenía delante de sus ojos. Tan cerca y, sin embargo, tan lejos...

–Si me disculpas –dijo Taj–. Tengo que cambiarme de ropa.

Sydney asintió, pero la garganta se le había cerrado y no podía hablar. Palabras... Qué tontería. ¿Quién las necesitaba? No podía pensar en nada que decir. La mirada de Malik cambió de dirección hacia un punto indeterminado detrás de ella. Asintió con la cabeza y entonces volvió a mirarla fijamente. Sus ojos oscuros eran cálidos, inmensos. Adoraba la forma en que la miraba. Le amaba. ¿Pero acaso él la amaba a ella? Fue hacia ella, se detuvo. Por un momento ella pensó que la iba a rodear con sus brazos, pero no lo hizo.

–Me alegro de verte, Sydney –dijo él por fin.

–He comprado un billete de avión –le dijo ella sin pensar en lo que estaba diciendo.

–¿Un billete?

Ella cerró los ojos un momento.

–Un billete para Jahfar –añadió, sintiéndose incómoda, ridícula y avergonzada, todo al mismo tiempo–. Me voy esta noche.

–Ah, entiendo. Qué pena.

–¿Pena?

Él le rozó la mejilla con las yemas de los dedos.

–Esperaba que pudieras acompañarme a una fiesta.

–¿Una fiesta? Yo... –dijo, mirándose la ropa–. No estoy vestida para una fiesta.

–Me he tomado de libertad de comprarte algo.

Sydney tragó con dificultad. Aquello era una locura.

–¿Qué clase de fiesta?

–Es para nosotros. Es una celebración.

–¿Qué celebramos?

Él sonrió. La agarró de la cintura y la atrajo hacia sí. Ella le miró a los ojos y aflojó la mano con la que sujetaba el maletín. Él se lo quitó y lo arrojó sobre una silla cercana.

–Sé que ha sido un poco precipitado por mi parte, pero esperaba que pudiéramos celebrar nuestro matrimonio. Nuestra vida juntos. Nuestra felicidad.

Una lágrima corrió por la mejilla de Sydney.

–Malik...

Él le puso un dedo sobre los labios.

–Déjame hablar. Esto es difícil para mí. No estoy acostumbrado a hablar de sentimientos –le dijo, mirándola como nunca antes la había mirado. Sus ojos estaban llenos de emociones en las que nunca antes se había fijado–. Las palabras salen muy baratas. Las palabras no significan nada. Sin embargo, yo sé que hay un valor en ellas, cuando son sinceras. He oído muchas palabras vacías en mi vida, y a lo mejor eso me ha hecho inmune a ellas. En mi propio perjuicio, por lo menos en lo que respecta a ti.

Respiró hondo.

–No te dije lo que debería haberte dicho, y me he arrepentido mucho. Debería haberte dicho que mi vida se apagó cuando te marchaste hace un año, que mi orgullo me impedía ir a buscarte, cuando debería haberlo hecho, que dejé pasar demasiado tiempo porque seguía esperando que volvieras conmigo. ¿Cómo es que no volviste conmigo? Soy el príncipe Malik al Dhakir.

Se estaba riendo de sí mismo. Sydney puso un dedo sobre sus labios para hacerle callar. No quería oírle hablar de esa manera.

–No, Malik. No tienes que rebajarte. Los dos hemos hecho cosas estúpidas. Yo nunca debía haber huido como lo hice. Me comporté como una niña, tal y como tú me dijiste. Fui impulsiva y estúpida.

Él sonrió entonces.

–Me gustas cuando eres impulsiva.

–¿Cómo? Me comporté como una imbécil.

–Pero también te casaste conmigo en uno de esos momentos impulsivos. A menos que pienses que eso también fue una estupidez. Y no te culparía si lo creyeras.

Ella sacudió la cabeza y entonces bajó la vista. Se miró las manos, apoyadas sobre las solapas de su caro traje. El tejido era de primera calidad. Todo en él despedía opulencia, dinero, realeza... Y ella era tan sencilla, tan corriente... La Sydney Reed de siempre.

–Para ya, Sydney –le dijo él de repente, levantándole la barbilla con un dedo.

–¿Parar qué?

–Parar de pensar que no eres lo bastante buena.

–No es eso lo que estaba pensando –le dijo, pero no era verdad. Bajó la cabeza y la apoyó en su pecho–. Estoy trabajando en ello, Malik. Es una vieja costumbre y no puedo cambiarla de la noche a la mañana.

–Escúchame, Sydney.

Ella levantó la vista de nuevo y contuvo la respiración.

–Eres la mejor persona que conozco. La más generosa, agradable, desprendida... Quiero estar contigo. Te quiero en mi vida, hoy y siempre. Pero no siempre será fácil. Ya has conocido a mi madre. No cambiará de opinión respecto a ti, pero a mí me da igual. A mí solo me importas tú.

Sydney sintió que su corazón se hinchaba más y más.

–Tu madre no me preocupa. Siempre y cuando me quieras, me trae sin cuidado lo que ella piense –se mordió el labio–. Me quieres, ¿no? ¿Quieres estar casado conmigo?

Él parecía exasperado.

–¿No te lo he dicho ya?

Sydney se rio suavemente.

–Solo quería asegurarme.

–¿Y de qué hay que asegurarse? Te he dicho lo que siento, lo que quiero. Lo que siempre he querido.

Ella deslizó una mano a lo largo de su mandíbula. Necesitaba saber más cosas, pero eso tampoco cambiaba lo que sentía por él.

–¿Por qué te casaste conmigo, Malik? ¿Fue para librarte de otro matrimonio de conveniencia? ¿Fue la elección más conveniente? ¿O acaso hubo algo más?

De repente él pareció montar en cólera. El viento sopló con más fuerza, agitándole el cabello. Ella se moría por tocárselo, pero no se atrevía.

–No quería casarme con la mujer que mi madre había escogido, pero ya soy demasiado mayor como para que pueda obligarme a hacer algo que no quiero.

–Pero tu hermano...

–Ni siquiera un rey puede forzar un matrimonio si las dos partes no quieren.

Sydney sintió que le quitaban un gran peso de encima, como si ya no hubiera nada que mantuviera sus pies pegados al suelo.

–Te quiero, Malik. Por eso iba ir a Jahfar. Y sé que te importo. Lo sé por las cosas que haces, no por las palabras que dices. Ahora lo entiendo.

–No estoy muy seguro –le dijo él suavemente–. Pero quiero demostrártelo.

Se inclinó y la besó. Su boca era caliente, posesiva...

Ella enroscó los brazos alrededor de él, se arqueó contra él. Su cuerpo tenía la sed del desierto. Él la sujetaba con firmeza, colmándola de besos... Sydney sabía que ya nunca volvería a ser la misma. Quería arrancarle el traje del cuerpo, explorar cada rincón... Le quería sentir dentro, quería dormir acurrucada contra él, despertarse en sus brazos. Quería comer a su lado, reír a su lado, estar en la misma habitación, sin necesidad de decir nada.

–Ahem.

Malik la apretó contra su cuerpo y le dio un último beso antes de apartarla. Taj estaba en la entrada, espléndido con un traje impecable. El joven sonreía, con una ceja arqueada.

–¿Entonces has decidido perdonar al idiota de mi hermano, Sydney? Qué bueno. Hubiera sido un tanto embarazoso para él llegar solo a la fiesta.

–Taj –le dijo Malik en tono de advertencia.

Sydney se rio.

–Creo que los idiotas somos dos, pero, sí. Vamos juntos a la fiesta.

–Estupendo –dijo Taj–. ¿Entonces nos vamos? Sydney tiene que cambiarse y nuestro coche espera.

Capítulo 15

TODO fue de maravilla, aunque quizá no debería haber sido así. Malik era consciente de que quizá no le había dicho todo lo que tenía que decirle. Todavía le costaba mostrar sus sentimientos, sincerarse, desnudar su corazón ante ella. Le había dicho la verdad, que la necesitaba, que la deseaba y que su vida era un infierno sin ella. Pero todo eso no era suficiente. Había algo más, más profundo y hermoso de lo que jamás hubiera podido imaginar.

Él era un hombre testarudo. Le había llevado demasiado tiempo comprender por qué la necesitaba en su vida. Se había enamorado de ella desde el primer momento, pero no había hecho más que buscar la forma de meterla en su cama. Sin embargo, en algún punto del camino que habían recorrido, ella se había vuelto imprescindible en su vida... La observó desde el otro extremo del salón. Estaba preciosa, radiante... Resplandecía de pura felicidad, llena de vida. Aquel día, en el desierto, había creído que nunca más volvería a verla. Ella levantó la vista y se encontró con su mirada. Sonrió. Era como si sonriera solo para él. Todo su rostro se iluminaba con el amor.

Amor. Era real, su amor. Nunca antes le habían amado, hasta conocerla a ella. Y tenía que aprovecharlo, disfrutar de ese amor, saborearlo por el resto de su vida. La miró de arriba abajo, reparando en el fino vestido de seda de color rosa que había escogido para ella. No tenía tirantes y se ceñía a sus curvas como una caricia. Ella se había recogido el pelo, dejando al descubierto la grácil curva de su cuello.

Malik se estaba volviendo loco. Quería morderla, hacerla gemir... El hotel que había elegido para la fiesta era muy exclusivo. Los invitados estaban disfrutando de los canapés más selectos, bebían champán del mejor y reían sin parar. Una suave luz iluminaba la estancia, acariciando la silueta de la mujer a la que amaba. No podía quitarle la vista de encima. Sydney estaba al lado de su hermana, agarrada de ella, riendo por algo que acababa de decirle el invitado que estaba con ellas.

Una ola de rabia le recorrió por dentro de repente al recordar lo que Sydney le había contado acerca del novio de Alicia. Ya había hecho una llamada al respecto. Jeffrey Orr jamás volvería a molestarla. Por mucho que detestara tener que haberlo hecho, le había conseguido un traslado de puesto de trabajo que no podía rechazar. Debería haber terminado en una celda diminuta, pero, en vez de eso, había conseguido un ascenso con un sueldo mejor al otro lado del mundo.

No obstante, iba a tenerle bien vigilado a partir de ese momento. Si trataba de hacerle daño a otra mujer, terminaría entre rejas.

Sydney levantó la mirada hacia él. Su sonrisa se le clavó en el corazón. Era solo para él. La suave curva de sus labios decía lo mucho que le quería, que le necesitaba, que le amaba...

Era un hombre tan afortunado...

Ella le dio un pequeño abrazo a su hermana y se dirigió hacia él.

–¿Qué sucede, Malik? Te has puesto muy serio.

Él le puso el brazo sobre los hombros y la atrajo hacia sí para darle un beso. Jamás se cansaría de exhibir a su preciosa esposa.

–No es nada. Solo son negocios.

–Te escondiste muy bien –le dijo ella, sonriente–. Ni siquiera sabía que estabas en la ciudad. Alicia y mis padres guardaron muy bien el secreto.

–Te quieren mucho. Están orgullosos de ti.

–¿Por qué? ¿Por haber cazado a un marido rico y apuesto? –le dijo en un tono juguetón.

–No. Por ser quien eres –dijo él, completamente en serio.

Malik sabía que ella no le creía, pero tenía toda una vida por delante para convencerla de lo contrario. Al final ella terminaría por creerlo, al igual que él había aprendido a creer que era merecedor de su amor.

Los ojos de Sydney brillaron bajo la luz de las lámparas. Estaba conteniendo las lágrimas.

–Traté de llamarte.

–Lo siento –dijo él–. Cuando vi tus llamadas perdidas, ya estaba aquí y los planes estaban en marcha.

–Podrías haberme llamado.

Él la abrazó con ternura.

–No. No podía. No se me dan muy bien las conversaciones telefónicas, como bien sabes.

Ella puso los ojos en blanco.

–Oh, Malik, tienes que aprender algún día. No es tan difícil.

–A lo mejor sí que lo es –le murmuró al oído–. A lo mejor sí que es muy difícil.

Ella tomó el aliento bruscamente.

–¿Crees que sería un escándalo si nos fuéramos ahora mismo?

Él hizo como que miraba el reloj.

–Creo que podemos irnos a casa sin problema.

Ella sonrió de oreja a oreja.

Malik se preguntó cómo la había dejado marchar, cómo había podido vivir sin ella durante toda la vida. Bajó la cabeza y la besó.

Iba a ser algo rápido, pero en cuanto sus bocas se tocaron, fue como arrojar una cerilla encendida sobre un charco de gasolina. Ella era suave, cálida, deliciosa. Metió la lengua en todos los rincones de su boca, haciéndola suya de todas las formas posibles. Era suya, para siempre.

Un murmullo de ovaciones le devolvió a la realidad. Malik interrumpió el beso, más molesto que otra cosa. Sydney agachó la cabeza contra él, ruborizada.

–Creo que deberíamos irnos ahora.

Malik se rio.

–Y así lo vamos a hacer.

Se despidió de todo el mundo rápidamente y unos segundos después se dirigían hacia la limusina.

Ya en el vehículo, se hizo el silencio. Estaban sentados cada uno a un lado del coche. Si se tocaban, arderían chispas. Pero él quería hacer las cosas bien. Quería una cama, velas, champán... Quería que todo fuera perfecto para ella.

–Te preguntaría por qué estás ahí, tan lejos –dijo ella–. Pero creo que ya sé por qué.

–Solo soy un hombre, Sydney. No aguanto mucho antes de romperme.

–Y yo estoy deseando que te rompas.

Cuando por fin llegaron a su destino, ella le miró con desconcierto. La casa de Malibú brillaba a la luz de la luna... La limusina se detuvo en el camino circular, delante de la mansión. El motor seguía ronroneando suavemente.

–Es donde empezamos este viaje por segunda vez –dijo él–. Me gusta mucho.

No llegaron al dormitorio. En cuanto la puerta se cerró detrás de ellos, se arrojaron a los brazos del otro. Comenzaron a besarse, tocarse, quitarse la ropa... Mientras descubrían sus cuerpos también descubrían sus almas.

Malik quería adorarla como era debido, pero todo ocurrió demasiado deprisa. En cuestión de segundos, la acostó en el sofá y se tumbó sobre ella.

–Tenemos que ir más despacio –le dijo él.

–No, no. No quiero.

Enroscó las piernas alrededor de la cintura de él, le clavó los talones en el trasero. Él vaciló un momento; quería recordar ese momento por el resto de sus días; recordarla así, desnuda, con los pezones duros y húmedos, los labios hinchados de besos, el cabello alborotado, cayéndole sobre el cuello.

Preciosa. Suya.

–Malik, por favor –dijo ella–. Deja de jugar conmigo.

Y no hicieron falta más palabras. Él se rindió, total y completamente. La levantó en el aire y entró en su sexo de miel.

Felicidad, placer, alegría.

Amor.

Sydney nunca había conocido tanta felicidad. Yacía en los brazos de Malik, exhausta, pero llena de amor. Habían conseguido llegar a la cama. Una suave brisa marina entraba por las ventanas abiertas. No era muy fresca, pero se agradecía después del fragor de la batalla amorosa. El océano arrojaba olas que se estrellaban contra la orilla de la playa, olas eternas, sin fin... Siempre había pensado en él como una ola, una ola incansable que la arrastraba hacia abajo.

Se había equivocado, no obstante.

Él era incansable, pero no la arrastraba hacia abajo. La levantaba, la acompañaba, la invitaba a seguir a su lado para siempre. Y eso podía hacerlo. Quería hacerlo.

Sydney se volvió en sus brazos, vio que él estaba despierto, observándola. El corazón le dio el vuelco que siempre la daba cada vez que él estaba cerca.

–¿Qué piensas? –le preguntó, deslizando el pulgar sobre sus labios.

Le dolía amarle tanto, pero era un dolor con el que podía aprender a vivir.

–Pienso que no hay palabras que puedan describir este momento contigo. Pero tengo que decir las mejores que tengo, porque son las que más se acercan a la realidad.

Sydney deslizó una mano sobre su pecho.

–Estoy segura de que las palabras que escojas serán perfectas, sean las que sean. Porque sé que no las usarías si no fuera así.

–Entonces voy a decirlas –sonrió.

La hizo ponerse boca arriba y se puso encima de ella, apoyándose en el codo. Trazó la línea de su hombro con los dedos. Sydney sintió cosquillas de placer allí donde la tocaba. Aunque a esas alturas debería haber estado exhausta, no podía evitar reaccionar a sus caricias. Llamaradas de fuego empezaban a recorrerla de arriba abajo.

Le puso una mano sobre el corazón. Sintió el rápido palpitar.

–Te quiero, Sydney. Me hiciste creer en el amor cuando creía que era imposible. Y aunque temo que las palabras no son las adecuadas, te quiero.

–Oh, Malik –dijo Sydney, sintiendo lágrimas en los ojos. El corazón se le encogía de tanta felicidad–. Son perfectas.

–Aunque todavía soy un defensor de los hechos –le dijo, agachando la cabeza para chuparle un pezón.

–Oh, sí –exclamó ella, agarrándole de la cabeza y dejándose llevar–. Yo también...

BIANCA.

HELEN BROOKS

BODAS EN ITALIA

Capítulo 1

CÓMO se había metido en aquella situación? Era ridículo. No era propio de ella. El peligro no iba con ella. Era una mujer sensata, metódica. No salía huyendo víctima de un impulso. Nunca lo había hecho. No obstante, su madre siempre había definido así sus actos.

Cherry Gibbs se protegió los ojos mientras observaba la estrecha carretera, definida por muros de piedra y con extensos olivares a ambos lados, que llegaba hasta donde alcanzaba la vista. Entonces, se fijó de nuevo en el coche de alquiler, que estaba parado estoicamente bajo el cálido sol de mayo con la puerta del conductor abierta. Por milésima vez en la última hora se volvió a montar en el vehículo y trató de arrancarlo. Nada.

–No me hagas esto –dijo mientras se apartaba un mechón castaño del acalorado rostro–. Aquí no. Ahora no. Por favor, por favor, arranca esta vez.

Contuvo el aliento e hizo girar la llave en el contacto. Ni un sonido. Resultaba evidente que el coche no iba a llevarla a ninguna parte. ¿Qué podía hacer? No podía quedarse allí todo el día esperando que apareciera alguien. No habría supuesto un problema si se hubiera quedado en una de las autopistas o carreteras principales, pero, después de marcharse de la ciudad en la que había pasado la última noche, había tomado la decisión de circular por las carreteras secundarias, menos concurridas. Había descubierto que Italia era muy diferente de Inglaterra en muchos aspectos, la mayoría de ellos buenos. Sin embargo, la conducción no era uno de ellos.

Parecía que no había reglas en la carretera. Conducir por las ciudades era una experiencia que le ponía los nervios de punta. Tenía que concentrarse cada segundo que estaba detrás del volante. Los italianos se incorporaban al tráfico repentinamente, adelantaban en cualquier situación, no respetaban los semáforos, se pegaban mucho al vehículo que circulaba delante de ellos y tocaban el claxon incesantemente.

Llevaba cinco días en la región de Puglia, el tacón de la bota que forma el mapa de Italia, y corría el peligro de desarrollar un dolor de cabeza crónico por el estrés. Resultaba irónico que precisamente se hubiera escapado del Reino Unido para huir de eso. Por eso, había tomado la decisión de apartarse durante un tiempo de las ciudades.

A pesar de todo esto, no se podía decir que no hubiera disfrutado de los últimos días. Desde que llegó al aeropuerto de Brindisi, había estado explorando la zona en su coche de alquiler. Había visitado Lecce y la península Salentina, que era un lugar innegablemente hermoso. La ciudad vieja de Lecce era un laberinto de calles repletas de iglesias barrocas y, cuando llegó a la punta misma de la península, se sintió como si estuviera en el fin del mundo al observar las lejanas montañas de Albania. Aquel había sido un día especialmente agradable. No había pensado en Angela y Liam más de una docena de veces.

Después de cerrar los ojos durante un instante, los abrió y se bajó del coche. No iba a dejarse llevar por la autocompasión. Observó el resplandeciente cielo azul. Ya había llorado suficiente en los últimos meses. Aquel viaje era el principio de una nueva vida, en la que no iba a vivir en el pasado ni a lamentarse por lo que había perdido.

Metió la mano por la ventanilla del copiloto y sacó el mapa que había comprado en el aeropuerto. Había abandonado su pequeña pensión de Lecce después de desayunar y había ido conduciendo por la costa durante unos cincuenta kilómetros aproximadamente antes de dirigirse hacia el interior. Había parado a llenar el depósito de su pequeño Fiat en una ciudad llamada Alberobello y había pasado allí algún tiempo visitando las pintorescas *trulli*, las casas típicas de la región. Después, compró unos higos y un *panetto*, bollo hecho de pasas, almendras, higos y vino, en un mercado.

Al menos, no se moriría de hambre. Llevaba sus compras en el asiento trasero. Le estaba empezando a parecer que había pasado mucho tiempo desde el desayuno.

Se había marchado de Alberobello hacía unos veinte minutos y, casi inmediatamente, se había encontrado en el corazón del estilo de vida tradicional del sur de Italia en medio de un paisaje de pinos, almendros, viñedos e interminables olivares. Desgraciadamente, por estar en medio de ninguna parte, iba a resultar difícil que encontrara a alguien que le echara una mano. Llevaba un rato conduciendo por carreteras secundarias y senderos de tierra. Lo peor de todo era que no tenía una idea clara de dónde estaba el pueblo más cercano.

Arrojó el mapa al interior del coche por la ventanilla abierta y suspiró. Tenía su teléfono móvil, pero ¿a quién diablos podía llamar para que la sacara de aquel atolladero? No había embajadas extranjeras en Puglia y, aunque sí tenía el número de la embajada en Roma y el consulado de Bari, no le servían de nada porque no tenía ni idea de dónde estaba. Había pasado por algún pueblo pequeño e incluso alguna casa aislada desde que se marchó de Alberobello, pero no tenía ni idea de cuánto tendría que andar antes de llegar al lugar habitado más cercano. Además, tendría que llevarse su equipaje, que pesaba una tonelada. El sur de Italia tenía una reputación más que merecida en lo que se refería a robos. El hombre que le entregó su coche le había dicho que no dejara ningún objeto de valor a la vista en el coche y que no dejara el vehículo en un lugar oscuro o escondido, además de aconsejarla que no caminara sola de noche. Los ladrones podían distinguir a un turista inmediatamente.

Suspiró. Decidió que no iba a dejarse llevar por el pánico. Almorzaría y luego empezaría a desandar el camino. Era lo único que podía hacer. Podían pasar horas, incluso días, antes de que alguien pasara por aquella carretera. Además, le aterraba el hecho de quedarse en el coche y que se hiciera de noche. Había visto demasiadas películas de terror como para hacer algo así.

Estaba aún sentada en el muro comiéndose su pastel cuando oyó el sonido de un vehículo. Entornó los ojos y miró hacia la distancia. El corazón comenzó a latirle con fuerza en el pecho. Primero vio una polvareda. Decidió que el conductor se iba a llevar una buena sorpresa con el bloqueo de la carretera que ella, sin querer, había causado. No obstante, un agricultor de mediana edad sería preferible a uno de los innumerables donjuanes que se había encontrado desde su llegada a Italia y que, evidentemente, consideraban que una chica inglesa que viajaba sola era una presa fácil. No le ayudaba mucho el hecho de que pareciera mucho más joven que sus veinticinco años. Era bastante menuda y delgada, por lo que tenía que resignarse a que siempre le echaran diecisiete o dieciocho años. Liam había bromeado constantemente al respecto, sobre todo cuando a Cherry le pedían identificación en las discotecas.

Vio por fin que se trataba de un coche, un Ferrari azul oscuro que se dirigía a toda velocidad hacia ella. Decididamente uno de los ligones locales, que sin duda creería que le estaba haciendo un gran favor al iluminar su triste existencia ofreciéndole que se acostara con él, tal y como ya le había ocurrido un par de días atrás.

Se bajó del muro y se sacudió las migas de pastel que tenía sobre la camiseta. Entonces, se acercó a su coche y esperó a que llegara el Ferrari. Los cristales tintados hacían que resultara difícil ver el rostro del conductor, por lo que Cherry se armó de valor cuando vio que se abría la puerta. Una cosa era tratar con los insistentes italianos en las calles de una concurrida ciudad y otra muy distinta en medio de una carretera solitaria sin nadie a la vista. Durante un segundo, todas las historias que había escuchado sobre mujeres que habían sido violadas y asesinadas mientras hacían turismo por el extranjero le cruzaron el pensamiento.

El hombre que salió del Ferrari no era un chico joven. Lo primero que le llamó la atención a Cherry fue su altura, al menos de metro ochenta. Tenía los hombros anchos y fuertes y un hermoso rostro moreno que portaba las líneas de la experiencia grabadas sobre la piel. El hombre dijo algo en italiano. Cherry tan solo comprendió la palabra «signorina» que escuchó al final de la frase.

–Lo siento. No hablo italiano –dijo.

–¿Es usted inglesa? –le preguntó él.

Antes de que él hablara, a Cherry le pareció que suspiraba. Había pronunciado aquellas palabras con un cierto aire de resignación. No añadió nada parecido a «otra estúpida turista», pero le faltó poco. Cherry sintió que la ira se despertaba en ella y asintió con un gesto brusco.

–Bien. ¿Qué problema tiene, signorina? –añadió, sin quitarse las oscuras gafas de sol.

–Mi coche se ha averiado –respondió Cherry con una fría sonrisa.

–¿Adónde se dirigía?

–No lo sé. Simplemente estaba explorando la zona. No me dirigía a ningún lugar concreto.

–¿Y dónde se aloja?

–He estado alojándome en Lecce, pero decidí ir a la costa durante un tiempo para conocer la zona.

–Pues no está en una carretera costera, *signorina*.

–Lo sé –le espetó ella–. Alguien me habló de los castillos medievales de Puglia y en particular del Castel del Monte. Iba en esa dirección, pero quería ver el campo.

–Entiendo. Y ahora está usted bloqueando mi carretera.

–¿Su carretera?

–Sí –replicó él–. Está usted en mi finca, *signorina*. ¿Acaso no vio un cartel hace unos kilómetros que le advertía que estaba usted en una finca particular?

–No vi valla alguna.

–No tenemos necesidad de vallas. En Italia respetamos la propiedad privada de los demás.

–Ay, pues lo siento –replicó ella secamente–. Le puedo asegurar que, si hubiera sabido que estas son sus tierras, no habría puesto el pie en ellas –añadió. Las palabras eran una disculpa, pero el tono de su voz distaba mucho de estar pidiendo perdón.

El hombre sonrió ligeramente y dio un paso hacia ella.

–Bien. Veamos si podemos persuadir a su coche de que continúe su viaje. ¿Las llaves?

–Están en el contacto.

Cherry rezó en silencio para que el coche arrancara a la primera y no la dejara así mucho más en ridículo.

Después de un instante, resultó más que evidente que el coche no iba a arrancar.

El desconocido se bajó del coche con la gracia natural de todos los hombres italianos y dijo:

–¿Cuándo fue la última vez que repostó usted gasolina?

Ahí sí que no la iba a pillar. Cherry no era tan estúpida como para haberse quedado sin gasolina.

–Hoy mismo –respondió con gesto triunfante–. Antes de marcharme de Alberobello. Tengo el depósito lleno.

–Y después de llenar el depósito, ¿se marchó de la ciudad inmediatamente?

Cherry lo miró fijamente. No sabía adónde quería él ir a parar.

–No. Después de llenar el depósito me fui a ver un poco la ciudad.

–¿A pie, *signorina*?

–Sí, a pie.

Él estaba mucho más cerca de Cherry y su masculinidad le resultaba a ella más intimidante. Los esculpidos pómulos de aquel hermoso rostro, el espeso y oscuro cabello y las caras ropas que llevaba puestas contribuían a darle una arrogancia propia de un depredador que a ella le resultaba inquietante.

–Creo que, posiblemente, usted haya sido víctima de... ¿Cómo se dice en inglés? De los engaños que prevalecen en pueblos y ciudades. Un depósito lleno se roba.

–¿Se roba?

–Sí, *signorina*. Resulta fácil hacer un pequeño agujero en el depósito de la gasolina y sacar todo el combustible. Es un inconveniente.

Cherry lo miró con desaprobación, como si él mismo hubiera cometido aquel delito.

–Entonces, en Italia, ese respeto por la propiedad ajena del que usted hablaba no se extiende a los coches, señor...

–Carella. Vittorio Carella –replicó él, con una sonrisa. Aparentemente, no le había molestado el sarcasmo de Cherry–. ¿Y su nombre es, *signorina*?

–Cherry Gibbs.

–¿Cherry?

Él frunció ligeramente el ceño, lo que provocó que Cherry se preguntara de qué color serían sus ojos tras las gafas oscuras. Suponía que castaños. O negros como la noche.

–¿Como la fruta?

–Sí. Aparentemente, mi madre tenía antojos de cerezas constantemente cuando estaba embarazada de mí y, por lo tanto...

–Veo que no le gusta su nombre. A mí me parece encantador.

Cuando se quitó las gafas, Cherry comprobó que se había equivocado en cuanto al color de sus ojos. Eran grises. De un gris profundo, ahumado, enmarcado por espesas pestañas que podrían haber resultado femeninas en un rostro menos masculino. Sin embargo, a él le daban un aspecto completamente hipnótico.

–Bien, Cherry. Creo que hemos establecido que su coche no va a ir a ninguna parte por el momento. ¿Puedo llamar a alguien para que venga a recogerla? ¿Sus padres, tal vez?

–No he venido con nadie –dijo ella. Inmediatamente, deseó haberse mordido la lengua.

Los hermosos ojos se entornaron.

–¿No? –preguntó. Evidentemente estaba escandalizado–. Es usted un poco joven para estar sola en el extranjero.

Lo mismo de siempre. Evidentemente, Vittorio Carella pensaba que era más joven de lo que ella era realmente.

–Tengo veinticinco años –replicó ella–. Edad más que suficiente para ir donde quiera y cuando quiera.

–Evidentemente, tiene buenos genes. A mi abuela le ocurre lo mismo –dijo él–. ¿Tiene el número de la empresa de alquiler de coches?

Cherry asintió. Estaba en su bolso, con su pasaporte y el resto de los papeles. Tardó un minuto en sacarlo, a pesar de que se sentía muy torpe con aquellos ojos grises observándola. El número estaba ocupado.

–No importa –anunció él–. Puede volver a intentarlo desde la casa. ¿Qué necesita llevarse?

–¿La casa?

–Sí. Mi casa. No se puede quedar aquí.

Cherry no iba a ir a ninguna parte con él.

–Mire, siento estar bloqueándole su carretera, pero cuando consiga hablar con la empresa de coches de alquiler, me enviarán a alguien para recoger el coche y me darán otro nuevo. ¿Puede... pasar usted de algún otro modo?

–Podrían pasar horas antes de que alguien viniera a buscarla, Cherry. Tal vez no tengan otro vehículo disponible. Todo podría demorarse hasta mañana. ¿Tiene la intención de pasar la noche en el coche?

Cherry prefería eso antes de pasar la noche en su casa.

–Ni siquiera se me ocurriría imponerle mi presencia –dijo ella secamente–. Estoy segura de que puedo encontrar un pequeño hotel o pensión en algún lugar cercano.

–Podría ser un camino largo y caluroso, para terminar no encontrando nada –repuso él tras observar la abultada maleta y el enorme bolso que ella llevaba colgado del hombro–. No le recomendaría ponerse innecesariamente en una posición tan vulnerable cuando no tiene por qué.

Lo de no tener por qué era relativo. El modo en el que él pronunciaba el nombre de Cherry, con aquel delicioso acento, y el hecho de que él fuera fácilmente el hombre más atractivo que ella hubiera visto en toda su vida le resultaba profundamente turbador. Era rídículo, pero cuanto antes estuviera lejos de Vittorio Carella, mejor.

Por otro lado, la maleta pesaba una tonelada y el sol lucía con fuerza. Además, estaría a merced de cualquier hombre con el que se pudiera encontrar.

–Volveré a llamar –dijo. Seguía comunicando. Vio que Vittorio se había apoyado contra el coche, con los brazos cruzados–. Tal vez podría aprovecharme de su hospitalidad durante un par de horas como máximo mientras soluciono las cosas.

–Por supuesto.

En cuestión de segundos, Vittorio trasladó todo el equipaje de Cherry al Ferrari, cerró con llave el Fiat y abrió la puerta del copiloto para que ella pudiera montarse en el vehículo.

Consciente de que tal vez se estaba montando en un Ferrari por primera y última vez en su vida, Cherry se acomodó en el asiento de suave cuero. Era un vehículo magnífico. Como el dueño.

Cuando él se metió en el coche, Cherry sintió que los sentidos se le aceleraban. El musculado cuerpo era grande. El aroma que emanaba de la piel de Vittorio era pura seducción. El Rolex de oro sugería riqueza y autoridad. Cherry no se había sentido nunca tan fuera de lugar. Era una sensación muy incómoda.

–¿Bien? –le preguntó él mientras arrancaba el vehículo.

El Ferrari avanzaba a toda velocidad por la carretera. Cherry veía cómo las paredes de piedras pasaban a toda velocidad junto a ella, por lo que rezó para poder llegar al día siguiente. Vittorio Carella era un loco. Tenía que serlo. ¿Acaso sería piloto de carreras? No. Tenía que ser un loco.

Minutos después, Cherry cambió de opinión. Vittorio Carella no era un loco, sino el mejor conductor que ella había conocido nunca. Conducía el Ferrari con increíble habilidad.

–¿Le... le gusta conducir?

–Sí. Es uno de los placeres de la vida.

Justo entonces, Cherry vio una increíble casa en la distancia. Construida en piedra, sus blancas padres relucían bajo el sol de la tarde. Los balcones estaban adornados con buganvillas y parecían observar los olivares que los rodeaban con somnoliento interés. Varios pinos ejercían como centinelas a ambos lados de la enorme casa de campo.

–Casa Carella –dijo Vittorio–. Uno de mis antepasados construyó la casa principal en el siglo XVII. Sus descendientes fueron añadiendo partes.

–Es muy bonita.

Vittorio detuvo el Ferrari y se volvió para mirarla con una sonrisa en los labios.

–*Grazie*. A mí también me parece que mi casa es

muy hermosa. De hecho, jamás he deseado vivir en otra parte.

–¿Siguen cultivando los olivos? –le preguntó ella por decir algo. El modo en el que aquella sonrisa había suavizado el duro rostro de Vittorio la había afectado profundamente.

–Por supuesto. La producción de aceite de oliva es una de las industrias más antiguas de Puglia y la finca de los Carella no tiene competidor. Con los métodos que se requieren para cosechar y producir el aceite de oliva es imposible convertir la elaboración en una industria muy técnica. Se puede utilizar la maquinaria moderna, pero suelen ser las familias de agricultores las que se ocupan de sus propios terrenos y producen su propio aceite de oliva en vez de dejarlo en manos de los grandes conglomerados. Eso me gusta. No obstante, mi bisabuelo fue principalmente un hombre de negocios e invirtió gran parte de la riqueza de los Carella aquí para asegurarse de que no solo dependiéramos de los olivos. Era un pionero. ¿Es así como se dice?

Cherry asintió. Es decir, Vittorio Carella era un hombre muy rico.

–Era, según tengo entendido, un hombre muy duro, pero su inflexibilidad dejó garantizado un estilo de vida privilegiado para las generaciones futuras.

–¿Y usted creer que la inflexibilidad y la dureza son rasgos buenos?

Los ojos grises de Vittorio se cruzaron con los azules de Cherry.

–En ocasiones, sí.

Con eso, abrió la puerta del coche, bajó y se dispuso a ayudarla a ella a que saliera.

–Estoy seguro de que querrá refrescarse un poco –dijo él, muy formalmente. Esto le recordó a Cherry lo desaliñada que debía de estar–. Una de las doncellas le acompañará a una habitación de invitados y yo tendré un tentempié esperando para cuando usted esté lista.

La puerta de la casa se había abierto mientras él hablaba. Una criada uniformada estaba esperando en el umbral.

–Ah, Rosa –dijo él mientras animaba a Cherry a que subiera delante de él–. ¿Harías el favor de llevarte a la *signorina* a una de las habitaciones de invitados y de asegurarte de que tiene todo lo que necesita? Tal vez quiera que yo me ocupe de llamar a la empresa de alquiler de coches en su nombre –le comentó a una sorprendida Cherry, que estaba tratando de no quedarse boquiabierta al ver el palaciego interior de la casa.

Incapaz de articular palabra, siguió a la criada escaleras arriba hasta el primer rellano. Allí, tras avanzar unos metros por el pasillo, la joven abrió una puerta para que Cherry pudiera pasar.

–Le ruego que llame si necesita algo, *signorina* –dijo la criada en inglés mientras entraba detrás de ella y abría la puerta del cuarto de baño privado de aquella estancia.

Tras indicarle dónde estaban las toallas y los productos de aseo, se marchó.

–¡Vaya! –susurró Cherry.

El color crema de las paredes hacía destacar más aún si cabe el estallido de color que provenía de las ventanas y que daban a un balcón adornado con buganvillas rojas y blancas, además de una mesa para dos. Si aquella era una de las habitaciones de invitados, Cherry no quería ni imaginarse cómo sería el resto de la casa. No se había equivocado. Vittorio Carella debía de estar absolutamente forrado.

Salió al balcón y vio que daba a un enorme jardín repleto de árboles tropicales y arbustos llenos de flores. Este quedaba separado del olivar mediante un antiguo muro de piedra. Una piscina enorme relucía bajo el brillante cielo azul y un poco más allá un huerto albergaba en armonía naranjos, albaricoqueros, almendros e higueras. Cherry jamás había visto nada parecido.

Mientras volvía a entrar en la habitación, decidió que Vittorio Carella no era un olivarero corriente.

De repente, se dio cuenta de que debería haber estado aseándose en vez de perderse en tantas contemplaciones. Se dirigió rápidamente al maravilloso cuarto de baño. Un enorme espejo le mostró lo desaseada que estaba. No era de extrañar que él hubiera pensado que ella solo era una niña jugando a ser adulta. Necesitaba recomponerse urgentemente.

El cuarto de baño contaba con todo lo necesario para el aseo personal, incluso cosméticos, perfumes y demás para hombre y mujer que aún estaban en sus envoltorios. Evidentemente, Vittorio Carella se ocupaba de todas las necesidades de sus invitados. Sin embargo, ella no lo era, al menos en el sentido tradicional de la palabra.

Se colocó delante del espejo y, después de lavarse el rostro y de cepillarse el cabello hasta que le brilló como la seda, abrió un tubo de rímel y una caja de sombra para ojos. Afortunadamente, tenía maquillaje a su disposición. Había entrado en aquella casa como si fuera una muchachilla perdida y desaliñada, pero se marcharía de allí como una mujer hecha y derecha.

Capítulo 2

CUANDO Cherry abrió la puerta del dormitorio para bajar, vio que la criada estaba esperándola al final del rellano. Cherry sonrió.

–Ah, *signorina*. Si es tan amable de acompañarme... El *signor* está esperando.

Cherry asintió y la siguió escaleras abajo. Después de atravesar el vestíbulo, la criada llamó a una puerta, la abrió y se hizo a un lado para que Cherry pudiera pasar. El salón era aún más hermoso de lo que ella había imaginado. Techos altos, suelos de madera cubiertos con gruesas alfombras, elegantes muebles y carísimas cortinas acompañados de exquisitos cuadros que colgaban de la pared. Los enormes ventanales daban al jardín. En el patio, una fuente tintineaba bajo el tórrido calor de la tarde.

Sin embargo, todo esto solo ocupaba la parte exterior del pensamiento de Cherry. Todos sus sentidos estaban prendados del hombre que acababa de levantarse de un sillón y que le decía:

–Ven a sentarte y a tomar algo. ¿Quieres café o tal vez una bebida fría? ¿Zumo de naranja? ¿De piña? ¿De mango?

–Un café, por favor –dijo ella mientras tomaba asiento en un sillón frente al que ocupaba Vittorio.

Sobre la mesa de café, había una amplia selección de pasteles y tartas. El aroma del *espresso* que él estaba tomando era muy fuerte. Vittorio iba ataviado con unos amplios pantalones, una camisa de algodón gris que le sentaban tan bien que garantizaban que el corazón de cualquier mujer se aceleraría solo con verlo.

Vittorio no se sentó hasta que ella no hubo tomado asiento. Entonces, le sirvió un café y le indicó la leche, la crema y el azúcar.

–Sírvete.

–Gracias. Lo tomo solo.

–Es la mejor manera –dijo él con una sonrisa.

Los latidos del corazón de Cherry, que acababan de volver a la normalidad, volvieron a acelerarse. Cuando observó las delicias que adornaban la mesa, descubrió que tenía mucha hambre. Tomó uno de los pastelillos y suspiró. Debía de ser maravilloso disfrutar de una vida tan privilegiada, libre de las preocupaciones y de los problemas que afectan a la mayoría de la gente. Vittorio Carella solo tenía que mover un dedo para que se cumplieran todos sus deseos.

–He hablado con la empresa de vehículos de alquiler mientras estabas arriba, pero no podrán enviar otro coche hasta dentro de veinticuatro horas.

Cherry estuvo a punto de atragantarse con el pastel.

–¿Veinticuatro horas?

–No es demasiado tiempo, a menos que tengas una cita urgente.

–No, pero... no puedo seguir abusando de tu hospitalidad –dijo, sin saber cómo decir más directamente que no tenía intención de quedarse en aquella casa durante veinticuatro horas.

–Ni lo menciones. Eres más que bienvenida aquí. Siento mucho que hayas tenido una experiencia tan mala mientras que visitas mi hermoso país. Déjame que te compense ofreciéndote la seguridad de mi casa hasta que llegue el coche nuevo.

¿Cómo podía negarse Cherry a tal ofrecimiento?

Al final no tuvo que decir nada porque la puerta del salón se abrió. Los dos se volvieron al mismo tiempo para ver entrar a una voluptuosa joven, que permaneció en el umbral observándolos con las manos en las caderas y echando fuego por los ojos. Cherry no necesitó entender italiano para comprender que se estaba produciendo una discusión. Por alguna razón, la muchacha estaba furiosa con Vittorio y no tenía miedo de decírselo a pesar del enojo que él mostraba.

Él le respondió algo en italiano, que detuvo el intercambio de palabras, pero no impidió que la muchacha siguiera observándolo con enfado.

–Ruego que nos disculpes –le dijo él a Cherry–. Mi hermana no suele tener tan malos modales. Dejadme que os presente. Cherry, esta es mi hermana Sophia. Sophia, te presento a Cherry, una invitada de Inglaterra que se merece más cortesía de la que le has mostrado.

Cherry vio que la hermana de Vittorio estaba luchando por controlarse. A pesar de todo, dio un paso al frente y forzó una sonrisa mientras extendía la mano y decía:

–Lo siento. No sabía que había nadie con Vittorio o que estábamos esperando un invitado.

Cherry le devolvió la sonrisa.

–No me estabais esperando –dijo mientras estrechaba la mano de la joven–. Me temo que me metí en vuestra finca por error y que mi coche se estropeó, por lo que debería ser yo la que se disculpe por entrometerme.

Unos intensos ojos verdes, que adornaban un rostro muy hermoso, observaron a Cherry durante un instante. Entonces, Sophia sonrió.

–No, soy yo la que debe disculparse –insistió–. Te aseguro que eres más que bienvenida, Cherry de Inglaterra. ¿Dónde está tu coche? –añadió–. No lo he visto.

–Está en algún lugar de por ahí –respondió Cherry mientras señalaba vagamente en dirección a la carretera–. Me temo que está bloqueando la carretera. Aparentemente, me vaciaron el depósito en la última ciudad en la que me detuve.

–Te aseguro que no importa, Cherry. Tenemos más de una entrada a la finca –le explicó Sophia–. ¿Te vas a quedar a cenar?

–Cherry se va a quedar a pasar la noche hasta que la empresa de coches de alquiler pueda entregarle un vehículo nuevo –dijo Vittorio con frialdad.

–En ese caso, te veré más tarde. Me marcho a mi dormitorio a descansar –replicó Sophia. Con eso, se dio la vuelta. El largo cabello, que le llegaba hasta la cintura, le caía como una cortina negra sobre la espalda

Cherry tomó su taza de café. No sabía qué decir. Evidentemente, ambos hermanos habían discutido por algo.

–Tu hermana es muy hermosa –comentó Cherry, con la intención de aliviar el cargado ambiente.

–Y muy independiente –rugió él. Entonces, se mesó el cabello con una mano–. *Scusi*. Ahora soy yo el que tiene malos modales, ¿verdad? Pero es que Sophia pone a prueba mi paciencia.

Cherry tenía la sensación de que la paciencia no era uno de los mejores atributos de Vittorio. Se notaba que era un hombre que estaba acostumbrada a hacer que la gente bailara al son que él tocara sin cuestionarle, lo que provocó que Cherry se pusiera inmediatamente del lado de su hermana.

–No creo que, necesariamente, sea malo que una mujer sea fuerte e independiente. Después de todo, estamos viviendo en el siglo XXI.

–¿Cuántos años crees que tiene mi hermana?

–No sé... ¿Mi edad? ¿Unos veinticinco años?

–Sophia cumplirá diecisiete en su próximo cumpleaños, que es dentro de cuatro meses. Aunque tiene el cuerpo de una mujer madura, te aseguro que tiene la mentalidad de una niña de dieciséis, una niña obstinada y despreocupada de dieciséis años. Nuestros padres murieron cuando ella era aún muy pequeña y yo soy su tutor desde entonces. Sin embargo, a lo largo de los últimos años ha sido una batalla. Hay un muchacho –admitió–. Ella se ha estado viendo con él en secreto cuando se suponía que estaba con sus amigas.

–Eso es algo natural a su edad.

–Sophia es una Carella –replicó él–. Sabe que no habrá chicos hasta que cumpla los dieciocho años y que entonces tendrá que ir acompañada. Hacer algo así es imperdonable.

Cherry lo miró incrédula.

–Eso es ridículo.

–Tal vez lo sea en Inglaterra, pero no en Italia ni entre las chicas de buena familia. Va a un colegio muy exclusivo, en el que se supervisa a las chicas en todo momento. Cuando cumpla los dieciocho años, cualquier pretendiente tendrá que dirigirse a mí primero. Es para su protección. Ahora, dado que no puedo confiar en ella, mi ama de llaves tendrá que acompañarla cada vez que salga de casa. Es un gran inconveniente.

–¿Y ella? ¿Y Sophia? –le preguntó Cherry, completamente indignada–. Si tiene que ir a ver a sus amigos acompañada del ama de llaves, debe de estar sintiéndose muy avergonzada. Me parece algo cruel.

Vittorio le dedicó una terrible mirada de desaprobación. No obstante, se contuvo perfectamente.

–Eres una invitada en mi casa, *signorina*. No debo apesadumbrarte con mis problemas. Ahora, si me perdonas, tengo algunos asuntos de los que ocuparme. Te ruego que te sientas como en tu casa y que pidas todo lo que desees. La piscina y el jardín están a tu disposición, por supuesto. La cena se sirve a las siete en punto.

Se marchó del salón antes de que Cherry pudiera responder. ¡Qué hombre más arrogante, horrible y machista! ¡Y pobre Sophia! Las mejillas de Cherry ardían de furia. Vittorio tenía presa a su hermana en una jaula, aunque esta fuera de oro. Se comportaba como si estuviera viviendo doscientos o trescientos años atrás, cuando las mujeres no tenían ni derechos ni voz propia.

Después de permanecer allí sentada un rato, terminándose su café y saboreando tres deliciosos pastelillos más, decidió que le apetecía mucho salir al patio, a pesar del calor. Un baño en la magnífica piscina sería una delicia.

Se marchó del salón y consiguió regresar a su dormitorio. Allí, se puso un sencillo bañador negro. También tenía dos biquinis, pero los dos eran bastante escasos de tela. Por alguna razón, el hecho de aparecer medio desnuda en la casa de Vittorio, le parecía impensable. Completó su atuendo con un pareo de colores. Cuando tuvo las piernas tapadas, se sintió mucho mejor.

Cuando estuvo preparada, se sentó en la cama y miró a su alrededor. Se sentía un poco culpable por el modo en el que se había comportado. Vittorio había sido muy amable al ofrecerle refugio y creía que no le había dado las gracias ni una sola vez por ello. Además, no era propio de ella mostrarse tan antagónica. De hecho, Cherry era más bien lo contrario.

El hecho de que Vittorio fuera tan arrogante, tan seguro de sí mismo y tan masculino, no excusaba su ingratitud. Tendría que disculparse y darle las gracias adecuadamente cuando volviera a verlo. Tal vez aquella noche durante la cena. Al día siguiente, cuando por fin llegara su coche de sustitución, le daría de nuevo las gracias por su hospitalidad e interpondría tantos kilómetros entre ellos como le fuera posible.

Tras ponerse unas chanclas, salió de su dormitorio y se dirigió a la planta de abajo. Una vez allí, miró a su alrededor, mientras se preguntaba por dónde se iba a la piscina. Entonces, se abrió una puerta en el vestíbulo y salió una mujer de aspecto severo, cabello canoso y completamente vestida de negro.

Al verla, la mujer se dirigió a Cherry con una cortés sonrisa en su severo rostro.

–*Signorina*, ¿puedo ayudarla en algo? ¿Necesita algo?

–El señor Carella me dijo que podía utilizar la piscina –dijo Cherry. No sabía si el ama de llaves conocía sus circunstancias–. Voy a pasar la noche aquí. Mi coche...

–Sí, sí, *signorina* –repuso la mujer con una ligera impaciencia–. Lo sé. El *signore* me ha informado de su situación. ¿Tiene todo lo que necesita en su dormitorio?

–Sí, gracias –replicó Cherry. De repente, se compadeció mucho de la pobre Sophia por tener que ir siempre con aquella mujer.

–Si quiere acompañarme, *signorina*...

Sin más, la mujer se dio la vuelta y se dirigió a una puerta que conducía a una soleada estancia que daba también al jardín. Allí, abrió un armario y sacó dos enormes y esponjosas toallas de playa, que entregó a Cherry.

–La piscina, ¿verdad? –añadió. Entonces, señaló hacia las puertas que daban al jardín–. Dentro de un rato, le enviaré a Gilda o a Rosa con algo fresco para beber.

–Le ruego que no se tome ninguna molestia en mi nombre. Estoy bien, de verdad.

–No es molestia alguna, *signorina.*

El duro rostro no se había suavizado ni un ápice. Cherry se sintió como si volviera a tener cinco años y una profesora le estuviera regañando por algo malo que había hecho. No obstante, le dio las gracias de nuevo al ama de llaves y salió al jardín.

La calidad de la luz y la intensidad del color que

había notado desde que llegó a Italia, parecían incluso más intensos en aquel jardín. Respiró profundamente el perfumado aire. La piscina era enorme y contaba con una zona pavimentada sobre la que había varias hamacas, tumbonas y sofás de jardín organizados en torno a mesas de mármol, unos bajo sombrillas y otros aprovechando la sombra de los árboles. Otros quedaban a pleno sol. Era el lugar perfecto para echarse una siesta.

Dejó sus cosas en una hamaca que quedaba entre sol y sombra, se quitó el pareo y se dirigió a la piscina. Allí, se sumergió limpiamente en el agua. Entonces, cortó el agua con poderosas brazadas. Se sentía viva. Desde que era pequeña, siempre le había gustado mucho nadar. Era el único deporte en el que había destacado, al contrario de Angela, a la que se le daba bien todo.

Se sintió enojada consigo misma por haber dejado que la imagen de Angela se entrometiera en aquel instante de relax. Se dejó llevar por la sensación del agua fresca y del calor del sol. Realizó varios largos hasta que, diez minutos después, estaba completamente agotada. Entonces, salió de la piscina y se envolvió una de las toallas alrededor de la cintura. La otra la colocó sobre la hamaca. En aquel momento, Rosa apareció con una bandeja que contenía una jarra de zumo de frutas muy frío y un pequeño plato de pastas.

Después de dar las gracias a la doncella, se sirvió un vaso de zumo y se comió unas pastas. Entonces, se tumbó en la hamaca con la intención de dormir un rato. Desgraciadamente, no pudo evitar revivir la última escena que había vivido con Angela y Liam. Todo había sido tan desagradable... Se sentó en la tumbona, enojada y disgustada al mismo tiempo por su debilidad. Todo había terminado. Había decidido que no volvería a aceptar a Liam ni aunque viniera envuelto en papel de regalo. Tenía que dejar de vivir en el pasado. No merecía la pena.

–Cherry –le dijo una voz femenina sacándole de aquel laberinto de pensamientos. Era Sophia. Ceñía su voluptuosa figura con un biquini de color morado–. ¿Te encuentras bien?

–Sí, sí, estoy bien –replicó Cherry con rapidez–. Estaba pensando. Eso es todo.

Sophia se sentó en una tumbona a su lado.

–¿Pensamientos desagradables?

–Podríamos decir eso.

–Perdóname. No quería husmear.

–No, no. No importa. Estaba enamorada de alguien y ese alguien me dejó por otra persona. Tan sencillo como eso.

–Jamás es sencillo.

–Tienes razón. Jamás lo es.

–¿Quieres hablar al respecto?

A Cherry le sorprendió mucho que, efectivamente, deseara hacerlo, seguramente porque, hasta aquel momento, no se había abierto con nadie.

–Yo trabajaba con Liam. Éramos buenos amigos y, luego, empezamos a salir juntos. Yo... yo pensé que era diferente a la mayoría de los hombres. Me pareció que podía confiar en él. Llevábamos juntos unos seis meses y las cosas iban bastante en serio. De hecho, habíamos empezado a hablar de compromiso. Yo pensé que lo mejor sería que lo llevara a la casa de mi madre y se lo presentara a mi familia.

–¿No lo habías hecho hasta entonces? –preguntó Sophia, muy sorprendida.

–No. Mi padre murió hace unos años y yo no me llevo bien con mi madre y mi hermana. Mi hermana vio a Liam y decidió que lo quería para ella. Un par de semanas más tarde, él me dijo que había estado viéndola las noches que no salía conmigo y que se había enamorado de ella.

–¿Tu hermana no te lo dijo?

–Ella vive en casa con mi madre. Yo vivo, vivía, en un estudio y no nos veíamos nunca. Angela es un año mayor que yo y fue siempre la más guapa, la más lista y la favorita de mi madre. Por alguna razón, incluso de niñas, siempre quería lo que yo tenía y mi madre insistía en que yo se lo diera. Regalos, ropa, lo que fuera. Incluso los amigos. Cuando me marché a estudiar a la universidad, me dije que no regresaría a mi casa.

–¿Te había hecho tu hermana esto antes? Con un chico, me refiero.

–Sí. Por eso no les presenté a Liam hasta que estuve segura de él. Evidentemente, fue un error.

–Yo no lo creo, Cherry. Evidentemente, ese Liam no era para ti. Un hombre que se comporta así no merece la pena. No tiene lo que hay que tener, ¿sabes? Tú te mereces algo mejor.

–Llegué a esa conclusión hace un tiempo. Tardé, pero un día en el trabajo lo miré y no me gustó lo que vi. Decidí que quería un cambio, un cambio de verdad. Por lo tanto, me despedí de mi trabajo, le dije a mi casera que me mudaba, saqué todos mis ahorros y decidí viajar un tiempo. Italia es mi primer destino, pero tengo la intención de visitar todo el Mediterráneo y luego, ¿quién sabe? Mi madre me dijo que estaba teniendo una pataleta cuando la llamé para decirle lo que tenía intención de hacer. Dijo que era una ridícula y una impetuosa y que no la llamara si me metía en líos. Por supuesto, yo nunca lo habría hecho.

–No parecen buenas personas –dijo Sophia.

–No lo son. Mi padre, por el contrario, era un amor. Al menos, siempre tuve un aliado en él cuando era una niña. Era más que un padre. Era también mi mejor amigo.

–Un hogar dividido... eso no es bueno. Debió de ser muy doloroso para ti.

–Admito que no tuve una infancia muy feliz, pero sí mejor que la de otros. Algunos niños no tienen a nadie.

Sophia asintió.

–Yo tan solo tengo vagos recuerdos de mis padres, aunque sí tengo las películas... ¿Se dice así? En ellas salimos todos antes del accidente.

–Vídeos domésticos.

–Eso. Vittorio nació un año después de que mis padres se casaran, pero no venían más *bambini*. Mi *mamma*... Perdona, mi madre estaba muy triste. Consultaron con muchos médicos. Entonces, cuando habían perdido toda esperanza, nací yo el día en el que Vittorio cumplía veintiún años. Vittorio me ha dicho siempre que la fiesta duró varios días y que todo el mundo estaba muy contento. Que nunca tuvo otro regalo que pudiera superarme a mí.

–Lo comprendo...

–Entonces, ocurrió el accidente de coche. Yo solo tenía seis años. Vittorio estaba a punto de casarse. Caterina, su prometida, no quería venir a vivir aquí así que Vittorio le regaló la casa que había comprado para ellos en Matera y, después de un tiempo, Caterina se casó con otro hombre. No me cae bien.

–¿Significa eso que sigues viendo a Caterina?

–Sí. Se casó con uno de los amigos de Vittorio. Lorenzo es un hombre muy agradable. No se merece tener como esposa a una mujer como ella.

–¿Y a Vittorio no le importó que se casara con un amigo suyo?

–No lo sé. Sé que se pelearon porque Vittorio no quería que mi abuela se ocupara de criarme. Él sabía que mis padres habrían querido que yo siguiera viviendo aquí, bajo la protección de mi hermano.

–Debe de quererte mucho –comentó Cherry. Le sorprendía aquella faceta de la personalidad de Vittorio, que no encajaba con la imagen que ella se había hecho de él.

–Sí. Yo también lo quiero mucho a él, aunque es el más... Hace que me sienta furiosa –dijo, tras decir una larga retahíla de palabras en italiano, de las que Cherry no entendió nada–. Cree que sigo siendo una niña, pero no lo soy. No quiero hacer lo que él quiere que haga.

–¿Y qué es lo que quieres hacer tú?

–Yo quiero estar con Santo. Quiero ser su esposa, pero Santo es pobre, al menos comparado con nosotros y con las familias de las chicas de mi colegio. Su familia tiene un pequeño viñedo que linda con nuestra finca y una casa preciosa. Producen un buen vino tinto, pero Vittorio nos ha prohibido que nos veamos.

–Tal vez crea que eres demasiado joven para pensar en casarte –comentó Cherry. En realidad, ella estaba de acuerdo con Vittorio en aquel punto. Después de todo, Sophia solo tenía dieciséis años.

–Conozco a Santo de toda la vida y sé que no habrá nadie más para ninguno de los dos. Él no es un muchacho. Va a cumplir diecinueve años este verano. Es un hombre ya, y de los buenos. Yo sería capaz de escaparme para casarme con él, pero Santo no quiere ni oír hablar de eso –comentó, entre sollozos–. Cuando me marche a la escuela superior, no lo veré en mucho tiempo y no puedo soportarlo. Preferiría matarme.

–Sophia –dijo Cherry. Se levantó de su hamaca y se arrodilló frente a la muchacha–. Si os queréis tanto como decís, todo saldrá bien. Sé que estas palabras no te sirven de mucho consuelo ahora, pero seguís siendo muy jóvenes.

–Yo no me siento joven. Creo que nunca me he sentido tan joven como lo son mis amigas. Siempre me he sentido diferente. Y sé lo que quiero, Cherry. Quiero casarme con Santo y tener hijos con él. Es lo que siempre he querido. Para mí no cuenta otra cosa.

–En ese caso, te aseguro que ocurrirá –afirmó Cherry mientras le agarraba una mano y se la apretaba con fuerza–. Cuando llegue el momento. Él te esperará si es el hombre adecuado para ti.

Estuvieron hablando un rato más. Cherry le contó a Sophia que ella había estado trabajando en marketing, pero que estaba considerando cambiar de profesión cuando regresara a Inglaterra.

–Yo estudié Empresariales, pero me parecen más interesantes los servicios sociales. No estoy segura. El tiempo lo dirá. Por ahora, solo pienso en los meses que me quedan para seguir viajando.

Sophia asintió, pero evidentemente no le interesaba hablar de trabajo. Empezó a contarle a Cherry lo maravilloso que era Santo.

–Jamás ha mirado a otra chica. Lo sé –dijo apasionadamente–. Yo jamás podría amar a otro hombre. Es una tontería hacernos esperar. Se lo digo constantemente a Vittorio, pero no quiere escucharme. Tiene el corazón de hielo, no de fuego.

Después de un rato, las dos se acomodaron para tomar una siesta a la sombra de los árboles. Cherry no se podía creer que le hubiera hablado a una mujer casi desconocida de Liam y Angela, aunque tal vez le había resultado tan fácil precisamente porque Sophia era una desconocida. Ese hecho y también el de verse en un ambiente tan hermoso y tan maravilloso.

Mientras el sueño comenzaba a apoderarse de ella, pensó que parecía que lo hubiera dejado todo atrás. Era como si se hubiera transportado a otra dimensión, una dimensión en la que reinaba un señor autocrático y misterioso con el corazón de piedra.

Capítulo 3

CUANDO Cherry se despertó, fue como si un sexto sentido le estuviera alertando de un peligro. Los ojos se le abrieron inmediatamente a pesar de estar sumida en un sueño profundo. Al levantar la cabeza, se encontró de frente con los ojos grisáceos que habían aparecido también en un sueño que no recordaba, pero que, según intuía, había sido profundamente turbador.

–La Bella Durmiente –dijo Vittorio con voz suave y profunda–. Esto es un cuento de hadas, ¿verdad?

Podría serlo, pero en ningún cuento había aparecido jamás un príncipe vestido con un bañador. De hecho, Cherry no creía que el cuerpo del Príncipe Azul pudiera competir con el del hombre que estaba frente a ella. La flagrante masculinidad de Vittorio había sido más que evidente cuando él estaba completamente vestido, pero, en aquellos momentos, resultaba alarmante. Su torso, muy musculado, relucía como la seda. Resultaba evidente que acababa de salir de la piscina porque el vello oscuro de su torso brillaba con infinidad de minúsculas gotitas de agua. Ese vello se convertía después en una delgada línea que terminaba por desaparecer bajo el bañador. Tenía los muslos fuertes y poderosos. Su cuerpo era esbelto, felino y peligroso.

Cherry tragó saliva. Vittorio Carella tenía algo que le hacía sentirse completamente subyugada, muy femenina. A pesar de todo, hizo lo que se había prometido que haría en cuanto volviera a verlo.

–Debo disculparme por no haberte dado las gracias adecuadamente por haberme permitido que me aloje en tu casa. Normalmente no soy tan grosera.

Vittorio la miró durante un instante y luego se estiró en la tumbona que su hermana había utilizado anteriormente.

–¿Y por qué te has mostrado así hoy, Cherry?

–Seguramente porque empezamos con mal pie.

–¿Y por qué crees tú que empezamos con mal pie? Creo que sé la respuesta. Por alguna razón, no te caigo bien, ¿verdad?

Cherry sabía que él estaba disfrutando con la incomodidad que ella sentía y que estaba jugando con ella como el ratón con el gato. Por eso, no pudo contenerse.

–De hecho, tienes toda la razón

–Eres una mujer independiente. Creo. Fuerte y, sorprendentemente, no le das importancia a las cosas materiales.

–¿Sorprendentemente?

–He descubierto que a las mujeres modernas les empuja la avaricia en lo que se refiere a la búsqueda de un compañero del sexo opuesto.

–Eso es absolutamente ridículo –replicó ella, escandalizada.

–¿Tú crees? Te aseguro que no se trata de una crítica, Cherry. La mayoría de las madres quieren que sus hijas se casen bien y que lleven una vida de lujo. Es natural. Y la mayoría de las hijas están encantadas de dejar que su *mamma* las guíe en ese sentido. A lo largo de los años, he tenido una gran cantidad de esas hijas, presentadas ante mí por las madres esperanzadas, que probablemente sabían los euros que valgo. Y, por supuesto, ha habido otras mujeres que creyeron que querrían ser la señora Carella y llevar esta clase de vida. Algunas incluso me lo dijeron directamente.

—¿Me estás diciendo que las mujeres solo te quieren por tu dinero? —preguntó Cherry muy sorprendida. ¿Acaso Vittorio no se había mirado al espejo?

—No solo por el dinero —respondió Vittorio con una carcajada—. Si pueden elegir entre un viejo rico y un joven rico, la mayoría de las mujeres prefieren al joven, no tengo duda. A pesar de todo, la riqueza y la posición son unos afrodisíacos muy poderosos.

Cherry pensó que Vittorio se estaba haciendo a sí mismo, y seguramente a la mayoría de las mujeres de las que había hablado, una grave injusticia. Vittorio era el ejemplo claro del hombre que lo tenía todo y no dudaba de que a las mujeres les resultaría fácil enamorarse de él. El pensamiento le resultaba incómodo y, por ello, la voz le salió muy aguda cuando volvió a hablar.

—Algo me dice que te has estado mezclando con la clase equivocada de mujer. Tal vez sea más bien el caso de «el que a hierro mata, a hierro muere».

—Una interesante sugerencia. ¿Estás diciendo que tengo lo que me merezco, *signorina*?

—Mi padre siempre solía decir que el agua siempre

encuentra su cauce. Dà la casualidad de que yo tengo muchas amigas a las que no les importa en absoluto la cuenta bancaria de un hombre y que valoran mucho la fidelidad y el compromiso.

–¿Y tú, Cherry? ¿Valoras tú mucho la fidelidad?

Durante un segundo, Cherry se preguntó si Sophia le habría contado lo de Liam y Angela, pero casi inmediatamente descartó esa ocurrencia. Los dos hermanos no estaban en aquellos momentos para confidencias.

–Para mí es algo que no tiene precio.

Vittorio entornó los ojos y se mesó el cabello húmedo con la mano. Entonces, cambió de tema con una sequedad que resultaba poco tranquilizadora.

–Vi a Sophia hablando contigo antes. Desde la ventana –dijo señalando la casa–. La conversación parecía... intensa.

–No tengo intención de repetir la conversación que tuve con tu hermana, señor Carella.

–Ni yo te lo estoy pidiendo, señorita Cherry Gibbs de Inglaterra. Ni por un momento. ¿Crees que soy demasiado duro con Sophia?

–Simplemente diría que considero el modo en el que tratas a tu hermana arcaico en el mejor de los caso y estúpido en el peor.

–¿Estúpido? –repitió él. Evidentemente, lo de arcaico le podía resultar permisible, pero lo de estúpido le había llegado muy dentro. Se sentó en la hamaca–. ¿Estúpido por qué? Explícate.

–Da la casualidad de que pienso que Sophia es mucho más madura emocionalmente de lo que tú pareces pensar. Efectivamente, sigue teniendo tan solo dieciséis años. Yo también he tenido esa edad y, si hay algo que es absolutamente cierto es que uno siempre hace lo que la generación anterior prohíbe. Puedes llamarlo rebeldía, reafirmación, lo que sea, pero es así. Y eso es lo que Sophia está haciendo.

–¿Santo?

–Sí, Santo. La estás empujando a los brazos de ese chico al tratar de mantenerlos separados.

Vittorio pareció considerar aquellas palabras.

–Sí, puede que tengas razón.

–Por supuesto que la tengo –replicó ella–. Es la historia de Romeo y Julieta.

–Una exageración, pero veo a lo que te refieres.

–Por supuesto, no es asunto mío –dijo Cherry secamente. Entonces, se levantó de la hamaca y se dirigió a la piscina–. Estoy segura de que un hombre que conoce tan bien al sexo femenino como evidentemente tú lo conoces sabe lo que está haciendo.

Cherry se zambulló en el agua antes de que Vittorio pudiera responder. Necesitaba poner espacio entre ellos. No le sirvió de nada. Cuando volvió a salir a la superficie, Vittorio estaba justamente al lado de ella. Los ojos grises le relucían bajo la ardiente luz del sol.

–¿Acaso crees que soy un seductor?

Cherry parpadeó y se apartó el cabello de los ojos. Se sentía más vulnerable de lo que le habría gustado.

–No tengo ni idea de lo que eres. No te conozco.

–Eso es cierto, pero no creo que eso te haya impedido formar una opinión –replicó él. Cuando ella empezó a nadar, él comenzó hacerlo también a su lado–. ¿Eres siempre tan rápido a la hora de hacer juicios erróneos?

–Ya te he dicho que no tengo opinión alguna sobre ti –observó Cherry aparentando una tranquilidad que distaba mucho de sentir–. Podrías tener a una mujer diferente cada día de la semana o vivir como un monje. Tú fuiste el que habló de todas esas hijas casaderas que se te ofrecían, ¿te acuerdas?

Habían llegado a la parte menos profunda de la piscina, donde había unos amplios escalones redondeados que se introducían suavemente en el agua. Cherry no sabía si salir o seguir nadando.

–Aquí está Margherita –dijo Vittorio de repente–. Me pareció que estaría bien tomar un cóctel al lado de la piscina antes de cenar.

¿De verdad esperaba que se sentara a su lado, medio desnuda, para beberse un cóctel con él? Lo peor de todo era que los bañadores que todos los hombres italianos parecían preferir no dejaban nada, absolutamente nada a la imaginación. El agua estaba fría, pero Cherry sentía mucho calor por todo el cuerpo.

Mientras Vittorio le ofrecía la mano para que saliera de la piscina, se preguntó si reaccionaría de modo diferente a tanta masculinidad si se hubiera acostado antes con un hombre. Al contrario que Angela, que se había acostado con varios hombres y que incluso había tenido dos y tres novios a la vez, Cherry siempre había determinado que esperaría al hombre de su vida para entregarse a él en cuerpo y alma. Con Liam no había llegado más allá. Presentarle a Angela había sido la prueba de fuego y él había fracasado estrepitosamente.

Al ver que no le quedaba más remedio que aceptar la mano de Vittorio, se puso de pie y dio gracias por haberse puesto aquel bañador tan discreto. Desgraciadamente, la tela mojada se le pegaba al cuerpo como si fuera una segunda piel, de un modo que un biquini no hubiera hecho nunca, y hacía resaltar cada curva y línea de su cuerpo. Al mirar a Vittorio, vio que él tenía en los ojos una mirada salvaje, que ocultó cerrando los párpados durante un instante.

Cherry se llevó tal sorpresa que se tropezó en los escalones y estuvo a punto de caerse. Si no hubiera sido porque le había dado la mano, lo habría hecho.

–Ven –dijo él, con voz tranquila y controlada mientras la sacaba del agua. Cuando Cherry estuvo a salvo sobre los azulejos que rodeaban la piscina, la soltó y se volvió a mirar al ama de llaves–. *Grazie,* Margherita –añadió mientras tomaba la bandeja que contenía los dos cócteles y unos pequeños boles con frutos secos y otros aperitivos–. ¿Sophia no va reunirse con nosotros?

El ama de llaves respondió en italiano. Fuera lo que fuera lo que dijera, provocó que Vittorio se encogiera de hombros.

–En ese caso, la veremos a la hora de cenar. Déjaselo bien claro. No voy a permitir que se quede enfurruñada en su habitación con la excusa de que no se encuentra bien. Hoy tenemos una invitada.

–Te ruego que no la obligues a bajar a cenar por mi culpa –dijo Cherry. Solo deseaba poder tomar un pareo y cubrirse. No se había sentido más avergonzada en toda su vida. ¿Cómo era posible que no se hubiera dado cuenta de lo indecentes que pueden resultar los bañadores cuando están mojados?

Vittorio no le hizo caso alguno.

–Déjaselo muy claro –le insistió a Margherita. Entonces, miró a Cherry y le indicó la hamaca y la tumbona sobre la que habían estado antes–. ¿Vamos?

Vittorio dejó que ella lo precediera y eso fue lo más difícil que Cherry había hecho nunca. Sabía que él le estaba mirando el trasero, pero era mejor aquello que si Vittorio estuviera de frente. El aire sobre el bañador mojado le había puesto los pezones erectos y estos se le apretaban contra la delgada tela. Se sentía como si estuviera protagonizando una película erótica.

Por fin llegó a la hamaca y pudo agarrar el pareo. Se lo envolvió y lo ató firmemente sobre los pechos, de manera que quedó cubierta hasta las rodillas.

Vittorio dejó la bandeja junto a la tumbona y murmuró con voz suave:

–¿Mejor?

El rubor que le había cubierto el rostro había empezado a desaparecer, pero, al escuchar aquellas palabras, volvió a aflorar al comprender que él había notado su azoramiento y la razón del mismo.

–¿Cómo dices?

–¿Te sientes mejor ahora que estás bajo la sombra de los árboles? La piel de los ingleses es muy sensible. Se quema muy fácilmente.

Aquello no era a lo que Vittorio se había referido y los dos lo sabían. Cherry lo notaba en los ojos de él. Se dijo que debía tranquilizarse y no morder el anzuelo.

–Ya llevo en Italia unos días. La piel se me está empezando a aclimatar. Además, tengo la suerte de que me bronceo muy rápidamente y que casi nunca me quemo.

–Está muy bueno –dijo él mientras saboreaba el cóctel. Entonces, golpeó con la mano la silla que había al lado de la de él–. Ven a disfrutar de tu cóctel y a relajarte antes de que te vayas a cambiar para cenar.

Relajarse no era una opción con Vittorio tan cerca. El hecho de que él pareciera sentirse tan a gusto con su cuerpo no ayudaba, sino que le hacía sentirse aún más incómoda. No obstante, de algún modo encontró el aplomo que necesitaba para acercarse a la tumbona y sentarse. Cuando aceptó la copa que él le ofrecía, tenía una cortés sonrisa en el rostro. Entonces, dio un sorbo a su cóctel.

–¡Madre mía! ¿Qué es esto? –exclamó tras saborear la bebida. Estaba deliciosa, pero era muy fuerte.

–Se llama «Amor por la tarde». ¿Te gusta?

Cherry lo miró con la sospecha grabada en los ojos.

–¿De verdad se llama así?

–Por supuesto. Es una de mis creaciones para las tardes calurosas de verano como esta.

Tardes en las que, con toda seguridad, no estaría solo. Cherry estaba completamente segura.

–Está muy bueno, pero es muy fuerte.

–Eso es lo que hace falta –replicó él provocadoramente.

Vittorio sonrió, pero ella se negó a corresponder. Tenía los hombros anchos, musculados. Su cuerpo entero era puro músculo, sin una gota de grasa. No se había movido desde que le dio el cóctel a Cherry, pero ella sentía la necesidad de apartarse un poco más. No lo hizo, por supuesto.

–¿Qué es lo que tiene? –preguntó ella tras dar otro trago.

–Ginebra, curasao, champán frío, zumo de lima y pulpa de piña. En realidad, es poco más que un ponche de frutas.

–En Inglaterra no se diría que esto es un ponche de frutas.

–Ah, pero ahora no estás en Inglaterra, ¿verdad, *mia piccola*? –murmuró él–. Inglaterra es un país frío. Incluso los veranos son muy lluviosos y con fuertes vientos y a veces hay que poner la calefacción para mantenerse caliente. No tengo duda alguna de que los ponches ingleses carecen de la pasión y del calor de Italia.

Cherry sabía que él solo estaba tratando de provocarla y sabía que debía dejarlo estar, pero no pudo hacerlo.

–Te aseguro que los ingleses son tan apasionados como los italianos en las cosas que importan. Admito que no expresamos lo que sentimos en todo momento, pero eso no significa que nuestros sentimientos no sean profundos.

–Pensaba que estábamos hablando del ponche...

–Del ponche y de otras cosas.

–Entiendo. Bueno, ya que estamos hablando del asunto, ¿eres tú apasionada sobre las cosas que importan, Cherry? Y si es así, ¿qué hace que tu corazón lata más rápidamente?

–Toda clase de cosas –dijo ella observándolo con cautela.

Vittorio terminó su cóctel con un par de tragos y dejó el vaso en la bandeja antes de estudiarla con intensa concentración.

–Dime una.

–Bueno, me encantan los animales –contestó Cherry, haciendo un esfuerzo ímprobo para no perder la compostura–. Leer, salir a cenar con amigos...

–No te he pedido la clase de detalles que se ponen en un currículum. Te he preguntado por la verdadera Cherry.

–Esa es la verdadera Cherry.

–¿Y qué me dices del amor? ¿Del romance? ¿Hay alguien especial en tu fría Inglaterra? ¿Un novio esperándote?

–No –respondió ella más rápidamente de lo que hubiera deseado–. En este momento, no.

–¿Pero lo ha habido hasta hace poco? ¿Por eso has venido a Italia? ¿Para escapar de él?

–No creo que eso sea asunto tuyo –le espetó Cherry. Los ojos le echaban chispas–, pero da la casualidad de que yo no escapé de nadie. He decidido tomarme unos meses de vacaciones para explorar el sur de Europa en un momento de mi vida en el que no tengo ataduras. No hay doble significado.

–No has respondido a mi pregunta.

Cherry dejó el vaso sobre la mesa y derramó parte del cóctel. Entonces, se puso de pie.

–Te estoy muy agradecida por tu hospitalidad –le dijo con frialdad. El rostro, por el contrario, le ardía–. Sin embargo, como te he dicho, mi vida personal no es en absoluto asunto tuyo.

Vittorio se puso también de pie y, sin decir ni una sola palabra, la tomó entre sus brazos y la besó. Al principio, fue un beso cálido, experimental. Cherry se quedó tan sorprendida que dejó que ocurriera. Cuando se hizo más profundo, aunque hubiera querido moverse no hubiera podido. Las caricias de Vittorio habían prendido fuego a sus sentidos. Era la clase de beso con el que había soñado cuando era solo una adolescente. Cálido y dulce.

Vittorio le colocó una mano sobre la espalda para hacer que se pegara más a él. Cherry no tardó en quedar moldeada contra su cuerpo. La magia de la piel de Vittorio turbaba la de ella, del mismo modo que la boca de él enardecía las sensaciones que labios y lengua estaban provocando, pequeñas agujas de placer que le inyectaban el deseo en las venas como si fuera una droga prohibida.

–Delicioso... –murmuró él.

El aire cálido y fragante, las sombras de luz y oscuridad contra los párpados cerrados, la tensión en el centro de su ser... Todo ello contribuía al sentimiento de ensoñación que se había apoderado de Cherry. Los últimos meses habían sido duros, dolorosos y humillantes. Aquella fantasía resultaba aún más seductora por todo lo ocurrido. Se sentía deseable, femenina.

Le colocó las manos sobre los hombros y se abandonó a lo que él le proporcionaba con un ansia que la habría sorprendido si hubiera sido capaz de razonar. Sin embargo, no quería pensar. Ya había pensado lo suficiente desde el momento en el que se había enterado de que Liam la había traicionado. Solo quería...

Los muslos de Vittorio se apretaban contra sus suaves curvas a medida que la mano fue deslizándosele hacia abajo. Cherry movía las caderas para lograr encajar su cuerpo contra el de él. Fue aquello, la inconfundible sensación de la erección, lo que empujó a

Cherry a recuperar la cordura. Le colocó las manos en el pecho y se apartó de él dando un paso atrás.

–No –susurró, casi entre sollozos–. No quiero esto.

Vittorio no hizo ademán alguno de volver a abrazarla. Se tomó un instante para recomponerse antes de hablar.

–Termínate tu cóctel, *mia piccola* –murmuró–, mientras yo me doy una ducha fría.

Con eso, se dio la vuelta, se acercó rápidamente al borde de la piscina y se zambulló en sus frescas profundidades.

Capítulo 4

CHERRY ni siquiera esperó a que Vittorio saliera a la superficie. Tomó su vaso y se marchó en dirección a la casa. A pesar de que el calor del día aún se hacía sentir, cubrió la distancia más rápidamente que un atleta olímpico. Le horrorizaba que él pudiera llamarla porque, en aquellos momentos, no podría soportar enfrentarse a él.

Subió rápidamente las escaleras. No se dio cuenta de que aún llevaba el vaso, ya vacío, en la mano hasta que no entró en su dormitorio y hubo cerrado la puerta con llave.

Se sentó en la cama y dejó el vaso en la mesilla de noche. Entonces, se cubrió el rostro con las manos. Menuda exhibición había hecho de sí misma. No solo había permitido que él la besara, sino que había salido huyendo como si fuera una conejilla asustada. Debería haberse quedado allí, haberse terminado su cóctel y haberse despedido de él con frialdad cuando él saliera de la piscina para demostrar que no estaba avergonzada.

Desde luego, él no lo había estado. Cerró los ojos y recordó la erección que tensaba la tela del bañador, prueba de que la había deseado allí mismo. Su rostro también lo había demostrado. El deseo sexual le había oscurecido los ojos. Evidentemente, había pensado que, por el modo en el que ella respondía, iba a tener suerte.

Cherry sintió que se moría de vergüenza. Se había comportado como una colegiala asustada. Vittorio pensaría que era una provocadora, una de esas mujeres que indicaba que estaba disponible y que luego se echaba atrás en el último momento. ¿Cómo si no podía explicar su comportamiento? ¿Cómo podía decir que su beso había sido la experiencia más avasalladora de su vida? Vittorio pensaría que ella estaba jugando con él o, peor aún, que se sentía atraída por él y que estaba tratando de cazarle, dejándole probar para luego matarlo de hambre. Fuera como fuera, la imagen que proyectaba era la de una provocadora y ella jamás se había comportado de aquel modo en toda su vida.

Estuvo sentada sobre la cama unos minutos más antes de dirigirse al cuarto de baño. Se daría un baño. Se lavaría el cabello, se mimaría. Tal vez incluso se pintara las uñas con uno de los botes de laca de uñas que había visto antes. Cuando bajara a cenar, volvería a tener las riendas.

Al pensar en Vittorio, se le hizo un nudo en el estómago. Jamás sabría por qué él había querido besarla. Había tenido el aspecto de una muchacha asustada. Ya no volvería a tenerlo. No tenía mucha ropa de vestir, pero al menos contaba con un par de vestidos que se había comprado después de romper con Liam, cuando se sentía fea e inútil. Le habían costado un ojo de la cara, pero había merecido la pena por la confianza en sí misma que le habían dado. Se pondría uno de ellos, el azul oscuro con escote asimétrico. Tenía también un par de sandalias que le irían bien. Y se recogería el cabello. Eso le daría un aspecto más maduro.

Una hora más tarde, estaba terminando de recogerse el cabello cuando alguien llamó a la puerta de su dormitorio. El corazón le dio un salto en el pecho y empezó a latirle tan rápidamente que casi le resultaba imposible respirar.

–¿Sí? –preguntó, casi sin aliento–. ¿Quién es?

Sintió un profundo alivio cuando fue Sophia quien respondió. ¿Cómo había podido pensar que un hombre como Vittorio iba a molestarse con ella? Para él, había muchos peces más en el mar.

Abrió la puerta y se encontró con una sonriente Sophia. Llevaba un vestido con escote palabra de honor en verde que le hacía parecer mayor.

–Pensé que podíamos bajar juntas, Cherry.

–Sí, por supuesto. Solo tengo que ponerme las sandalias –dijo mientras se echaba a un lado para que Sophia pudiera pasar y luego cerraba la puerta.

Inmediatamente, se dirigió a la maleta abierta y sacó las sandalias. Entonces, se sentó para poder ponérselas.

–Siento hacerte esperar, Sophia –dijo. Entonces, giró la cabeza para mirar a la joven y vio que abundantes lágrimas le caían por las mejillas–. ¿Qué te pasa? ¿Qué tienes?

Rápidamente se puso de pie y abrazó a Sophia. Entonces, la acercó a la cama y la hizo sentarse a su lado. Por último, le tomó las manos entre las suyas.

–¿Se trata de Santo?

–Sí... sí. En cierto modo –susurró Sophia–. Estoy... estoy metida en un lío, Cherry. No tengo a nadie con quien hablar, en quien confiar. Estoy tan asustada. En la piscina tú pareciste comprender cómo me sentía, pero... Hay más.

Cherry esperó que no se tratara de lo primero que se le había ocurrido.

–¿Y no puedes hablar con Vittorio? Él te quiere, ¿sabes? Aunque se muestre demasiado protector contigo. Se siente responsable de ti desde que tus padres murieron y quiere hacer lo adecuado para ti.

–Vittorio es la última persona con la que puedo hablar de esto.

Aquello terminó de confirmar lo que Cherry sospechaba.

–¿Estás embarazada, Sophia?

La muchacha cerró los ojos y asintió. Las lágrimas le caían por debajo de los párpados cerrados.

–Pero no ha sido culpa de Santo, aunque sé que Vittorio no me creerá. Yo... yo sabía lo que estaba haciendo. Él quería parar, pero yo necesitaba pertenecerle de verdad. No habría podido permitir que él me apartara como había hecho en otras ocasiones. Se enfadó mucho.

–¿Y tú? ¿Cómo te sentiste tú?

Sophia abrió los ojos. Aunque los tenía llenos de lágrimas, la voz le resonó con fuerza.

–Yo me alegré. Y sigo alegrándome, aunque no esperaba... No creí que una se pudiera quedar embarazada la primera vez.

Sophia tal vez había tenido una educación de primera clase, pero sabía poco de los hechos de la vida. O, al menos, eso había sido antes. Desgraciadamente, ya lo sabía todo.

Menudo lío. Cherry le dio a Sophia un pañuelo de papel.

–¿Y Santo? ¿Qué tiene él que decir al respecto?

Los ojos de Sophia volvieron a llenarse de lágrimas.

–Aún no se lo he dicho. No estaba del todo segura, pero hoy me fui de compras con Margherita y fingí que quería comprarme un lápiz de labios en la farmacia. Allí, me compré una prueba de embarazo. Después de hablar contigo al borde de la piscina, reuní el valor suficiente para hacerlo.

–Entonces, ¿no hay duda?

–No... Ya tengo dos faltas, pero sabía que, en cuanto se lo dijera a Santo, él vendría a ver a Vittorio y le diría que se quiere casar conmigo. Tengo miedo de lo que Vittorio pueda hacerle.

–Pues tendrás que decírselo, Sophia. Lo sabes, ¿verdad? Por lo que me has dicho, Santo no es la clase de hombre que pueda sugerirte que os fuguéis o salir huyendo él por su cuenta. Vendrá a ver a Vittorio y es importante que tu hermano se entere de lo que ocurre por ti. Así tendrá tiempo de tranquilizarse.

–No puedo hacerlo, Cherry –susurró Sophia. Parecía estar muy atemorizada–. Tiene muy mal carácter...

–Pero tu hermano tiene que saberlo, Sophia –insistió Cherry–. Lo comprendes, ¿verdad?

–¿Se lo dirías tú a mi hermano, Cherry? –le preguntó la muchacha mientras le agarraba las manos con fuerza–. Per favore. ¿Lo harías?

–¿Yo? –preguntó Cherry horrorizada.

–Sí. Eres una invitada en nuestra casa. Vittorio lo respetará, pero a mí... Yo no me atrevo.

–¿Acaso crees que tu hermano podría hacerte daño?

–Sí... No –dijo Sophia. Estaba muy confusa–, pero, si se lo dices tú, no perderá el control. Sé que te estoy pidiendo mucho, pero te lo suplico...

Efectivamente, era mucho pedir. Solo hacía unas horas que los conocía a ambos.

–Nos queremos, Cherry –prosiguió Sophia–. Nos queremos desde siempre. Yo puedo irme a vivir a la granja con la familia de Santo cuando estemos casados. No será un problema. Sus padres me aprecian. Su madre es un cielo. Santo podrá seguir trabajando con su padre y yo puedo ayudar a su madre en la casa. Así le haré compañía. Santo tiene cinco hermanas, pero son mayores que él y ya están casadas.

Sophia lo tenía todo pensado. Cherry se preguntó si se habría quedado embarazada accidentalmente o lo ocurrido no había pasado tan inocentemente como ella afirmaba. Fuera como fuera, el mal ya estaba hecho. Un niño venía de camino y él o ella era el verdadero inocente en todo aquello. Sus padres serían una pareja que ellos mismos eran unos niños. Lo bueno sería que no tendrían que cuidar del niño ellos solos. Tenían a los abuelos a mano y sería mucho más fácil para ellos.

–Si estás segura de que estás esperando un hijo, tienes que decírselo a Santo, Sophia. Tiene derecho a saberlo antes que nadie. Después de todo, es el padre.

–Sí. Tienes razón –dijo Sophia mientras las dos se ponían de pie–. Si se lo digo yo a Santo, ¿se lo dirás tú a Vittorio?

Cherry sintió que estaba entre la espada y la pared. Comprendía lo que Sophia le decía. Efectivamente, si ella le daba la noticia, Vittorio tendría que controlarse y podría ser que, cuando viera a Sophia, se hubiera calmado un poco.

–Me voy a marchar mañana en cuanto me traigan el coche.

–Sí, pero aún nos queda la cena de esta noche e incluso el desayuno de mañana. Tal vez esta noche sea mejor, por si el coche lo traen temprano. Vittorio se sentirá más relajado después de haber cenado y haber tomado algo de vino. Yo me puedo marchar temprano, antes del postre. Puedo decir que me duele la cabeza. Como Margherita estará distraída aún en la cocina, podré escaparme y decírselo a Santo. Entonces, podemos regresar los dos juntos para enfrentarnos a Vittorio. Está bien, ¿verdad? Tú le podrías decir que no es culpa de Santo.

Demonios. Y todo aquello porque alguien le había robado la gasolina. En aquellos momentos, debería estar en algún lugar de la costa, sin nada en qué pensar aparte de lo que iba a cenar aquella noche.

–¿Qué habrías hecho si yo no hubiera aparecido hoy por aquí?

Sophia se encogió de hombros y volvió a sonreír.

–Pero has venido y siempre estaré agradecida por ello. Llevo rezando a la Virgen María desde que sospeché que podría estar embarazada para pedirle que me ayude y ya lo ha hecho.

Aquellas palabras hicieron comprender a Cherry lo joven que era Sophia y lo sola que parecía estar. No podía dejar que se enfrentara a su hermano sin ayuda.

–Está bien. Después de cenar.

–*Grazie, grazie!* –exclamó la muchacha mientras la abrazaba con fuerza–. Me gustaría que pudieras quedarte un tiempo y verme casada. Siempre he querido tener una hermana.

—Dentro de poco vas a tener cinco —comentó Cherry secamente.

Sophia se echó a reír. Las lágrimas habían desaparecido.

—Es cierto. Y tienen muchos *bambini*. Mi pequeño no estará solo.

Cherry se puso las sandalias. La situación bordeaba lo surrealista. Sophia había pasado de la desesperación a la alegría más profunda en cuestión de minutos. Le daba la sensación de que la muchacha no había comprendido la enormidad de los cambios que iban a ocurrir en su vida. Solo esperaba que el maravilloso Santo cumpliera las expectativas que Sophia tenía sobre él. La joven no dudaba que él le pediría que se casara con ella.

Bajaron juntas la escalera y, cuando llegaron al vestíbulo, Sophia se dirigió al salón seguida de Cherry. Vittorio ya estaba allí, tomando una copa. Al verlo, Cherry se ruborizó y recordó repentinamente todo lo ocurrido aquella tarde junto a la piscina.

—El sueño de todo hombre —murmuró él—. Cenar con dos hermosas mujeres. Venid a tomar algo de beber.

De algún modo, Cherry consiguió andar y se sentó junto a Sophia en uno de los sofás. Vittorio iba vestido con unos pantalones negros y una camisa blanca y tenía un aspecto sensacional.

—¿Te apetece otro cóctel, Cherry? —le preguntó él—. Creo que derramaste gran parte del que te estabas tomando junto a la piscina. O tal vez prefieras vino o jerez.

Cherry levantó la barbilla y, a pesar del rubor que le cubría las mejillas, contestó con voz firme como el acero.

–No me apetece un cóctel. Una copa de vino estará bien.

Vittorio se inclinó sobre la mesa y le sirvió una buena copa de vino tinto. Se la entregó y luego sirvió otro con igual medida de vino y gaseosa. Entonces, se lo pasó a su hermana. Sophia protestó.

–Por el amor de Dios, tengo casi diecisiete años, Vittorio. ¿Cuándo vas a empezar a tratarme como una mujer adulta en vez de como a una niña?

Vittorio ignoró a Sophia y sonrió a Cherry.

–¿Tienes todo lo que necesitas en tu dormitorio?

–Sí, gracias –dijo ella, a punto de atragantarse con el vino.

Se alegró de que en aquel momento entrara Margherita para que Vittorio no pudiera seguir preguntando.

–La cena está servida, *signor* Carella –dijo el ama de llaves con rostro impasible.

–Gracias, Margherita. Nos llevaremos las bebidas.

El comedor era tan hermoso como el resto de la casa. Una enorme mesa presidía la estancia, que estaba decorada en tonos amarillos y ocres. La luz era suave y las ventanas estaban abiertas, lo que permitía que los visillos se movieran suavemente con la brisa de la tarde.

A pesar de lo agradable que resultaba la sala, Cherry se sentía tan tensa como la cuerda de un piano.

Rosa y Gilda aparecieron con el entremés, el *antipasto*, que consistía en un plato de aceitunas, fiambre y anchoas. Sophia comía con gusto, como si lo que estaba a punto de ocurrir no le hubiera quitado el apetito. Cherry, por el contrario, era incapaz de comer.

–Pruébalo –le dijo Vittorio–. O Margherita creerá que no aprecias su comida, lo que consideraría un gran insulto.

A pesar de que no tenía apetito, cuando empezó a comer, encontró la comida tan deliciosa que ya no pudo parar.

El siguiente plato era una sopa con pequeñas formas de pasta que se llamaban *orecchiette*.

–Orejitas, en tu idioma –le dijo con una sonrisa–. La gastronomía de Puglia es una de las mejores de toda Italia. Aquí se come muy bien. La comida es muy importante para nosotros, ¿verdad, Sophia?

–Sí –afirmó Sophia–. Prueba un poco del pan de Margherita –le sugirió mientras le pasaba la cesta–. Lo hace con aceitunas negras, cebollas, tomate y nuestro propio aceite de oliva.

Efectivamente, el pan era delicioso. Cherry decidió que debía olvidarse de lo que se le venía encima y disfrutar de la cena. Margherita era ciertamente una magnífica cocinera. Además, Vittorio parecía haberse olvidado por completo del incidente de la piscina y se había metamorfoseado en el anfitrión perfecto, divertido y atento.

El plato principal era *carpaccio*, carne fileteada tan finamente como el papel, con mayonesa y queso parmesano. Estaba delicioso.

–Comes como una italiana –comentó Vittorio mirándola de un modo que la hizo echarse a temblar.

–Supongo que eso será un cumplido.

–Por supuesto. Los italianos sabemos cómo disfrutar de las cosas buenas de la vida. La vida es un regalo y no debe ser desperdiciada. Hay muchos placeres que pueden mantener pleno el corazón y algunos son incluso gratis.

Vittorio la miró fijamente. Cherry supo que él estaba pensando en el beso, pero aquella vez se negó a sonrojarse.

–Supongo que la comida tiene que pagarse –comentó.

–Sí, es cierto. Pero una bonita puesta de sol, el tacto del agua fría sobre la piel caliente, caminar por una playa desierta al amanecer, mirar a una hermosa mujer... Todo eso es gratis. Y hay muchas cosas más.

–Prueba a decirles eso a los millones de personas que viven la vida en una jungla de asfalto que se llama ciudad, con tan solo un par de semanas de vacaciones al año.

–Bueno, no estoy de acuerdo. Roma es una ciudad, pero yo no diría que es una jungla de asfalto. Ni París. Ni siquiera Londres. Hay muchos edificios hermosos en tu capital, al igual que plazas, parques y demás lugares de interés y belleza. Por supuesto, en todos los países hay guetos. Es una pena, pero mientras que la avaricia del hombre triunfe sobre la pobreza, esto seguirá siendo así. Muchos gobiernos están infectados por el virus de la corrupción, pero el espíritu humano puede encontrar una salida si así lo quiere.

Cherry lo miró fijamente. No solo la conversación se había puesto de repente muy seria, sino que ella sentía que un experto la había puesto bien en su lugar. Se lo tendría que haber imaginado.

Sophia eligió aquel momento para efectuar su salida. Se levantó y dijo:

–Tengo dolor de cabeza, Vittorio. Creo que me voy a ir a la cama. Lo siento, Cherry, pero te veré a la hora de desayunar.

Cherry forzó una sonrisa para no estropearle los planes a Sophia.

–Sí, por supuesto –dijo, aunque las dos sabían que iban a volver a verse mucho antes.

–¿No vas a tomar postre? –preguntó Vittorio asombrado–. Es tu favorito.

–No. *Buonanotte,* Cherry. *Buonanotte,* Vittorio –le dijo a su hermano mientras se acercaba para darle un beso en la mejilla. Con eso, se marchó rápidamente.

En aquel mismo instante, las dos sirvientas entraron para retirar los platos sucios y servir el postre, que consistía en naranjas con helado y un plato de quesos. A pesar de que el postre era delicioso, de repente Cherry sintió que no tenía hambre. Una cosa había sido acceder a las súplicas de Sophia y otra tener que decirle a Vittorio la verdad de lo que ocurría. El corazón le latía aceleradamente. Se alegró de estar sentada porque no estaba segura de que la sostuvieran las piernas.

–¿Me han salido cuernos?

–¿Cómo dices?

En aquel momento, Cherry se dio cuenta de que lo había estado mirando muy fijamente.

–Solo porque Sophia se haya marchado, no te pienses que voy a abalanzarme sobre ti para aprovecharme –comentó con una sonrisa–. Te aseguro que estás a salvo, *mia piccola.*

–Eso ya lo sé. Simplemente estaba pensando. Eso es todo.

–De eso no me cabe ninguna duda, pero creo que es mejor que no siga preguntando. Me da la sensación de que mi ego saldría peor parado de lo que ya lo está. Tómate el postre. Margherita nos traerá el café muy pronto y podrás salir de nuevo huyendo.

–Te aseguro que eres el hombre más engreído que he conocido en toda mi vida.

–Prefiero eso a la mediocridad.

–Efectivamente, estaba pensando en ti, pero no del modo que tú crees. De hecho, tengo algo que decirte.

–¿Sí? ¿Y se trata de algo que te pone el miedo en el rostro? ¿Acaso eres una delincuente que está huyendo de la ley? ¿Es eso? –bromeó–. Tranquila, Cherry. Te aseguro que lo que me quieras decir no puede ser tan malo.

Ella lo miró fijamente.

–¿No te vas a tomar el postre?

–No. No, gracias.

–En ese caso, tendremos esta *conversazione* tan importante mientras nos tomamos un café en la galería, ¿te parece?

Antes de que Cherry pudiera oponerse, Vittorio se levantó y se dirigió a ella para retirarle la silla. Entonces, la tomó del brazo y la condujo a la galería que rodeaba toda la casa. En ella había varios sofás y sillas, junto con mesas bajas y velas de *citronella* que servían para ahuyentar los insectos.

Cherry se sentó en una de las sillas en vez de en uno de los sofás. Rosa apareció enseguida y dijo algo en italiano.

–Sí, Rosa. *Grazie* –dijo Vittorio–. El café llegará en pocos minutos.

Cherry asintió. Se sentía muy mal. Había aceptado la hospitalidad de Vittorio y, en aquellos momentos, estaba a punto de pagar su amabilidad dándole la noticia que no habría querido comunicarle ni a su peor enemigo.

Antes de que ella pudiera hablar, Vittorio dijo:

—Mira el cielo, *mia piccola*. Está cuajado de estrellas y brilla con los colores de los cuerpos celestiales, una noche en la que la luz de las estrellas provoca largas sombras en la tierra y crea extrañas formas con los árboles y los edificios. Una noche que nos recuerda lo pequeños y lo insignificantes que somos.

Cherry no miró al cielo, sino a Vittorio. En aquel momento, comprendió que se sentía muy atraída por aquel guapo y autocrático desconocido como nunca se había visto atraída por un hombre. Lo había sabido desde el momento en el que lo vio y por eso se había enfrentado a ello tan ferozmente.

Las sombras habían tallado su rostro, pero los ojos le brillaban mientras observaba el cielo. Entonces, se volvió a mirarla a ella con una sonrisa en el rostro.

—Estoy divagando. ¿Qué era lo que deseabas decirme, Cherry?

Capítulo 5

CHERRY jamás olvidaría los minutos que se produjeron a continuación. Rosa salió a la galería con el café. Vittorio le sirvió una taza y, entonces, la miró a los ojos antes de volver a realizar la pregunta.

–Bien, ¿de qué se trata?

Cherry sabía que tenía que hacerlo sin pensárselo más. Si no, perdería el valor para contárselo.

–Se trata de Sophia. La razón por la que se ha mostrado tan difícil durante el último mes... Está esperando un hijo, Vittorio.

Le pareció sentir cómo la Tierra temblaba bajo sus pies.

–¿Qué has dicho? –le preguntó él. Curiosamente, su voz carecía por completo de entonación.

–Santo y ella... Es decir, Sophia me dijo que...

–¿Qué fue lo que te dijo Sophia, Cherry?

–Está muy asustada, Vittorio. Ni siquiera se lo ha dicho todavía a Santo y ella ha insistido en que fue culpa suya. Ella lo convenció. Santo en realidad no quería...

Vittorio lanzó una expletiva en italiano. Cherry se alegró de no entender nada. Lo miró fijamente y sintió que le dolía de verdad ver la agonía y la vulnerabilidad que distorsionaban aquel hermoso rostro.

Cuando Cherry vio que él se ponía de pie, se apresuró a añadir:

–Ella no está aquí ahora. Se ha ido a ver a Santo para contarle lo del... bebé.

Vittorio la miraba fijamente. Después de lo que pareció una eternidad, volvió a sentarse.

–¿Sophia te ha pedido a ti, una desconocida, que me digas que está en estado? ¿Por qué?

–A ella... a ella le pareció lo mejor.

–¿Para quién?

–En realidad para ti, y también para Santo y para ella. Pensó que harías algo de lo que te podrías arrepentir en los primeros momentos después de enterarte de lo que ocurre y ella trataba de evitar enfrentamientos. Creo que Santo y ella van a venir aquí a hablar contigo dentro de un rato.

–Pues te aseguro que entonces sí que va a haber enfrentamiento.

–Te advierto que, si le haces daño a Santo, perderás a Sophia para siempre. Eso lo sabes, ¿verdad? Y también a tu sobrino o a tu sobrina. Ella lo ama, Vittorio. No hay nada que desee más en la vida que convertirse en su esposa y en ser la madre de su hijo. Así son las cosas.

–No me hables de cómo son las cosas. ¿Qué sabes tú? Ayer ni siquiera conocías a Sophia.

–Eso es cierto, pero a veces un desconocido ve las cosas más claramente que nadie simplemente porque no está implicado. Ella sabe exactamente lo que quiere y no se trata de seguir estudiando.

–Es una niña.

–No. No lo es –afirmó. Sabía que era una tontería seguir defendiendo a Sophia. Después de todo, ella se habría marchado al día siguiente, pero no podía dejar de intentar que Vittorio comprendiera–. Sophia ya no es una niña. Es muy importante que lo comprendas antes de que sea demasiado tarde. Ella quería pertenecer a Santo, lo preparó todo y, aunque evidentemente no creyó que se quedaría embarazada, está encantada de todas maneras. Siento si eso te rompe la imagen que tienes de tu hermana, pero es la verdad. De todos modos, algún día tendría que casarse. Simplemente ha ocurrido antes de lo que esperabas.

–No se casará con Santo. Su vida será trabajar de la mañana a la noche si lo hace. Eso no es lo que mis padres habrían deseado para ella.

–Tal vez no sea lo que tú deseas para ella –le espetó, sin poder contenerse–, pero es un ser humano libre, no una posesión. Ha elegido su camino para bien o para mal.

–¿Y si es para mal?

–En ese caso, lo mejor que puedes hacer es estar a su lado. Estoy segura de que a tus padres no les habría gustado que sus hijos se distanciaran por la razón que sea. Eso lo sabes, Vittorio.

–Ella ha mancillado el apellido Carella. Se ha entregado a un hombre antes de ser su esposa.

–¡Por el amor de Dios! ¿Y eso qué importa? ¿Quién es más importante, Sophia o tu estúpido apellido? No es la primera chica en esta situación ni será la última. Si les das tu bendición, se podrán casar inmediatamente y todos pensarán que simplemente el niño se ha adelantado un poco. Aunque no lo piensen, ¿qué? No me pareces la clase de hombre que piense que debe responder ante la gente.

—¿Cómo te atreves a hablarme así? Esto no es asunto tuyo.

—Sophia hizo que lo fuera cuando me pidió que hablara contigo. Yo no quería hacerlo, eso te lo aseguro. Sabía exactamente cómo reaccionarías.

—¿Acaso crees que debería alegrarme de que mi hermana de dieciséis años haya desperdiciado su vida? ¿De que vaya a ser madre?

—Sé que no es la situación ideal, pero ha ocurrido y Sophia desea tener ese bebé. No va a abortar.

—¿Acaso crees que yo le sugeriría algo así? ¿Qué clase de hombre crees que soy? ¿Un monstruo?

—No lo sé. Tal y como tú has señalado antes, ayer ni siquiera os conocía a Sophia o a ti. Créeme si te digo que ojalá hubiera pasado la noche en el coche en vez de verme metida en todo esto.

Vittorio la miró fijamente. Parecía estar haciendo un gran esfuerzo para controlarse. Resultaba evidente que las palabras de Cherry le habían recordado que ella era una invitada en su casa.

—Debo disculparme, Cherry. Sophia ha hecho mal en pedirte a ti que intervinieras en esto, pero eso no excusa mi comportamiento.

—No importa. Ha sido una noticia muy inesperada. Yo solo quería ayudar y sigo queriendo hacerlo. Si deseas que me quede hasta que lleguen Sophia y Santo...

—No será necesario. Este no es tu problema.

Con eso, Cherry se puso de pie. Vittorio se levantó también. Una vez más, sus modales eran exquisitos.

—Te ruego que no la apartes de tu lado —le recomendó ella—. Ella sabe que tú te sentirás desilusionado y enojado, pero dales una oportunidad de hablar contigo. Sophia te quiere mucho y en este momento necesita tu ayuda y no tu rechazo. En cuanto a Santo... se ha visto metido en todo esto.

–¿Me estás pidiendo que no le agarre del cuello?

–No solo eso. Te aseguro que las palabras pueden hacer más daño que un golpe físico –afirmó ella. Lo sabía muy bien. Había vivido con su madre y su hermana muchos años antes de poder huir de todo aquello–. Y cuando las digas, ya no puedes retirarlas.

Vittorio extendió una mano. Entonces, le agarró la barbilla para levantársela y obligarla a mirarlo.

–¿Por qué te importa tanto Sophia? Casi no la conoces.

Cherry se encogió de hombros.

–Todas las mujeres deberíamos apoyarnos –dijo, a pesar de la sensación que los dedos de Vittorio le estaban produciendo en la pie–. Además, siento simpatía por ella. Eso es todo.

Cherry no esperaba que él inclinara la cabeza sobre ella ni que la besara. Entonces, Vittorio dio un paso atrás.

–Ahora, vete a la cama, Cherry –dijo soltándola como si nada hubiera ocurrido–. Ha sido un día muy largo. El desayuno es a las siete y media.

Vittorio no había prolongado el beso. Entonces, ¿por qué solo hacía falta que él la tocara para que una salvaje sensación se apoderara de ella? Ni siquiera sabía si él le gustaba.

De repente, necesitó la seguridad de su dormitorio.

–Buenas noches, y gracias de nuevo por tu hospitalidad.

Vittorio sonrió cínicamente.

–¿A pesar del hecho de que habría preferido la paz y la tranquilidad de tu coche?

Cherry se dio la vuelta sin contestar. Se volvió a mirarlo antes de entrar en la casa. Estaba de pie, donde ella lo había dejado, observando el oscuro jardín.

Cuando estuvo en su dormitorio, se desnudó y se duchó rápidamente. Entonces, se puso un pijama de algodón antes de meterse en la cama. A pesar de que esta era muy cómoda, le resultó imposible conciliar el sueño. Inglaterra parecía estar a un millón de kilómetros de distancia, y, con ella, Angela, Liam y todo el sufrimiento que ellos le habían causado. En aquel momento, todos sus pensamientos y sus emociones parecían estar ligados al hombre que esperaba en la galería. Se encontró rezando desesperadamente para que no hiciera o dijera nada de lo que pudiera lamentarse.

Sabía que lo que ocurriera en aquella familia no debería importarle en realidad. Después de todo, para ella no eran nada. Solo hacía unas pocas horas que conocía a Vittorio y a Sophia y ni siquiera conocía a Santo, pero, a pesar de todo, no podía negar el hecho de que sí le importaba. Era una locura.

Permaneció tumbada, tratando de escuchar algún sonido que indicara que Sophia y Santo habían llegado, pero todo permanecía en silencio. ¿Y si él le había dicho que no quería nada con ella? ¿O acaso Vittorio los había echado de la casa a los dos? En este último caso, habría oído voces. También podría ser que Sophia estuviera demasiado asustada como para volver.

Cuando por fin se dio cuenta de que no iba a dormir, se levantó de la cama y salió al balcón. Allí se sentó y suspiró suavemente. Se estaba tan bien allí...

Permaneció sentada una hora o más, hasta que se le empezaron a cerrar los ojos. Entonces, volvió a la cama. Estaba a punto de quedarse dormida cuando oyó que alguien llamaba a la puerta. Segura de que era Sophia, se levantó y se dirigió descalza hacia la puerta.

–¿Te he despertado? –le preguntó Vittorio cuando ella abrió la puerta.

–En realidad, no. No estaba del todo dormida –respondió Cherry muy sorprendida al verlo allí. Deseó de todo corazón llevar puesto un sugerente camisón de encaje en vez del sensato pijama de algodón. Debía de tener el aspecto de una colegiala.

–Al ver lo mucho que te preocupaba Sophia, pensé que seguirías despierta –dijo–. Solo quería tranquilizarte y decirte que Santo se ha marchado intacto de la casa. Aunque por poco.

–¿Han venido a verte? No he oído nada –comentó ella. Inmediatamente se sonrojó al darse cuenta de que había dejado patente el deseo que había tenido de enterarse de algo.

–Sí. Mañana nos reuniremos las dos familias, pero no es eso lo que he venido a decirte. Sophia desea que te quedes un tiempo. Hay muchas cosas que preparar rápidamente si se va a casar con Santo antes de que se le noté su estado y la enormidad de todo ello la ha abrumado. No tiene ni madre ni hermana ni ninguna confidente femenina. Tampoco tiene una buena relación con el ama de llaves y para ir a comprar el traje de novia, la dote...

–Pero debe de tener amigas –dijo Cherry incrédula–. Además, ¿no dijiste que tenía abuela?

–Nuestra abuela tiene noventa años y la organización de algo de este tipo es imposible para ella. En cuanto a las amigas... Sophia te quiere a ti. Te lo dirá personalmente ella misma mañana, pero me pareció justo que tuvieras tiempo para considerar un encargo de esa magnitud. Sé que estás de vacaciones, pero lo que dijiste de que todas las mujeres deberíais apoyaros...

–Pero Sophia no me conoce –insistió ella. La sugerencia era ridícula, completamente ridícula. Entonces, ¿por qué la estaba considerando?

–¿No te parece que, en ocasiones, se pude saber más sobre una persona en cinco minutos que en cinco años con otra?

–Yo... Ni siquiera soy italiana.

–Eso no importa. Sophia sabe lo que será necesario. Tú simplemente deberías ayudarla, escuchar sus problemas y apoyarla. Incluso proporcionarle un hombro sobre el que llorar si es necesario. Según tengo entendido, las mujeres pueden ponerse muy emotivas en esos momentos y, a la vista de la situación en la que ella se encuentra, es mejor que se mantenga tan tranquila como sea posible. Por supuesto, la decisión es tuya.

Cherry lo miró fijamente. Si no tenía cuidado, se podía meter en un buen lío. Sin embargo, una cosa era cierta. Vittorio Carella podría tener a cualquier mujer que quisiera con solo chascar sus aristocráticos dedos. Si quería... quería tontear con ella, para él no significaría nada.

–No creo...

–No tienes que tomar la decisión ahora, Cherry. Consúltalo con la almohada.

–Vittorio...

–No dejes que el hecho de que Sophia esté sola tenga influencia alguna sobre ti –añadió, lo que le pareció a Cherry una manipulación descarada–. De algún modo, se las arreglará.

–¿Deduzco de todo esto que estás dispuesto a darles a Sophia y a Santo tu bendición?

–Eso de la bendición es exagerar demasiado, pero... No quiero perderla. O, tal y como tú me dijiste, perder a mi sobrino o a mi sobrina. Santo no es lo suficientemente fuerte para ella. Sophia es una Carella. Es obstinada y testaruda, segura de que siempre está en lo cierto. Estas cualidades han llevado a los hombres de mi familia a una posición de riqueza y poder, pero Sophia es una mujer. Debe de ver a Santo como el cabeza de la familia o el matrimonio no será feliz.

–¿Cómo has dicho? –preguntó Cherry escandalizada–. No estás diciendo que Sophia tiene que tratar a Santo como su amo y señor cuando estén casados, ¿verdad?

Vittorio la observó con frialdad.

–Estoy diciendo que habría preferido que Sophia se casara con un igual. Un hombre tiene que saber cómo manejar a una mujer como Sophia y aún no estoy seguro de que Santo pueda hacerlo.

–Se aman. Estoy segura de que eso es lo único que importa a la larga. Llevarán a su modo su relación. Tal vez no sea cómo tú crees que debería ser, pero podrías estar equivocado, ¿sabes?

–Vaya, vaya, vaya... ¿Es esa una de las cosas sobre las que te muestras apasionada, *mia piccola*? Junto con los animales, la lectura y salir a cenar con los amigos, por supuesto.

Cherry se negó a dejarse atrapar. Respiró profundamente y trató de tranquilizarse.

–Creo que los hombres y las mujeres son iguales, si es eso lo que me estás preguntando.

–Esto es bueno. Yo también creo lo mismo.

–¿Tú? ¿Cómo puedes tener la cara de decir algo así?

–Por supuesto. Los sexos son diferentes. Diferentes necesidades, diferentes puntos fuertes y diferentes debilidades. Sin embargo, en una unión perfecta, los dos encajan y se complementan como si fueran uno solo. Cada uno debe representar su papel.

–Tú has dicho que Sophia debería considerar a Santo como el cabeza de familia. Eso no es igualdad.

–No estoy de acuerdo –replicó Vittorio. Entonces, se apoyó contra la puerta. La mano quedó muy cerca de la cabeza de Sophia.

El rico aroma que emanaba de su piel invadió el espacio de Cherry y le puso los nervios de punta.

–Santo amará y honrará a Sophia, la antepondrá a todo el mundo, incluso a los hijos que pudieran tener. Sophia respetará y apoyará a Santo en el papel de este como padre y esposo y comprenderá que tiene la responsabilidad de cuidar de ella y de la familia. Así deberían ser las cosas. ¿Acaso piensas tú de otro modo, Cherry?

A Cherry le estaba costando pensar. La cercanía de Vittorio resultaba embriagadora. A pesar de que no la estaba tocando en modo alguno, ella sentía que se deshacía por dentro. Al menos, logró controlar la voz para que no le temblara cuando dijo:

–En algunas parejas trabajan los dos miembros y

aportan una cantidad de dinero idéntica al hogar. No hay cabeza como tal.

–Te equivocas. Un hombre de verdad siempre verá a su mujer como el miembro más débil y hará todo lo que pueda para amarla y protegerla. Le permitirá que ella sea la persona que quiere ser, incluso con el coste de su propio bienestar. Las mujeres son más delicadas... Se rompen más fácilmente.

–Eso son estereotipos que han inventado los hombres.

–No, *mia piccola*. Es una verdad tan antigua como todos los tiempos y, cuando cualquiera de los dos sexos se opone a eso, es el preludio del desastre. Hay un momento en el que tanto el hombre como la mujer deben dar y tomar. Como ahora, por ejemplo...

Cherry había sabido que él iba a besarla. Había deseado que él lo hiciera. Se echó a temblar cuando sintió que le tomaba los labios con una lenta exploración que le provocó una oleada de sensaciones por todo el cuerpo. El beso se profundizó. La lengua invadió la dulzura de la boca de Cherry mientras la tomaba entre sus brazos. Le colocó las manos sobre la parte inferior de las costillas, con las palmas sobre los costados...

Cherry le entrelazó los dedos en la nuca y mientras acariciaba el cabello de Vittorio suspiró antes de que la boca de él invadiera la suya una y otra vez.

Se le daba muy bien besar... Cherry no podía encontrar la fuerza suficiente para apartarse de él, a pesar de que sabía que era solo una más entre las muchas mujeres a las que él habría seducido.

Vittorio comenzó a deslizarle las manos por debajo de la camiseta del pijama. Cuando Cherry sintió los dedos sobre la piel, experimentó también una inyección de realidad que le ayudó a romper aquella sensual tela de araña. Se apartó enseguida.

Aquel hombre era un desconocido. Ni siquiera lo conocía hacía veinticuatro horas y se le estaba ofreciendo en bandeja de plata. Ella no era mejor que Angela.

Dio otro paso más atrás.

–No... no puedo hacer esto –le dijo.

–¿Por el hombre que te dejó escapar de Inglaterra? ¿Aún es el dueño de tu corazón?

–Te dije que no estoy escapando de nadie. Aunque así fuera, eso no alteraría el hecho de que yo no voy por ahí acostándome con todo el mundo.

–No pensé ni por un minuto que ese fuera el caso, Cherry.

–Te aseguro que no he venido a Italia a buscar una aventura de vacaciones, si es eso lo que estás pensando.

–¿Y por qué iba a pensar yo eso, *mia piccola*?

–Solo quería que supieras cuál era mi postura –replicó–. En el caso de que acceda a la petición de tu hermana.

–Comprendido.

Con eso, Vittorio dio un paso atrás y cerró la puerta.

Capítulo 6

A LA MAÑANA, Cherry se dijo que se había merecido aquella noche de insomnio. Había sido una estúpida al permitir que Vittorio la besara de aquel modo y, además, devolverle el beso. Por supuesto, él había pensado que podía ir más allá. Seguramente se había pensado que los dos se iban pasar la noche en la cama.

Decidió que no iba a estar en aquella casa mucho tiempo más. Eran las siete de la mañana de un hermoso día de mayo. Acababa de salir de la ducha y se estaba secando el cabello. Con un poco de suerte, su coche nuevo no tardaría en llegar. Por supuesto, tendría que desayunar antes de marcharse, pero conseguiría superarlo. Entonces, se marcharía en cuanto pudiera. Unos cuantos días recorriendo la zona, serían justamente lo que su mente necesitaría para olvidarse de las últimas veinticuatro horas.

Salió de su dormitorio un poco antes de las siete y media. Cuando llegó al comedor, vio que la puerta estaba entreabierta. La abrió del todo y vio la imponente figura de Vittorio ya sentada a la mesa. Estaba leyendo el periódico. Sophia no estaba presente, algo que no había esperado.

–*Buongiorno*, Cherry –dijo él mientras se levantaba para retirar la silla de la mesa y ayudarla a ella a sentarse.

A Cherry no le quedó más remedio que sentarse al lado de él. Se negó a reconocer el hecho de que estaba igual de guapo con vaqueros y camiseta que la ropa más elegante que llevaba el día anterior. Por supuesto, todo era ropa de marcha. Vittorio no tenía ni idea de cómo era la vida real. En absoluto. De hecho, Cherry dudaba que hubiera trabajado un solo día de su vida.

–Espero que hayas dormido bien...

–Muy bien, gracias –mintió. En aquel momento, las dos criadas entraron con dos bandejas, que colocaron en un largo aparador.

–Por la mañana, es costumbre que nos sirvamos nosotros mismos –le explicó Vittorio–. Rosa y Gilda traerán enseguida café. ¿Quieres expreso o capuchino?

–Un capuchino, por favor –le dijo Cherry a Rosa.

–Sí, *signorina* –dijo la doncella con una agradable sonrisa.

Cherry se sirvió un vaso de zumo de naranja de la jarra que había sobre la mesa y se lo tomó mientras las dos criadas se marchaban del comedor.

–Esta mañana han llamado de la empresa de coches de alquiler, Cherry –dijo Vittorio. Se puso de pie y retiró la silla de Cherry para que ella pudiera levantarse también. Entonces, le entregó un plato–. Lamentan que, debido a circunstancias que escapan a su control, no podrán suministrarte un coche nuevo hasta mañana.

–¿Cómo?

–Les dije que no suponía un problema. Te traerán el coche mañana por la mañana. ¿De acuerdo?

–No –replicó ella–. Quiero un coche hoy mismo.

No estoy dispuesta a esperar más. Consta en el contrato que firmé que me proporcionarían un coche nuevo en menos de veinticuatro horas. ¿Les has recordado eso?

–Te noto bastante molesta –dijo él suavemente–. ¿Significa eso que ya no estás dispuesta a ayudar a Sophia a preparar su boda?

Cherry se dio la vuelta y fingió examinar los platos que contenían la comida. Bollería y mermelada, fiambre, queso, macedonia de frutas y aceitunas.

–No creo que pudiera ayudarla mucho.

–Yo no lo creo así, pero, por supuesto, la decisión es solo tuya. Ah, aquí está Sophia –añadió mientras miraba por encima del hombro de Cherry.

Ella se dio la vuelta. Había esperado que la hermana de Vittorio se mostrara alegre y radiante después de lo ocurrido la noche anterior, pero tenía una expresión sombría en un rostro manchado de lágrimas.

Instintivamente, Cherry dejó su plato y se acercó a la muchacha.

–¿Qué te ocurre?

–¿Te ha dicho Vittorio que la boda va celebrarse dentro de unas pocas semanas? –replicó Sophia con los ojos llenos de lágrimas–. No sé por dónde empezar, Cherry. Además, esta mañana he tenido náuseas. No me encuentro bien...

–Deberías haber pensado en eso antes de seducir a Santo –le espetó Vittorio–. Solo tú eres culpable de la situación en la que te encuentras. Tú misma lo dijiste ayer.

–No estás ayudando –replicó Cherry tras darse la

vuelta–. ¿No te das cuenta de que está muy disgustada? Además, para bailar un tango hacen falta dos personas, como tú ya sabrás muy bien.

–Si Sophia se hubiera limitado a bailar un tanto con Santo, no estaríamos teniendo esta conversación.

–¡Por el amor de Dios! No todos somos robots, como tú. Algunos de nosotros tenemos sentimientos y, en estos momentos, Sophia no se encuentra bien. Va a tener un hijo y eso supone un cambio enorme en el cuerpo y en los sentimientos de una mujer. Ella necesita tu comprensión, es decir, si conoces ese sentimiento, algo que dudo.

–Mi comprensión me dice que Sophia tiene que sentarse –dijo Vittorio secamente.

Cherry miró a Sophia y vio que estaba muy pálida. Cuando consiguió llevar a Sophia de vuelta a la cama y le dijo que durmiera tanto como pudiera, Cherry supo que estaba atada. Sophia le había pedido que se quedara con ella un tiempo y que le ayudara con los preparativos de la boda y ella no había podido negarse. Se quedaría como máximo un mes, algo de lo que se alegraría si no fuera por Vittorio o, más precisamente, aquella ridícula atracción que sentía. Podría ser que no lo viera tanto como pensaba. Estaría muy ocupada ayudando a Sophia con la organización de la boda.

Vittorio la estaba esperando cuando regresó al comedor. Vio que junto a su plato estaba una humeante taza de café.

–¿Tienes desde siempre ese instinto maternal? –le preguntó él. Podría haberlo hecho sarcásticamente, pero no fue así.

–Sí –replicó ella. Cualquier persona o animal que tuviera problemas siempre acababa frente a su puerta. De hecho, había empezado a salir con Liam después de que él se hubiera desahogado con ella cuando le dejó su anterior novia.

–La leona con el corazón de oro. Me gusta. Con demasiada frecuencia, he descubierto que, con las mujeres modernas, ocurre más bien al revés –comentó. Cherry no contestó. Se limitó a tomar un sorbo de su capuchino–. Crees que soy duro, ¿verdad? Injusto y cruel.

–Ciertamente muy cínico –dijo sin poder contenerse.

–Creo que tienes razón –admitió él tras considerar la acusación un instante–, pero, en general, no considero que el cinismo sea algo malo, al menos no si va de la mano con la justicia y la imparcialidad. El único peligro puede venir si amarga a un individuo hasta el punto de que no pueda reconocer lo que es genuino y verdadero cuando lo ve.

–¿Y tú puedes? –le espetó ella.

–Por supuesto.

–Claro. ¡Qué tonta he sido al preguntar! Debe de ser maravilloso ser tan perfecto.

–Ha sido así desde hace tanto tiempo que ni siquiera pienso en ello, pero sí, tienes razón una vez más. Es maravilloso.

Cherry trató de no sonreír, pero no pudo contenerse.

–Eso está mejor –dijo Vittorio–. Corrías el peligro de darte una indigestión con toda esa acidez. Ahora, desayuna. Entonces, llamaremos a la empresa de vehículos de alquiler para insistir en que te manden un vehículo inmediatamente.

Vittorio lo sabía. Cherry no estaba segura de cómo él sabía que había cambiado de opinión sobre lo de marcharse aquella misma mañana, pero estaba segura de ello.

—En realidad, después de todo, hoy no voy a necesitar un coche. Le he dicho a Sophia que al menos pensaré lo de quedarme un tiempo y que hablaré con ella más tarde. Llamaré y pospondré la entrega.

—¿De verdad? —preguntó él fingiendo sorpresa.

—Pero no he hecho promesa alguna.

—Por supuesto que no.

—Si me quedo, será tan solo por un periodo de tiempo muy corto, hasta que Sophia se sienta mejor.

—Claro.

—En estos momentos se encuentra muy sensible.

—Como era de esperar.

Cherry admitió su derrota y se tomó el desayuno consciente de que Vittorio la estaba observando. Cuando casi había terminado, él volvió a tomar la palabra.

—Creo que Sophia estará dormida un buen rato. Está muy cansada y deseará estar preparada para la reunión que vamos a tener con la familia de Santo esta noche. Ahora me voy a visitar nuestra fábrica. ¿Te gustaría acompañarme y ver tú misma cómo se produce el aceite Carella? Tardaremos un par de horas.

Cherry dudó. Le interesaba mucho ver de primera mano cómo se hacía el aceite de oliva, pero era una situación demasiado íntima con él. Entonces, se dijo que no debía mostrarse tan ridícula. Después de todo, si se quedaba, tendría que ver a Vittorio. Tal vez sería mejor que fuera acostumbrándose a estar con él y a controlar las respuestas de su cuerpo.

—Sí, gracias. Me encantaría.

—En ese caso, me reuniré afuera contigo dentro de quince minutos.

Vittorio estaba sentado en un reluciente Range Rover cuando Cherry salió de la casa. Ella llevaba puesto un vestido rosa sin mangas y se había recogido el cabello en lo alto de la cabeza porque hacía mucho calor.

Cuando Cherry se acercó al vehículo, él salió para abrirle la puerta y ayudarla a montarse en el todoterreno con la cortesía natural que ella ya había notado antes. Se sentía algo nerviosa y tensa, por lo que aprovechó para respirar profundamente mientras él rodeaba el vehículo y se volvía a montar.

—Bueno —dijo él mientras arrancaba el coche y lo dirigía hacia la salida de la casa. Entonces, tomó la carretera en la que el coche de Cherry se había quedado tirado, aunque en dirección contraria—, ¿qué sabes de nuestro oro líquido?

Cherry trató de mostrarse tan relajada como él y sonrió.

—Que es genial para aliñar ensaladas y para cocinar la carne.

—Así es, pero es mucho más que eso, tal y como supongo que habrás oído. Es beneficioso para las enfermedades del corazón y para la obesidad y esto se conocía ya hace mucho tiempo. Los atletas griegos y romanos se untaban el cuerpo de aceite de oliva para mejorar el flujo sanguíneo y desarrollar más músculo.

En algunas partes del mundo, esto sigue ocurriendo hoy en día.

Cherry no pudo evitar imaginarse el magnífico cuerpo de Vittorio untado de aceite. Tragó saliva.

—Por supuesto, hoy en día el aceite no solo se utiliza para cocinar, sino también para preparar jabón y cosméticos. En esto, la región de Puglia destaca. Nuestro aceite es virgen extra, es decir de la mejor calidad. Tiene menos de un uno por ciento de acidez y un hermoso tono dorado. El color del sol. Creo que te estoy aburriendo. Esto podría no tener interés alguno para ti, Cherry.

—Al contrario —replicó ella—. Me resulta muy interesante pensar que una industria que empezó hace miles de años sigue siendo tan pujante y que, incluso, tiene más éxito que antes. Incluso yo sé que el aceite de Puglia es mejor de lo que yo suelo consumir en Inglaterra. Antes de venir a Italia, ni se me habría ocurrido que podría disfrutar del pan mojado en aceite para almorzar y ahora me encanta.

—Sí y además es muy saludable. Hacemos buenos *bambini* nosotros los italianos. Y disfrutamos de la vida.

Cherry prefirió no dejar que sus pensamientos se dirigieran en aquella dirección. Afortunadamente, estaban llegando ya a la fábrica, por lo que ella suspiró aliviada.

El capataz de Vittorio los recibió a la puerta. Se llamaba Federico y era primo de Vittorio. Parecía que todos los empleados de la fábrica, una docena aproximadamente, eran todos familia. Cuando Vittorio desapareció en el despacho, Federico le mostró a Cherry la fábrica. Las prensas tradicionales habían sido sustituidas por maquinaria más moderna, pero el proceso seguía siendo básicamente idéntico. Primero se cosechaba la aceituna y luego, se aplastaban hasta hacer una pasta. Esta se removía a continuación vigorosamente antes de que se extrajera el aceite.

–Todo debe hacerse con amor –dijo Federico con una sonrisa–. Así se hace el mejor aceite de oliva.

Cherry sonrió y los dos regresaron juntos al lugar donde les esperaba Vittorio. Estaba al pie de las escaleras que conducían al despacho, con las manos en los bolsillos y la mirada prendada en el rostro de Cherry.

Federico sonrió a su primo en cuanto llegaron a su lado.

–Esta mujer no es tan solo una cara bonita –dijo–. Cherry me ha hecho preguntas que denotan inteligencia.

–Me alegra de que estés de acuerdo –replicó Vittorio–. He firmado los documentos que me dejaste encima del escritorio y los papeles para el siguiente envío. ¿No hay nada más de importancia? En ese caso –añadió cuando Federico negó con la cabeza–, te veré mañana.

–¿Tan pronto te vas a llevar a Cherry? –protestó Federico.

–Cherry –le dijo Vittorio a ella–, este hombre tiene mujer y un montón de hijos. No te dejes engatusar por ese pico de oro que tiene. Es un verdadero casanova.

Dejaron a Federico aún protestando y se dirigieron al Range Rover. Ya en el interior, Vittorio se giró para mirarla.

–No hay prisa por regresar –dijo. Entonces, observó el cabello de Cherry–. Tiene tantos colores cuando se refleja la luz en él. Rojo, oro... como las llamas del fuego. Brilla como la seda al sol. Es un delito aprisionar tanta belleza.

Cherry sintió que los dedos de Vittorio le soltaban el clip con el que se había recogido el cabello. Este le cayó sobre los hombros.

–No hagas eso. Hoy hace demasiado calor para llevarlo suelto.

–¿Es esa la única razón por la que me ocultas tanta belleza?

Cherry lo miró fijamente mientras se preguntaba si se estaba burlando de ella. Era una mujer corriente. Cuando se tomaba el tiempo de vestirse bien y arreglarse, podía resultar incluso atractiva, pero nada más. Nunca se había hecho ilusiones sobre sí misma y, si se las hubiera hecho, su madre y Angela se habrían encargado de hacerle ver la realidad hacía años.

–Mi cabello no tiene nada de especial. Y cómo lo lleve no tiene absolutamente nada que ver contigo.

–¿Te has mostrado siempre tan defensiva o es una barrera que has levantado desde que el amor te desilusionó? Una vez más, no niegues que no hay un hombre tras tu estancia en mi país. Sophia me lo ha contado. No me dijo nada más –añadió, al ver el dolor reflejado en el rostro de Cherry–. Sin detalles. Y ella me contó eso solo porque le preocupaba de que yo metiera la pata de algún modo.

–Evidentemente, tu hermana no te conoce tan bien como cree conocerte si piensa que algo tan insignificante como saber que alguien ha sufrido te impediría a ti meterte donde ni los ángeles osarían meterse –replicó ella.

–Te aseguro que yo no soy un ángel, *mia piccola* –afirmó mientras metía el clip en uno de los compartimientos laterales del vehículo–. Un hombre que es lo suficientemente estúpido como para dejarte escapar no te merece en modo alguno. Ahora, voy a llevarte a almorzar a Locorotondo y, después, iremos a visitar la catedral. Estoy seguro de que Sophia estará durmiendo gran parte del día. Ahora que el secreto que le preocupaba ha visto la luz, se siente más tranquila, creo. Sin embargo, mañana tendrá que empezar a considerar todos los preparativos para la boda y te necesitará.

–No tengo intención alguna de almorzar contigo. Accedí a quedarme para ayudar a Sophia.

–Lo que no dudo que harás admirablemente –comentó él mientras arrancaba el motor–. Sin embargo, hoy te mostraré Locorotondo, la *cittá del vino bianco,* antes de que dejes de ser una turista y te conviertas en la ayudante de Sophia. Será un interludio agradable y relajante antes de que comience el trabajo duro.

No. No tendría nada de relajante ni agradable. Cherry prefería regresar a la casa y pasar el tiempo junto a la piscina con un libro por compañía. Abrió la boca para negarse, pero volvió a cerrarla. Él había tomado una decisión y, aunque no hacía mucho que lo conocía, sabía que no iba a conseguir que él cambiara de opinión. No le quedaba más remedio que acompañarle.

Eso no estaría mal si una parte de ella no lo deseara desesperadamente, lo que resultaba muy peligroso. Vittorio debía de tener muchas mujeres a su disposición. Tenía experiencia y carisma. Si el amor se presentaba alguna vez en su vida, la mujer que lo conquistaría sería muy especial. Como él.

Sus pensamientos la alarmaron. ¿Por qué estaba pensando en el amor? Las mejillas se le ruborizaron. Gracias a Dios, Vittorio no era capaz de leer el pensamiento. Tenía que recuperar la compostura. La atracción sexual que sentía hacia él era controlable. Cuando terminaran aquellas pocas semanas y Sophia estuviera más tranquila, la vida seguiría para Vittorio y su hermana y seguramente ni siquiera pensarían en ella cuando Cherry hubiera desaparecido de sus vidas. Vittorio era un hombre. Podía acostarse con una mujer e ir a por otra sin ninguna dificultad. Así eran las cosas. Tenía que recordarlo. No podía olvidarlo nunca.

Capítulo 7

CHERRY descubrió que uno de los encantos de Locorotondo era el trayecto a la ciudad. Para llegar a la localidad, atravesaron el valle d'Itria, un maravilloso paisaje de verdes viñedos y casas tradicionales. El dulce aroma de la hierbabuena que crecía a lo largo de la carretera llenaba el coche.

Vittorio le contó que el *spumante*, un vino blanco muy seco, era la especialidad de la zona, pero, cuando se acercaron a las afueras de la ciudad, Cherry pudo ver las cúpulas de la catedral y se dio cuenta de que era una ciudad increíblemente hermosa. Las casas eran blancas y se alineaban en estrechas callejuelas adornadas con geranios y naranjos y limoneros. Cuando Vittorio aparcó el Range Rover y recorrieron el resto del camino a la catedral a pie, Cherry quedó profundamente enamorada.

La catedral era tan magnífica como había esperado, pero cuando salieron de ella, Vittorio le tomó la mano. Ella se tropezó con los adoquines al sentir el contacto y lo único que pudo pensar a partir de entonces fue en el tacto de su piel. Vittorio no parecía sentir deseos de soltarla. Mientras caminaban, se sentía empequeñecida por la sólida masculinidad que emanaba de él. Se dijo que, durante un tiempo, disfrutaría con la sensación. No significaba nada, por lo que no había mal alguno en ello.

Encontraron una pequeña *trattoria*, un restaurante informal que servía platos sencillos de carne y pasta, y comieron en la terraza bajo una gran sombrilla. Mientras tomaban vino *spumante,* Cherry observaba a Vittorio de soslayo, incapaz de creer que estaba sentada disfrutando de una deliciosa comida con uno de los hombres más guapos que había visto en toda su vida. Esa era la clase de cosas que siempre les ocurría a otras personas, no a ella. No se podía decir que Puglia fuera una especie de lugar de vacaciones, en el que los romances estuvieran a la orden del día.

Se recordó que aquello no era un romance. Ni por asomo. Antes de marcharse de Inglaterra, había decidido que tardaría mucho tiempo en volver a cometer el error de volver a confiar en un hombre. Aquella había sido una de las razones por las que había emprendido aquel viaje. Había decidido sumergirse en los lugares históricos del pasado de países como Italia, Grecia o Turquía para olvidarse de las desilusiones del presente y de la incertidumbre del futuro. Sobre todo, su intención era mantenerse alejada de los hombres.

De repente, se dio cuenta de que Vittorio estaba mirándola muy fijamente. Había terminado su comida y la observaba con aire pensativo.

–Vuelves a pensar en ese hombre –afirmó–. Tienes la tristeza reflejada en el rostro.

–No estaba pensando en Liam, al menos no específicamente –dijo sin pensar.

–Liam... No me gusta ese nombre.

Era una frase tan ridícula que Cherry no pudo evitar sonreír.

–A pesar de lo que tú puedas pensar, ya no siento nada por él –afirmó–. Me ha servido de lección para saber que no hay que ser lo suficientemente tonta como para confiar en un hombre.

Vittorio terminó su vino antes de hablar.

–¿Y esta es la misma mujer que ayer me recriminó mis observaciones sobre el sexo femenino? ¡Qué hipocresía!

–En absoluto. Tú decías que a las mujeres solo les atrae la riqueza de un hombre en primer lugar y que, por lo tanto, se casan por dinero y eso no es cierto.

–Perdóname si lo entendí mal –comentó él–, pero ¿no acabas de condenar a los hombres por ser básicamente poco fiables? Hablando puramente por mí mismo, creo que es justo decir que no me conoces y no puedo comprender cómo puedes llegar a hacer una observación exacta de mi personalidad, por no mencionar la de millones de hombres a los que ni siquiera conoces. ¿No es cierto?

–Bueno –comentó ella. Se sentía furiosa porque él la hubiera dejado en evidencia tan hábilmente–. No entiendes lo que quise decir.

–¿No? Pero sí sé que ese hombre te defraudó de algún modo y me gustaría saber lo que ocurrió. Si puedes hablar al respecto, claro está –dijo él muy serio. Había algo en su voz, ternura tal vez, que la sorprendió y que cambió la naturaleza de la conversación.

–Ya te he dicho que me he olvidado de él.

–Pero aún hay tristeza e incluso desilusión. Tus propias palabras lo demuestran.

Cherry se encogió de hombros. Lo último que quería hacer era revelar lo fácilmente que Angela había atrapado a Liam entre sus garras. Sin embargo, si iba a quedarse allí algunas semanas, tal vez lo mejor era contarle la verdad. Al menos así, le convencería de que no tenía intención alguna de meterse en más líos y que cualquier clase de relación con él estaba descartada.

Mantuvo los ojos en la pared de la casa de enfrente y comenzó a hablar. Se lo contó todo. Parecía una tontería no hacerlo. No tardó mucho. Cuando terminó, siguió sin mirar a Vittorio a la cara. Tomó su copa de vino y dio un largo trago antes de mirarle a los ojos.

—He conocido mujeres como tu hermana —dijo él suavemente—. Solo una o dos. Depredadoras que no se sentían nunca satisfechas con lo que tenían. Me da la sensación de que Liam ha conseguido exactamente lo que se merece. Ella convertirá su vida en un infierno. ¿Lo sabes?

Cherry asintió. Claro que lo sabía. Había visto cómo ocurría antes. Sin embargo, lo más extraño de todo era que los hombres en cuestión seguían deseando a Angela a pesar de lo que hiciera. Era como si ella les inyectara alguna droga en el cuerpo y se quedaran adictos a ella desde el primer beso. Por lo que ella sabía, ni siquiera una de las conquistas de Angela la había dejado a ella. Siempre ocurría al revés.

—Esas personas son superficiales y sin fundamento —añadió Vittorio—. Son incapaces de sentir emociones e incapaces de experimentar satisfacción. La mala suerte ha querido que tú tengas una así como hermana. Terminan amargando la vida a todos los que entran en contacto con ellos. Sin embargo, su poder disminuirá cuando le demuestres que sabes lo que es y que ella ya no puede hacerte daño o ejercer influencia alguna sobre ti.

–Pero sí que puede hacerme daño –señaló Cherry–. Lo ha hecho a menudo.

–Solo porque tú se lo permites. Liam no era el hombre para ti o habría sido inmune a todas sus artes. El amor puede cortar el poder que esas personas ejercen como si fuera mantequilla. ¿Y tu madre? ¿Es una mujer feliz?

–No –admitió.

–Porque todo el tiempo está tratando de reconciliar lo que quiere que sea su hija con lo que sabe en lo más profundo de su corazón que en realidad es. Sin duda, tu hermana maneja a tu madre como quiere. Como te he dicho, estas personas siempre hacen que los que están cerca de ellos sufran de un modo u otro.

Cherry se terminó su vino justo cuando el camarero apareció con los cafés que Vittorio había pedido. Cuando volvieron a quedarse solos, él la miró con una sonrisa en los labios.

–¿Te estás preguntando cómo sé tanto sobre esa clase de personas, *mia piccola*? –le preguntó. Cherry asintió. Aquello era precisamente lo que había estado pensando–. Es porque me escapé de una por los pelos hace mucho tiempo. Durante un periodo, pensé que tenía el corazón roto. No lo estaba, por supuesto. Entonces, ocurrieron una serie de acontecimientos que me obligaron a reflexionar que una lengua que tiene la dulzura del néctar puede ser una trampa falta para la confiada abeja en vez de convertirse en una fuente de vida y alegría. En especial cuando esa lengua está en un hermoso rostro, que a su vez se ve acompañado por un cuerpo encantador.

¿Estaba hablando de Caterina, de quien Sophia le había hablado a Cherry? La mujer con la que había estado a punto de casarse cuando sus padres murieron y que después se había casado con uno de sus amigos. Estuvo a punto de preguntárselo, pero no tuvo valor para hacerlo. En vez de hacerlo, se tomó su café antes de cambiar de tema, tratando deliberadamente de romper lo que se había convertido en una conversación muy íntima.

—Por lo tanto, ahora vas de flor en flor, sin detenerte mucho demasiado tiempo.

—No exactamente.

Vittorio no ofreció más detalles y Cherry se sintió como una niña que había hablado sin que le dieran permiso.

La hora de la siesta se estaba acercando. El camarero no tardó en acercarse con su cuenta. Se marcharon de la pequeña *trattoria* y regresaron al coche. Aquella vez, Vittorio no le tomó la mano. Cherry se preguntó por qué se sentía a la deriva. Se dijo que no tenía que ser tan tonta, al tiempo que se recriminaba haber aceptado quedarse en la casa de los Carella. Había tomado algunas malas decisiones en su vida, pero aquella tenía que ser la peor.

Cuando estuvieron en el interior del vehículo, Vittorio se volvió para mirarla.

—No conozco a tu hermana, *mia piccola,* pero, si de algo estoy seguro, es de que no tiene la belleza de su hermana. A pesar de que estés convencida de lo contrario, tú eres hermosa –dijo. Se inclinó sobre ella, le levantó la barbilla con un dedo y le dio un suave beso, deslizando los labios suavemente por encima de los de ella antes de acomodarse en el asiento y arrancar el motor.

Aunque hubiera querido, Cherry no habría podido moverse. Cerró los ojos un instante y deseó poder fingir que no había ocurrido nada. No quería sentirse atraída por aquel misterioso y volátil desconocido, que, poco a poco, iba dejando de serlo.

No podía dejarse llevar por aquel camino. Vittorio vivía en un mundo y ella en otro. Él tenía magnetismo y ella era tan solo Cherry Gibbs de Inglaterra. Nada especial. Incluso en el caso de que empezaran algo, ella tan solo sería una más para él. Mientras que para ella...

–Estás muy callada.

–Estaba pensando en Sophia –mintió–. Espero que se sienta mejor.

–Estará bien. Después de todo, ya tiene lo que quería. Ser la esposa de Santo. No le importa el revuelto que su determinación haya causado.

–Eres un poco duro.

–No. Es la verdad. La fuerza de los Carella en acción. Siempre conseguimos lo que queremos.

–Tú eres un Carella. ¿También tú consigues siempre lo que deseas?

–Siempre –afirmó él con una sonrisa.

–Entonces, está bien para ti, pero no para Sophia porque ella es una mujer –comentó ella con más acidez de la que sentía.

–Para mí está bien porque soy un hombre adulto que puede controlar sus sentimientos y traer sentido y razón a cualquier situación –afirmó Vittorio con in- confundible arrogancia–. Sophia todavía no puede. En ciertas ocasiones, es capaz de comportarse como una niña mimada.

–Entonces, ¿nunca dejas que el corazón sea quien mande sobre la cabeza? Me parece muy triste.

Vittorio detuvo el coche una plaza, que estaba de- sierta bajo el tórrido sol de la sobremesa. Apagó el motor y la tomó entre sus brazos mientras le daba un apasionado beso. Como había ocurrido el momento en la piscina, Cherry ni siquiera pensó en oponerse. Más bien, saboreó la cercanía. El cuerpo de Vittorio era fuerte, sólido, tan embriagador como el aura de mas- culinidad que lo rodeaba. El calor que emanaba de él la envolvía de tal manera que a ella le parecía que eran las dos únicas personas del mundo.

A medida que el beso se fue profundizando, la boca de Cherry se abrió de buen grado bajo la de él y los bra- zos le rodeaban los hombros. Le enredó los dedos en el cabello y comprendió que él estaba muy excitado. El hecho de saberlo prendió un deseo más poderoso que nada de lo que ella hubiera sentido antes.

No supo cuánto tiempo duró el beso. Las manos de Vittorio le acariciaban el cuerpo y, aunque sabía que debería detenerlo, la necesidad que sentía de él era más fuerte que su propia fuerza de voluntad, más fuerte que la razón.

Fue el sonido del claxon del coche cuando Vittorio cambió de postura lo que rompió el hechizo. Él lanzó una maldición en italiano antes de musitar:

–Esto es ridículo. No he hecho el amor a una chica desde que tenía dieciséis años y tomé prestado el Ferrari de mi padre con esa intención. Era incómodo entonces y lo es ahora. Esto es lo que pasa cuando se deja que el corazón mande sobre la cabeza, *mia piccola*.

Cherry lo miró fijamente. Trataba de centrarse para poder superar lo ocurrido. Besándose en el coche con un hombre. Ya se imaginaba lo que diría su madre...

Vittorio se acomodó en su asiento antes de tomarle la mano a Cherry y llevársela a los labios. Le besó la parte más carnosa de la palma y luego dejó que la punta de la lengua acariciara la delicada y sensible piel del interior de la muñeca.

Cherry se echó a temblar sin poder contenerse. Al final, el sentido común se impuso.

–No, te lo ruego. Lo que te dije ayer lo decía en serio. No estoy buscando un romance de vacaciones.

–Lo sé, pero un beso no es un romance, *mia piccola*. Con eso, no quiero decir que no te quiera en mi cama, Cherry. Te deseo y mucho. Sin embargo, aunque no me lo hubieras dejado muy claro, yo habría sabido que tú no eres el tipo de mujer que se deja llevar por relaciones superficiales. Algunas mujeres pueden disfrutar de la intimidad y seguir adelante sin arrepentimiento alguno cuando todo termina. Sin embargo, sé que tú no eres así. Por eso te has estado enfrentando a la atracción sexual que existe entre nosotros y que ha existido desde que nos encontramos ayer en la carretera. Lo sabes tan bien como yo. Es inútil fingir.

Cherry sabía que era cierto, pero prefería andar descalza sobre brasas ardiendo antes de admitirlo.

–En realidad, sé que esto te va a sorprender mucho, pero no todas las mujeres del mundo estarían dispuestas a matar por tu cuerpo.

Vittorio sonrió.

–Por supuesto que lo sé –dijo–, pero tú sí me deseas.

–En tus sueños –insistió ella, a pesar de que sabía que era imposible negarlo.

La sonrisa de Vittorio se hizo aún más amplia.

–Te tuve en mis sueños anoche y, por muy agradable que fue, no es como lo de verdad, pero estás aquí para ayudar a Sophia. Lo sé. Meterme en la cama contigo solo conseguiría complicar más las cosas y sé además que aún no estás lista para ese paso. Tanto si es por ese tal Liam –comentó, mientras pronunciaba el nombre con desprecio–, como si es porque necesitas conocerme mejor, eso no importa. Baste decir que comprendo que nos tenemos que tomar lo nuestro con calma.

–No hay «lo nuestro» –replicó ella, aunque sabiendo que era mentira.

Vittorio también lo sabía porque se echó a reír. La corriente de atracción mutua que fluía entre ellos era palpable y, desgraciadamente, innegable.

–Haremos un trato, ¿te parece? Yo me comportaré y te trataré como lo haría mi anciana abuela mientras estés ayudando a Sophia con los preparativos para la boda. Nada de seducción ni de besos, ¿de acuerdo? Sin embargo, me permitirás que te enseñe mi hermoso país mientras estás aquí. No puedes trabajar todo el tiempo. Te lo prohíbo. Seremos amigos. ¿Te parece bien?

Cherry se preguntó cómo una mujer podría ser solo amiga de Vittorio. Sabía que ella no podría. Sin embargo, siempre y cuando él no supiera este detalle... Aunque lo dudaba, asintió.

–Ay, Cherry, tienes un rostro de lo más italiano. Todos sus pensamientos y sentimientos se te reflejan en el rostro.

A ella no le gustó eso. Le hacía sentirse vulnerable.

–El italiano eres tú y me parece que no resulta fácil leer tus sentimientos. De hecho, eres como un libro cerrado. Por lo tanto, no creo que esa observación sea válida.

–Yo no soy solo italiano. Soy además un Carella –dijo–. Las reglas normales no se aplican en mi caso.

Cherry abrió la boca para protestar. Entonces, vio cómo le brillaban los ojos a Vittorio y la volvió a cerrar. Mientras Vittorio arrancaba de nuevo el Range Rover, pensó que tal vez él podría haber estado bromeando. Sin embargo, muchas veces se dice de broma lo que se quiere decir en serio.

Capítulo 8

CUANDO Cherry se paraba a pensar en las semanas que siguieron, pensó que parecían una montaña rusa.

Las náuseas matutinas de Sophia pasaron muy pronto a tener lugar durante todo el día. Se levantaba tarde y se iba a la cama temprano, completamente agotada. Por lo tanto, la realización de las ideas que Sophia tenía para la boda dependía de Cherry para hacerse realidad. Afortunadamente, todas eran bastante sencillas. La boda iba a tener lugar en la espléndida iglesia del pueblo más cercano y el banquete se celebraría en los jardines de la casa. Habría una gran fiesta, baile y un tiovivo para los niños.

Cherry descubrió que la región de Puglia era muy tradicional. La prevalencia del catolicismo en el país suponía que hasta el pueblo más pequeño tuviera una iglesia espectacular e incluso una catedral. La iglesia en la que Sophia iba a casarse no era excepción. Era muy bonita y Vittorio le había entregado un cheque en blanco para la boda, por lo que el interior se iba a llenar de flores.

Sophia iba a llevar el vestido de novia de su madre, que se había conservado con mucho cuidado y que le iría bien sin demasiados arreglos. Los hijos de las hermanas de Santo serían las damas de honor y los pajes, trece en total. Todos irían vestidos por una de las tiendas de más renombre de la ciudad de Bari, una vez más cortesía de la chequera de Vittorio.

Resultaba difícil organizarlo todo, pero el hecho de tener dinero ilimitado terminaba con cualquier dificultad y le dejaba más tiempo libre de lo que había imaginado en un momento. Esos momentos, los aprovechaba Vittorio para mostrarle su país y las costumbres del mismo.

Cherry había conocido a Santo y a sus padres el día después de que Vittorio la llevara a Locorotondo y sintió una inmediata simpatía hacia ellos. Santo era muy callado, pero evidentemente estaba muy enamorado de Sophia. Los padres eran mayores de lo que Cherry había imaginado. Su padre tenía el cabello blanco y el rostro curtido y la madre era menuda y regordeta, con una cálida y maravillosa sonrisa.

También le presentaron a las hermanas de Santo cuando Vittorio la llevó a Bari para que comprara los vestidos para los niños. Vittorio los invitó a todos a almorzar. Aunque la conversación resultó difícil porque ninguna de ellas hablaba inglés, todas se mostraron muy amistosas y amables.

Vittorio había contratado una empresa de restauración para la boda. Margherita se hizo cargo de realizar la selección para el menú y de supervisar al equipo, algo por lo que Cherry le estuvo muy agradecida. La boda iba a celebrarse por la mañana y el banquete duraría hasta bien entrada la madrugada siguiente. Cherry había tenido miedo de no organizar suficiente comida y bebida para unos trescientos invitados.

Al final de la primera semana en la casa de los Carella, estaba sentada un día junto a la piscina mientras
comprobaba el largo listado de las cosas que aún tenía
que hacer y de las que ya estaban en marcha. Aún le
quedaban muchos detalles que preparar, pero había
empezado muy bien. Se tumbó sobre la hamaca y cerró los ojos. Inmediatamente, empezó a pensar en Vittorio.

Aparte de la salida a Bari, él había insistido en llevarla a pasar el día a Trani, una ciudad costera cerca
de Bari. Recorrieron el centro de la ciudad, visitaron
la catedral y luego comieron en un restaurante que había
en el paseo marítimo. Vittorio se mostró como el perfecto compañero de cena: divertido, atento y hablador.

De repente, ella comprendió lo que él había estado
haciendo. Había estado seduciéndola, derribando sus
defensas y metiéndose en el corazón de Cherry y lo
había conseguido.

Se marcharon del restaurante cuando ya era de noche. Cherry pensó que él iba a tomarla entre sus brazos en cuanto llegaran a la intimidad del coche. No
fue así. Cuando llegaron a la casa, le preguntó si quería un café o una copa antes de irse a la cama. Cuando
ella respondió que no, le deseó buenas noches, le besó
la mano y observó cómo ella subía las escaleras hacia
el solitario dormitorio.

Tenía que dejar de pensar en aquellas cosa. Le había dicho que no estaba buscando nada romántico. Y
eso era lo mejor. Cada día demostraba que se sentía
más atraída por él. Vittorio era un hombre muy masculino, fuerte y seguro de sí mismo, pero al mismo
tiempo poseía una tierna sensibilidad que ella había

notado en más de una ocasión. Era precisamente ese lado más dulce el que más seductor le resultaba.

En el jardín de los Carella reinaba la paz, pero ella no se sentía tranquila por dentro. No creía que volvería a conocer un momento de paz hasta que no estuviera lejos de aquella casa. De Vittorio, para ser exactos.

Se estaba enamorando de él y no había nada que pudiera hacer al respecto. En realidad, se había enamorado de él en el momento en el que lo vio. Se había olvidado de Liam sin demasiados problemas, pero Vittorio no era la clase de hombre que una mujer podía olvidar fácilmente.

Él estaba buscando tan solo una breve aventura, una placentera intimidad que sería un cálido recuerdo cuando todo hubiera terminado. Cherry lo comprendía, pero para ella no sería igual. Por eso, sabía que tenía que distanciarse de él. Cuidar de sí misma.

Esto se había demostrado precisamente el día anterior. Había estado deseando que él tomara la iniciativa cuando se marcharon del *ristorante*, temblando al saber que él la besaría, lo que era estúpido y patético. Demonios, ¿cómo se había metido en aquel lío?

Debía de haberse quedado dormida, porque cuando el tintineo de los vasos la despertó, tenía un sueño tan íntimo que resultaba casi pornográfico. Abrió los ojos y vio a Vittorio, que estaba colocando cuidadosamente una bandeja con una coctelera y dos copas sobre la mesa que había junto a la hamaca. Volvía a llevar puesto su minúsculo traje de baño.

–¿Te he despertado? –le preguntó él suavemente.

–No –mintió ella. Estaba tratando de no mirarle–. Simplemente tenía los ojos cerrados.

Vittorio asintió y se sentó en la hamaca que quedaba junto a la de ella. Entonces, sirvió en las copas un cóctel rosado.

—¿Qué es? —quiso saber Cherry mientras se incorporaba en la silla.

—Una bebida.

—Ya sabes a lo que me refiero. ¿Es otra de tus creaciones?

—Esta no es nada más que champán rosado con un chorro de angostura y un terroncito de azúcar. Podría servir este cóctel cuando todo el mundo regrese a la casa después de la boda y me gustaría tener tu opinión.

Cherry dio un sorbito. Estaba delicioso, como todos los cócteles de Vittorio.

—Sabe muy bien. ¿Cómo se llama?

—¿Qué te parece «Seducción a escondidas»?

—No puedes hacer eso. Sophia no te lo perdonaría.

—En ese caso, *mia piccola,* ponle tú el nombre.

Cherry estuvo pensando durante unos instantes.

—«Celebración».

—Muy aburrido.

—Lo siento. Me has pedido mi opinión.

—Sí, es cierto. Está bien, Cherry. El cóctel de Sophia se llamará «Celebración». Ahora, termínate el tuyo y te serviré otro. Tal vez después de que te hayas tomado dos prefieras mi nombre.

—No, gracias. Uno es más que suficiente. Tengo que mantener la cabeza clara. Aún me quedan muchas cosas que hacer para la boda y...

—Tienes que divertirte también. Esto era parte del trato, ¿verdad? Así que nos sentaremos y nos tomaremos un cóctel mientras vemos cómo se pone el sol. Después, te llevaré a cenar. Conozco un lugar donde la comida es buena y la música incluso mejor. Un amigo haciendo que otro se lo pase bien. Eso es todo.

–Creo que no, Vittorio...

–Sí. Yo creo que sí. Cenaremos, bailaremos y nos olvidaremos de la boda durante un tiempo. Mañana, estarás más que fresca para volver a trabajar.

No había nada que más apeteciera a Cherry que pasar la tarde con él y precisamente esa era la razón por la cual no debía hacerlo.

–Dijimos que...

–Estoy siendo muy bueno. No estoy tratando de seducirte, que sería precisamente lo que me gustaría. Estoy manteniendo mi promesa, así que esta es mi recompensa. Pasaremos la tarde juntos, lejos de listas, planes y horarios. ¿De acuerdo?

Cherry se podría haber resistido si él no se hubiera inclinado sobre ella y le hubiera agarrado la mano que tenía libre para luego llevársela a los labios y darle un beso en la muñeca. En ese momento, mientras observaba la oscura cabeza, ella supo que estaba perdida.

Vittorio volvió a sentarse en su hamaca y le soltó los dedos.

–¿De acuerdo? –insistió.

Cherry asintió débilmente. Ese no era el modo de tratar con alguien como Vittorio, lo sabía. El problema era cómo se trataba con un hombre tan sexy e irresistible.

Capítulo 9

UN PAR de horas más tarde, Cherry estaba mirándose desesperadamente en el espejo de su dormitorio. Mientras estaban comprando los trajes de las damas de honor y de los pajes en Bari había aprovechado la oportunidad para comprarse dos nuevos vestidos para no tener que seguir alternando los dos que se había llevado desde Inglaterra. Desgraciadamente, no estaba segura de haber escogido bien.

El vestido de punto color melocotón le había parecido perfecto en la tienda, pero al vérselo en su habitación se preguntaba si el escote era demasiado pronunciado y la tela demasiado fina. Su otra adquisición, un vestido de gasa rojo, parecía ser de las prendas que una mujer se pone cuando quiere llamar la atención. No quería que Vittorio se pensara que se estaba esforzando demasiado.

Se sentó en la cama. Aquellos dos vestidos no eran la clase de ropa que ella solía comprar, pero en la tienda le habían parecido adecuados. Seguramente lo era, aunque no para ella. Todo había que decir que, en los últimos días, ya no sabía muy bien quién era. Las emociones y los sentimientos que se habían apoderado de ella distaban mucho de pertenecer a la persona que ella pensaba que era.

Alguien llamó a la puerta de su dormitorio. Era Sophia.

–Estás preciosa –le dijo al verla–. Ese vestido es perfecto para ti.

–¿De verdad lo piensas? –le preguntó Cherry mientras se miraba ansiosamente en el espejo–. Yo no estoy tan segura.

–Claro que lo es. Tal vez tu cabello... Ya lo sé. Espera.

Mientras Sophia iba a buscar algo, Cherry centró su atención en el cabello. ¿Qué le pasaba? Se lo había recogido sobre la nunca porque le parecía que el elegante vestido se merecía un estilo más sofisticado.

Sophia regresó con una caja de horquillas y varios clips de cristal.

–Siéntate –le dijo a Cherry, indicándole que tomara asiento frente al tocador. Entonces, le quitó el clip que ella se había puesto–. Me gusta jugar con los peinados. Solía hacer lo mismo con mis muñecas cuando era una niña.

Genial. Cherry prefirió cerrar los ojos y dejarse llevar. Sabía que toda protesta sería inútil. Después de unos minutos, Sophia le dijo:

–Ya puedes abrir los ojos y ver que tu cabello se ha convertido en el nido de un pájaro.

Por supuesto, era una broma. De hecho, Cherry no se podía creer lo que Sophia había conseguido en tan corto periodo de tiempo. Le había hecho un semirrecogido que enfatizaba su esbelto cuello sin resultar demasiado formal. Después, le había colocado hábilmente los clips de cristal. Era la clase de peinado que Cherry había visto en las revistas y que siempre había pensado que se tardaría horas en realizar. Sin embargo, Sophia había conseguido la transformación en minutos.

—Es maravilloso –dijo. Entonces, se giró sobre el taburete y sonrió–. Eres maravillosa.

—No. Creo que la maravillosa eres tú por quedarte conmigo y ayudarme con la boda. Sé que Vittorio piensa lo mismo, aunque, siendo hombre, seguramente no va a decir nada. Ahora, ve y diviértete –añadió mientras le tomaba las manos y la ayudaba a levantarse.

Cherry se sentía muy tímida. Salió del dormitorio detrás de Sophia y bajó las escaleras. Vittorio ya la estaba esperando en el vestíbulo. Él también se había puesto muy elegante, con un traje oscuro y corbata. Se acercó al pie de la escalera para reunirse con ella.

—Estás muy hermosa, *mia piccola*. Me siento honrado de poder acompañarte esta tarde.

—Gracias –susurró ella, con una radiante sonrisa. Entonces, se volvió a Sophia y le dio un abrazo–. Hasta mañana.

—*Arrivederci* y recuerda que tienes que divertirte.

Cuando estuvieron en el Ferrari, Cherry se volvió a mirar a Vittorio mientras él arrancaba el motor y ponía en movimiento el coche.

—¿Adónde vamos?

—No demasiado lejos. Tengo un amigo que es dueño de un club nocturno en Altamura, que es una ciudad que está a unos quince kilómetros de aquí.

—Creo que he oído hablar de ella. ¿No es allí donde descubrieron recientemente un hombre prehistórico en una cueva que tenía unos cuatro mil años de antigüedad, al igual que varios megalitos? –preguntó Cherry muy interesada. Había sido uno de los sitios que esperaba ver cuando empezó a visitar la región.

–*Uomo di* Altamura. Efectivamente. Sin embargo, esta noche no vamos a visitar la cueva. Tal vez en otra ocasión.

–Me gustaría

–Entonces, ya tenemos otra cita. Altamura, como gran parte de Italia, ha vivido muchas vidas y ha muerto muchas muertes. Primero estuvo dominada por una cultura y después por otra. Se derramó allí mucha sangre. Sin embargo, es precisamente esto lo que le da a mi país su diversidad y su amor por la independencia. Por lo tanto, me parece que no es algo malo.

Cherry no podía apartar la mirada de su autocrático perfil.

–Amas a este país, ¿verdad?

–Es mi sangre, mis huesos, mi corazón, pero supongo que ocurre así con las personas de todas las naciones, ¿verdad?

–No lo creo. Tal vez fue así en su momento, pero ahora no. La sociedad moderna parece decidida a desgarrarse a otros, por lo que a mí me parece. Nunca está satisfecha con los políticos o con el estilo de vida. Siempre quiere más, sea cual sea el coste que esto suponga a la comunidad o a la vida familiar.

–En Puglia no es así.

Cherry estaba de acuerdo con él. El lento ritmo y el ambiente somnoliento de la ciudad eran maravillosos. Ella se había percatado de esto a los pocos días de estar en la región. Le había resultado muy claro que los italianos de aquella parte del mundo trabajaban para vivir en vez de al revés. Su modo de vida era relajada, social y sería un ambiente perfecto para criar niños.

Decidió apartar su pensamiento de ese camino y se puso a mirar por la ventana. La tarde era fantástica. El trayecto se estaba efectuando entre los olivares y los viñedos, acompañados también de cuando en cuando por otros árboles, como cerezos, almendros y nogales. El paisaje era pacífico y sereno y el aire más suave, más apacible, después de que fiero calor del día hubiera ya pasado.

No quería abandonar aquella parte del mundo. Y tampoco quería abandonar a Vittorio.

—Estás muy callada —dijo él de repente, sacándola de sus pensamientos—. No se me ha olvidado nuestro acuerdo, si es eso lo que te preocupa.

—No estoy preocupada. Simplemente estoy admirando la vista.

—Me gusta eso. Quiero que aprecies la belleza de mi país y que, a partir de ahora, te olvides de todo lo que no sea italiano.

Cherry lo miró para ver si estaba bromeando, pero el hermoso rostro de Vittorio estaba completamente serio.

—Eso no sería muy práctico. Al final voy a terminar volviendo a mi casa.

—¿Por qué? ¿Para ver cómo tu hermana sigue arruinando más vidas? No creo que desees eso. ¿Lo deseas, Cherry?

—Normalmente no tengo mucha relación con mi madre o con Angela.

–Entonces, ¿no tienes nada que te ate a Inglaterra?

Eso no era precisamente lo que Cherry había querido decir.

–Tengo amigas, tías, tíos, primos... ¿Te parece bien?

–¿No tienes abuelos? ¿Nadie verdaderamente cercano a ti?

–No. Ahora no. ¿Satisfecho?

–¿Y ves a esas amigas y a esos familiares con frecuencia?

–¿Se trata de un interrogatorio?

–¿Es eso lo que te parece?

–Por favor, deja de responder una pregunta con otra.

–¿Es eso lo que estoy haciendo? –preguntó. Entonces, se echó a reír–. Sí. Ya veo a lo que te refieres. Te pido perdón. Me gustaría saber más sobre ti, eso es todo. Me siento en desventaja. Tú estás viviendo en mi casa, eres amiga de mi hermana, sabes mucho sobre mí y sobre la vida que llevo...

Cherry lo miró con incredulidad. No sabía nada sobre él, al menos nada verdaderamente importante. Tan solo algunos detalles sobre su vida amorosa. Sin embargo, hasta lo poco que sabía sobre Caterina se lo había contado Sophi. Él no le había contado ningún detalle. Nada.

–¿Acaso no estás de acuerdo?

Ella se encogió de hombros. No iba a humillarse preguntándole sobre otras mujeres.

–Creo que eres una persona muy reservada, que solo deja que las personas vean lo que tú quieres que vean.

–¿Acaso crees que tengo secretos? ¿Es eso lo que estás diciendo?

–Secretos exactamente, no. Como te dije antes, eres como un libro cerrado. Eso es todo.

–Yo no creo que eso sea así.

–En ese caso, tendremos que asumir que no vamos a estar de acuerdo en este asunto –dijo Cherry con firmeza.

Realizaron el resto del trayecto a Altamura en silencio. Cherry siguió observando el paisaje, aunque este ya había perdido interés para ella. El modo en el que la conversación se había desarrollado le había hecho sentirse tensa e incómoda y le había arrebatado la anticipación de la tarde. Se sentía desinflada y triste.

La ciudad estaba en plena ebullición cuando llegaron. Familias enteras cenaban en los restaurantes y paseaban por las calles. Cuando Vittorio aparcó el Ferrari, no hizo ademán alguno de salir para abrirle la puerta. Se volvió a ella y le dijo:

–Llevo cuidando de Sophia mucho tiempo. Después de la muerte de nuestros padres, era importante darle estabilidad y seguridad, ¿lo comprendes? Tenía que intentar ser el padre y la padre que ella habría tenido a su lado. Creo que esa podría ser la razón por la que me he convertido en un libro cerrado, tal y como tú dices. Sin embargo, no es intencionado. Estuve comprometido con una italiana. Era la hija de unos amigos de mis padres. Las cosas no salieron bien y, desde ese momento, no he llevado a ninguna mujer a la casa por el bien de Sophia. Con esto no quiero decir que no haya tenido una vida socialmente activa, pero no he estado acostumbrado a compartir mis sentimientos con nadie. Mis relaciones han sido... transitorias.

Cherry escuchaba atentamente. Casi tenía miedo hasta de respirar.

–No quería pedirte nada que tú no estuvieras dispuesta a dar. Siento que no debería haber secretos entre amigos.

Amigos. Aquello era precisamente en lo que ella había insistido. Cherry permaneció en silencio, tratando de reconciliar lo que estaba escuchando con el Vittorio que se había creado en su mente y fracasando estrepitosamente en su intento.

–Quería que esta noche fuera agradable. Quería darte las gracias por todo lo que has trabajado hasta ahora y por quitarle todas las preocupaciones a Sophia con más éxito del que yo había imaginado. Te estoy muy agradecido, Cherry. Quiero que lo sepas.

Cherry no quería gratitud. Quería... Cerró la puerta a esos pensamientos.

–Te lo agradezco mucho, pero no tienes que hacer este tipo de cosas para mostrarme gratitud. Además, te recuerdo que me alojo en tu hermoso hogar y que me lo estoy pasando estupendamente.

–Esta noche no tengo que acompañarte, sino que quiero hacerlo. No lo siento como una obligación.

Entonces, inclinó la cabeza rápidamente y la besó antes de que ella se diera cuenta de sus intenciones. Un beso duro, hambriento, pero que, a pesar de todo, terminó en un minuto.

Sin embargo, todo cambió de nuevo. La noche volvió a hacerse mágica. Él abrió la puerta del coche y lo rodeó para abrirle la puerta a ella. Aquella vez, Cherry se negó a reconocer la lucecita de advertencia que brillaba en su mente y que, de repente, se había puesto roja.

Capítulo 10

SU MESA para dos estaba situada en el mejor lugar, al borde de la pista de baile. El club nocturno estaba abarrotado y, evidentemente, era muy popular, pero, a los pocos minutos de su llegada, tenían ya una botella de champán junto a la mesa. Domenico, el amigo de Vittorio, fue a saludarles efusivamente y a servirles el champán.

Después de las presentaciones, Domenico sonrió a Cherry.

–He oído hablar mucho de ti –afirmó con gesto dramático–. Tú estás ayudando a Sophia, ¿verdad? Sophia... se parece tanto a su madre en el físico, pero tiene el espíritu de su padre. ¿A que llevo razón, Vittorio?

–Desgraciadamente, sí –dijo él.

–Y ese Santo es un buen chico –comentó Domenico, que, evidentemente, conocía todos los detalles de lo ocurrido–. ¿Tú también lo crees, Cherry? ¿Crees que cuidará bien de Sophia?

–Sí –dijo Cherry, sorprendida de que Domenico valorara tanto su opinión–. Santo es un buen chico. Estoy segura de que serán muy felices juntos.

–Muy bien. No me gustaría que a mi viejo amigo le salieran canas antes de tiempo, ¿eh, Vittorio? Él ha sido el mejor hermano que una chica pueda tener

–añadió mirando de nuevo a Cherry–, pero ahora tiene que encontrar una buena mujer y tener muchos *bambini* que lo tengan ocupado. ¿Qué dices tú, Cherry?

–Dice que no cree que mi vida privada sea de tu interés –le espetó Vittorio–. Tú cuida de Maria y de tus propios *bambini* y déjame a mí que me ocupe de mi propia vida.

Domenico sonrió. Evidentemente no se había sentido ofendido.

–Hablando de lo cual, vamos a tener un nuevo miembro después de Navidad.

–¿Otro? –replicó Vittorio. Entonces, se puso de pie y abrazó a su amigo antes de explicar la situación a Cherry–. Ese será el *bambino* número siete. Me sorprende que Maria no haya insistido en dormir en habitaciones separadas antes de esto.

–Es Maria la que está buscando la niña –protestó Domenico–. Lleva tres embarazos con el nombre elegido. Crista Maria. Será muy hermosa.

–¿Tienes seis chicos? –preguntó Cherry asombrada.

–Sí –respondió Domenico muy orgulloso–. ¿Te gustan los niños, Cherry?

Ella asintió.

–En ese caso, Vittorio debe traerte para que los conozcas muy pronto. Maria estará encantada de conocerte.

Cherry sonrió y asintió, pero, una vez más, no dijo nada. Estaba empezando a preguntarse si el amigo de Vittorio se había equivocado sobre ella y sobre su relación con su carismático dueño.

Después de charlar un rato más, Domenico se marchó. Vittorio se inclinó sobre ella y le tocó la mano.

–No quiere decir nada. Es un buen amigo. Eso es todo. No te preocupes, Cherry.

Ella no estaba preocupada. De hecho, había estado deseando que las cosas fueran diferentes: que aquella fuera una cita de verdad, que ella fuera la clase de mujer con la que Vittorio pudiera terminar casándose. Forzó una sonrisa.

–Creo que tu amigo es encantador –dijo con since-ridad–. Evidentemente, te tiene en mucha estima.

–Hemos pasado muchas cosas buenas y malas juntos. Domenico perdió a sus padres y a su hermano cuando era niño y vino aquí desde San Severo para vivir con sus abuelos. Sin embargo, se pasó la mayor parte del tiempo en mi casa con mi familia cuando nos hicimos amigos. Domenico es más que un amigo. Es como un hermano y, junto con otro amigo que se llama Lorenzo, éramos inseparables. Creo que es bueno tener esa clase de amigos.

Lorenzo. Era el hombre que se había casado con la prometida de Vittorio. Acababa de formular aquel pensamiento cuando notó que él se fijaba en alguien y que lanzaba una maldición.

Antes de que Cherry pudiera volver la cabeza, notó cómo una nube de perfume muy fuerte la envolvía.

–Vittorio... –susurró una mujer.

Era muy hermosa. Morena y muy italiana. Llevaba un vestido azul que se le ceñía a cada curva de su cuerpo como una segunda piel. Tenía un cuerpo fabuloso y lucía un escote muy atrevido. Cherry vio cómo Vittorio se ponía de pie. La mujer lo abrazó efusivamente. Entonces, Cherry se percató de que iba acompañada de un hombre alto y muy guapo.

Vittorio se desembarazó de ella con cortesía, pero con firmeza. Besó a la mujer fríamente en ambas mejillas y estrechó la mano del hombre con verdadera calidez.

–Lorenzo, ¿cómo estás? ¿Te puedo presentar a mi invitada? Esta es Cherry. Se está alojando con nosotros durante un tiempo. Cherry, te presento a mi buen amigo Lorenzo Giordano y a su esposa Caterina.

Cherry se lo había imaginado. De algún modo, consiguió sonreír con naturalidad y hablar tranquilamente.

–Encantada –dijo. Miró en primer lugar a Caterina, que la observaba a ella con mirada hostil. Cuando la otra mujer se limitó a inclinar la cabeza, Cherry se volvió a Lorenzo–. Entonces, ¿tú eres el tercero de los tres Mosqueteros? Vittorio me ha hablado sobre ti, sobre Domenico y sobre sí mismo.

Lorenzo sonrió. Entonces, tomó la mano de Cherry y se la llevó a los labios.

–Me alegra mucho conocerte –dijo como si lo dijera en serio–. Vittorio me contó que te estabas alojando con él mientras visitas nuestro país. Estoy segura de que Sophia agradece tener una amiga que la ayude con todos los preparativos de la boda.

Eso significaba que Vittorio seguía teniendo una relación de amistad con Lorenzo como para haberle hablado de la boda de Sophia y de lo que ella estaba haciendo en su casa.

Cherry sonrió.

–Me lo estoy pasando estupendamente –dijo afectuosamente. Lorenzo le caía bien–. Sophia y yo nos estamos gastando el dinero de Vittorio como si fuera agua y él nunca se opone.

–¿Te alojas en Casa Carella? –le preguntó Caterina. Evidentemente, para ella sí era noticia– Eso no me lo habías contado, Lorenzo –le dijo a su esposo.

–Se me debió de olvidar –respondió Lorenzo. Su rostro cambió cuando miró a su esposa.

El silencio reinó entre ellos durante un instante, un incómodo silencio, pleno de tácitas acusaciones.

«Ella sigue amando a Vittorio y Lorenzo lo sabe». Cherry sintió como si le hubieran tirado por encima un cubo de agua fría, pero no tuvo tiempo de seguir pensando en su deducción porque Vittorio estaba despidiéndose cordialmente de la pareja.

–Que tengáis una agradable velada –dijo, mientras volvía a sentarse sin ni siquiera mirar a Caterina–. Te llamaré mañana para hablar sobre el nuevo contrato.

Su amigo asintió y, tras agarrar a Caterina del brazo, tiró prácticamente de ella para que se moviera. Mientras la pareja se dirigía hacia el otro lado del restaurante, Vittorio dijo:

–Lorenzo tiene un negocio de exportación y él y yo trabajamos juntos en algunas ocasiones.

Cherry no sabía qué decir. Solo sentía ganas de llorar. Caterina era todo lo que ella no era: hermosa, elegante, sofisticada y muy llamativa. En resumen, la clase de mujer con la que esperaría que estuviera Vittorio. ¿Seguiría enamorado de ella? Después de todo, Caterina lo había dejado a él cuando se negó a mandar a Sophia con unos parientes. Era posible. Más que posible. ¿Sería Caterina la razón por la que no había sentado la cabeza con ninguna mujer?

–Parece agradable –dijo, con una sonrisa forzada.

–Lo es –afirmó él. Entonces, dudó durante un instante–. La mujer de la que te hablé antes, con la que estuve comprometido, se casó con Lorenzo cuando ella y yo tomamos caminos separados.

Cherry quería preguntar si le había importado, aunque sabía que era demasiado personal. Lo preguntó de todos modos.

–Eso debió de ser muy difícil para ti.

–Resultó algo incómodo durante un tiempo.

–Es muy hermosa.

–Sí, Caterina es muy hermosa.

Otro silencio. La actitud de Vittorio estaba confirmando todos los temores de Cherry. De repente, el orgullo se apoderó de ella. Le hizo levantar la barbilla y tragarse las lágrimas. No iba a preguntar nada más. Evidentemente, él no quería hablar al respecto. Cherry era tan solo una empleada para él. Le había dejado claro que aquellas salidas eran tan solo un pago por sus servicios.

Levantó la cabeza y miró a su alrededor.

–Es un lugar fabuloso. Evidentemente, Domenico ha convertido este negocio en un éxito.

–Cherry...

Fuera lo que fuera lo que Vittorio iba a decir, se vio interrumpido por la llegada del camarero. Este charló amigablemente con Vittorio y luego les dio los menús. Después, volvió a llenar las copas, aunque Vittorio prácticamente no había tocado la suya.

Para darse ánimos, Cherry dio un buen trago. Tenía la mala suerte de que estaba sentada frente a la mesa que ocupaban Lorenzo y Caterina. Esta se había colocado de tal manera que tenía una vista perfecta de la mesa de Cherry y Vittorio. La italiana prácticamente no le había quitado los ojos de encima. Cherry la miró con deliberación. Ninguna de las dos mujeres sonrió. Entonces, Caterina bajó los ojos.

Era una pequeña victoria para Cherry. Entonces, notó que el camarero se había marchado, seguramente para darles tiempo para pensar.

–¿Te gustaría que pudiera por ti? –preguntó él.

Cherry miró el menú. Estaba en italiano y no había precios. Genial.

–Gracias.

Estaba tan nerviosa que tomó la copa y la vació de un trago. Cuando Vittorio volvió a llenársela, decidió que no podía seguir bebiendo hasta que, al menos, no hubiera cenado algo. Siempre necesitaba mantener la cabeza sobre los hombros, pero en especial aquella noche.

–Tal vez *cannelloni ripieni* para empezar –sugirió Vittorio–. Están muy buenos aquí. O *parmigiano di melanzane*, berenjena asada con queso y salsa de tomate. Es una especialidad de la zona. Y, de segundo, creo que langosta.

Cherry asintió. No le importara lo que fueran a cenar. Desde que vio a Caterina, había perdido el apetito.

El camarero reapareció con un plato de aceitunas y anchoas, pan recién hecho y un poco de aceite de oliva para que pudieran compartirlo. Después de anotar lo que iban a cenar, volvió a marcharse.

Una pequeña orquesta estaba tocando una melodiosa música en un pequeño escenario. Ya había unas parejas bailando. Todo el mundo se estaba divirtiendo mucho. De repente, Vittorio se puso de pie y le ofreció la mano.

–¿Bailamos?

Ella lo miró fijamente sabiendo que no podría hacer reunir el valor para hacerlo. Ella no era italiana. No conocía la música ni los movimientos. Sin embargo, tampoco podía desairar a Vittorio.

Se puso de pie e, inmediatamente, el brazo de Vittorio le rodeó la cintura. La estrechó contra su cuerpo y, así, comenzaron a bailar.

–Relájate –murmuró él–. No es difícil. Solo tienes que seguirme, ¿de acuerdo?

Cherry sabía que iba a hacer el ridículo, pero, de repente, el hecho de estar entre los brazos de Vittorio le dio fuerzas. Sus reacciones se produjeron automáticamente, con naturalidad. El aroma y el tacto del cuerpo de Vittorio la transportó a un mundo en el que las parejas que los rodeaban dejaron de existir.

Vittorio bailaba muy bien. Ninguna mujer podría quedar mal con él como pareja. Seguir sus pasos era lo más fácil del mundo. Él la estrechó aún más contra su cuerpo. Cherry acomodó el rostro bajo la barbilla de él y le rodeó el cuello con los brazos. Parecía respirarlo. La cercanía de él la embriagaba, y no el champán. Le pareció que podría quedarse así para siempre.

Sintió el inconfundible endurecimiento de su cuerpo y supo que él estaba tan excitado como ella. Sin embargo, el control que Vittorio ejercía sobre sí mismo era absoluto. Fue ella la que, cuando volvieron a sentarse, se sentía como si tuviera las piernas de gelatina.

El primer plato los estaba esperando. Sin embargo, Cherry observó la berenjena prácticamente sin verla. Tenía aún la respiración acelerada y el cuerpo ardiéndole de deseo.

¿Cómo podía inspirar aquel hombre tales sensaciones solo teniéndola entre sus brazos? No habían hecho más que bailar y sin embargo...

–Pruébalo. Está muy bueno.

Cherry lo miró y vio que él parecía estar comiendo con toda normalidad. Allí estaba ella, a punto de desmoronarse y, por el contrario, Vittorio estaba comiendo como si no hubiera ocurrido nada.

Entonces, él la miró y Cherry pudo ver un apetito dibujado en aquellos ojos grises que nada tenía que ver con la comida. La deseaba. Simplemente, se le daba mucho mejor ocultar lo que sentía. Cherry no supo si esto le hacía sentirse mejor o peor.

La langosta que tomaron a continuación estaba igual de deliciosa que el primer plato. El postre, una tarta de crema, mermelada y almendras, parecía deshacérsele en la boca. Cherry notó que la comida la había ido relajando y porque Vittorio tenía la capacidad de que pareciera que eran las dos únicas personas en el restaurante. Cherry ni siquiera volvió a mirar a Caterina.

Mientras se tomaba el expreso con el que redondearon la comida, ella suspiró de satisfacción.

–Creo que acabo de comer más de lo que había comido antes en toda mi vida. Creo que no voy a poder levantarme de la silla.

Como respuesta, él se levantó y la hizo levantarse.

–Baila conmigo. Quiero volver a sentirte entre mis brazos.

Ella no discutió. Había estado deseando que se produjera aquel momento. Vio que Lorenzo y Caterina también estaban en la pista de baile, pero no se encontraron.

Justo después de medianoche, Cherry se dirigió al tocador. Allí, se encontró con Caterina, tal y como ella había supuesto.

Cherry salió de uno de los cubículos y se encontró a Caterina sentada frente a un espejo, aplicándose un carmín rojo. Inmediatamente, sintió que el estómago le daba un vuelco. Sabía sin duda que Caterina había querido que se encontraran sin que los hombres estuvieran delante.

Caterina la observó con altanería a través del espejo antes de volverse para mirarla. Tenía una fría sonrisa en los labios.

–*Ciao* –dijo–. ¿Estás disfrutando de la velada?

–Sí, gracias. Domenico tiene un hermoso restaurante.

–Así es. Gracias a Vittorio. ¿Sabías que Vittorio le dio a Domenico el dinero para que montara todo esto? Claro que no. Seguramente hay muchas cosas que no sabes sobre Vittorio.

Cherry mantuvo la sonrisa con un gran esfuerzo.

–Sí, supongo que sí –respondió deseando que entrara alguien para que las dos no estuvieran solas.

–Eres amiga de Sophia, ¿verdad? ¿Cuánto tiempo hace que conoces a la hermana de Vittorio?

–Algún tiempo –replicó. Siete días para ser exacta.

–Y vienes para ayudarla a preparar la boda. Creo que esta boda es muy repentina –comentó. Evidentemente, Lorenzo no había comentado todo lo que sabía con su esposa.

–Sophia y Santo se conocen de toda la vida. Yo no diría que es repentino.

–¿No? ¿Y a Vittorio le parece bien que su hermana

se case con ese... gañán? Pensaba que Sophia iba a seguir estudiando. Eso era lo que Vittorio quería para ella.

—Eso no lo sé —mintió Cherry mientras se arreglaba el cabello en el espejo.

—Claro. ¿Por qué ibas a saberlo tú? Tú no eres nada para él. Ni siquiera eres italiana. Vittorio tiene muchas mujeres, hermosas mujeres italianas, pero ninguna puede mantener su atención durante mucho tiempo. Así es él.

—La vida privada de Vittorio no me interesa —replicó Cherry. Su voz era ya tan fría como la de Caterina.

—¡Ja! A mí no me vas a engañar, inglesita —dijo Caterina. Se puso de pie y se volvió a mirarla—. Sé qué es lo que quieres y te llevarás una desilusión, como les ha pasado a muchas antes que a ti. Vittorio es la clase de hombre que solo entrega su corazón una vez. Eres tonta si no lo sabes. Y entregó su corazón hace muchos años —añadió. No tenía que añadir a quién se refería—. Tal vez seas amiga de su hermana, pero no conseguirás ocupar un lugar en su vida durante mucho tiempo.

Cherry vio que aquella mujer era tan mala como su hermana, peor quizá. Decidió utilizar la misma estrategia que había utilizado con Angela toda su vida.

—En ese caso, no tienes de qué preocuparte, ¿verdad, Caterina?

Antes de que la italiana pudiera responder, Cherry salió del tocador y volvió rápidamente junto a Vittorio.

El resto de la velada fue una pesadilla. Cherry sabía que se había retirado al vacío emocional que había perfeccionado a lo largo de los años de sufrimiento con su familia. Era su protección. Cuando estuviera a solas, sabía que se echaría a llorar, pero, por el momento, el orgullo dictaba que mostrara que no le importaba.

Bailó y conversó con Vittorio, pero él no hacía más que mirarla con perplejidad.

Después de un tiempo adecuado, dijo que estaba cansada y le preguntó si se podían marchar. Por suerte, Vittorio no quiso ir a despedirse de Lorenzo y Caterina. Simplemente se despidió de su amigo con la mano.

Cuando llegaron al coche, ella fingió quedarse dormida. Al llegar a la casa, él la agarró por el brazo y la acompañó al vestíbulo.

—¿Te ocurre algo? ¿Acaso he hecho algo para ofenderte?

—Por supuesto que no. Simplemente estoy cansada, pero me he divertido mucho. Gracias por una velada maravillosa, pero ahora me gustaría marcharme a la cama.

—No —dijo él, agarrándola del brazo cuando Cherry hacía ademán de marcharse—. Ha ocurrido algo. Lo sé. Me lo estás ocultando.

—¿Que te lo estoy ocultando? —replicó ella. Aquello fue la gota que colmó el vaso—. ¿Has oído lo que has dicho, Vittorio? ¿Por qué crees que tienes derecho a cuestionarme de esta manera? Accedí a quedarme para ayudar a Sophia. Eso es todo. Ahora, te ruego que me sueltes.

—No hasta que me digas por qué te estás comportando de este modo.

–En ese caso, estaremos aquí toda la noche.

¿Cómo se atrevía él a dar por sentado que tenía una especie de licencia divina para pasar por encima de los sentimientos y los pensamientos de la gente? Había dicho que Caterina era muy hermosa, lo que era cierto, pero en su interior era una mujer vengativa y malevolente. Si él no veía cómo era por dentro, era un necio. Desgraciadamente, el amor convertía en necios a mucha gente.

Aquel pensamiento la golpeó con fuerza. Flotaba en su pensamiento una verdad que no estaba preparada para reconocer.

–Te ruego que me sueltes –susurró, con voz temblorosa.

Vittorio lanzó una maldición, pero la soltó. Cherry salió corriendo por el vestíbulo y subió las escaleras para llegar a su dormitorio. Abrió la puerta y, cuando estuvo a salvo en su interior la cerró de nuevo y echó el pestillo.

Las piernas cedieron por fin. Fue deslizándose poco a poco hasta el suelo. Allí, se cubrió el rostro con las manos y se preguntó si él la seguiría y trataría de hablar con ella.

Solo encontró silencio.

Capítulo 11

CHERRY pasó una noche terrible. Cuando el día empezó a clarear, se vio obligada a reconocer por fin que le había seguido el juego a Caterina. No debería haber reaccionado como lo había hecho. Había dejado que la italiana le envenenara la sangre. ¿Y por qué? Porque ya tenía unos sentimientos demasiado profundos por Vittorio. La relación que ella hubiera tenido con Caterina o cualquier otra mujer, no tenía nada que ver con ella. No eran pareja. No estaba saliendo con él. Ella no tenía derecho alguno.

Mientras observaba cómo salía el sol, tuvo que enfrentarse al hecho de que lo que sentía por Vittorio era ya mucho más fuerte de lo que había podido sentir antes. Eso significaba...

Que apreciaba a Vittorio. No. Mucho más. Se había enamorado de él de un modo que demostraba que los sentimientos que había tenido hacia Liam no eran nada comparado con aquello.

Era el mayor error de su vida, pero había ocurrido. Lo mejor que podía hacer era enfrentarse a ello y pasar las pocas semanas que le quedaban allí sin esconder la cabeza en la arena. Aquella mañana se sentía lo suficientemente fuerte como para mencionar el altercado con Caterina sin la indignidad de echarse a llorar. Simplemente le diría, sin entrar en detalles, que Caterina se había mostrado hiriente hacia ella y que eso la había disgustado. Su comportamiento de la noche anterior se debía al hecho de que no se había sentido capaz de hablar sobre ello, un comportamiento que comprendía que había sido inaceptable.

Bastante nerviosa, se duchó y se vistió. Entonces, se recogió el cabello con una coleta sin preocuparse de maquillarse. Estaba lista mucho antes de que fuera la hora de desayunar, por lo que fue a sentarse en la terraza con un libro que ni siquiera abrió.

Estuvo algunos minutos contemplando la belleza del jardín. Entonces, vio a Vittorio. Evidentemente, tenía la intención de darse un baño en la piscina. Caminaba rápidamente, sin mirar atrás, por lo que Cherry se sintió segura observándole. Al llegar a la piscina, dejó caer la toalla sobre el suelo y se zambulló en el agua.

Cherry lo observó atentamente, incapaz de apartar la mirada. Vittorio hacía un largo tras otro a una sorprendente velocidad. Cuando se dio cuenta de que iba a salir por fin de la piscina, se metió rápidamente en su dormitorio. Se sentía tan culpable como un *voyeur* que había estado a punto de ser sorprendido.

Fue al cuarto de baño y se mojó el rostro con agua fría. Entonces, se miró en el espejo y vio el deseo que aún tenía reflejado en el rostro. Resultaba humillante aceptar que ella lo había estado espiando como una adolescente. Antes de conocer a Vittorio, jamás hubiera dicho que su empuje sexual era demasiado alto, pero en aquellos momentos...

Se consoló por fin con el hecho de que Vittorio no

se había dado cuenta. Sin embargo, tuvo que admitir que ya no se reconocía. Ciertamente, ya no era la mujer que se había imaginado ser. Había esperado enamorarse de Italia, pero terminar haciéndolo de un italiano... Nunca. Un hombre como Vittorio, un hombre que podía poseer a cualquier mujer que deseara, con una cultura diferente, era un hombre fuera de su alcance en todos los sentidos.

Cuando bajó a desayunar, había vuelto a recuperar el control, al menos aparentemente. Había hecho una promesa a Sophia y no iba a romperla. No había más que decir.

Vittorio estaba solo en el comedor. Cherry se lanzó al discurso que llevaba practicando desde hacía una hora sin ni siquiera sentarse.

–Siento mucho lo de anoche. Sé que estropeé una velada muy agradable, pero me encontré con Caterina en el tocador y eso me afectó bastante. Sé que no es excusa, pero...

Vittorio se levantó y se acercó a ella. Le colocó un dedo sobre los labios e hizo que se sentara en la silla que había junto a la de él. Tomó asiento también.

–Siéntate. Toma un poco de zumo –le dijo tras servirle un vaso–. Hablaremos después.

Cherry dio unos sorbos y se preparó para la conversación que iban a tener.

–Ahora, quiero que me digas lo que te dijo Caterina.

–Eso no importa. Baste decir que a ella no le gusta que yo me aloje aquí ni que esté ayudando a Sophia. Creo que toma el hecho de que yo no sea italiana como una especie de afrenta personal.

–Dime qué fue exactamente lo que te dijo –insistió él.

–No.

–Evidentemente, te disgustó bastante, así que insisto.

–Ya te lo he contado poco más o menos. No lo recuerdo palabra por palabra.

–Eres la mujer más exasperante que he conocido nunca, ¿lo sabías? –dijo él dándose cuenta de que no iba a ganar aquella batalla–. A pesar de que parece que tienes dieciséis años, eres una mujer hecha y derecha –añadió. Entonces, se levantó y le agarró la mano a Cherry para obligarla a levantarse–. Iremos a pasear un rato por el jardín antes de desayunar. Quiero hablarte de Caterina en privado.

–No tienes que...

Vittorio no la escuchó. Cuando estuvieron en el jardín, él siguió sin soltarle la mano. Entonces, empezó a hablar.

–Caterina es la esposa de mi amigo y, por esa razón, sería una falta de respeto a Lorenzo que nos oyeran hablar de ella. No es un matrimonio feliz. No creo que Caterina sea capaz de hacer feliz a ningún hombre y sé que yo tuve la suerte de escapar de ella hace muchos años. No tardé mucho en darme cuenta de que lo que había sentido por ella no era amor, sino algo completamente diferente, más terrenal. Cuando uno es joven, los deseos del cuerpo son lo más importante y, tal vez, también cuando no lo es tanto. Comprendí esto justo a tiempo y ha gobernado mi vida desde entonces. ¿Comprendes lo que estoy diciendo?

–¿Que el deseo sexual no es amor?

–Sí. Sin embargo, volvamos de nuevo a Caterina. Lorenzo es un buen marido. Digo esto no solo porque es mi amigo, sino porque sé que es cierto. Le ha seguido siendo fiel a pesar las extremas provocaciones. Ella ha tenido muchos amantes. Sin embargo, es la esposa de Lorenzo y por esa razón la tolero. No hacerlo significaría perder a mi amigo. ¿Lo comprendes?

Cherry asintió. Habían llegado a un punto del sendero en el que una parte los devolvía hacia la casa.

–Caterina no tenía derecho alguno a comentar nada sobre tu presencia en mi casa y me gustaría que olvidaras lo que te dijo. ¿Lo harás, Cherry? Es muy importante para mí

Ella asintió, a pesar de que sabía que eso sería imposible.

–Me alegro –dijo. Entonces, la tomó entre sus brazos y le dio un beso en los labios–. Ahora, vamos a desayunar –añadió con satisfacción, como si todo se hubiera solucionado.

Sin embargo, para ella no había sido así. Cherry era incluso más consciente de que el abismo que los separaba era inmenso. La experiencia que Vittorio había tenido con Caterina había amargado la idea que él tenía del amor. Para él, no había más que satisfacción sexual y aventuras que no suponían compromiso alguno más allá de divertirse y de gozar mutuamente.

Si Cherry estuviera tan solo interesada en satisfacer sus necesidades físicas, la situación sería perfecta. Sin embargo, no era así. Para hacer el amor con un hombre tendría que entregarse en cuerpo y alma. Así era para ella. Sería para siempre. Por supuesto, aquella perspectiva la asustaba. No tenía ninguna duda de que Vittorio tan solo la quería para una breve aventura. Lo sabía perfectamente, pero hasta aquello sería un desastre. Ella no tenía experiencia sexual alguna, como las otras mujeres. No tendría ni idea de cómo mantenerlo interesado en la cama.

—¿Seguimos siendo amigos? —le preguntó él justo antes de que entraran en la casa.

—Por supuesto.

—Entonces, mañana te llevaré a ver la *Grotte de Castellana* —anunció Vittorio—. Estalactitas y estalagmitas. Sophia me ha dicho que te interesan esas cosas. Luego, podríamos ir a ver el museo de Taranto y la muralla Mesapiana, en Mandura. Lo veremos todo durante las próximas semanas. Te lo prometo. Juntos, *mia piccola*.

Cherry sintió que se le hacía un nudo en el estómago. No sabía si podría soportarlo sin dejar a un lado su moralidad y su orgullo.

—Eso no será necesario.

—Claro que lo es. Es necesario para mí y creo que también un poco para ti. Quiero estar contigo, Cherry. Siento celos al pensar que podrías ver todas esas cosas con otra persona o incluso sin mí. Te prometo que me comportaré. Sé que no confías en mí, lo veo en tus ojos, pero el tiempo te lo demostrará. No te haré el amor hasta que no confíes en mí.

—¿Hacerme el amor? —repitió ella febrilmente—. Pensé que habíamos acordado que eso sería imposible. Me he quedado aquí para ayudar a Sophia. No quiero...

–En ese caso, deja que sea yo quien quiera por los dos.

Antes de que ella pudiera reaccionar ante aquella descarada violación de las reglas, él la besó. No fue un beso casto y rápido. Labios y lengua se apoderaron de los de ella en un apasionado beso. Cuando Vittorio levantó la cabeza, ella estaba temblando.

–Tú... dijiste que nada de besos –susurró ella–. Era... era parte del trato.

–Este trato es nuevo –replicó él con una sonrisa–. Ahora se permiten los besos. Un hombre sediento debe al menos tener una gota o dos de agua para poder sobrevivir.

Aquella comparación tan dramática resultaba tan ridícula que ella no pudo menos que sonreír.

Vittorio sonrió también. Presintió la victoria.

–Vamos a desayunar –dijo–. Mañana pasaremos el día juntos.

Era el primero de muchos días similares a lo largo de las semanas que faltaban para la boda y cada uno de ellos era un dulce tormento.

Puglia tenía una historia muy rica, pero no tenía una gran infraestructura turística, por lo que la presencia de una extranjera resultaba sorprendente para sus habitantes. Cherry comprendió que visitar la zona con Vittorio le proporcionaba lo mejor de ambos mundos.

Alternaban las visitas más culturales con salidas a la playa. Allí, compartían la comida que Gilda les había preparado después de nadar en el mar y luego cenaban en sencillos restaurantes. Regresaban a la casa al atardecer.

La primera vez que disfrutaron de un día así, Cherry estaba muy nerviosa. Vittorio no parecía darse cuenta de lo intimidante que resultaba su magnífica masculinidad. Se comportaba muy naturalmente a pesar de estar prácticamente desnudo. Cherry se había comprado otro traje de baño en Bari, que consideraba mucho más recatado. Tenía que bañarse constantemente en el agua fría para poder protegerse contra el ardiente deseo que la atenazaba, pero, para su pesar, Vittorio no parecía sentirse afectado. Se había imaginado que, tras el apasionado beso en el jardín, tendría que estar quitándoselo de encima constantemente, pero, aunque él no eludía el contacto físico y le tomaba la mano o la abrazaba, se mostraba más que correcto. Esto molestaba a Cherry.

Cuando no veía a Vittorio, Sophia y ella trabajaban en los preparativos para la boda. La ceremonia iba a tener lugar la primera semana de julio. Aunque Vittorio se había gastado mucho dinero y había más de trescientos invitados, iba a ser una ceremonia informal y orientada a la familia, sin los estrictos horarios de una boda en Inglaterra.

A medida que la fecha iba acercándose, Cherry sabía que también se acercaba su partida. Le había prometido a Sophia que se quedaría para la boda, pero había decidido que se marcharía el día después del casamiento. Ya había llamado a la empresa de alquiler de coches y les había pedido que llevaran un coche a la finca de los Carella la mañana después de la boda. No se lo dijo ni a Vittorio ni a Sophia, pero se había sentido mucho mejor después de hacer la llamada. Había agarrado el toro por los cuernos y se había enfrentado a la realidad, por muy dolorosa que esta fuera. Aquel mágico interludio estaba a punto de llegar a su fin y, aunque Cherry no sabía cómo iba a poder soportarlo, sabía que no tenía otra opción.

Capítulo 12

LA ÚLTIMA semana pasó volando. Cherry conoció a la abuela de Vittorio por fin. La anciana había estado enferma durante algunas semanas y no había podido recibir visitas. Cherry descubrió que era una anciana indomable, muy italiana y que se mostraba sospechosa de los extranjeros. Después de conocerla, ella comprendió por qué Vittorio no había querido dejar a Sophia a su cuidado.

A pesar de que hubo algunos contratiempos, nadie parecía tan alterado como Cherry, seguramente porque lo único que les preocupaba era la boda. Ella tenía que enfrentarse a la realidad de que nunca volvería a ver a Vittorio. Era un pensamiento insoportable y, durante el día, lograba olvidarse de él. Las noches eran un asunto completamente diferente. Los fantasmas salían para turbarla.

Las náuseas de Sophia habían ido disminuyendo hasta el punto de que ya no eran un problema. Sin embargo, seguía acusando el cansancio. Sophia se marchaba a la cama inmediatamente después de cenar, algo que a Cherry, dadas las circunstancias, le parecía una bendición.

La víspera de la boda, después de almorzar en casa

de Santo y de supervisar los últimos detalles, Sophia pidió que le llevaran la cena a su habitación. Cherry y Vittorio tuvieron que cenar solos.

Ella no podía ni siquiera describir cómo se sentía. Una parte de ella había esperado que Vittorio le pidiera que se quedara un poco más, aunque su respuesta siempre había sido «no».

Llevaba varios días sin dormir. Se despertaba muy temprano y paseaba por su dormitorio como una leona enjaulada, llena de inquietud y nervios que le impedían descansar.

La semana anterior, Vittorio la había llevado a un festival de folclore, donde el baile nacional de Italia, la *tarantella* había sido la estrella. Cherry conocía la historia del baile. En el siglo xv, las campesinas de la ciudad de Taranto habían sido picadas por la tarántula, una araña cuyo veneno solo puede abandonar el cuerpo de quien pique por medio de un abundante sudor.

Tal vez a ella no la había picado la tarántula, pero la infección que estaba sufriendo era incluso más mortal. Si hubiera podido librarse de ella por medio de aquel frenético baile, lo habría hecho. Al menos así habría podido dormir por las noches.

Cuando entró en el comedor, vio que Vittorio estaba esperándola. Cherry forzó una sonrisa y se sentó en la silla que él se apresuró a sujetarle. Entonces, le puso la copa de vino en la mano y tomó asiento.

—Por mañana —dijo ella, aliviada por lo tranquila que le sonó la voz considerando que se estaba muriendo por dentro—. Por Sophia y Santo.

—Por Sophia y Santo. Y también por ti —añadió él

mientras rozaba suavemente la copa de Cherry con la suya–. Tu ayuda ha sido muy valiosa.

Vittorio llevaba una camisa gris y unos pantalones negros, una visión de belleza masculina. Su atractivo pocas veces había sido tan potente. Cherry deseó arrojarse a sus brazos y besarle apasionadamente. Para contenerse, dio un gran trago de vino.

–No hay de qué. Me he divertido mucho. No es frecuente que una mujer se vea tan implicada en una boda que no es la suya y, gracias a ti, he visto más cosas de Puglia que las que habría visto por mi cuenta.

–Yo también me he divertido. Creo que cuando uno nace en un lugar, resulta muy fácil no tomarse interés por conocerlo. Sin embargo, al verlo a través de tus ojos ha sido maravilloso. Eres encantadora.

Pero no lo suficiente. Durante un terrible instante, Cherry creyó que lo había dicho en voz alta. Sintió un profundo alivio al ver que el rostro de Vittorio no se alteraba. Estaba en el último tramo de su estancia allí. Lo superaría. Flirtear era algo natural para los italianos. Podía superarlo. Llevaba haciéndolo semanas.

La única diferencia era que, en aquellos casos, su partida no era inminente.

Habían hablado mucho en las últimas semanas. Cherry le había contado más de lo que había pensado que haría y él también había parecido abrirse con ella. Cherry había empezado a hacerse ilusiones. Tal vez, solo tal vez, él estaba empezando a considerarla diferente a las demás mujeres que había conocido. Entonces, otros días, se mostraba frío y distante cuando estaban solos.

Ese no era el caso aquella última noche. Cherry tragó saliva. Aquella noche el deseo resultaba evidente sobre su hermoso rostro. Si ella no estuviera sexualmente excitada, habría podido mantener de mejor manera la cabeza fría.

—Cherry, ¿te ocurre algo?

—No, nada.

Siguieron cenando en silencio. Aquella última cena no estaba resultando ser como ella había imaginado. Reconoció que era culpa suya. Cuando Gilda les llevó el postre, la tensión en el ambiente era tan fuerte que el aire prácticamente vibraba. De estar relajado y sexy, Vittorio había pasado a mostrarse frío, cauteloso. Las respuestas monosilábicas de Cherry y el tenso lenguaje corporal enviaban un mensaje que ningún hombre podía ignorar.

Él esperó hasta que Gilda hubo servido el café antes de hablar.

—Está bien, Cherry. Sé que te ocurre algo. ¿Qué es lo que pasa?

—Nada. De verdad. Solo que creo que deberías saber que me marcho pasado mañana. He mandado a la empresa de coches de alquiler que me envíe un vehículo a las once.

—¿Por qué?

—La razón por la que he estado aquí varias semanas ya no existirá. Sophia estará casada. Es hora de que yo continúe con mis vacaciones.

—¿Tus vacaciones? No sabía que tenías tantas ganas de marcharte.

—No se trata de eso.

—¿No? ¿Y entonces de qué se trata?

–Llegué a esta casa por accidente y tú fuiste muy amable y me ayudaste. Soy consciente de ello.

–Deja de hablar como si fueras una gata perdida...

–Accedí a quedarme para ayudar a Sophia porque quise hacerlo. Nadie me puso una pistola en la sien. No estoy diciendo eso, pero no estaría bien que me quedara después de que Sophia se casara. Tú querrás seguir con tu vida y yo tengo la intención de seguir con la mía.

–¿Y si yo deseo que te quedes? ¿Qué ocurre entonces?

Ella lo miró con frialdad. Se alegraba de que él estuviera tan enfadado. Eso le ayudaba a decir lo que debía.

–No voy a ser una muesca más en el cabecero de tu cama, Vittorio. Esto te lo he dejado claro desde el principio.

–Entonces, ¿vas a salir huyendo a Inglaterra, tal vez a los brazos de ese Liam? Tal vez esperas que él te vuelva a invitar a su cama.

Cherry se sintió furiosa con él. ¿Cómo se atrevía a decirle aquello después de todo lo que habían compartido?

–Yo jamás estuve en su cama –le espetó ella–. Jamás he estado en la cama de nadie y, ciertamente, no voy a empezar contigo. Por lo tanto, ¿por qué no chascas los dedos para que venga una de las mujeres que estoy segura hacen fila para tener su oportunidad?

Vittorio la miró completamente asombrado.

–¿Por qué estamos discutiendo? –le preguntó. Entonces, se inclinó sobre ella y le tomó la mano antes de que ella pudiera apartarla–. Estas semanas han sido muy agradables, ¿verdad? Y podrían haber sido mejores. Te deseo, *mia piccola*. Jamás he deseado más a una mujer ni he esperado tanto tiempo. Créeme.

Cherry se creía lo de la espera. Se imaginaba que la mayoría de las mujeres caían entre sus brazos como moscas y se consideraban afortunadas por ello. Respiró profundamente. Dudaba que pudiera hacerle entender, pero tenía que intentarlo.

–Para mí tiene que ser más que deseo, Vittorio.

–Pero tú me deseas...

–Sí, claro que te deseo, pero no solo para una semana o para un mes o incluso para un año o dos. Y sé que tú no quieres eso. Ni conmigo ni tal vez con nadie.

Ya estaba. Lo había dicho.

–¿Acaso no confías en mí? ¿Acaso no crees que yo sería bueno para ti?

Ella apartó la mano.

–Ya sabes lo que estoy diciendo, Vittorio, pero, para que conste, confío en ti. Eres sincero en tu trato con las mujeres. No haces promesas ni garantizas nada.

–Eso no es cierto –replicó él. De nuevo, volvía a parecer enfadado–. Dije que esperaría hasta que estuvieras lista, ¿verdad? Los dos sabemos que podría haberte poseído muchas veces a lo largo de las últimas semanas si hubiera querido.

–Pero no lo habrías hecho porque eres un hombre y no un animal. Un buen hombre –dijo ella. Estaba temblando por dentro. No había querido que todo terminara así. Tal vez habría sido mejor marcharse sin decir nada y dejar tan solo una carta explicando por qué–. Y, como tú acabas de decir, sabías que yo no estaba lista para una breve aventura. De hecho, nunca estaré lista porque no podría entregarme sin que significara algo especial para mí. Así soy yo.

–¿Estás diciendo que te vas a marchar sin darnos una oportunidad? En ese caso, no considero que ese sentimiento que tú dices que tienes hacia mí valga nada.

Aquello había sido un golpe bajo, pero Cherry no iba a dejar que él se escapara sin afrontar los hechos.

–Ese sentimiento es amor, Vittorio, tanto si crees en ello como si no. Si me quedara, para mí tendría que ser para siempre, tanto si permaneciéramos juntos como si nos separáramos. Yo siempre sería tuya aquí –dijo mientras se tocaba suavemente el pecho, justo encima del corazón–. La diferencia es que, si me marcho ahora, podré seguir con mi vida y seguir funcionando. Un día, esto incluso podría parecer un hermoso sueño. Si me quedara, tú me destruirías. No estoy preparada para sacrificarme ni para dejar que lo que hay entre nosotros se convierta en algo complicado, enredado y oscuro. Yo siempre querré más y sé que tú eres incapaz de dármelo. Te sentirías atrapado. Entonces, la separación dentro de unos meses, un año... Yo... –susurró. Sacudió la cabeza incapaz de encontrar palabras para describir cómo se sentiría–. Y tú, culpable, enfadado, avergonzado porque, tal y como he dicho, eres un buen hombre.

–Entonces, ¿te vas a marchar? ¿Así?

–Sí. Así –afirmó ella.

Cuando se puso de pie, medio esperaba que Vittorio trataría de detenerla, pero no hubo nada. No reaccionó de ninguna manera. Simplemente la observó mientras ella abandonaba el comedor.

Cherry acababa de abrir la puerta de su dormitorio cuando él subió las escaleras. Se volvió para mirarlo con el corazón latiéndole a toda velocidad.

–Si dijera que me casaría contigo, ¿qué me dirías entonces?

Durante un instante, la esperanza floreció en el pecho de Cherry. Solo durante un momento. Ni en sus más extrañas fantasías, y había fantaseado en muchas ocasiones que Vittorio le pedía que se casara con él, se había imaginado que la proposición de matrimonio que él le haría sería como un desafío.

–En ese caso, te diría que te lo volvieras a pensar.

–¿Qué significa eso?

–Que un matrimonio así sería un desastre. Un trozo de papel y una alianza de boda no hacen un matrimonio. No sería nada diferente a lo que te dije abajo, a excepción de que tú te sentirías atrapado mucho antes. ¿No lo ves? ¿Acaso no has comprendido nada de lo que te he dicho? Quiero lo que no eres capaz de darme. No solo quiero tu cuerpo. Lo quiero todo. Amor. Complicidad. Hijos. Nietos. Quiero alguien que me ame cuando mi cuerpo ya no sea tan joven, que me apoye contra el resto del mundo si es necesario, que se enfrente a la alegría y a las penas y a lo que nos depare el destino agarrándome la mano...

Cherry estaba a punto de llorar. Se dijo que no iba a hacerlo. Aquella sería la máxima humillación.

–¿Por qué no puedes ser como el resto de las mujeres? ¿Por qué tienes que hacer que esto sea tan complicado?

La tomó entre sus brazos antes de que ella pudiera protestar. Cuando prendió los labios con los de ella, estos contenían un deseo más fuerte que nunca. La intensidad de lo que él expresaba sorprendió a Cherry. Se tensó antes de dejar que la pasión prendiera en ella y se dejara llevar.

Cuando Vittorio sintió que ella se rendía, dejó escapar un gruñido de satisfacción. La lengua de él buscó la dulzura de la boca de Cherry. Ella no se pudo resistir y le permitió el acceso. Las manos de él se prendieron en la estrecha cintura y la moldearon contra sí de tal manera que ella casi no podía respirar. Los labios de Vittorio transmitían sensaciones indescriptibles a sus sentidos. Una dulce y lenta tensión comenzó a crearse dentro de ella y la animaba a apretarse más contra él a pesar de que el cerebro le pedía que se detuviera.

Vittorio deslizó las manos sobre su cuerpo para cubrirle el trasero. Entonces, comenzó a moverse contra ella, firme, eróticamente, con un lánguido ritmo que la hizo vibrar.

Cherry casi no se había dado cuenta de que él la había hecho entrar en el dormitorio y había cerrado la puerta. A pesar de todo, no sintió pánico, tan solo el deseo de pegarse más a él, al hombre que amaba.

Cuando cayeron encima de la cama, ella estaba debajo de él, pero Vittorio no había dejado de besarla ni siquiera un instante. Sintió que las manos de él comenzaban a levantarle la falda del vestido hasta que sus bronceadas piernas quedaron al descubierto. Mientras le tocaba los muslos, ella se sintió galvanizada por las sensaciones que la obligaban a arquearse de un modo más antiguo que el tiempo, un acto que reclamaba la posesión total.

Al principio, cuando él se retiró, Cherry no se lo podía creer. Durante un instante, pensó que él se estaba desnudando, pero Vittorio se había quedado completamente inmóvil. Cuando trató de agarrarlo para tirar de él hacia su cuerpo, se levantó de la cama y se puso de pie.

–No te poseeré así –dijo–. No quería que ocurriera esto cuando subí las escaleras. Debes creerme. No tenía intención de hacer esto.

–Yo... yo no comprendo.

–Hace semanas me prometí que no te metería prisa. Tu inocencia es un arma terrible, ¿lo sabías? No, por supuesto que no lo sabes. Ese es el problema. No juegas ni te muestras coqueta.

Cherry no tenía ni idea de lo que él estaba hablando. Lo único que sabía era que él había dejado de hacerle el amor. Que había sido capaz de controlar su atracción sexual hasta el final. Eso era lo poco que le importaba.

Sintió unas ganas tremendas de llorar. Si él la veía, la humillación sería total.

–¿Te importaría marcharte? Por favor.

–Cherry...

–Por favor.

Vittorio se marchó. Cherry sintió que se le hacía un nudo en la garganta al contemplar la puerta cerrada. No se podía creer que él se hubiera marchado realmente.

Entonces, se puso a llorar.

Capítulo 13

CHERRY se quedó dormida poco antes del amanecer simplemente de puro agotamiento. Solo durmió un par de horas antes de que la luz del alba le despertara los sentidos de nuevo. Abrió los ojos y sintió inmediatamente que un enorme peso se apoderaba de su corazón y de su cerebro al recordar los acontecimientos acaecidos la noche anterior. Y era el día de la boda de Sophia. Escondió la cabeza bajo la almohada durante un minuto, deseando poder dormirse de nuevo y no despertarse nunca más.

Ya bastaba. Se sentó en la cama y apartó la sábana. Aquel no era su día. Era el día de Sophia. Todo el trabajo duro de las últimas semanas estaba a punto de dar sus frutos. Le había prometido a Sophia que la ayudaría con el traje y el vestido, además de con el maquillaje y el cabello. Tendría cien detalles de los que ocuparse. No iba a parar en todo el día y eso era estupendo. El trabajo la ayudaría a superar aquella jornada. Al día siguiente...

No podía pensar en el día siguiente. Cerró los ojos durante un instante. Entonces, se dirigió al cuarto de baño. Al verse en el espejo, se detuvo en seco horrorizada. Cabello enredado, ojos hinchados y enrojecidos.

Tardó una hora en mejorar su aspecto. Su apariencia era por fin presentable. No era la de siempre, pero nadie se fijaría. Aquel día, todos los ojos estarían prendados en Sophia.

Por una vez, la joven estaba levantada, desayunando muy temprano junto a su hermano. Sophia la recibió tan emocionadamente que no tardó en hacerle olvidar lo ocurrido y aliviar lo que podría haber sido un momento de tensión.

Desde ese momento, todo fue un no parar. Sophia parecía estar llena de energía que contrarrestaba profundamente con el cansancio de las últimas semanas.

Todas las damas de honor y los pajes iban a estar esperando en la iglesia al carruaje que transportaría a Sophia de casa a la iglesia y de la iglesia a casa, primero con Vittorio, que actuaría como padrino, y luego con su esposo. Era tradición que todos siguieran a los novios a pie después de la boda, pero dado que la finca de los Carella estaba algo alejada del pueblo, habían decidido que Sophia tenía una excusa legítima para no realizar aquella costumbre. Su embarazo hacía que no fuera recomendable.

A media mañana, cuando Sophia ya estaba lista para marcharse a la iglesia, ataviada con el traje de su madre y muy hermosa, se sentía muy emocionada. Había estado llorando casi toda la mañana, pero Cherry, por el contrario, se había quedado sin lágrimas. Trabajaba como un autómata, diciendo lo correcto, sonriendo cuando debía, pero sin poder evitar tener un nudo en el estómago y plomo en el corazón. A pesar de todo, era tan buena actriz que Sophia no sospechó que le ocurriera nada.

A parte de a la hora de desayunar, no había vuelto a ver a Vittorio. Había estado encerrada con Sophia en el dormitorio de esta mientras se preparaba. Cuando bajaba con la novia por la escalera sujetando la cola de maravilloso encaje entre las manos, vio que él estaba esperando.

Fue un momento desagradable. No lo había visto con su traje de boda. Estaba estupendo, como un misterioso y arrebatadoramente guapo Heathcliff.

Vittorio dio un paso al frente y tomó la mano de Sophia cuando su hermana llegó junto a él. Con una sonrisa, le dijo:

—Estás muy hermosa. Nuestra madre habría estado muy orgullosa de ti hoy. Estás perfecta con su vestido. Nuestro padre se habría sentido como un rey llevándote al altar. Yo soy un mal sustituto, pero te quiero. Lo sabes, ¿verdad?

Los ojos de Sophia se llenaron de lágrimas.

—Yo también —susurró.

Entonces, Vittorio miró a Cherry por encima de su hermana y dijo:

—Tú también estás muy hermosa, *mia piccola* —dijo muy suavemente.

Aquello fue demasiado. Cherry estaba conteniendo la compostura por un pelo. Consiguió esbozar una sonrisa, pero no se atrevió a hablar. Entonces, Sophia la salvó. Se dio la vuelta y dijo:

—Tú tienes que ir antes que nosotros, Cherry.

Como si ella no lo supiera.

En el exterior, se dirigió rápidamente al coche en el que Gilda y las dos criadas ya estaban sentadas. Se sentó junto al conductor. Vittorio había alquilado un ejército de coches para transportar a todos los invitados durante todo el día. No había reparado en gastos.

Se marcharon enseguida. Cuando minutos después llegaron a la iglesia del pueblo, Cherry ya había recuperado la compostura. Se juró que aquella sería la última vez que fallara.

El interior de la bella iglesia estaba lleno de flores, lo que le daba un delicioso aroma. Cherry ocupó su lugar después de comprobar que todas las damas de honor y los pajes sabían lo que tenían que hacer. Cuando Santo se volvió para saludarla, le sonrió. Parecía muy asustado. Era un muchacho muy tímido y reservado. Sin embargo, cuanto más lo conocía a él y a su familia, más segura había estado de que Sophia sería muy feliz.

La música cambió y todos los presentes observaron la puerta con anticipación. Todas las cabezas se volvieron y la ceremonia dio comienzo. Mientras avanzaba hacia el altar del brazo de Vittorio, Sophia estaba radiante. Cuando pasaron junto al lugar en el que estaba Cherry, ella respiró profundamente.

Aquello sería lo peor. Cuando la ceremonia hubiera terminado, todo sería más fácil.

De repente, sintió que alguien la estaba observando. Se dio la vuelta y vio que era Caterina desde su banco. Las dos mujeres se miraron durante un instante. Entonces, la italiana sonrió ligeramente de satisfacción por lo que había visto claramente en el rostro de Cherry.

Por extraño que pudiera parecer, aquel instante proporcionó una descarga de adrenalina en las venas de Cherry y le dio fuerza. Levantó la barbilla y se quitó del rostro todo sentimiento que no fuera el habitual en una boda. No iba a desmoronarse. Aquel sería, seguramente, el peor día de su vida y al día siguiente, cuando se marchara, sería peor aún. Sin embargo, lo haría dignamente.

La ceremonia se celebró en italiano, tal y como era de esperar, y estuvo llena de convenciones y rituales que Cherry desconocía. Sin embargo, le resultó preciosa, aunque más larga que las bodas a las que ella estaba acostumbrada en Inglaterra. Cuando terminó por fin, una sonriente Sophia y un orgulloso Santo se dirigieron hacia la salida, seguidos de las damas de honor y los pajes. En el exterior, el ruido fue abrumador. Todos reían y se abrazaban. Todo el mundo estaba feliz. Todos se conocían entre ellos. Cherry jamás se había sentido tan perdida y sola en toda su vida.

De repente, Vittorio apareció a su lado. Le agarró el brazo y la obligó a acompañarle mientras saludaba a los invitados y la presentaba a todos ellos. Fue una exquisita tortura, agridulce, que mereció la pena tan solo por la mirada que Cherry recibió de Caterina.

En el camino de vuelta a la casa, Cherry se puso a mirar por la ventanilla. Vittorio le había pedido que fuera en su coche, pero ella había utilizado la excusa de que Margherita, las doncellas y ella debían de estar inmediatamente en la casa para asegurarse de que todo estaba preparado cuando llegaran los novios.

Él la había mirado fijamente antes de responder:

—Ahora eres una invitada. Puedes relajarte y disfrutar del día.

Cherry había considerado aquello un insulto, dadas

las circunstancias. Tal vez él podría olvidarse de lo ocurrido la noche anterior, pero ella no.

Llevaba unos quince minutos en la casa cuando apareció el carruaje con los novios, seguidos de una larga hilera de coches. Desde ese momento, las celebraciones empezaron en todo su apogeo. El estado de tristeza en el que Cherry se encontraba provocó que ella se sintiera muy afectada. Todo era alegría y celebración.

A los italianos les encantaban los niños. Los pequeños andaban por todas partes, abrazados y besados por todos los presentes, no apartados como ocurría en algunos países como la propia Inglaterra. La alegría y los juegos de los pequeños convertían la celebración en una enorme y feliz reunión familiar.

La comida se sirvió al menos dos horas tarde, pero a nadie pareció importarle. Todos se sentaron donde querían, a excepción de los novios, Vittorio, su abuela y los padres de Santo, que ocuparon la mesa principal.

Desde que regresaron de la iglesia, Cherry puso mucho empeño en evitar a Vittorio, fingiendo estar ocupada aunque no fuera así. Por lo tanto, cuando entró en la carpa y se dispuso a tomar asiento, se sorprendió de que ver que una firme mano la obligaba a levantarse.

–Vittorio, ¿qué estás haciendo? –protestó ella tratando de zafarse discretamente de él.

–Yo te iba a hacer la misma pregunta. ¿Por qué no hay reservado un lugar para ti en la mesa principal?

–¿Para mí? ¿Y por qué iba a estar yo en la mesa principal? Yo no soy familia.

–Tú has facilitado que esta boda tenga lugar. Además, no voy a tolerar que te sientes en ninguna otra parte. Ya te han puesto cubierto junto a mí.

Cherry lo miró fijamente. No sabía si quería echarse a reír o a llorar. ¿Acaso no había considerado cómo se sentiría ella sentada a su lado para que todo el mundo los viera? Era casi una declaración de intenciones y ella sería la única de toda la carpa que conocería el verdadero motivo: amabilidad. Algo que ella no quería.

–Estoy perfectamente bien donde estoy, gracias.

–Pues por muy bien que estés, te sentarás con Sophia, conmigo y el resto de los parientes cercanos.

–No.

Algunas personas habían empezado a mirarlos.

–Sí, Cherry. Claro que sí.

–Vittorio, piensa en lo que la gente va a deducir –le espetó–. A tu abuela no le gustará. Ya lo sabes.

Efectivamente, la abuela había conseguido que Cherry supiera, a pesar de que no hablaba ni una palabra de inglés, lo que pensaba exactamente de la inglesa que estaba viviendo en la casa de su nieto.

–No es la boda de mi abuela, sino la de Sophia y la de Santo. Los dos han pedido tu presencia en la mesa principal. ¿De acuerdo? Si no lo haces, estropearás el almuerzo de boda.

Todo el mundo se estaba fijando en ellos. Al final, Cherry cedió y se dirigió a la mesa principal para tomar asiento entre Vittorio y su abuela. La anciana ni la miró cuando se sentó. También le pareció que Sophia y Santo la miraban muy sorprendidos, pero ya no podía hacer nada más que sentarse y guardar silencio.

El almuerzo fue largo y agradable. El vino fluía

abundantemente, tal y como era de esperar, por lo que mucho antes de que la comida terminara el nivel de risas y de conversación se había ido animando a medida que los invitados bebían. Cherry se relajó un poco. Todo el mundo estaba muy ocupado divirtiéndose. Aunque de vez en cuanto la observaban con extrañeza, no lo hacían de un modo desagradable.

Vittorio estuvo principalmente hablando con ella. Terminó girándose hacia ella y colocándole un brazo sobre el respaldo de su silla. Esto provocó que Cherry se tensara hasta que él terminó por retirarlo de nuevo. Entonces, él se dirigió a su abuela, que sonrió y asintió cuando Vittorio pronunció el nombre de Cherry.

–¿Qué le has dicho? –le preguntó.

–¿Que qué le he dicho? Solo que el viento que te empujó hacia nuestra finca fue un viento afortunado para los Carella. Sophia ha tenido el día que quería y, en gran parte, eso te lo debe a ti.

–Creo que es una exageración.

No era justo que Vittorio la mirara de aquella manera o le dijera aquellas cosas. Si tuviera algo de decencia, la dejaría en paz. Si Cherry no lo amara tanto, podría odiarlo, pero el día de la boda de Sophia había confirmado una gran verdad: tenía que poner entre ambos todos los kilómetros que fuera posible. No iba a quedarse allí para que él jugara con ella o se burlara de ella.

Se bebió su tercera copa de vino para darse fuerza.

Eran casi las seis cuando la comida se dio por terminada y comenzaron los discursos. Para las siete, se había organizado un bufé frío. Cherry estaba pensando que tendría que hablar con Margherita para que se pospusiera al menos una hora o dos, cuando se dio cuenta de que Vittorio, que estaba dando su discurso como el padrino de la novia, había dejado de hablar y se había vuelto a mirarla a ella.

Cherry lo miró y se quedó hipnotizada por el gesto que vio en su rostro. Si aquel hombre no fuera Vittorio, sino otro, ella habría dicho que el sentimiento que se adivinaba en su rostro era amor en estado puro. Sin embargo, sabía muy bien que era imposible.

—Tengo una confesión que hacer —dijo, mirándola directamente a los ojos y en voz muy alta para que todo el mundo pudiera escucharlo—. Soy un estúpido. Digo esto porque cuando alguien tiene la suficiente fortuna de encontrar algo muy valioso, debería atesorarlo a cualquier precio —añadió. El silencio que reinaba en la carpa era tal que se podría haber escuchado cómo caía un alfiler al suelo—. Desde el primer momento en que te vi supe, *mia piccola,* que te amaba, pero aparte de estúpido soy muy testarudo. He estado acostumbrado a vivir mi vida según mis propias reglas. Cuando tú no hiciste lo que yo quería, me dije que solo tenía que esperar y que, tarde o temprano, te adaptarías a mi modo de pensar, que lo que yo sentía sería tan fácil de controlar como todo lo demás en mi vida. No quería relaciones permanentes, ni compromiso con ninguna mujer. Esto era lo que me decía siempre. Así de necio soy. Cherry, te quiero y te necesito para siempre. Te amaré para toda la eternidad. No me conformaré con menos. Lo digo ahora, delante de mi familia y amigos, porque es la verdad y quiero que todo el mundo lo sepa. Sin embargo, la única persona que importa de verdad eres tú.

Ante la mirada atónita de Cherry, Vittorio hincó una rodilla en el suelo. Todos los presentes, en especial las mujeres, se quedaron boquiabiertos.

–¿Quieres casarte conmigo, *mia piccola*? ¿Me amarás y me dejarás amarte todos los días de nuestra vida? ¿Te enfrentarás hombro con hombro conmigo contra el resto del mundo si es necesario, te enfrentarás a la alegría y a las penas y a lo que nos depare el destino agarrándome la mano?

Estaba repitiendo las palabras que ella había dicho la noche anterior, palabras que solo ella sabía. Con eso, terminó por disiparse la última de sus dudas. De algún modo, lo increíble había ocurrido. El rostro de Cherry se volvió radiante de alegría. Todo el mundo se alegró por ellos, a excepción de una persona. Sin embargo, nadie se fijó cómo Caterina se marchaba de la carpa, con el rostro tan feo como el de Cherry era hermoso.

En voz muy baja, para que tan solo Vittorio pudiera escucharla, susurró:

–Sí, por favor.

Entonces, él se levantó, la tomó entre sus brazos y la besó como si fueran los únicos presentes. Todo el mundo comenzó a aplaudir y a vitorearlos. Todo el mundo se volvió loco de alegría. Los aplausos podrían seguramente escucharse a varios kilómetros de distancia. Sin embargo, Cherry y Vittorio estaban tan felices que ni siquiera se percataron de ello.

Se casaron seis meses después, en la misma iglesia que Sophia. En aquella ocasión, la novia llevó un sencillo vestido de seda color marfil y un pequeño ramo de margaritas. El novio iba vestido de negro, con un chaleco color marfil. Cherry se preguntó si estaba bien estar en el altar en el día de la boda con unos pensamientos tan lujuriosos, pero no podía evitarlo. Vittorio estaba tan guapo que se le habían doblado las rodillas cuando lo vio.

La iglesia estaba a rebosar. Vittorio había hecho venir a los familiares y amigos de Cherry desde Inglaterra dos días antes de la boda. Liam no había acompañado a Angela y a su madre aunque Cherry lo había invitado. Su madre le confesó que la pareja estaba teniendo problemas y, por el modo en el que Angela comenzó a pestañear en cuanto vio a Vittorio minutos después de llegar, Cherry llegó a la conclusión de que su madre decía la verdad.

Nunca supo lo que Vittorio le dijo a su hermana cuando ella consiguió apartarlo del resto, pero ella regresó muy sonrojada y furiosa. No dijo ni una palabra a nadie durante el resto del día. Sin embargo, el día de la boda sí se portó bien. Mantuvo un perfil bajo y se mantuvo alejada de Cherry, que era precisamente lo que esta había deseado. Su madre, por el contrario, estaba muy contenta porque una de sus hijas se hubiera casado tan bien. De repente, pareció decidir que Cherry era su favorita y comenzó a regalarle el oído a Vittorio. Resultaba gracioso y triste a la vez. Cherry se alegró mucho cuando todos el contingente inglés se marchó el día después de la boda.

Aquella noche, el baile duró hasta muy tarde. Cherry se sintió en el paraíso mientras bailaba en brazos de su esposo a la luz de la luna. Parecía que solo tenían ojos el uno para el otro.

Por fin, los invitados comenzaron a marcharse. Entraron en la casa abrazados y, cuando llegaron al dormitorio principal, Vittorio se volvió para mirarla antes de abrir la puerta.

–Ninguna otra mujer más que tú ha entrado aquí –dijo–. Quiero que lo sepas, *mia piccola*. He tenido muchas mujeres, eso ya lo sabes, pero jamás he traído ninguna a mi cama de casa Carella.

–Me alegro –susurró ella mientras le acariciaba la barbilla.

Cherry no había estado nunca en aquel dormitorio. Desde que le pidió matrimonio, Vittorio se había comportado muy tradicionalmente. Tanto que, de hecho, Cherry había sentido deseos de devorarlo en más de una ocasión y él había insistido en que esperaran hasta la noche de bodas.

–Vas a ser mi esposa –le había dicho–. La madre de mis hijos. Así debe ser.

Por fin había llegado la noche de bodas. Ella lo miró con enormes ojos. Vittorio la tomó en brazos y abrió la puerta. Tras atravesar el umbral, la cerró de una patada. Entonces, comenzó a besarla. Ella le devolvió el beso con total abandono y emotiva inocencia. Lo deseaba más de lo que nunca hubiera creído posible. Solo con mirarla, Vittorio podía despertar un deseo desbocado en ella. Como ya estaban casados, no tenían que esperar más.

La besó como jamás la había besado antes. Entonces, muy lentamente, comenzó a desabrocharle los botones del vestido. Las manos le temblaban ligeramente cuando por fin lo dejó caer al suelo. Mientras Cherry se lo sacaba por los pies, Vittorio comenzó a acariciarle los pechos a través del sujetador.

–Eres tan hermosa... Tan perfecta...

Volvió a tomarla en brazos y la llevó a la enorme cama. Allí, le quitó el resto de la ropa. Entonces, comenzó a acariciarla y a succionarle los pezones hasta que ella gritó de placer.

Cherry estaba desesperada por sentirlo contra ella. Le ayudó a desnudarse con dedos torpes e inexpertos.

–No se me da muy bien...

–Me alegro de que sea así...

Vittorio terminó de quitarse la ropa y se reunió con ella sobre la cama. Tras enmarcarle el rostro con las manos, comenzó a besarla con dulce ternura.

–Soy el primero. No tienes ni idea de lo que eso significa para un hombre. Es mucho más de lo que merezco.

Siempre que había pensado en su primera vez con Vittorio, Cherry había imaginado que sería rápida, lujuriosa y excitante. Fue lujuriosa y excitante, pero no tuvo nada de rápido. Cuando la tuvo en su cama, Vittorio insistió en darle placer, en tocarle y en saborearle cada centímetro de su piel. Las dulces y cálidas sensaciones hicieron que ella se retorciera, que le clavara las uñas en la espalda y que gimiera de placer. Cuando Vittorio encontró el centro de su feminidad con los labios y la lengua, la necesidad de sentirlo dentro se hizo desesperada. Sin embargo, ella necesitaba también tocarlo y saborearlo...

Por el amor que le tenía gozaba con cada momento íntimo. Él le mostró cómo tocarle y darle placer. Cherry se sintió poderosa, como una diosa, cuando dejó que el instinto la guiara en una sexualidad que nunca había imaginado que poseyera. Se dejó guiar por él como lo había hecho anteriormente en la pista de baile, movimiento a movimiento. Sin embargo, aquel baile de amor estaba más allá de cualquier cosa imaginable para Cherry.

Vittorio tardó mucho tiempo en colocársele entre las piernas. La ansiosa humedad del cuerpo de Cherry lo acogió fácilmente. Ella se fue adaptando a su invasor.

–¿Te estoy haciendo daño? –susurró él.

Había habido una ligera sensación de dolor, pero ya había pasado. Cherry gozaba con lo que él le estaba dando y se arqueaba para que Vittorio pudiera penetrarla más profundamente. Lo deseaba todo.

El cuerpo de él respondió rápidamente y se movió más rápidamente, estirándola y llenándola hasta que la poseyó por completo con un ritmo desenfrenado que los llevó a ambos al éxtasis y más allá. Las oleadas de placer que experimentaron eran tan intensas que resultaban casi dolorosas.

Cherry aún seguía temblando minutos después. Vittorio se tumbó de costado y comenzó a besarla.

–Eres perfecta –murmuró mientras le besaba dulcemente los párpados, la nariz y la boca, ya hinchada por la pasión–. Perfección absoluta. ¿Cómo he podido vivir tanto tiempo sin ti? Te amo con todo mi corazón, *mia piccola*. ¿Lo sabías?

Claro que lo sabía. Cherry sonrió.

–Demuéstralo –le dijo suavemente mientras lo besaba apasionadamente, de un modo que despertó inmediatamente el cuerpo de Vittorio.

–Enseguida –musitó él.

Las bromas se vieron pronto sustituidas por la pasión. El fuego del deseo prendió entre ellos y, muy pronto, el único idioma entre ellos fue el del amor. El mejor idioma de todos.

BIANCA

KIM LAWRENCE
ORGULLO ESCONDIDO

Rico y atractivo, Gianni Fitzgerald controlaba cualquier situación. Menos un viaje en coche con su hijo. Agotado, se fue a dormir… Cuando Miranda despertó y encontró a un sexy extraño en su cama, pensó que debía de estar soñando, pero Gianni era muy real… Una ojeada a la pelirroja y el pulso de Gianni se desbocó. Permitirle acercarse a él sería gratificante, pero muy arriesgado. ¿Podría Gianni superar su orgullo y admitir que quizás hubiera encontrado su alma gemela?

LYNN RAYE HARRIS
CUARENTA NOCHES
CON EL JEQUE

Sydney Reed soñaba con ser princesa, aunque nunca hubiera imaginado que el jeque Malik de Jahfar se casaría con ella. Pero el sueño terminó y la cruda realidad la golpeó…
Necesitaba su firma para el divorcio, pero Malik tenía otros planes. La ley de Jahfar exigía una convivencia de cuarenta días antes de permitir el divorcio. Y él estaba dispuesto a hacer que esas cuarenta noches fueran inolvidables…

N.º 498

HELEN BROOKS
BODAS EN ITALIA

Cherry Gibbs había visto como su prometido se iba con su hermana y se había perdido en una carretera italiana, cuando se encontró con Vittorio Carella.
A pesar de que él tenía todo lo que ella se había jurado evitar, Cherry aceptó pasar la noche en su casa, donde se vio seducida por él. Vittorio podría elegir cualquier mujer de la élite, pero… ¿por qué se había fijado precisamente en ella?

¡YA EN TU PUNTO DE VENTA!

BIANCA™

CATHY WILLIAMS

UN HOMBRE IMPOSIBLE

El atractivo magnate neoyorquino, Matt Strickland, buscaba a la niñera ideal para su hija y Tess Kelly no cumplía ninguno de los requisitos del anuncio. La sensatez, la severidad y las cualificaciones académicas no eran precisamente sus puntos fuertes, pero estaba dispuesta a enseñar a su jefe a divertirse. Un desafío que pondría a prueba su relación…

EL HEREDERO ESCONDIDO

Sarah Scott no había querido enamorarse de un mujeriego incapaz de comprometerse, pero la experta seducción de Raoul la dejó indefensa. Sin embargo, cuando él desapareció de su vida, el legado de Raoul siguió vivo… Sarah estaba embarazada del heredero Sinclair. Cinco años después, Sarah tenía que esforzarse para llegar a fin de mes trabajando como limpiadora en una oficina.

N.º 499

Estaba fregando el suelo cuando sus ojos se encontraron con los de su nuevo y elegante jefe, el hombre al que nunca había podido olvidar y el padre de su hijo: Raoul Sinclair.

¡YA EN TU PUNTO DE VENTA!

DESEO

EMILY McKAY
BUSCO MARIDO

Wendy Leland necesitaba un marido rico y con éxito para mantener la custodia de su sobrina, y lo necesitaba ya. Sin embargo, cuando su jefe, rico, exitoso y atractivo le ofreció convertirse en su marido temporal, ella se mostró reacia. Jonathon Bagdon le gustaba demasiado y sabía que resistirse a la tentación resultaría difícil.

MICHELLE CELMER
CHISPAS DE PASIÓN

Cuando Sierra Evans dio a sus gemelas en adopción, no esperaba que la tragedia las dejara a cargo de su tío, un millonario *playboy*. Ahora quería proteger a sus hijas... aunque eso significara hacerse pasar por la niñera perfecta con un gran secreto.
Coop Landon sabía cuándo alguien mentía. Y estaba más que dispuesto a descubrir lo que Sierra se proponía, especialmente cuando la seducción era la estrategia perfecta.

N.º 563

CHARLENE SANDS
EL ORGULLO DEL VAQUERO

Clayton Worth estaba dispuesto a rehacer su vida casándose con una mujer que pudiese darle un heredero. Sin embargo, un año de separación no había matado el deseo que sentía por Trish, que pronto sería su exmujer.
Trish había vuelto al rancho como madre de un bebé, a pesar de que su negativa a darle hijos era lo que los había separado. Creían que todo había terminado entre ellos... pero sus corazones tenían otras ideas.

DESEO

ANNE OLIVER

ASUNTOS DE DORMITORIO

Abby Seymour llegó a la Costa Dorada de Australia con la intención de abrir un negocio, pero pronto descubrió que la habían estafado. La habían dejado sin dinero y necesitaba ayuda urgentemente.

El adusto empresario Zak Forrester, intrigado por la bella Abby, le ofreció un sitio en el que alojarse, pero viviendo juntos resultaba imposible controlar la atracción que había entre ellos.

Zak estaba dispuesto a compartir cama con Abby, pero insistía en que ella nunca podría ser su esposa…

RECUERDO DE UN BESO

Descubrir que su vida había sido una mentira fue el golpe más duro para Anneliese Duffield. Ahora debía reconstruir su historia y encontrar a su verdadera familia… pero un hombre se interpuso en su camino.

N.º 564

El guapísimo empresario Steve Anderson se sentía obligado a proteger a la mejor amiga de su hermana, aunque ella hubiera levantado una barrera entre los dos.

Siempre había habido una gran tensión sexual entre ellos aunque él había dejado claro que no tenía intención de sentar la cabeza. Pero Annelise acababa de descubrir que estaba embarazada.

JULIET LANDON
Una noche en el paraíso

Aunque la corte de la reina Isabel I en Richmond era famosa por ser el escenario de numerosas relaciones ilícitas y corazones rotos, la bella Adorna Pickering conservaba su inocencia. Solo un hombre tenía el poder de derribar la barrera de su timidez… sir Nicholas Rayne. Con su oscura reputación, Nicholas representaba todo lo que Adorna sabía que debía evitar. Pero ¿cómo podría quedarse indiferente si con solo rozarla la volvía loca de deseo?

ANNE HERRIES
Una institutriz muy especial

La heredera Sarah Hardcastle había ideado un plan para escapar de las indeseadas atenciones de cierto cazafortunas. Oculta en la

campiña inglesa, y provista de una nueva identidad como la recatada institutriz señorita Goodrum, esperaba llevar una vida tranquila.

Pero su bien planeada farsa peligró cuando conoció al tutor de su alumno, lord Rupert Myers. Seductor incorregible, Rupert poseía el atractivo y encanto necesarios para hacerla sonrojarse hasta el nacimiento de su severo escote… ¡y la determinación de descubrir lo que ocultaba debajo! Sarah iba a necesitar de todo su ingenio para resistir sus pícaras mañas y guardar intacto su secreto…

No. 86

¡YA EN TU PUNTO DE VENTA!

JAZMÍN

HOLLY JACOBS
MÁS VALIOSO QUE EL DINERO

Joe Delachamp estaba sin habla: Louisa Clancy era la última persona que esperaba ver al entrar a aquella pastelería. Estaba tan guapa como la recordaba, pero al ver al pequeño de ojos verdes que había a su lado, el médico de urgencias se dio cuenta de que Louisa había estado guardando algunos secretos durante los últimos ocho años.

JULIANNA MORRIS
EL MEJOR JEFE

Cuando Libby Dumont reapareció en la vida de Neil O'Rourke, supo que debía mantenerse alejado de ella. Hacía ya diez años de aquel increíble beso, el mismo beso que había asustado tanto a la recatada Libby y había hecho que Neil se diera cuenta de que aquella mujer quería mucho más de lo que él podía darle. Y ahora debían trabajar juntos en un proyecto…

N.º 585

SOPHIE WESTON
HUYENDO DEL HOMBRE PERFECTO

La única manera de conseguir la libertad era luchando por ella, por eso, cuando aquel guapísimo desconocido se ofreció a ayudarla, Christina desconfió de él.

Y desconfió más cuando empezó a trabajar para una princesa y volvió a aparecer el misterioso Luc Henri. Pero Christina no se dejó engañar por su encanto y sus atenciones, era imposible que ella fuera lo que él andaba buscando.

JULIA™

ALLY BLAKE
CITA PARA UNA BODA

Hannah estaba deseando volver a casa para la boda de su hermana, pero apenas podía considerarlo unas vacaciones porque para investigar un nuevo programa de televisión…, ¡su jefe había decidido ir con ella!
Hannah no quería que el pícaro Bradley Knight fuera su acompañante en la boda. Y más aún cuando descubrió que él había reservado la suite del ático para que la compartieran…

N.º 480

STACY CONNELLY
LAS REGLAS DE LA PASIÓN

Allison Warner trabajaba para Zach Wilder como ayudante temporal, pero no había esperado que su jefe fuera irresistible. No tenía la menor duda de que Zach la deseaba, pero después de un desengaño amoroso no sabía si podía arriesgar su corazón con un hombre que no estaba interesado en una relación seria. Zach no tenía intención de cambiar su forma de pensar; el trabajo lo era todo para él y un romance sería un obstáculo que lo alejaría de su objetivo. Sin embargo, ¿por qué iba a negarse a sí mismo una pequeña diversión después de la jornada laboral? Hasta que las reglas cambiaron de repente…

¡YA EN TU PUNTO DE VENTA!

Tiffany

Mercedes Gallego

En tus manos

Me llamo Jana y soy fisiotera-
peuta. Trabajo en mi propia clínica, en pleno centro de Madrid.
Mi nuevo paciente, Jacobo Mont-
alván, es el hombre más macizo
que mis ojos han contemplado.
La atracción física es instantánea.
¡Pura química! Pero me asusta la
posibilidad de pasar de la atracción al amor.
Mi nombre es Jacobo y soy militar. Mi última misión, en Kabul,
me dejó maltrecho, por lo que
acudo a la clínica de una fisio.
¡Quién iba a decirme que tras
esa puerta estaría la mujer más
increíble con la que me he cruzado jamás!

A orillas del Ness

Marta Nogales llega a Inverness huyendo de un pasado que
la atormenta. No cuenta con que el carácter amable y hospi-
talario de los escoceses caldeará su corazón. Y lo más insos-
pechado: Thane Gilmore, un músico retirado, padre de una
adolescente y soltero recalcitrante, zarandea sus sentimientos
hasta convertir la paz que busca en un torbellino de pasión.
Thane vivió el éxito a edad temprana y no busca emociones
que sobrepasen cuidar a su hija, tomar whisky con sus amigos
y dirigir un pequeño negocio. Creía que su corazón estaba a
salvo, pero la llegada de Marta alterará su pacífica existencia.